dtv

In der Nacht zum 10. Mai werden in Uppsala die Schaufenster in der Fußgängerzone zertrümmert, und in einer Buchhandlung entdeckt man einen jungen Schweden: ermordet. Am nächsten Tag werden Flugblätter verteilt, die andeuten, dass die Täter in allen Fällen jugendliche Einwanderer sind – und dass nun Schluss sein müsse mit der unbegrenzten Einwanderung. Die Kripo von Uppsala unter Leitung von Ann Lindell ermittelt in verschiedenen Richtungen: Es gibt einen »dunkelhaarigen« Verdächtigen, doch es gibt gleichzeitig Hinweise auf die Eifersuchtstat eines anderen jungen Schweden, dem der Tote die Freundin ausgespannt hat. Und es gibt einen Zeugen: Ali. Er ist 15 Jahre alt, stammt aus dem Iran und glaubt seinen Cousin Mehrdad am Tatort erkannt zu haben. Hin- und hergerissen zwischen dem Verantwortungsgefühl, einen Mörder überführen zu müssen, und der Sorge, die Familienehre zu besudeln, quält Ali sich mit seinem Geheimnis. Dann überschlagen sich die Ereignisse – und die Ermittlungen führen zu einer Aufklärung, wie sie überraschender und grausamer nicht sein könnte ...
Ein Fall für Ann Lindell: erfolgreiche Polizistin, alleinerziehende Mutter und unglücklich Verliebte.

Kjell Eriksson, geboren 1953, lebt bei Uppsala und hat eine Gärtnerei. Seine Kriminalromane wurden in Schweden mehrfach ausgezeichnet. Auf Deutsch sind von ihm bisher erschienen: ›Das Steinbett‹ (2002), ›Der Tote im Schnee‹ (2003) und ›Die grausamen Sterne der Nacht‹ (2004). Mit Ann Lindell hat Eriksson eine außerordentlich sympathische Serienheldin geschaffen. Seine Bücher erscheinen außerdem in Frankreich, in den Niederlanden, in Dänemark, Norwegen, Finnland und Italien.

Kjell Eriksson

Nachtschwalbe

Ein Fall für Ann Lindell

Kriminalroman

Aus dem Schwedischen
von Paul Berf

Deutscher Taschenbuch Verlag

Deutsche Erstausgabe
September 2008
Deutscher Taschenbuch Verlag GmbH & Co. KG,
München
www.dtv.de
Lizenzausgabe mit Genehmigung des Paul Zsolnay Verlags
© 2003 Kjell Eriksson
Published by agreement with Ordfront Förlag, Stockholm,
and Leonhardt & Høier Literary Agency A/S, Copenhagen
Titel der schwedischen Originalausgabe: ›Nattskärran‹
© 2008 der deutschsprachigen Ausgabe:
Paul Zsolnay Verlag, Wien
Umschlagkonzept: Balk & Brumshagen
Umschlaggestaltung: Wildes Blut,
Atelier für Gestaltung, Stephanie Weischer
Umschlagfoto: gettyimages/Bruno Ehrs
Satz: Satz für Satz. Barbara Reischmann, Leutkirch
Gesetzt aus der Aldus 10/11,75˙
Druck und Bindung: Druckerei C. H. Beck, Nördlingen
Gedruckt auf säurefreiem, chlorfrei gebleichtem Papier
Printed in Germany · ISBN 978-3-423-21081-2

1

Samstag, 10. Mai, 1.26 Uhr
Wäre ich früher gekommen, hätte ich es vielleicht verhindern können und alles wäre wie immer gewesen, zwar nicht gut, aber wie immer.

Kein Mensch entgeht seinem Schicksal, sagte Großvater immer. Aber stimmt das? Wäre es ohnehin geschehen, an einem anderen Ort, zu einer anderen Zeit? War der Tod dieses Mannes vorherbestimmt? Denn tot war er doch wohl? Kein Mensch konnte solche Verletzungen überleben.

Dieses Verbrechen würde ihm für den Rest seines Lebens nicht mehr aus dem Kopf gehen: dieser zermalmte Schädel und das Blut, das überall auf die Einrichtung gespritzt war. Er hatte sich ganz in der Nähe aufgehalten, ein Teil von etwas Großem, in dem das Kleine enthalten war, das zum Grauen wurde.

Wäre ich doch nur früher gekommen, dann wäre jetzt alles wie immer, zwar nicht gut, aber wie immer. Der Gedanke wollte ihm einfach nicht mehr aus dem Kopf.

Neben dem Körper hatte ein Stuhl gelegen, und es war Ali wie der blanke Hohn vorgekommen, dass ein so alltäglicher Gegenstand einem Menschen den Tod bringen konnte.

Als er den blutüberströmten Mann dort liegen sah, fühlte er regelrecht den ersten Schlag, als wäre der gegen den eigenen Kopf gerichtet gewesen, und er glaubte den Schmerz zu spüren. Dann war ein zweiter, vielleicht noch kräftigerer gefolgt, und Ali duckte sich unwillkürlich. Ein dritter Schlag – und alles war vorbei. So hatte es sich in Alis Vorstellung abgespielt.

Dann war er weggerannt wie alle anderen, die aufgekratzt gegrölt hatten. In der Ferne hatte er Schreie gehört, vielleicht auch Sirenen. Alle liefen. Jubelnd, euphorisch, ängstlich. Ali weinte. Glas knirschte unter seinen Füßen, und er stolperte, kam wieder auf die Beine, spürte zwar keinen Schmerz, wo die Scherbe in seine Hand eingedrungen war, aber er sah Blut auf die Erde tropfen und musste sich schließlich übergeben.

Er lief vor seinem Anteil an dem Geschehen davon, war aber dennoch für immer daran gebunden, weil seine Augen zu viel gesehen hatten.

Wir alle leben mit dem Tod in unserer Nähe, sagte Großvater oft, und er musste es ja wissen. Ali wusste, bei diesen Worten dachte der Großvater an seine beiden Söhne, Alis Onkel. Tagtäglich dachte er an sie. Sein Großvater sprach leise, betete murmelnd, weinte, ohne Tränen zu vergießen, und lachte mit Augen, die voller Trauer waren.

»Vor dem Tod darfst du dich niemals fürchten«, pflegte er zu sagen. »Es ist unser Schicksal zu sterben.«

Doch Ali wusste, sein Großvater log. Anfangs hatte er sich von ihm noch täuschen lassen, so dass die Worte zu einem Märchen über ein Land wurden, in dem Ali nie gewesen war, über eine Familie, in der es so viele Tote gab, dass es ihm seltsam erschien, dass sein Großvater und er selber überhaupt lebten. Außerdem hatte er Angst, denn wenn alle so kurz hintereinander und so jung aus dem Leben gerissen worden waren, hing auch sein eigenes Leben nur an einem seidenen Faden.

Je älter er geworden war, desto mehr hatte er den alten Mann durchschaut. Großvater sagte das eine und zeigte mit seinem ganzen Wesen etwas anderes. Sein Körper konnte nicht lügen, kleinste Gesten verrieten ihn.

Ali verachtete die Lüge seines Großvaters nicht, im Gegenteil, er nahm sie an als das Märchen von der stolzen Familie, die dem Tod trotzte, suchte verstärkt die Nähe des alten Mannes und war fest entschlossen zu leben, um ihn stolz zu machen und seine Qualen zu lindern. Insgeheim nährte Ali zudem die Hoffnung, er könnte das Muster durchbrechen und so in dem Märchen zu einer Figur werden, die der Stolz, aber auch der Fluch seiner Familie war und gegen das Schicksal aufbegehrte. Ich werde es ihnen allen zeigen, murmelte er oft vor sich hin. Du wirst schon sehen, Großvater; all ihr Toten, die ihr auf mich herabschaut, ihr werdet schon sehen.

Als er sich noch einmal umgedreht hatte, war alles vorbei gewesen. Die Straße war wie leergefegt. Jemand schrie unten an der Brücke, ein anderer gestikulierte wild, aber Ali wollte nichts mehr hören, nichts sehen.

Das Mofa stand da, wo er es abgestellt hatte, was ihm seltsam erschien. Sein gutes altes Mofa. Als er es an den Poller gekettet hatte, war noch alles ruhig gewesen.

Er trat das Mofa an, und auch das Motorengeräusch überraschte ihn. Ansonsten war jetzt alles still. Es war ein früher Morgen im Mai, und Großvater würde von heute an wieder zu seinen Ausflügen aufbrechen, das hatte er schon gestern Abend verkündet. Er würde aufstehen, seinen Tee trinken, sich den Mantel anziehen, den Stock nehmen, ein paar Worte mit Ali wechseln und dann, nachdem er ihm einen guten Tag gewünscht hatte, in die Ebenen um Lar zurückkehren, obwohl er durch die flache Landschaft vor den Toren Uppsalas wanderte.

»Ich will nach Hause«, murmelte Ali auf Persisch.

Plötzlich kamen ihm Zweifel. Und wenn der Mann doch noch lebte? Es hatte ausgesehen, als wäre er tot, aber vielleicht war er auch nur bewusstlos gewesen. Ali überlegte, zu dem Geschäft zurückzulaufen. Das Mofa konnte er nicht nehmen, die Reifen würden sonst kaputtgehen. Er würgte den Motor ab, und sein zitternder Körper wurde wieder von Übelkeit erfasst. Ali übergab sich und spuckte eine Mischung aus Chips und Cola aus. Am Ende war sein Magen leer, und es kam nur noch eine Brühe, die in seiner Kehle wie Feuer brannte.

2

Samstag, 10. Mai, 6.45 Uhr
Martin Nilsson, dessen Tochter um ein Haar bei einem Bombenanschlag auf Bali ums Leben gekommen wäre, machte kurz vor der Brücke eine Vollbremsung. Als er die Verwüstungen in der Drottninggatan sah, wurde die Erinnerung an jenen Morgen im letzten Oktober wieder in ihm wach und traf ihn wie ein Faustschlag in den Magen.

»Lina«, flüsterte er. »Sie lebt, sie schläft in ihrem Bett. Bald werde ich nach Hause fahren und sie wecken.«

Die Polizisten, die vor einer Bankfiliale standen, wirkten ratlos. Martin Nilsson stieg aus dem Auto. Einer der Polizisten schaute auf. Nilsson fragte: »Was ist denn hier passiert?«

»Das sehen Sie doch«, sagte der Beamte abweisend.

»Eine Bombe?«

»Verschwinden Sie«, erwiderte der Polizist.

Martin Nilsson schüttelte den Kopf und blieb noch ein paar Sekunden stehen, ehe er wieder in seinen Wagen stieg. Über Funk hörte er, dass in der Trädgårdsgatan jemand ein Taxi brauchte. Er hätte in einer halben Minute dort sein können, meldete sich jedoch nicht bei der Zentrale. Die Erinnerung an den letzten Oktober wollte ihm nicht aus dem Kopf. Fast hätte er den Polizisten erzählt, wie knapp Lina damals dem Tod entronnen war, aber die schroffe Art des Beamten hatte den Einfall im Keim erstickt. Als er die Straße weiter hinunterfuhr, drängte sich ihm immer mehr der Gedanke von einer vergewaltigten Stadt auf.

Vor Bergmans Herren-Boutique, deren Schaufenster zertrümmert war, stand ein Zeitungsbote. Anzüge lagen verstreut auf dem schmutzigen Bürgersteig, eine Schaufensterpuppe war umgekippt. Der Zeitungsbote ging in die Hocke und griff nach der Puppe; Martin hatte den Eindruck, dass der Mann das cremefarbene Geschöpf am liebsten umarmt hätte, als wäre es ein Mensch aus Fleisch und Blut. Über die Schulter des Mannes starrte die Puppe Martin aus blinden Augen an.

Eigentlich hätte er anhalten, aussteigen und den Zeitungsboten trösten sollen, aber er fuhr langsam weiter. Das kann doch nicht wahr sein, dachte er. Das Knirschen zersplitterten Glases unter seinen Rädern bewies ihm, dass er nicht träumte. Alles war zerschlagen worden, nichts hatte man verschont. Plötzlich packte ihn die Wut. Das ist meine Stadt, dachte er und murmelte: »Vergewaltigt, geschändet.«

Er griff nach dem Mikrofon und übernahm jetzt doch den Fahrgast in der Trädgårdsgatan. In das Fenster eines Cafés hatte jemand ein Straßenschild geworfen. Da hat doch mein Zahnarzt seine Praxis, dachte Martin Nilsson, starrte auf den Hauseingang, als sähe er ihn zum ersten Mal, und hatte plötzlich den Geruch in der Nase, den die Handschuhe der Zahnarzthelferin verströmten.

Der Fahrgast war ein Mann mittleren Alters. Martin Nilsson zögerte und sah auf die Uhr.

»Ich habe es eilig«, sagte der Mann, der einen Hut mit breiter Krempe trug, den er so tief in die Stirn gezogen hatte, dass Martin Nilsson das Gesicht kaum erkennen konnte.

»Tut mir leid, aber ich wusste nicht, dass Sie zum Flughafen wollen«, sagte Nilsson. »Meine Schicht ist gleich zu Ende.«

»Ich habe es wirklich eilig«, wiederholte der Mann.

Martin Nilsson hatte ihn an der Stimme erkannt.

»Ich rufe Ihnen einen anderen Wagen«, sagte er. »Es dauert nur eine Minute. Wann geht Ihr Flug?«

»Das geht Sie nichts an. Ich habe ein Taxi bestellt, und Sie sind hier, da gibt es nichts zu diskutieren.«

»Probleme?«, meldete sich Agnes aus der Zentrale.

»Nein, aber ich mache gleich Schluss, und die Fahrt soll nach Arlanda gehen. Ich muss nach Hause, zu Lina.«

»Das ist doch wohl nicht wahr«, brüllte der Mann auf der Straße.

Martin sah ihn an und verzichtete auf eine Antwort.

Der Mann auf dem Bürgersteig starrte ihn an, als wäre er ein Außerirdischer. Martin schloss das Seitenfenster und fuhr los, schaltete das Radio ein und hörte Solomon Burkes Stimme.

An der Straßenecke, an der die Konditorei Fågelsången lag, fiel Martin wieder ein, dass sich dort in der Nacht ein Junge über ein Mofa gebeugt und sich übergeben hatte. Er hatte kurz aufgeschaut, als Martin vorbeigefahren war, und den gleichen Blick gehabt wie die Schaufensterpuppe vor dem Bekleidungsgeschäft. Die Leere des Entsetzens. Ehe er links abbog, hatte er aus den Augenwinkeln noch gesehen, dass der Junge mit seinen Fäusten auf eine Hausmauer einschlug.

Er nahm die Kurve am Teich viel zu schnell, und der Wagen geriet kurz ins Schleudern. Auf der Islandsbron stand über das Brückengeländer gebeugt ein junger Mann und starrte in das tosende Wasser des Flusses hinab. Irgendetwas an der geduckten Gestalt ließ Martin Nilsson anhalten. Der Mann sah aus, als hätte er etwas im Fluss verloren und suchte jetzt in den Wassermassen danach. Er schüttelte den Kopf und bewegte die Lippen, sprach zum Wasser, fluchte und richtete sich blitzschnell auf, als hätte ihn der Schlag getroffen.

Martin Nilsson stieg aus dem Wagen und wusste nicht recht, ob und wie er den jungen Mann ansprechen sollte. Er geht dich doch gar nichts an, dachte er, wusste aber, dass er nicht einfach weiterfahren konnte.

»Alles in Ordnung?«

Der junge Mann wandte sich langsam um, sah Martin an und nickte. Er hatte geweint.

»Soll ich dich mitnehmen?«

»Ich habe kein Geld.«

»Die Fahrt geht aufs Haus«, sagte Martin und bereute sein Angebot sofort. Warum mischte er sich ein? Er würde sich vielleicht eine lange, traurige Geschichte anhören müssen, und unter Umständen würde sein Wagen besudelt, auch wenn der Junge nicht betrunken wirkte, aber man wusste ja nie.

»Wo wohnst du denn?«

»Svartbäcken«, antwortete der junge Mann.

»Steig ein«, sagte Martin. »Ich habe Feierabend, muss aber sowieso in die Richtung.«

Der Junge sah ihn einen Moment lang unsicher an, bevor er in den Wagen stieg.

»Das ist nett von Ihnen«, sagte er nur.

Er war ungefähr zwanzig Jahre alt, trug eine Wollmütze mit Ohrenschützern und roch nach Schweiß. Er hatte nur ein T-Shirt an, aber auf seinem Schoß lag eine Jacke. Martin schielte zu ihm hinüber.

»Hast du gesehen, wie es in der Stadt aussieht?«

»Bitte?«

»Irgendwelche Idioten haben die ganzen Schaufenster zertrümmert. Es sieht aus, als hätte eine Bombe eingeschlagen.«

»Ich komme von einem Mädchen.«

»Ist doch schön«, sagte Martin.

»Sie hat Schluss gemacht.«

»Oh, verdammt.«

»Vielleicht ist es auch besser so. Wir passten einfach nicht zusammen.«

»Sind das ihre Worte?«

Der junge Mann lächelte zum ersten Mal, aber in seinem Blick lag keine Freude.

»Wie heißt du?«

»Sebastian, nein, ich meine Marcus.«

»Du bist dir nicht sicher, wie du heißt?«

»Marcus.«

»Seid ihr lange zusammen gewesen?«

Sie hatten bereits die Kungsgatan erreicht, als der Junge endlich antwortete.

»Drei Jahre.«

»Das ist hart«, sagte Martin.

Plötzlich kam Leben in Marcus. Er wandte sich dem Taxifahrer zu und legte dabei eine Hand auf das Armaturenbrett.

»Zuerst hat sie nur gesagt, sie will nicht mehr, und dass sie eine Auszeit braucht. Dass sie mich liebt, aber nachdenken müsste.«

»Das klingt doch plausibel«, meinte Martin.

Es gefiel ihm nicht, dass Marcus sein Auto begrapschte, aber gleichzeitig munterte es ihn auch auf, sich mit jemandem unterhalten zu können.

»Aber sie liebt mich, das weiß ich genau.«

»Das möchte man natürlich gerne glauben«, erwiderte Martin unbarmherzig und sah den jungen Mann mit einer Miene an, die gutmütig wirken sollte. Marcus ließ sich auf den Beifahrersitz zurücksinken und seufzte.

»Vielleicht braucht sie ja wirklich ein bisschen Zeit zum Nachdenken«, versuchte Martin auf ihn einzugehen, während sie am Luthagsleden vorbeikamen.

»Sie macht doch nichts anderes als nachdenken.«

»Ich bin auch allein«, erklärte Martin, »obwohl ich natürlich Lina habe, meine Tochter. Sie ist achtzehn.«

»Am schlimmsten ist, dass sie einen anderen hat. Das ist mir erst heute Nacht klar geworden.«

»Dann ist sie bestimmt einfach unsicher«, sagte Martin.

»Es wäre schön, immer weiterzufahren, einfach abzuhauen, die E 4 in den Norden zu nehmen.«

»Also, ich persönlich würde lieber nach Süden ziehen«, erwiderte Martin.

»Es wäre schön, einfach immer weiterzufahren«, wiederholte Marcus.

»Wo wohnst du?«

»Hinter der Kreuzung.«

Martin Nilsson schielte in den Rückspiegel und hielt an.

»Wir könnten einen Kaffee trinken, wenn du Lust hast«, sagte er. »Ich bleibe nach der Nachtschicht immer noch ein bisschen auf und wohne nur ein paar Häuserblocks entfernt. Es ist zumindest ein kleines Stück weiter im Norden.«

Marcus schaute den Taxifahrer verstohlen an.

»Ich bin nicht schwul«, sagte Martin und lachte.

»Das habe ich auch nicht gedacht«, erwiderte Marcus. »Okay, eine Tasse Kaffee.«

3

Samstag, 10. Mai, 7.50 Uhr
Es klopfte an der Tür und Riis lugte herein.

»In der Stadt ist der Bär los. Habt ihr schon gehört?«

Ottosson nickte.

»Was ist denn?«, erkundigte sich Ann Lindell.

»Irgendeine Gang hat die Schaufenster im Stadtzentrum eingeschlagen«, sagte Haver leise.

»Woher wissen wir denn, dass es eine Gang war?«, fragte Sammy.

»Weil ich mir nicht vorstellen kann, dass eine einzige Person hundert Schaufenster zertrümmert«, antwortete Haver.

»Sollen wir uns eine Tasse Kaffee genehmigen, bevor wir an die Arbeit gehen?«, fragte Ottosson.

»Wir fahren gleich hin«, entschied Lindell und sah Haver an. »Berglund und Fredriksson, ihr könnt in einem zweiten Wagen mitkommen.«

Sie schaute Ottosson an, der etwas verwirrt schien. Er hatte sich auf ein nettes Plauderstündchen, eine Tasse Kaffee und die Teilchen gefreut, die er am Morgen gekauft hatte. Nach seiner Einschätzung war das nach Lage der Dinge kein Fall für die Kriminalpolizei, so dass Ottosson in Lindells Feuereifer durchaus den Versuch sehen konnte, einer gemeinsamen Kaffeerunde zu entfliehen.

»Wir trinken später eine Tasse Kaffee zusammen«, sagte Ann Lindell und umarmte ihn von hinten.

Der Kommissariatsleiter nickte.

»Es ist ein Elend, dass der Tag schon so anfangen muss«, jammerte er.

»Das ist's doch genau, wonach wir uns sehnen, nicht wahr, Ann?«, meinte Berglund.

Samstag, der 10. Mai. Das Polizeipräsidium von Uppsala, der viertgrößten Stadt des Landes. Zehn Gebäckstücke. Sieben Kriminalpolizisten. Für einen Moment war es vollkommen still in dem kleinen Konferenzraum. Es roch schwach nach Kaffee.

Zwei Minuten später war der Raum leer. Fredriksson ging als Erster, in Gedanken bei einer Dokumentation über die Halbinsel Kamtschatka. Er hatte nur die Hälfte der Sendung gesehen und würde mit Sicherheit auch die Wiederholung am Nachmittag verpassen. »Wir sind nicht stolz, aber wir glauben an die Wahrheit, wir lügen nicht«, hatte ein alter Mann in dem Film gesagt.

Ottosson trauerte der kurzen Zeit nach, die sie hätten gemeinsam verbringen können. Er hatte seine Entscheidung getroffen. Er würde vorzeitig in den Ruhestand gehen. Das Wochenendhaus draußen in Jumkil erwartete ihn. Eigentlich hatte er vorgehabt, es den Kollegen heute bei einer Tasse Kaffee mitzuteilen.

Ann Lindell war seltsam aufgewühlt. Es war der erste ernsthafte Zwischenfall in der Stadt seit ihrer Rückkehr aus der Elternzeit. »Was ist so toll dran, es geht doch immer nur um schreckliche Dinge«, hatte ihre Mutter gesagt, als Ann ihr erzählte, wie froh sie darüber war, endlich wieder arbeiten zu dürfen.

Schreckliche Dinge, sicher, das stimmte, war aber nur die halbe Wahrheit. In den letzten zwei Jahren hatte Ann Lindell viel über ihre Arbeit nachgedacht. Warum zogen diese schrecklichen Dinge sie magisch an? Sie war zu dem Schluss gekommen, dass nicht das hochtrabende Gerede von Gerechtigkeit und Anständigkeit, sondern eine nicht zu bezähmende Neugier sie wieder ins Polizeipräsidium trieb. Außerdem hatte sie sich wahnsinnig auf ihre Kollegen gefreut, wobei sich ihr Blickwinkel in dem Punkt verschoben hatte. Suchte sie früher vor allem die Nähe ihrer jüngeren oder gleichaltrigen Kollegen, waren nun eher Berglund, Fredriksson und natürlich Ottosson die Menschen, die sie am meisten schätzte.

Spielte hier vielleicht auch ihre vorübergehende Schwäche für Ola Haver eine Rolle, die dazu geführt hatte, dass sie und Ola sich letzten Winter in ihrer Küche leidenschaftlich und verzweifelt geküsst hatten? Auf diese Art von Nervenkitzel konnte sie im Dienst wahrlich verzichten. Außerdem erinnerten Sammy Nilsson und die übrigen Männer in ihrem Alter sie nur daran, dass sie allein lebte. In Gesellschaft von Berglund und Fredriksson kamen solche Gedanken dagegen niemals auf.

»Soll ich fahren?«, fragte Haver und unterbrach sie in ihren Überlegungen.

»Nein, ich fahre«, sagte sie und nahm ihm den Schlüssel aus der Hand.

Er sah sie verstohlen an. Sag nichts, dachte Lindell, machte sich aber nicht ernsthaft Sorgen. Er würde es niemals zulassen, dass diese Episode ihr kollegiales Verhältnis beeinflusste.

»Schön, wieder dabei zu sein«, sagte sie leichthin und mit mehr Wärme in der Stimme, als sie beabsichtigt hatte.

Sie sahen sich über das Wagendach hinweg kurz an. Als sie unmittelbar darauf im Auto saßen, hatten sich ihre Blicke verändert.

»Drottninggatan«, sagte Lindell.

»Du hast sofort das Kommando übernommen«, sagte Haver. »Ich meine da oben, im Konferenzraum. Du hast sofort entschieden, wer mitkommen soll.«

»Ach, das ist mir gar nicht aufgefallen.«

»Man darf wohl froh sein, dass man berücksichtigt wurde«, meinte Haver und sah sie auf schwer zu deutende Art an.

»Hast du ein Problem damit?«

»Nein, nein, so habe ich es nicht gemeint.«

»Bist du sauer?«

Haver machte eine abwehrende Geste, aber Lindell wurde trotzdem wütend. Sie war nicht zurückgekehrt, um sich solchen Blödsinn und irgendwelche Andeutungen anhören zu müssen. Aber sie wollte sich ja zurückhalten.

»Jetzt kümmern wir uns erst einmal um die Drottninggatan«, sagte sie und konzentrierte sich auf den Verkehr.

4

Samstag, 10. Mai, 7.55 Uhr
Marcus' Blick war starr auf die Tasse gerichtet. Er hatte seinen Kaffee ebenso wenig angerührt wie den Zwieback, den Martin Nilsson auf den Tisch gestellt hatte.

»Hast du Hunger?«

Marcus blickte erstaunt auf, schüttelte den Kopf und versuchte zu lächeln.

»Hat sie dunkles Haar, oder ist sie blond?«

»Dunkel.«

»Die sind immer schwierig«, sagte Martin Nilsson. »Trink deinen Kaffee.«

Marcus gehorchte mechanisch. Seine kurzen Haare standen in alle Richtungen vom Kopf ab, die Stirn war mit roten Flecken übersät, die von kleinen weißen Punkten umgeben waren. Martin musste an einen Apfel denken, dessen Schale zu lange der prallen Sonne ausgesetzt gewesen war. Als Marcus die Tasse an den Mund hob, traten zwei tiefe Furchen auf seine Wangen, und er sah plötzlich wesentlich älter aus.

»Möchtest du vielleicht ein richtiges Brot?«

»Nein, danke.«

»Was treibst du denn sonst so?«

»Ich studiere. Medienwissenschaft.«

»Lina besucht das Grafische Ausbildungszentrum, sie belegt Kurse in Fotografie und so.«

Der Junge zeigte sich nicht sonderlich interessiert.

Martin Nilsson spürte, dass er allmählich müde wurde. Er sollte Lina wecken, sich eine Viertelstunde mit ihr unterhalten, während sie frühstückte, und sich anschließend ein paar Stunden aufs Ohr legen, aber die Unruhe, die ihn auf seiner Fahrt durch die Stadt erfasst hatte, war noch nicht verflogen.

»Bevor ich dich aufgelesen habe, sollte ich eigentlich noch eine Fahrt übernehmen, aber ich habe abgelehnt«, sagte er.

»Kommt das öfter vor?«

»Nein, eher selten. Es sei denn, jemand randaliert.«

»War der Typ voll?«

»Nein«, erwiderte Martin, »das nicht, aber es war ein alter Kumpel. Wir sind zusammen in die Schule gegangen, haben viele Jahre zusammengehangen.«

»Und Sie wollten ihn nicht fahren?«

»Er hieß Magnus, Quatsch, er heißt sicher immer noch so. Ich glaube nicht, dass er mich erkannt hat. Oder er hat so getan, als würde er mich nicht kennen.«

»Warum sollte er das tun? Haben Sie sich gestritten?«

Zum ersten Mal an diesem Morgen zeigte Marcus Interesse an etwas. Er trank einen Schluck Kaffee und nahm sich einen Zwieback.

»Ich sollte jetzt vielleicht Lina wecken«, sagte Martin Nilsson.

»Und ich werde wohl nach Hause latschen und mich in die Koje hauen«, sagte der Junge. Eine Redewendung, die Martins Vater oft gebraucht hatte.

Martin Nilsson erhob sich, blieb aber am Tisch stehen.

»Wir haben uns tatsächlich gestritten«, sagte er leise, nahm seine Kaffeetasse und stellte sie auf die Spüle. »Er hielt sich auf einmal für so verdammt wichtig. Wir gingen damals in die Hjalmar-Branting-Schule. Seinem Vater gehörte ein Spielzeuggeschäft, aber der hatte sich umgebracht. Die Mutter hat dann einen Wirt geheiratet, der später pleiteging und aus der Stadt verschwand.«

»Wird man dadurch denn so wichtig?«

»Nein, nicht unbedingt. Heute ist er Politiker oder irgendwas bei der Stadt. Ich sehe ihn manchmal im Fernsehen.«

Martin drehte die Tasse auf der Spüle. Warum erzählte er das alles?

»Man weiß so wenig, wenn man in die Schule geht«, fuhr er fort. »Es scheint einem alles zuzufliegen. Die Welt steht einem offen. Oder auch nicht«, korrigierte er sich selbst.

»Man ist doch noch ein Kind«, meinte Marcus altklug.

»Aus den meisten werden bestimmt anständige Leute.«

»Es können ja nicht alle Politiker werden«, sagte Marcus. »Es ist bestimmt ganz schön hart, wenn sich der eigene Vater umbringt.«

»Er hat sich eine Kugel in den Kopf gejagt. Ich muss jetzt Lina wecken, aber bleib ruhig sitzen«, fügte er hinzu, als Marcus sich anschickte aufzustehen.

Wenn ich die Fahrt zum Flughafen übernommen hätte, wäre ich diesem Jungen niemals begegnet, dachte Martin.

Lina hatte wie ihr Vater dunkle Haare. Als sie schlaftrunken die Küche betrat, glaubte Marcus für einen Moment, Ulrika stünde vor ihm. Der verwaschene Bademantel, das leicht verwirrte, schlaftrunkene Gesicht und die trägen Bewegungen, das alles führte dazu, dass er sofort vom Stuhl aufspringen und sie an sich ziehen wollte. Es war seine Ulrika, aber sie war es eben doch nicht.

Trotz ihrer Müdigkeit schien Lina seine Reaktion bemerkt zu haben, denn sie sah ihn erstaunt und fast ein wenig ängstlich an.

»Wer bist du?«

»Ich heiße Marcus. Ich bin mit deinem Vater hergekommen.«

»Aha«, stellte sie sachlich fest, als wäre es ganz normal, dass am frühen Morgen fremde Menschen in ihrer Küche saßen. Sie beobachtete Marcus mit neugierigem Interesse, während sie Müsli und Schwedenmilch auf den Tisch stellte und sich ihm anschließend gegenübersetzte. Martin Nilsson kam zurück und schaltete das Radio ein.

»Vielleicht sagen sie ja was«, meinte er.

Die zertrümmerten Schaufenster waren die erste Meldung in den Nachrichten des Lokalsenders. Nach einer kurzen Zusammenfassung aus dem Studio wurde das Wort einem Reporter übergeben, der live von der Drottninggatan berichtete. Die Verwüstungen umfassten das gesamte Areal von der Nybron bis zu dem Hang, der zur Universitätsbibliothek hinaufführte. Die Stimme im Radio beschrieb fast schon poetisch den Anblick der Glasscherben auf Bürgersteig und Straße und verglich ihn mit Bildern aus einem Bürgerkriegsland. Die Polizei hatte die Straße für den Autoverkehr gesperrt, nur Bussen war es erlaubt, in der Straßenmitte zu passieren, wo man die Glasscherben notdürftig weggekehrt hatte.

Inzwischen hatten sich auch Schaulustige eingefunden, einige von ihnen wurden interviewt. Eine junge Frau berichtete, sie sei von einer Bombenexplosion ausgegangen, ein Mann vermutete als Täter betrunkene Einwanderer. Ein Sprecher der Polizei beschrieb knochentrocken und bürokratisch gestelzt das Ausmaß der Zerstörung und erklärte, die Polizei ermittle in alle Richtungen.

Der Journalist hatte schon das meiste aus der Geschichte herausgeholt und war gerade dabei, seine Reportage abzurunden, als er mitten im Satz verstummte.

Nur sein angespanntes Atmen war zu hören. Martin Nilsson lehnte sich vor und drehte den Ton lauter. »Was ist denn jetzt los?«, sagte er.

»Wir bleiben dran«, verkündete die Stimme des Reporters

erregt, und man begriff, dass seine Worte eine Aufforderung an das Studio waren, ihn weiter auf Sendung zu lassen.

Plötzlich hörte man einen durchdringenden Schrei. In Tausenden von Wohnungen und an Hunderten von Arbeitsplätzen in Uppsala erklang der verzweifelte Schrei einer Frau.

»Hier ist gerade etwas geschehen«, sagte der Radioreporter.

»Ja, das haben wir auch schon kapiert«, zischte Martin Nilsson.

»Eine Frau steht vor einem der demolierten Geschäfte in der Drottninggatan«, fuhr die Stimme fort. »Sie starrt entsetzt ins Ladeninnere. Polizisten laufen zu der Frau. Ich werde jetzt näher herangehen.«

Seine schnellen Schritte vermischten sich mit erregten Stimmen.

»In dem Geschäft liegt ein toter Junge«, hörte man eine Frauenstimme in den Äther sagen.

»Das gibt's doch gar nicht«, sagte Martin und sah Marcus an. »Hast du das gehört?«

»Gehen Sie!«, rief jemand, aber der Journalist war viel zu routiniert, um sich dadurch abschrecken zu lassen.

Stattdessen berichtete er, wie die Frau durch die eingeschlagene Tür zeigte und dass man in dem Geschäft, inmitten wahllos verstreuter Bücher, zwei Füße erkennen konnte, die hinter der Ladentheke hervorschauten. Der Reporter berichtete, wie ein uniformierter Polizeibeamter den Laden betrat und sich über den Körper beugte.

Dann wurde die Übertragung kurzzeitig unterbrochen – offenbar hatte man versucht, den Reporter zurückzudrängen.

»Diesen Pressefritzen ist wirklich nichts heilig«, brummte Martin Nilsson.

»War das eine Bombe?«, fragte Lina, die bisher keinen Ton von sich gegeben hatte.

Ihre Stimme klang unsicher. Martin sah sie an, streckte die Hand aus und hielt ihren Arm fest. »Mach dir keine Sorgen, Kleines«, sagte er.

»Wer ist denn da gestorben?«

»Keine Ahnung. Sie haben ihn gerade erst gefunden.«

»Kann das ein Terroranschlag gewesen sein?«

»Das glaube ich nicht«, erwiderte ihr Vater, »was für Terroristen sollten denn das sein?«

Marcus schwieg, beobachtete Vater und Tochter, sah, wie nahe sie einander standen, und fragte sich, wo Linas Mutter war. Vielleicht war sie tot, vielleicht hatte Lina sich entschieden, bei ihrem Vater zu wohnen. Oder wohnte sie abwechselnd bei Vater und Mutter?

»Wir fahren hin«, sagte Lina plötzlich.

»Du musst doch lernen«, wandte ihr Vater ein.

»Das kann ich auch später noch.«

»Nun hör sich einer die an«, meinte Martin Nilsson und sah liebevoll seine Tochter an. Sie lebt, dachte er erneut. Vielleicht ist es ja gut für sie, wenn sie die Verwüstung in der Stadt sieht. Vater und Tochter hatten zwar hin und wieder über Bali gesprochen, aber nicht genug. Lina ging sicher so vieles durch den Kopf, das irgendwann herausmusste.

»Du musst es als einen Teil meiner Ausbildung sehen. Kommst du mit?«, fragte Lina und wandte sich an Marcus.

Er sah völlig übermüdet aus und schüttelte den Kopf. Martin gab ihm einen aufmunternden Klaps auf die Schulter. Er wollte den Jungen nicht so einfach ziehen lassen, weil er nach wie vor völlig von der Rolle zu sein schien. Er antwortete zwar, wenn man ihn ansprach, aber seine Stimme wirkte leblos. Nicht einmal an Lina, die sonst immer die Aufmerksamkeit junger Männer auf sich zog, zeigte er Interesse.

Seine traurigen Augen sahen aus, als schaute er immer noch auf den Fluss. Was hatte er in den tosenden Fluten gesehen? Die Lösung seiner Probleme? Martin Nilsson war immer fester davon überzeugt, dass es so war, und empfand große Zärtlichkeit, wenn er den verlorenen Blick des Jungen sah.

»Komm doch mit«, sagte Lina.

Marcus warf ihr einen schwer zu deutenden Blick zu und nickte schließlich.

Martin Nilsson parkte auf dem Fyristorg. Eine beachtliche Zahl von Schaulustigen hatte sich rund um die Nybron versammelt. Die Polizei hatte die Straße mit Plastikbändern abgesperrt. Die Schaufensterpuppe lag immer noch auf dem Bürgersteig.

Es herrschte eine erwartungsvolle Stimmung unter den Gaffern, so als wären die Leute gekommen, um sich eine Parade oder einen heimkehrenden Sportler oder Prominenten anzusehen. Wer nicht auf dem Weg zur Arbeit zufällig vorbeigekommen und neugierig stehen geblieben war, den hatte die Reportage im Radio angelockt. Die Blicke aller waren auf zwei Wagen gerichtet, die sich in diesem Moment näherten. Zwei Streifenpolizisten hoben das Absperrband an, und die Wagen fuhren durch.

Drei Männer und eine Frau stiegen aus.

»Das ist Ann Lindell«, sagte Martin zu seiner Tochter. »Ich habe sie schon mal gefahren.«

Die vier Ermittler standen mitten auf der Straße und sprachen mit einem Polizisten, den Martin ebenfalls erkannte.

»Er war früher Ringer«, erläuterte er.

Martin warf Marcus einen Blick zu. Der Junge beobachtete ebenso fasziniert wie die anderen Neugierigen das Geschehen. Seine Gesichtszüge waren wie ausgewechselt. Die eben noch so müden Augen leuchteten nun gespannt. Martin Nilsson sah verstohlen zu Lina hinüber, und ihre Blicke begegneten sich. Er ahnte, dass sich in ihr das gleiche Gefühl regte wie in ihm selbst: Ekel vermischt mit der hyänenhaften Neugier, die das Schweigen und die gereckten Hälse der Menschenmenge verkörperten.

Der Radioreporter war immer noch vor Ort, inzwischen hatte man ihn jedoch hinter die Absperrung verwiesen. Er ging hektisch auf und ab und sprach ununterbrochen in sein Mikrofon.

Einer der Polizisten versuchte vergeblich, die Menge der Schaulustigen zu zerstreuen.

»Was ist das eigentlich für ein Laden?«, erkundigte sich ein Mann.

»Eine Kinderbuchhandlung«, sagte eine Frau, die neben ihm stand. »Ich bin oft dort«, ergänzte sie. So, wie sie es sagte, klang es, als wäre sie deshalb eine Expertin.

»Eine Buchhandlung?«

Die Frau nickte. »Ich glaube, der Besitzer ist zugewandert. Jedenfalls hat er eine dunkle Hautfarbe, spricht aber sehr gut Schwedisch. Ob er wohl ...« Plötzlich legte sich Entsetzen auf ihr Gesicht.

»Er war doch immer so freundlich«, sagte sie und sah Martin mit Tränen in den Augen an. »Ist das nicht furchtbar«, fuhr sie fort und bahnte sich einen Weg, um näher an die Absperrung heranzukommen.

»Ein Einwanderer ist erschlagen worden?«, fragte ein Mann.

»Ich weiß es nicht«, erwiderte Martin.

Augenblicklich verbreiteten sich die unzusammenhängenden Gesprächsfetzen in der Menschenmenge.

»Vielleicht sollten wir jetzt gehen«, sagte Martin Nilsson zu Lina.

»Lass uns noch ein bisschen warten. Ich will diese Polizistin noch einmal sehen.«

»Das wird dauern«, sagte Martin, aber seine Tochter war voll und ganz auf die Buchhandlung konzentriert und hörte seine Worte nicht.

»Es ist ein junger Mann«, hörte er jemanden sagen und drehte sich um.

»Irgendwer hat mit einem der Bullen geredet«, fuhr der Mann fort und stand sofort im Zentrum der Aufmerksamkeit.

»Es ist ein Jugoslawe«, behauptete ein anderer. »Anscheinend war es eine Abrechnung im Drogenmilieu.«
»Drogen?«
Der Mann nickte.
»Es wird so viel Unsinn geredet«, meinte jemand.
»Warum sollte ich Unsinn reden?«, fragte der Informant beleidigt.
»Es gibt so viele Gaffer.«
»Sie stehen doch auch hier!«
»Ich bin Glaser«, erwiderte der Mann und lächelte.

Die Kriminalpolizisten warteten auf Eskil Ryde. Ungeduldig standen sie vor dem Geschäft, als wollten sie beim Schlussverkauf als Erste den Laden stürmen. Sammy starrte hinein, versuchte etwas zu erkennen und kommentierte, was er sah, aber es schien ihm niemand zuzuhören.

Die Leute von der Spurensicherung trafen vierzehn Minuten später ein. Ann Lindell sah Ryde und Oskarsson die Straße heraufeilen, wobei Eskil Ryde noch grimmiger schaute als sonst. Wahrscheinlich lag es daran, dass er sich einen Weg durch die Schaulustigen an der Nybron hatte bahnen müssen.

Sie wechselten ein paar Worte, aber Ryde war wie ein Spürhund. Wenn er einmal Witterung aufgenommen hatte, ließ er sich von nichts mehr ablenken. Er streifte sich auf der Straße den blauen Schutzanzug über, zog die Handschuhe an und betrat wortlos das Geschäft. Oskarsson, der die Ausrüstung schleppte, folgte ihm. Ryde trug mit dem Recht des Älteren nur selten etwas selbst, aber das war auch schon das einzige Privileg, das er sich zugestand.

Ann Lindell lag die Frage auf der Zunge, wie lange es noch dauern würde; sie begriff jedoch, dass sie keine Antwort bekommen würde, und schluckte den Satz hinunter. Sie betrachtete Rydes und Oskarssons Rücken. Die beiden standen jetzt an der Ladentheke. Ryde sagte etwas zu seinem Kollegen, der daraufhin stumm nickte. Dann begannen sie ihre Suche nach Fasern, Fuß- und Fingerabdrücken, fremden Gegenständen, irgendwelchen Hinweisen, die eventuell mit dem Verbrechen in Zusammenhang standen. Die Zahl der Fragen im Rahmen polizeilicher Ermittlungen war endlos.

Fünfundzwanzig Minuten später waren sie fertig: Sie hatten einen kleinen Teil der Buchhandlung so weit untersucht, dass die Kriminalpolizisten hereinkommen und sich einen ersten Überblick verschaffen konnten. Anschließend würden die Kriminaltechniker ihre Arbeit fortsetzen, die sicher noch den ganzen Tag dauern würde.

»Ich habe Lyksell angerufen«, sagte Ryde.

Mit Lyksell, einem Gerichtsmediziner, der vor drei, vier Jahren einmal sein Glück bei Lindell versucht hatte, dann jedoch in schneller Folge geheiratet hatte und Vater einer kleinen Tochter geworden war, arbeiteten sie am häufigsten zusammen.

»Wann kommt er?«, fragte Lindell.

»Woher soll ich das wissen?«, fauchte Ryde.

Ann Lindell beugte sich über den Leichnam. Haver, Riis und Sammy Nilsson standen in einem Halbkreis hinter ihr. Ein blutjunger Mann, dachte sie verbittert und sah ihre Kollegen an. Haver wirkte bedrückt, Riis schien eher auf Rache zu sinnen, und Sammy musterte die massakrierte Gestalt mit einem traurigen Blick.

»Noch ein Junge«, sagte er nur.

Es war still in der engen Buchhandlung. Von fern drangen Stimmen herein. Lindell las die Aufschrift auf dem T-Shirt des Jungen: »Dreamland«. Gelbe, blutbesudelte Buchstaben.

»Wer ist er?«, fragte Haver.

»Johansson hat nach einem Portemonnaie oder etwas Ähnlichem gesucht, aber er scheint nichts bei sich gehabt zu haben.«

»Konstapel Johansson ist hier gewesen und hat alles angefasst?«, sagte Riis. »Dann können wir die Ermittlungen ja gleich einstellen.«

Lindell sah ihn an, sagte aber nichts, sondern richtete ihre Aufmerksamkeit wieder auf das Opfer. Es konnte keinen Zweifel geben, dass der Mann ermordet worden war. Er war ganz offensichtlich von mehreren kräftigen Schlägen getroffen worden, vor allem am Kopf. Wahrscheinlich war die Tatwaffe der Stuhl, der unmittelbar neben dem Toten lag. Das Stirnbein des Jungen war eingedrückt, ein Ohr zerfetzt, und vermutlich hatte er weitere Verletzungen am Hinterkopf, aber es würde noch eine Weile dauern, bis sie die Leiche umdrehen konnten.

Die Blutlache auf dem Steinfußboden war mindestens einen Quadratmeter groß. Der Junge war einmal blond gewesen, aber den Großteil seiner kurzgeschorenen Haare hatte das Blut dunkel gefärbt. Unmittelbar hinter seinem Kopf stand ein Regal mit Stofftieren. Eine Willi-Wiberg-Puppe war herabgefallen und lag dicht neben der Leiche.

Wie alt er wohl ist, dachte Lindell. Siebzehn oder achtzehn vielleicht. Der Tote war schlank und sah definitiv nicht wie ein Raufbold aus. Er trug ein T-Shirt, eine kurze Sommerjacke, eine Hose voller Flecken, vermutlich Urin. Weder Ringe noch sonstiger Schmuck. Die Füße steckten in Sandalen. Seine Hände waren klein, die Fingernägel gepflegt. Ein gut erzogenes Mamasöhnchen, murmelte Lindell und richtete sich wieder auf.

»Verdammt«, sagte sie. »Wann kommt denn nun endlich Lyksell?«

Den Kollegen war bereits aufgefallen, dass Lindell ungeduldiger war, seit sie nach ihrer Elternzeit wieder den Dienst angetreten hatte. Sammy und Haver schauten sich an.

»Der arme Junge«, sagte Riis unerwartet.

»Wir müssen ihn erst mal identifizieren«, sagte Sammy.

»Wann ist das alles passiert?«, erkundigte sich Haver.

»Der Alarm wegen Sachbeschädigung kam um 1.21 Uhr«,

erwiderte Sammy. »Es ging zunächst nur darum, aufzuräumen, eventuelle Spuren zu sichern und sich mit den Hausbesitzern und den Inhabern der Geschäfte in Verbindung zu setzen.«

»Es gibt keine Parolen oder Graffiti?«

»Sieht nicht danach aus.«

»Wie zum Teufel kann man eine ganze Straße verwüsten und dann spurlos verschwinden?«, wollte Riis wissen, der zu seinem üblichen cholerischen Tonfall zurückgefunden hatte.

»Da musst du schon unsere ›Prinzessin‹ fragen«, meinte Sammy tonlos, »die hat bestimmt eine Theorie.«

»Die Prinzessin« war sein neuer Spitzname für den Polizeipräsidenten. Der Name war während Lindells Abwesenheit aufgekommen, und sie hatte es noch nicht geschafft zu fragen, worauf er eigentlich anspielte.

»Das war bestimmt dieses Gesocks aus den multikulturellen Vierteln«, meinte Riis.

Lindell sah sich um. Abgesehen von ein paar Büchern auf dem Fußboden gab es keine Anzeichen von Zerstörung oder einem Kampf.

»Wem gehört das Geschäft?«, fragte sie.

»Einem Mann namens Fridell, aber der hat den Jungen nicht gefunden, sondern eine Frau, die hier arbeitet. Sie sitzt in Beas Wagen.«

»Bea ist hier?«

»Sie ist direkt von zu Hause gekommen. Ich glaube, der Diensthabende hat sie angerufen«, meinte Haver.

»Zu Hause?«

»Ja, soweit ich weiß, sind die beiden verwandt.«

»Verwandt?«, wiederholte Lindell überflüssigerweise. »Holt diese Tante herein«, fuhr sie fort.

»Sie steht ziemlich unter Schock«, sagte Haver.

»Vielleicht erkennt sie den Jungen.«

»Sie meinte, sie würde ihn nicht kennen«, wandte Haver ein.

»Aber vielleicht hat sie auch nicht so genau hingesehen«, erwiderte Lindell.

Birgitta Lundebergs Gesicht war hochrot, als sie von Beatrice Andersson in die Buchhandlung geführt wurde. Lindell sprach mit ihr über den Schock und erklärte, man sei ihr sehr dankbar für ihre Mitarbeit. Die Frau starrte Lindell an wie ein fremdes Tier.

»Könnte es vielleicht Thomas sein?«, sagte sie leise.
Lindell trat ein wenig näher an sie heran.
»Welcher Thomas?«
»Mein Neffe. Er arbeitet hier als Aushilfe.«
»Wie alt ist er?«
»Er wird im Herbst neunzehn, am 23. September.«
»Das haben Sie vorhin nicht erkennen können?«
»Nein, ich habe nur die Beine gesehen«, sagte die Frau.
Haver schielte zu Lindell hinüber, die nickte.
»Wir wären Ihnen sehr dankbar, wenn Sie ihn sich noch einmal anschauen könnten«, sagte sie.

Birgitta Lundeberg blickte zu Johansson auf, der sich neben ihrer schlanken Gestalt wie ein Berg erhob. Er nickte ihr aufmunternd zu, und sie machte ein paar Schritte in das Geschäft hinein. Haver sah, dass die Frau auf ein Bilderbuch trat, wie er eines vor ein paar Jahren gekauft hatte.

»Ist er verletzt?«, fragte sie.
Er ist tot, hätte Sammy am liebsten erwidert, hielt sich aber zurück.

»Er hat Verletzungen davongetragen«, sagte Lindell, »aber es wäre wirklich sehr wichtig für uns, wenn Sie uns helfen könnten.«

Birgitta Lundeberg machte zwei wacklige Schritte nach vorn und sah entsetzt auf den ermordeten Jungen hinab, schnappte nach Luft und wäre beinahe rücklings umgekippt. Johansson stand dicht neben ihr, um sie gegebenenfalls zu stützen.

Die Polizisten starrten sie an.

»Das ist nicht Thomas«, sagte sie schließlich.

»Sind Sie sicher?«

Die Frau nickte.

»Kommt Ihnen sein Gesicht bekannt vor?«

»Es ist niemand, den ich kenne«, flüsterte sie. Sie war leichenblass.

»Danke«, sagte Lindell, »Sie sind sehr tapfer gewesen.«

»Tapfer«, wiederholte die Frau, während sie von Johansson ins Freie geleitet wurde. »Ich bin diese ganzen Toten so leid«, hörten sie die Frau sagen, als sie auf die Straße trat.

»Wie meint sie das?«, fragte Haver.

Ann Lindell wurde an ihre Heimat Östergötland erinnert, als sie Birgitta Lundebergs Worte hörte. Hatte sie einen Anflug des dortigen Dialekts herausgehört oder musste sie wegen der Bemerkung über Tote an ihre Eltern denken? Ein Dauerthema in den Gesprächen mit ihnen waren Krankheiten und die Altersgenossen ihrer Eltern, die einer nach dem anderen aus dem Leben schieden. Ann kam es oft vor, als würde ihre Mutter das Thema nur anreißen, um die Tochter daran zu erinnern, wie gebrechlich sie waren und dass sie jeden Moment sterben konnten. Natürlich nur, um Ann indirekt vorzuwerfen, dass sie sich zu wenig um ihre Eltern kümmerte.

Ryde holte sie in die Wirklichkeit zurück.

»Wenn ihr genug gesehen habt, könnt ihr den Raum jetzt verlassen«, sagte er.

Das Quartett vom Kommissariat für Gewaltdelikte zog sich zurück. Lindell war froh, wieder an die frische Luft zu kommen. Nach dem Leichenfund in der Buchhandlung hatte sie die Kollegen angewiesen, alle Geschäfte zu durchsuchen. Sie sah, dass ein paar Streifenpolizisten vor einem Café standen und mit einem Mann diskutierten, der wild gestikulierte.

Eine Frau, die Lindell einmal in einer Zeitungsreportage gesehen hatte, stand ein paar Meter davon entfernt. Sie weinte still.

»Wir müssen überprüfen, ob jemand als vermisst gemeldet wurde. Es wäre immerhin möglich, dass der Junge dabei ist.«

»Er sieht zu jung aus, um schon Student zu sein«, sagte Sammy.

»Stimmt, seine Familie wohnt sicher in der Stadt«, pflichtete Haver ihm bei.

Lindell ging ein wenig zur Seite und sah Beatrice an der Ecke zur Trädgårdsgatan stehen. Es war Viertel vor zehn.

5

Samstag, 10. Mai, 8.10 Uhr
Die Alte hatte während des Winters merklich abgebaut, ihre mageren Schultern waren noch dünner geworden, und sie sagte sogar selber, sie sehe immer mehr wie ein Eichelhäher aus.

»So, so, du willst also wegfahren?«, sagte sie.

»Vierzehn Tage«, antwortete Edvard.

»Und was gibt es in diesem Land?«

»Sonne und Meer.«

Viola fuhr herum und zog den schrill pfeifenden Wasserkessel von der Herdplatte. In der Küche hatte sie nichts von ihrer Schnelligkeit verloren. Edvard sah aus dem Fenster.

»Soll ich die Flagge hissen?«

»Warum?«

»Weil es Frühling ist. Das sollten wir feiern und draußen frühstücken.«

»Kommt überhaupt nicht in Frage«, entschied Viola. »Eine Lungenentzündung holt man sich auch so schon schnell genug.«

»Es sind dreizehn Grad. Am Holzschuppen ist es sicher schön warm.«

Er sah sie an, ihren Rücken, die widerspenstigen Haare, die knochige Hand, wie sie die Tassen aus dem Schrank holte.

»Viktor und ich könnten ein paar Heringe fangen. Die würden uns bestimmt gut schmecken, nicht?«
Sie drehte sich zu ihm um, und ihre Blicke trafen sich.
»Das würde ihm sicher Spaß machen«, sagte sie.

Edvard saß träge am Tisch und fühlte sich zum ersten Mal seit langer Zeit völlig erledigt. Einen Monat lang hatten er und Gottfrid in Gimo an einem Haus gearbeitet, das eigentlich schon Mitte April bezugsfertig sein sollte, aber erst vor ein paar Tagen fertig geworden war. Sie hatten hart arbeiten müssen und sich nicht immer gut verstanden. Außerdem hatte die ständige Kritik des Hausbesitzers ihnen in den letzten Wochen die Arbeit verleidet. Gottfrid traf im Grunde keine Schuld an der Verzögerung, aber er musste für die Langsamkeit der Materiallieferanten büßen. Als sie schließlich fertig waren, fiel eine zentnerschwere Last von ihnen.

Viola und Edvard tranken schweigend ihren Kaffee. Auf einem Teller lagen zwei Brote.

»Das gibt es hier auch«, meinte sie.
»Was?«
»Sonne.«
»Sicher.«
»Und das Meer liegt da unten.«
»Das ist richtig.«
»Wo es schon immer lag«, ergänzte Viola und begann, den Tisch abzudecken.
»Willst du mitkommen?«
»Du bist wohl verrückt!«
»Ich denke jedenfalls, ich fahre mal nach Uppsala. Es kostet ja nichts, sich unverbindlich zu erkundigen. Bei der Gelegenheit könnte ich auch gleich einkaufen gehen.«
»Gibt es da Schlangen?«

Wie alle Schärenbewohner hatte Viola große Angst vor Reptilien.

»Mit Sicherheit.«

»Du hast immer vom Meer gesprochen, deshalb bist du hergekommen.«

Sie hielt inne, aber Edvard wusste, dass sie es dabei nicht belassen würde.

»Du hast vor dem Haus gestanden und gesagt, du würdest dich nach dem Meer sehnen, erinnerst du dich? Ich habe dir angesehen, dass du traurig und hungrig wie ein räudiger Fuchs warst.«

»Sah ich so erbärmlich aus?«

»Wie ein Fuchs, der schon lange nichts mehr zwischen die Zähne bekommen hat.«

»Ich kann mich nicht erinnern, besonders hungrig gewesen zu sein.«

»So meine ich das nicht«, fauchte Viola unwirsch.

Edvard stand auf.

»Jetzt genügt dir dieses Meer nicht mehr«, meinte Viola mit dem Rücken zu ihm.

»Doch, es genügt mir«, sagte er gerührt, war ihrer Sorgen aber auch ein wenig überdrüssig. »Du weißt genau, dass ich zurückkomme.«

Sie drehte sich um.

»Viktor will sich bestimmt verabschieden.«

»Ich fahre doch noch gar nicht.«

»Er kommt jedenfalls vorbei. Er soll mir mit dem Brennholz helfen.«

»Das ist doch schon alles erledigt.«

»Jaja, irgendetwas war aber.«

»Also ich fahre jetzt in die Stadt. Soll ich einkaufen gehen?«

Er hatte eines späten Abends bei Viola angeklopft und sie gebeten, ein Zimmer mieten zu dürfen. Obwohl sie eigentlich schon seit Jahren nicht mehr vermietete, hatte sie sich von seiner Müdigkeit und seinem verlorenen Blick erweichen lassen. Damals hatte er nur ein vorübergehendes Asyl gesucht.

Inzwischen war er ein Einwohner von Gräsö geworden und würde es wahrscheinlich auch bleiben. Schon vor zwei Jahren hatte Viola ihm erzählt, dass sie ihm ihr Haus vererben würde.

Die anderen Inselbewohner hatten ihn akzeptiert. Er wohnte bei einer Einheimischen, benahm sich anständig und arbeitete mit Gottfrid zusammen – das reichte den eigensinnigen Insulanern.

Er hatte gelernt, in den Schären zu leben, und war oft zum Fischen auf dem Meer, manchmal zusammen mit Viktor, meistens jedoch alleine. Die Anwohner der Bucht sahen ihn oft in Viktors Boot, als einen Schatten in der Kajüte oder auf dem Vordeck, wenn er die Netze auswarf oder einfach nur dastand, zum Horizont sah und Seeadler beobachtete, die am Himmel kreisten.

Tatsächlich erschien er manch einem durch seinen Lebensstil und seine spärlichen Kontakte mit der Außenwelt authentischer als viele Einheimische. Edvard war sich bewusst, dass in den Häusern über ihn geredet wurde. Er war der Eigenbrötler, der sich das Heim mit einer Eigenbrötlerin teilte.

Edvard wirkte auch dann noch einsam, wenn er unter Leuten war. Er war durchaus ein geselliger Mensch, aber irgendetwas in seiner Art, sich zu geben, konnte die abweisende Haltung des Einzelgängers nicht verleugnen. Die Polizistin, mit der er zwei Jahre zusammen gewesen war, hatte ihn betrogen, war von einem anderen Mann schwanger geworden und hatte Edvard seiner Trauer überlassen. So erzählten es sich die Leute, und im Großen und Ganzen entsprach es auch der Wahrheit. Edvard trauerte. Um Ann und um ein Leben, von dem er wusste, dass es möglich gewesen wäre.

Er blieb für einen Moment auf dem Hof stehen. Die neuen Nistkästen hatten bereits erste Gäste. Es wehte ein lauer Wind, der Frühling verhieß. Gräsö war ein, zwei Wochen hinter dem Festland zurück, aber jetzt wurde es auch hier Zeit, die Felder zu bestellen. Noch vor zwei Jahren war er von innerer Unruhe erfasst worden, wenn der Winter dem Frühling weichen musste und die Erde duftete. Mittlerweile sah er das alles gelassener. Er musste nicht, ja wollte vielleicht nicht einmal auf diese Gefühle hören. Er brauchte nicht mehr zum Pflügen und Säen aufs Feld. Dennoch ging er zum Acker, wie Bauer Lundström es auch zu tun pflegte. Er wollte vor allem schauen, wie der Boden aussah, ein wenig mit sich selber reden und vielleicht auch ein paar Worte mit Lundström wechseln, falls sie sich begegneten.

Edvard ging in die Hocke, wie er es tausendmal zuvor getan hatte. Mit der Hand auf dem Erdboden versuchte er an Lundström zu denken, an die Steine, an den Wind, der seine Gestalt umspielte, und daran, dass Lundström Unkraut jäten müsste. Aber in Wahrheit dachte er an Ann Lindell. Er war in ihrer Nähe glücklich gewesen. Das Erdreich und ihre warme Haut waren eins geworden, in den Konturen und Rundungen ihres Körpers, dem hellen Flaum und ihren Haaren hatte er Landschaften gesehen. Alles war eins – ihre Düfte und die der Böden, die Freude, die Schritte im Wald, am Feldrand.

Ich war glücklich, dachte er und richtete sich lächelnd wieder auf.

Im vergangenen Winter hatte er sporadisch die Veranstaltungen des Kulturvereins in Öregrund besucht und Vorträgen von Bergsteigern, Schriftstellern und Abenteurern gelauscht, die Reisen nach Grönland und Sibirien unternommen hatten, ihre Dias gesehen und sich gelegentlich selber gesagt: Da sollte ich auch mal hinfahren.

Jetzt würde er auf Reisen gehen, aber im Gegensatz zu den Abenteurern zog es ihn nach Süden. Mit Fredrik hatte er sich über Strände, das Meer und Fische unterhalten.

Am Ende des Winters hatte er dann immer häufiger darüber nachgedacht, eine Reise zu machen. Fredrik hatte eine Insel erwähnt, die Koh Lanta hieß, und sie war jetzt Edvards

Ziel. Er hatte einen Reiseführer gekauft, der im Großen und Ganzen Fredriks Bericht bestätigte.

Jedenfalls würde er in Uppsala in ein Reisebüro gehen. Er lächelte still vor sich hin und schlenderte zurück. Der kurze Moment auf Lundströms Feld hatte ihn aufgewühlt, aber die Tatsache, dass er sich selbst wieder beruhigen konnte, zeigte ihm, die Absprache, die er mit sich selbst getroffen hatte, wurde eingehalten.

6

Samstag, 10. Mai, 10.05 Uhr
Seltsamerweise sah sie ihn zuerst, obwohl er inmitten einer Menschenmenge stand, die sich an der Nybron versammelt hatte, einer wogenden Masse, die sich schon aufzulösen schien, um im nächsten Moment doch wieder größer zu werden.

Er stand in der ersten Reihe, halb verdeckt von ein paar Kindern. Ann Lindell glaubte das verwaschene Hemd wiederzuerkennen, das er trug. Er war wie immer braungebrannt. Sein Anblick traf sie wie ein Schlag, und ihr Magen krampfte sich zusammen. Es war ein unverhofftes, aber nicht unangenehmes Gefühl. Sie war verwirrt, wenn auch nicht sonderlich überrascht, denn irgendwann musste sie ihm ja einmal begegnen. Jetzt stand er also da, nur sechzig Meter von ihr entfernt. Wie lange braucht man, um sechzig Meter zu gehen? Da stand Edvard, der Mann, den sie so leidenschaftlich geliebt, begehrt und dann aus Fahrlässigkeit verloren hatte.

Sie sah, dass er sich mit einer Frau unterhielt. Sie war jünger als er, blond und trug einen langen Mantel. War das seine neue Freundin? Konnte er mit einer Frau zusammen sein, die einen solchen Mantel trug? Sie ging weg, er sah ihr nach. Edvard, den sie fast zwei Jahre lang nicht mehr gesehen hatte, er hatte sich nicht verändert.

Haver sagte etwas, das sie nicht verstand.

»Bitte?«

»Ich habe gesagt, die Kollegen haben auf der Straße Blutspuren gesichert.«

»Sprich mit Ryde«, erwiderte sie kurz angebunden.

»Was ist denn los? Du bist ja ganz blass.«

»Edvard«, sagte sie nur.

»Ist er hier?«

Sie nickte in Richtung Brücke, und Ola Haver versuchte ihn in der Menge auszumachen.

»Das ist ja ein Ding«, meinte er, als er ihn entdeckt hatte. »Willst du mit ihm reden?«

In diesem Moment bemerkte Edvard sie und machte unwillkürlich einen Schritt nach vorn, wurde jedoch durch die Absperrung aufgehalten. Er hob grüßend die Hand. Sie erwiderte seine Geste mit einem zaghaften Winken.

Sie sahen sich kurz an, dann ging er und verschwand wieder in der Menschenmenge.

»Nein«, sagte sie und machte eine unbeholfene Geste.

Haver sah, wie ihre Verwirrung in Verzweiflung umschlug, die Schultern heruntersackten und die Arme schlaff herabhingen.

»Er ist gegangen«, stellte sie fest.

»Allerdings. Er war wohl genauso geschockt wie du.«

Ann Lindell wandte sich schweigend ab. Der Anblick der verwüsteten Straße war ein Spiegelbild ihres eigenen Lebens, Scherben pflasterten ihren Weg. Jetzt, da es ihr endlich gelungen war, die Erinnerungen an Edvard zu verdrängen, ihn und seine verdammten Augen und Hände in die abgelegensten Winkel ihre Hirns zu pressen, tauchte er plötzlich auf und verschwand dann ebenso schnell wieder. Es kam ihr vor wie ein Trugbild, aber er war es tatsächlich gewesen. Er hatte die Hand gehoben, wollte sich zu erkennen geben, aber nicht mehr, wollte keinen Kontakt aufnehmen, kein Wort mit ihr wechseln. So ein Mist, dachte sie, er hätte wenigstens fragen können, wie es mir geht, dann hätte ich ihn mir ansehen und für eine Weile seine Stimme hören können. Braun war er. Sie war blass. Er sah kerngesund aus. Dieses Hemd, das er anhatte, war so typisch für Edvard. Wenn er ausnahmsweise einmal in die Stadt fuhr, zog er garantiert die ältesten Klamotten an, die er im Kleiderschrank finden konnte.

Verstohlen schaute sie sich um, und ihr Blick fiel auf Haver, der ganz unglücklich aussah. Er hatte sie damals mit einer Umarmung und einem Kuss verführen wollen, war dann aber verschreckt zu seiner Rebecka zurückgerannt. Sie hatte seinen Besuch in der Vorweihnachtszeit mehrfach Revue passieren lassen.

Jetzt stand er da und gab sich einfühlsam. »Fahr zur Hölle«, zischte sie leise, »fahrt doch alle zur Hölle.«

Die Kollegen suchten zwischen den Glassplittern nach Gegenständen, die für die Ermittlungen relevant sein könnten. Sie ähnelten Blaubeerpflückern, die auf der vergeblichen Jagd nach Beeren im dünnen Gestrüpp stocherten. Lindell beobachtete sie mit gleichgültigem Blick. Sie ahnte, dass die Beamten nicht viel mehr finden würden als alte Eisverpackungen, Zigarettenkippen und anderen Müll, aber diese Arbeit musste dennoch getan werden.

Sie war gezwungen, sich zusammenzureißen. Was blieb ihr auch anderes übrig? Auf der Straße zusammenzubrechen und zu flennen? Sie war eine Meisterin in der Kunst des Verdrängens und würde es auch diesmal wieder schaffen.

Ihr Handy klingelte, und sie riss es mit einer gereizten Bewegung heraus, erstarrte jedoch, als sie die Nummer auf dem Display sah.

Sie hat immer noch seine Nummer gespeichert, dachte Haver, der Lindell die ganze Zeit nicht aus den Augen gelassen hatte. Sie trommelte mit der freien Hand auf ihrem Oberschenkel, wie sie es immer tat, wenn sie nervös wurde.

Nun geh schon ran, dachte Ola Haver. Oder geh nicht ran und vergiss diesen Bauerntölpel, der bringt dir doch nur Ärger. Sie starrte immer noch das Telefon an, meldete sich aber schließlich. Es wurde kein langes Gespräch. Ann Lindells angespannter Rücken wurde etwas lockerer, und sie steckte nachdenklich das Telefon wieder ein, während sie die Straße hinabspähte. Einen Moment lang blieb sie regungslos stehen, und Haver glaubte zu sehen, dass sie überlegte, ob sie zur Brücke laufen sollte. Stattdessen ging sie mit energischen Schritten zu Ryde, und die beiden wechselten ein paar Worte. Lindell zeigte zu dem Hang, der zur Universitätsbibliothek hinaufführte. Ryde wirkte abweisend, aber das hatte nichts zu sagen, Charme gehörte nicht zu seinen Stärken. Haver war überzeugt, dass der Griesgram Ann Lindell trotzdem mochte.

Ansonsten war Ryde noch ganz vom alten Schlag, »deadwood«, wie ein australischer Kollege bei einem Besuch die alten Hasen im Polizeicorps genannt hatte, denen Frauen in Uniform, und erst recht als Ermittlerinnen bei der Kriminalpolizei, ein Gräuel waren. Haver hatte den Begriff von *down under* bei ihnen eingeführt, und er war von seinen weiblichen Kollegen dankbar aufgegriffen worden, nicht zuletzt von Beatrice Andersson, die am meisten unter den Machoallüren mancher Polizisten zu leiden hatte. Beatrice bot mehr Angriffsfläche als Ann, stritt sich häufiger, kritisierte schärfer.

Haver glaubte, dass der Kampf so gut wie entschieden war, aber es gab immer noch »totes Holz«. Wenn er Beatrice darauf ansprache, könnte sie ihm die Lage sicher genau analysieren.

Haver beobachtete, mit welchem Eifer sich Lindell und Ryde unterhielten. Sie beugten sich etwa zehn Meter von der Buchhandlung entfernt über den Bürgersteig. Das Blut kann doch von jedem stammen, dachte Haver und sagte das auch zu Sammy, der sich neben ihn gestellt hatte.

»Mag sein, aber ansonsten gibt es nicht viel, also müssen wir für alles dankbar sein. Es ist übrigens niemand als vermisst gemeldet«, meinte Sammy. »Ich glaube, der Junge kommt aus Uppsala, was meinst du?«

»Schwer zu sagen«, erwiderte Haver, der noch immer Ann Lindell beobachtete.

Edvards unvermitteltes Auftauchen hatte die Erinnerung an die Szene in Lindells Küche zu neuem Leben erweckt. Das angespannte Verhältnis zu Rebecka, das der Auslöser für seine »Attacke« gewesen war, hatte sich inzwischen wieder halbwegs normalisiert. Als sie gemeinsam ein paar Tage in London verbracht hatten, war es für sie beide eine Art Neuanfang gewesen. Ohne die Kinder hatten sie Museen besucht, gut gegessen und sich im Hotelzimmer mit einer Intensität geliebt, die ihn an ihre erste gemeinsame Zeit erinnerte.

Aber das Band zwischen ihnen war immer noch brüchig. Die freudige Erregung, die früher immer auf dem Heimweg vom Dienst seinen Körper durchzuckt hatte, wenn er wusste, dass Rebecka zu Hause war, stellte sich nicht mehr so häufig ein. Ab und zu schliefen sie pflichtschuldig miteinander, ohne dass er dies als besonders erstrebenswert oder schön empfunden hätte.

Jedenfalls hatte Haver beschlossen, sich nie mehr auf ein Abenteuer mit Ann Lindell einzulassen. Ihre Freundschaft war ihm wichtiger als verzweifelter, heimlicher Sex. Aber manchmal tauchten die alten Gefühle für sie wieder auf, und er stellte sich vor, dass sie sich leidenschaftlich liebten, auf ihrem Schreibtisch oder auf dem abgewetzten Sofa im Konferenzraum.

Solche Gedanken waren nie ganz verschwunden und nach ihrer Rückkehr in den Dienst sogar wieder stärker geworden. Seit Ann Lindell ein Kind bekommen hatte, war sie noch attraktiver als früher. Ihr Körper war nicht mehr so schmächtig, und Haver empfand eine körperliche Intimität in ihrer Nähe, die es früher so nicht gegeben hatte. Er kämpfte dagegen an und erlaubte sich nie etwas, das wie ein Flirt oder der Versuch einer Wiederholung des Vorfalls in ihrer Küche gedeutet werden konnte.

Haver war oft eifersüchtig auf Ottosson, den Kommissariatsleiter. Ann Lindell und er umarmten sich gelegentlich und schauten einander auf eine Weise an, die zeigte, wie nahe sie sich standen. Manchmal gab sie ihm sogar einen Kuss auf die Wange, gefolgt von einer scherzhaft flirtenden Bemerkung.

Haver ahnte, dass seine Gefühle auch mit dem Bedürfnis zusammenhingen, von ihr anerkannt zu werden. Offiziell war sie seine Vorgesetzte. Unter der Leitung Ottossons war sie verantwortlich für die Ermittlungsarbeit des Kommissariats. Aber die offizielle Seite war nicht das Entscheidende. Sie war Vorgesetzte aufgrund ihres Könnens, das mittlerweile niemand mehr in Frage stellte. Die Kritik an Ann Lindell war verstummt, was jedoch nichts daran änderte, dass er sich ihr unterlegen fühlte. War es eine Frage von Macht? Sie war eine Frau, er ein Mann. Konnte er sie in gewisser Weise entwaffnen, indem er mit ihr schlief? Wenn er Rebecka liebte, hatte er Anns Körper vor Augen.

Ann Lindell spürte Havers Blick und wusste, dass er begriffen hatte, wer angerufen hatte. Es wäre ihr lieber gewesen, er hätte das Gespräch und ihre Reaktion nicht bemerkt.

Sie hatte festgestellt, dass er sich veränderte, wenn sie nebeneinander hergingen oder einander unabsichtlich berührten. Dann verkrampfte er sich, sah sie arrogant und schüchtern zugleich an. Es hatte Momente gegeben, in denen sie ihn haben wollte, vor allem wenn sie gestresst war, weil eine Ermittlung in eine entscheidende Phase getreten war, so dass die Freundschaft zu einem Kollegen unerhört wichtig wurde. In solchen Momenten großer Nähe fühlte sie sich zu ihm hingezogen, wollte ihn berühren und riechen.

Liebe und menschliche Nähe halfen einem am besten, neue Kraft für die Arbeit zu schöpfen, aber Ann war allein. Sicher, sie hatte ihren kleinen Erik, und das gab ihr viel, aber er war eben ein Kind und verlangte ihr auch viel ab.

Manchmal träumte Ann Lindell von Ola Haver und erwachte in verschwitzten Laken und erfüllt von Scham und

Ekel. In diesen Nächten nahm Haver sie wortlos auf alle möglichen Arten.

Eher selten träumte sie von Edvard, diese Träume waren viel ruhiger und willkommener. War sie dann wieder halbwegs zu Bewusstsein gekommen, liebkoste sie sich im Grenzland zwischen Schlaf und Wachsein. In ihren Träumen erinnerte Edvard an einen Jugendlichen, der schüchtern, eifrig und zurückhaltend zugleich war.

Jetzt hatte er sie angerufen. Wenn er sich sicher fühlte, konnte er auch impulsiv sein, und das Telefonat und sein Vorschlag waren ein Ausdruck dieser nur selten zum Vorschein kommenden Eigenschaft gewesen.

Sie sprach mit Ryde und sorgte dafür, dass er die Glasscherben sicherte, an denen Blut klebte. Er trug seinen Arbeitsoverall, in dem er wie ein Riesenbaby wirkte. Einmal hatte sie sich ein Lachen nicht verkneifen können, ihm gesagt, wie süß er darin aussah, und sich einen vernichtenden Blick von ihm eingehandelt.

»Wir sind gleich fertig«, erklärte er. »Der Junge war nicht sofort tot, das ist jedenfalls meine Theorie, aber wir müssen abwarten, was der Gerichtsmediziner sagt.«

»Totschlag«, meinte Lindell.

»Mord«, erwiderte Ryde und betrachtete die Plastikdose, in die er die Glasscherben gelegt hatte.

»Gibt es Spuren eines Kampfes?«

»Er hat offenbar versucht, sich zu verteidigen. Die Leiche weist Abwehrverletzungen an beiden Armen auf, aber gegen einen Verrückten mit einem Stuhl in den Händen hatte er keine Chance.«

Ryde stand dicht neben ihr. Es waren diese Momente mit dem Kriminaltechniker, die sie am meisten schätzte. Wenn er leise und vertrauensvoll mit ihr sprach.

»Keine Spuren von Waffengebrauch?«

»Nein, keine Stichwunden, aber wir müssen natürlich die

Obduktion abwarten«, antwortete ein ungewöhnlich milde gestimmter Ryde.

»Er sieht eigentlich nicht aus wie jemand, der nachts Schaufenster einwirft«, sagte Ann.

»Nein, im Gegenteil. Er sieht richtig gepflegt aus«, erwiderte Ryde, und aus seinem Mund war dies ein Kompliment. Wenn man ordentlich gekleidet war und noch dazu eine einigermaßen konventionelle Frisur hatte, bewies man in seinen Augen schon guten Geschmack.

»Was denkst du?«, fragte Lindell.

Ryde sah sie einige Sekunden an, bevor er antwortete: »Ich glaube, der Junge kam zufällig vorbei, wurde in irgendetwas hineingezogen, suchte Schutz in dem Geschäft und wurde erschlagen.«

»Das deckt sich mit meinen Überlegungen«, sagte Lindell.

Sie hätte Ryde gerne angelächelt, aber es war nicht der richtige Tag, um auf der Drottninggatan zu lächeln.

»Jetzt bist du an der Reihe«, sagte der Kriminaltechniker und machte auf dem Absatz kehrt. »Ach, übrigens«, ergänzte er, als er ein paar Meter gegangen war, »ich hoffe, das war meine letzte Leiche.«

»Wie bitte?«

»Du hast mich schon verstanden. Ich habe lange genug an Toten herumgefummelt.«

»Aber du bist doch noch gar nicht im Pensionsalter«, wandte Ann Lindell ein.

»Man kann trotzdem Schluss machen«, sagte Ryde und schmunzelte.

»Wann?«

»Im Herbst. Häng es bloß nicht gleich an die große Glocke.«

Ann Lindell, Ola Haver, Sammy Nilsson und Beatrice Andersson blieben noch eine Weile, aber im Grunde gab es für sie nicht mehr viel zu tun. Beatrice hatte die Befragung der

Nachbarschaft organisiert. In der Straße gab es vor allem Büros und Geschäfte, einer der wenigen Anwohner sollte dennoch irgendetwas beobachtet haben.

Sie selber hatte mit einem älteren Ehepaar gesprochen, das von Geschrei und dem Geräusch von zersplitterndem Glas aus dem Schlaf gerissen worden war. »Lärm« waren sie an sich gewöhnt, aber die Erlebnisse der vergangenen Nacht waren etwas ganz anderes gewesen.

»Seltsam, dass nicht mehr Leute die Polizei gerufen haben«, meinte Sammy Nilsson.

»Das müssen wir erst noch überprüfen«, sagte Lindell zerstreut, »es gab bestimmt einige Anrufe.«

»Das Wichtigste ist im Moment die Identifizierung des Opfers«, sagte Haver.

Er sah Lindell an, die zustimmend nickte.

»Das wird hart«, meinte Sammy, und alle begriffen, dass er davon sprach, den Angehörigen die Nachricht vom Tod des jungen Mannes zu überbringen. »Irgendjemand wird ihn bestimmt bald als vermisst melden.«

»Ich werde das jedenfalls nicht übernehmen«, erklärte Lindell.

Es geschah selten, dass sie sich so kategorisch äußerte.

»Sammy, du weißt doch, was so läuft, das waren bestimmt Jugendliche, oder?«

Sammy Nilsson hatte sich als Mitglied einer speziellen Arbeitsgruppe eine Zeitlang mit Jugendkriminalität beschäftigt, bevor die Arbeit der Gruppe aus Kostengründen wieder eingestellt wurde.

»Na ja, ein Kaffeekränzchen des Altenclubs war es jedenfalls nicht«, antwortete Sammy in einem arroganten Ton, mit dem er Haver reizen wollte, der auch prompt reagierte.

»Mach lieber mal einen Vorschlag, als hier Witze zu reißen«, entgegnete Haver unerwartet heftig. »Du hast dich doch mit diesen Dingen beschäftigt«, fügte er beschwichtigend hinzu, als er die Blicke seiner Kollegen bemerkte.

Sammy sah ihn an, antwortete aber nicht.

»Verdammt, jetzt guckt euch mal diese Aasgeier an«, sagte Beatrice, »habt ihr gehört, dass sie im Lokalradio sogar live berichtet haben?«

»Vielleicht sollten wir Eintritt verlangen«, schlug Haver vor.

»Ann könnte die Eintrittskarten abreißen«, meinte Sammy. »Sie scheint am meisten daran interessiert zu sein, sich mit dem Mann auf der Straße zu befassen.«

Lindell hatte die Gruppe verlassen und ging alleine die Straße zur Nybron hinab.

»Sie hat bestimmt gerade ihre Tage«, ergänzte Sammy.

»Jetzt benimmst du dich wie ein Arschloch«, fuhr Haver ihn an.

Beatrice schwieg.

7

Samstag, 10. Mai, 7.20 Uhr
Ali war es gelungen, sich in sein Zimmer zu schleichen, bevor Mitras Wecker klingelte. Sie hatte ihren Sohn vermutlich nicht gehört. In den frühen Morgenstunden, kurz bevor sie aufstehen musste, um zur Arbeit auf dem Flughafen Arlanda zu fahren, schlief sie immer besonders fest. Abends war das anders, wenn sie müde war, aber keine Ruhe fand und sich, statt ins Bett zu gehen, mit allem Möglichen beschäftigte, bis sie völlig gerädert war und sich ins Schlafzimmer schleppte.

Die Manie, dass es überall sauber sein und alles an seinem Platz liegen sollte, hätte sie von ihrer Mutter geerbt, erklärte Großvater manchmal bekümmert und amüsiert zugleich.

»Frauen müssen immer alles unter Kontrolle haben«, sagte er dann, »es ist der einzige Weg für sie, das Leben zu meistern.« Und für dich, saubere und gebügelte Hosen zu bekommen, ergänzte Ali im Stillen, sagte aber nichts.

Er war froh, einem Gespräch mit seiner Mutter aus dem Weg gehen zu können, denn je älter er wurde, desto mehr sorgte sich Mitra um ihn. Sie stellte jede Menge Fragen, die er kaum verstand und die meist schwer zu beantworten waren.

»Deine Mutter ist eine Moralistin«, hatte sein Großvater erklärt. »Sie will, dass man im Leben gewisse Prinzipien befolgt.« Welche Prinzipien er meinte, erläuterte er nie näher, aber Ali spürte, dass in Großvaters Worten eine gewisse Skepsis mitschwang, auch wenn er seine Tochter fast nie offen kritisierte. Tatsächlich war er sehr stolz auf sie und ihre Prinzipien. Er hatte sie zu einer starken Frau heranwachsen sehen. Sie war zwar von gedrungener Statur wie alle in ihrer Familie und reichte Ali nur bis zu den Schultern, wurde aber von einem inneren Motor angetrieben, so dass der Großvater es bei gelegentlichen Andeutungen und einem leicht amüsierten Lächeln beließ. Manchmal kam es Ali sogar vor, als hätte der Großvater Angst vor seiner Tochter.

Er setzte sich auf sein Bett und blieb minutenlang regungslos sitzen, bis er sich schließlich rücklings auf die sorgsam ausgebreitete Tagesdecke fallen ließ. Das Bettzeug pfleglich zu behandeln, gehörte ebenfalls zu Mitras Prinzipien. Vor lauter Müdigkeit irrten Alis Gedanken ziellos umher. Die Eindrücke des Abends und der Nacht vermischten sich. Er versuchte, sich den Ablauf des Geschehens Schritt für Schritt noch einmal zu vergegenwärtigen, aber immer wieder tauchte der Anblick des Toten vor ihm auf. Ein ums andere Mal wurde die Szene wie ein Film vor seinem inneren Auge abgespult. Doch das hier war nicht die triviale Gewalt in einem Actionfilm, sondern die Wirklichkeit, die endlos als Wiederholung lief.

Er versuchte zu verdrängen, was geschehen war, denn er wusste, dass er dazu gezwungen sein würde. Wollte er weiterleben, musste er wie Großvater werden, der so viel Schreckliches gesehen und erlebt hatte und dennoch in der Lage war zu leben, zu reden, zu essen, zu schlafen und manchmal sogar zu lachen.

Konnte er jemals irgendwem davon erzählen? Nein, seine Familie würde daran zerbrechen. Ob er an seinem Schweigen zerbrechen würde, wusste Ali nicht.

Er wandte den Kopf zur Seite und sah auf die Uhr. Es war jetzt sechs Stunden her, am nächsten Morgen würden es gut vierundzwanzig und bis zum Sommer vielleicht tausend Stunden sein. Bis zum Winter jede Menge und in zehn Jahren eine endlose Reihe von Stunden. Brauchte es nur genügend Zeit, bis alles ausgelöscht war?

Nein, zumindest war es bei seinem Großvater nicht so, er erinnerte sich noch an alles. Möglich, dass er die Dinge heute in einem anderen Licht sah, aber ausgelöscht waren sie nicht. Ali fragte sich manchmal, woran Großvater dachte, wenn er so nachdenklich wirkte und sein Blick so abwesend war. Ab und zu fragte er ihn auch, bekam aber im Grunde nie eine Antwort. Einmal hatte sein Großvater gesagt: »Ich denke an einen bestimmten Schafbock, den wir früher hatten.« – »An einen Schafbock?« Ali hatte gelacht, war aber angesichts des Blicks, den ihm sein Großvater zuwarf, verstummt.

Waren das Großvater Hadis Erinnerungen? Schafböcke? Schafe, die er gehütet, verkauft oder geschlachtet hatte? Manchmal hütete der Großvater in Gedanken tatsächlich Schafe und bekam feuchte Augen. Dann stand er – auf seinen Stock gestützt – auf, ging zum Fenster und sah hinaus, verharrte eine Weile so, aufrecht und mit vorgeschobenem Kinn. Die rechte Hand schloss sich dann um den Knauf seines Stocks, und er trommelte unbewusst mit dem Zeigefinger. Manchmal murmelte er auch etwas Unverständliches. Mitra wurde bei diesen Gelegenheiten stets ganz still, verschwand in der Küche und räumte dort leise auf. Sie musste Ali nie ermahnen, den Großvater nicht zu stören.

Ali sah wieder auf die Uhr, streckte die Hand aus und schaltete den Computer ein, blieb aber auf dem Bett liegen. Der saure Geschmack von Erbrochenem ekelte ihn, und sobald Großvater die Wohnung verlassen hatte, würde er aufstehen, ins Badezimmer gehen, sich die Zähne putzen und duschen. Im Moment hatte er das Gefühl, in einem Wartezimmer zu liegen. Noch hatte er nicht gelogen, aber sobald er sein Zimmer verließ, würde er in die Zeit der Lügen eintreten.

Hadi hatte seinen Entschluss am Vortag gefasst. Wenn das Wetter sich hielt, würde er aus der Stadt hinausfahren. Er wusste, welchen Bus er nehmen musste, und hatte Mitra gebeten, für ihn in den Fahrplan zu schauen. Er zog sich warm an, denn obwohl es Mai war, konnte es doch noch recht ungemütlich werden. Er fror in letzter Zeit schnell. »Das hat mit dem Kreislauf zu tun, das ist nun mal so, wenn man alt wird«, hatte Mitra gesagt. Als ob sie davon etwas verstehen würde. Er selber war sicher, es lag an dem neuen Land, in dem es eine Kälte gab, wie er sie im Iran nie erlebt hatte, selbst wenn der Wind schneidend von den Bergen herabwehte und große Mengen Schnee fielen.

Hadi wusch sich gründlich, zog sich langsam an und kämmte sich sorgfältig die Haare. Es war ein feierlicher Moment. Es war der erste Frühlingstag, und er würde zu seinen Tieren hinausfahren. So war es, sie waren seine Tiere, und wenn er zu ihnen sprach, antworteten sie auf Persisch oder in der Sprache der Tiere, die überall auf der Welt gleich war. Er hatte das Ali zu erklären versucht, aber der Junge hatte ihm kaum zugehört und nichts verstanden.

Hadi blieb einen Moment vor Alis Zimmer stehen, lehnte den Kopf an die geschlossene Tür und glaubte, tiefe Atemzüge zu hören. Er konnte seinen Enkelsohn vor sich sehen, wie er im Bett lag, die Beine angezogen und mit dem Gesicht zur Wand. Als Ali noch klein war, hatte er oft Angst gehabt, morgens mit nackten Füßen auf den Fußboden zu treten. Manchmal war seine Furcht so groß gewesen, dass Hadi oder Mitra ihn zur Toilette tragen mussten. Im Laufe der Jahre war das wesentlich besser geworden, aber nach wie vor schlief Ali so nah an die Wand gedrängt wie möglich, und manchmal packte ihn die alte Angst mit eiserner Faust.

Der greise Mann verließ seinen Platz an der Tür, blieb aber noch im Flur. Er strich sich über den Schnurrbart, klopfte vorsichtig ein paarmal mit dem Stock auf den Boden, betrachtete sein Spiegelbild und nickte sich zu. Musste Ali nicht in die Schule? Hadi würde den Stundenplan wohl nie verstehen, manchmal hatten sie den halben Tag frei, und Ali verschlief den Vormittag. An anderen Tagen war er um zwölf schon wieder zu Hause und erklärte, es sei kein Lehrer dagewesen. Keine Lehrer, was war das nur für eine Schule. Dann fiel Hadi ein, dass Samstag war und die Kinder in dem neuen Land samstags nie Schule hatten.

Landluft würde Ali sicher guttun, dachte Hadi, klopfte mit dem Stock sachte an die Tür und wartete einen Moment. Anschließend setzte er seufzend seine Mütze auf, verließ die Wohnung und trat in die Maisonne hinaus.

Er war sofort besser gelaunt. Der vollbesetzte Bus, in dem er einige Landsleute erkannte, die er höflich grüßte, brachte ihn in die Innenstadt. Dort stieg er um. Er hätte gerne zu irgendwem etwas gesagt, egal was, vielleicht eine Bemerkung über den Frühling.

Der Busfahrer schaute flüchtig in den Rückspiegel. Er ist bestimmt Türke, dachte Hadi und sah die Stadt einer ländlichen Umgebung weichen. Die übrigen Fahrgäste waren inzwischen alle ausgestiegen, er war als Einziger noch im Bus. Das gefiel ihm. Er stellte sich vor, der Türke wäre sein Chauffeur, und lächelte vor sich hin. Die Landschaft vor dem Fenster veränderte sich. Sie ließen den Wald hinter sich und gelangten in eine sanft gewellte Gegend mit Wiesen und Feldern. Er sah mit Freude, dass in dem Graben entlang der Straße Wasser stand.

Plötzlich richtete er sich auf und hob seinen Stock. Der

Türke hielt an, obwohl an der Stelle eigentlich gar keine Haltestelle war. Hadi ging zur Tür und stieg in eine vertraute Landschaft hinaus. Du kannst dir ruhig den Kopf zerbrechen, dachte er, hob aber dennoch seinen Stock als Gruß an den Fahrer.

»Jetzt bist du allein, Türke«, sagte er laut und ließ den Blick über den Horizont schweifen. Er war auf einer Anhöhe ausgestiegen und hatte eine gute Aussicht über das vor ihm liegende Tal. Zwei Bauernhöfe auf einem Hügel lagen in der prallen Sonne, und die roten Scheunen sahen hübsch aus. Ein Silo setzte sich wie ein Raumschiff vom Horizont ab.

In einem der beiden Höfe auf dem Hügel sah eine ältere Frau aus dem Fenster. Ihr Mann blieb heute ungewöhnlich lange weg. Im Laufe des Winters hatte sie sich immer öfter Sorgen gemacht, er könnte fallen oder sich im Stall verletzen. Jetzt war die Gefahr an sich nicht mehr so groß, da der Hof vor dem Haus nicht länger mit einer Eisschicht bedeckt war, aber sie machte sich trotzdem Sorgen.

Sie erblickte Hadi auf dem Feldweg, sah ihn an einem Steinhaufen stehen bleiben, mit seinem Stock zwischen den Steinen stochern und dann weitergehen, als wäre er auf der Suche nach etwas. Es war der gleiche Mann wie letztes Jahr, das sah sie sofort. Damals hatte sie Greger angerufen, der ganz in der Nähe wohnte.

»Das ist sicher nur ein Pilzesammler. Du weißt doch, wie die Leute sind.«

»Aber er war dunkelhaarig.«

»Dunkelhaarig?«

»Er sah aus wie ein richtiger Berber.«

Dann hatten sie nicht weiter darüber gesprochen. Am Nachmittag hatte sie es auch Arnold erzählt.

»Die Leute rennen so viel in der Gegend herum«, war sein einziger Kommentar gewesen.

Jetzt war der Berber wieder unterwegs. Sie sah auf die Wanduhr. Greger war bei der Arbeit. Sie zog sich ihre Strickjacke über und ging auf den Hof hinaus. Im gleichen Moment kam Arnold aus der Scheune.

»Ich denke, wir müssen den Tierarzt rufen«, sagte er.

Beata Olsson erwiderte nichts, sondern zeigte zu den Feldern vor dem Wald.

»Was ist los?«

»Dieser Berber ist wieder da«, antwortete sie, »du weißt doch, der Mann, der sich schon letzten Herbst hier herumgetrieben hat.«

Arnold blickte zum Waldsaum, konnte dort aber nichts Ungewöhnliches entdecken.

»Du hast dich bestimmt geirrt«, sagte er und ging zum Haus.

Beata blieb noch eine Minute stehen und konnte ihr Unbehagen nicht abschütteln. Es war derselbe Mann gewesen, da war sie sich ganz sicher, und um diese Jahreszeit gab es beim besten Willen keine Pilze im Wald. Bei Karl-Åke war erst kürzlich eingebrochen worden. Werkzeug und Diesel waren verschwunden.

Hadi roch sie, noch bevor er sie sah. Er blieb stehen, um den Moment auszukosten, atmete tief durch und lächelte.

Eine Färse schüttelte den Kopf und muhte leise. Die Tiere sahen gut genährt und gesund aus. Das musste man diesem Land lassen, mit Tieren konnten sie umgehen. Einige Kühe hatten das Interesse an dem Neuankömmling schon wieder verloren und rupften Gras und Kräuter, während die jüngeren Tiere ihn weiter unverwandt anstierten. Er hob zum Gruß seinen Stock, und eine Kuh machte einen Sprung zur Seite.

Hadi breitete die kleine Decke aus, die er mitgenommen hatte, und ließ sich schwerfällig auf der Erde nieder, streckte die Beine aus und massierte sachte seine rechte Hüfte.

Die Kiefer der Kühe mahlten, die Tiere ließen Kuhfladen fallen und glotzten ihn gelegentlich an. Hadi tastete mit der

Hand neben sich im Gras, als suchte er dort nach etwas Brot und vielleicht auch ein paar Datteln.

Ein Fischadlerpaar segelte träge über der Ebene, sie nahmen Kurs auf den Mälarsee und wurden zu zwei kleinen Punkten am Horizont. In der Ferne hörte er einen Traktor. Die Felder waren bestellt, auf einigen stand bereits dunkelgrün der im Herbst ausgesäte Weizen. Die Pflanzen zu seinen Füßen ließen dicke Blütenstängel aus ihren Blätterrosetten sprießen. Er mochte sie sehr, die warme gelbe Farbe ihrer Blüten und ihren Duft, wusste aber nicht, wie sie hießen.

So saß er eine Stunde, vielleicht auch länger, und stand dann mit Mühe wieder auf. Langsam machte er sich auf den Rückweg, warf aber noch einen letzten Blick auf die Stelle, an der er gesessen hatte. Er hatte einen Abdruck hinterlassen.

Zuerst sah er den heruntergerissenen Draht, dann entdeckte er die Tiere. Sie standen dicht gedrängt auf der Landstraße, glotzten dümmlich und unsicher und machten ein paar Schritte auf dem Asphalt. Hadi trat näher, und zwei Jungtiere hüpften ein paar Meter weg.

»Jaja, jaja«, rief er und winkte mit seinem Stock.

Während er sich vorsichtig den Tieren näherte, behielt er sie immer im Auge. Er wollte sie nicht in die Flucht treiben.

Als er um sie herumgegangen war, um sie zu der Öffnung im Stacheldrahtzaun zurückzutreiben, hörte er den Bus, der sich von der anderen Seite des Hügels näherte. So schnell seine Beine es zuließen, lief er ihm entgegen. Der Bus überquerte in hohem Tempo die Hügelkuppe. Hadi fuchtelte mit seinem Stock. Der Fahrer trat auf die Bremse, und der Bus rutschte seitlich weg, blieb jedoch auf der Straße und kam unmittelbar vor den Tieren zum Stehen.

Es war der Türke. Er starrte erst etwas einfältig, lächelte dann aber. Hadi zeigte mit dem Stock und rief etwas auf Persisch.

»Bist du Hirte?«, fragte der Fahrer und lächelte noch breiter. »Ich bin Kurde«, fuhr er fort, als er die Miene des alten

Mannes sah, und Hadi erkannte den persischen Dialekt aus dem Norden des Iran.

Hadi betrachtete den Fahrer einen Moment, zeigte dann wieder mit seinem Stock auf die Tiere.

»Stell dich da hin, dann treibe ich die Herde in deine Richtung. Du darfst sie aber nicht vorbeilassen. Verstehst du?«

Der Fahrer nickte und lächelte.

»Da steht ein Bus auf der Straße«, sagte Beata. »Siehst du? Ob was mit den Tieren ist?«

Arnold blickte von seiner Zeitung auf.

»Ein Fuchs?«

»Nein, ein Bus«, sagte seine Frau lauter.

Arnold stand auf und ging zum Fenster.

»Und der Berber ist auch da«, rief Beata.

»Was zum Teufel«, sagte Arnold und zog seine Jacke an.

»Es sind zwei Schwarze«, sagte Beata.

Arnold eilte hinaus.

»Soll ich Greger anrufen?«, schrie Beata ihm hinterher, aber da war ihr Mann schon auf dem Hof.

Im Laufschritt bewegte er sich über die Viehweiden, und als er nahe genug gekommen war, um Details erkennen zu können, erwartete ihn ein überraschender Anblick. Ein Ausländer mit Mütze und Stock trieb die Tiere auf der Straße vor sich her, während der andere am Zaun gestikulierte. Er hörte Rufe in einer fremden Sprache und das leise Muhen der Rinder.

Als er zu ihnen kam, dämmerte Arnold bereits, was passiert war. Der Busfahrer setzte zu einer Erklärung an und zeigte auf den alten Mann, der dabei war, zwei Drahtenden miteinander zu verknoten.

»Er hat Ihre Tiere gerettet. Und meinen Bus«, sagte der Fahrer.

»Wer ist er?«

Arnold dachte daran, was Beata über Diebstähle auf den Nachbarhöfen gesagt hatte.

»Er ist Iraner, mehr weiß ich auch nicht. Er ist vor zwei Stunden mit mir hier rausgefahren.«

Sie gingen zu Hadi, der seine Mütze vom Kopf nahm und dem verblüfften Bauern die Hand schüttelte. Der Fahrer sagte etwas, und der alte Mann murmelte eine Antwort. Der Kurde stellte eine weitere Frage, diesmal fiel Hadis Antwort wesentlich ausführlicher aus.

»Was sagt er?«

Auf dem Hügel erschien Beata. Arnold winkte ihr zu.

»Er sagt, dass er früher Viehhirte war und sein ganzes Leben mit Tieren gearbeitet hat. Um in Schweden leben zu können, muss er manchmal Tiere treffen.«

»Tiere treffen?«, sagte Arnold ungläubig und starrte Hadi an, der ihn mit ernster Miene betrachtete.

»Er spricht mit den Tieren«, fügte der Fahrer hinzu.

»Kann er kein Schwedisch?«

»Damit sieht es wohl eher schlecht aus.«

»Aber Sie sprechen doch Schwedisch.«

»Ich lebe auch schon seit zwanzig Jahren in Schweden«, erwiderte der Fahrer und sah auf seine Uhr.

»Willst du mit?«, sagte er zu Hadi, der nickte und seine Mütze wieder aufsetzte.

Jetzt hatte Beata sie erreicht, und Arnold erklärte ihr, was geschehen war.

»Fährt der Hirte mit Ihnen?«

Der Fahrer nickte.

»Sagen Sie ihm, er soll morgen wiederkommen, dann können wir uns die Schafe anschauen«, erklärte Arnold. »Heute passt es nicht so gut. Der Tierarzt kommt gleich.«

Als Hadi die Übersetzung gehört hatte, nahm er erneut die Mütze vom Kopf und gab Beata die Hand.

»Vielen Dank«, sagte er.

»Er kann ja doch Schwedisch«, sagte Beata.

»Wenig«, sagte Hadi und lächelte, »klein wenig.«

Das Vieh stierte dem Bus hinterher, der davonbrummte. Das Bauernpaar blieb an der Weide zurück.

»Den Zaun hat Greger aufgestellt«, meinte Arnold.

»Habt ihr das nicht zusammen gemacht? Hast du gesehen, dass er die Mütze abnahm, bevor er mir die Hand gegeben hat?«

»Das hätte ganz schön geknallt«, sagte Arnold.

»Er hatte schöne Haare«, sagte Beata und sah den Bus in der Ferne verschwinden.

»Ich habe den Busfahrer wiedererkannt. Er fährt wie ein Verrückter.«

»Aber die Tiere sollten ja wohl auch nicht mitten auf der Straße stehen«, entgegnete Beata.

8

Samstag, 10. Mai, 10.55 Uhr
Edvard betrachtete sich im Spiegel, aber nicht wie morgens und abends beim Zähneputzen. Vielmehr versuchte er sich so zu sehen, wie andere ihn sahen.

Eigenartig, dachte er, hier stehe ich und betrachte mich selbst, als würde ich zum ersten Mal Edvard Risberg begegnen, einem Mann mittleren Alters mit diversen Gelegenheitsjobs, der auf Gräsö lebt. Spontan wollte er die Hand ausstrecken, lachte dann aber nur kurz auf. Eine Frau, die gerade das Reisebüro betreten hatte, schaute ihn fragend an.

Ann, bin ich Edvard, dachte er, der Edvard, den du früher geliebt hast? Sieht er so aus? Du hast dich jedenfalls nicht verändert, bist höchstens etwas fülliger geworden. Es ist schon so lange her.

Warum hängt man in einem Reisebüro einen Spiegel auf? Soll man vielleicht sehen, wie blass man ist, überlegte er, ehe er an der Reihe war. Er reichte der Frau, die nach ihm gekommen war, seine Wartenummer, sagte ihr, er wolle noch einen Moment überlegen und zog eine neue Nummer.

Er sah einen allmählich in die Jahre kommenden Mann, sah die Fältchen um die Augen, verstärkt durch jahrelanges Blinzeln. Seine Haare waren immer noch dicht, hatten jedoch eine so unauffällige Farbe, dass sie stumpf wirkten. Wenn die Augen der Spiegel der Seele waren, dann war er ein Träumer. Ann hatte ihm einmal gesagt, sie finde, er sehe spannend aus, was immer das bedeuten sollte. Angespannt traf es wohl eher, zumindest in fremder Umgebung und in Gesellschaft fremder Menschen. Jetzt war er im Begriff, in ein fernes Land zu reisen, das er nur mit Mühe auf einer Landkarte finden würde.

Zwei junge Männer diskutierten mit einer Angestellten des Reisebüros. Edvard belauschte ihr Gespräch.

»Gibt es da auch einen Pool?«

»Ja, aber der liegt auf der anderen Seite der Straße, etwa fünfhundert Meter entfernt«, antwortete die Frau hinter der Theke.

»Ganz schön weit«, meinte der eine. »Da muss man ja gehen.«

»Ja, ungefähr fünfhundert Meter«, sagte die Frau und lächelte.

Das ist in etwa die Strecke bis zum Bootssteg, dachte Edvard.

»Man kann doch auch im Meer baden«, meinte der andere Mann.

»Ich hab was gegen Quallen und so ein Zeug«, erwiderte der erste.

Die Frau seufzte leise.

»Vielleicht wollen Sie es sich ja noch einmal überlegen«, sagte sie freundlich.

Die jungen Männer zogen sich unschlüssig zurück, und Edvard war wieder an der Reihe. Er erläuterte seine Vorstellungen, die Frau stellte ein paar Fragen, während sie die Angaben eintippte.

»Das spielt keine Rolle«, beantwortete Edvard die meisten Fragen.

Er bezahlte und erhielt seine Reisedokumente. Das Ganze war in fünf Minuten erledigt.

»Gibt es noch mehr freie Plätze?«, erkundigte er sich.

»Ja«, sagte die Frau lächelnd, »aber die sind sicher schnell weg.«

Um einige tausend Kronen erleichtert, trat er auf die Straße hinaus. Er hatte beschlossen, nicht zu viel zu grübeln. Er vertraute Fredriks Urteil. Die Abreise war am 12. Mai, in zwei Tagen. Er musste mit Gottfrid sprechen, aber Edvard hatte den ganzen Winter und Frühling so hart gearbeitet, dass Gottfrid kaum etwas einwenden konnte. Viola war da schon eine härtere Nuss. Jetzt standen ihm zwei Tage voller besorgter Fragen bevor. Er hatte einen Stapel Prospekte mitgenommen, die er ihr zeigen würde, damit sie sah, dass er in ein zivilisiertes Land reiste und nicht in einen Dschungel voller Raubtiere und tropischem Fieber, wie sie sich einbildete. »Wie willst du denn etwas zu essen bekommen«, hatte sie gefragt. »Ich werde wohl in ein Restaurant gehen müssen«, hatte er geantwortet. Erschüttert von seiner Unwissenheit, hatte sie nur geschnaubt.

9

Samstag, 10. Mai, 10.05 Uhr
Ali hörte, dass sein Großvater die Wohnung verließ, döste wieder ein und wachte eine halbe Stunde später mit einem Ruck auf. Er hatte im Schlaf geschrien, konnte sich jedoch nicht erinnern, was er in seiner Verzweiflung gerufen hatte. Vielleicht etwas, das mit dem Boxen zu tun hatte? Oder das, was er besser vor dem Geschäft geschrien hätte? Dort hatte er stumm beobachtet und war nicht in der Lage gewesen, auch nur ein Wort über die Lippen zu bringen.

Konrad schrie ihn immer an: »Achte auf deine Deckung, verdammt, die Deckung!«

Ali schluchzte. Er wollte aufstehen, zögerte aber. Er wusste nicht, wo er hintreten sollte, der alte Albtraum quälte ihn wieder. Die ausliegenden Teppiche halfen ihm nicht, und Großvaters Hände würden ihn nie mehr hochheben.

Liegen bleiben konnte er auch nicht, denn dann würde er wieder einschlafen, der Schlaf würde ihm jedoch auch keine Ruhe schenken. Wie sollte er jemals wieder Ruhe finden können?

Er blieb liegen und kämpfte. Weiter, weiter! Er versuchte an Konrad zu denken und an Massoud, den Assistenztrainer, der Alis Cousin Mehrdad zu einem so tüchtigen Boxer gemacht hatte, ehe dieser auf die schiefe Bahn geriet und aus dem Verein ausgeschlossen wurde. Er betrachtete die Boxbirne an der Garderobe und las zum hundertsten Mal den Namen »Elite«.

Kurz vor elf klingelte es an der Tür, mehrere Male, im Minutentakt. Danach blieb es lange still, und dann klingelte es Sturm, so dass es in der ganzen Wohnung hallte. Ali hielt sich mit seinem Kissen die Ohren zu. Als der Klingelton endlich verstummt war, stand er leise auf und hüpfte zum Fenster. Er begann sofort zu frieren, das T-Shirt klebte ihm am Körper. Kalte Luft strömte in die Wohnung, obwohl es schon Mai war. Er wickelte sich in den Vorhang und spähte auf die Straße hinunter, wo niemand zu sehen war, den er kannte. Ein Schwede wühlte in den Papierkörben. Fasziniert sah Ali den Mann im Abfall stöbern und schließlich eine Flasche herausziehen. Wieder klingelte es an der Tür. Ali zuckte zusammen und wickelte den Vorhang enger um sich. In der Ecke hinter seinem Bett stand ein Baseballschläger. In der Küche gab es Messer. »Die Deckung, Ali! Und weiter, weiter!«

In dem Gefühl, seine Glieder nicht mehr unter Kontrolle zu haben, hüpfte er in den Flur hinaus und schlich zur Tür. Es stand offenbar immer noch jemand davor. Warum war Großvater nicht zu Hause? Er würde den ganzen Flur ausfüllen, die tiefen Furchen in seinem Gesicht würden Entschlossenheit signalisieren, und er würde den Stock heben.

Ali versuchte möglichst lautlos zu atmen. Es klingelte erneut. Warum hörte das nicht auf? Geh weg, geh! Ali formte die Worte mit seinen schmalen, blutleeren Lippen. Sein Herz pochte wie nach einer harten Trainingseinheit mit Konrad als Antreiber.

Der Briefeinwurf wurde mit einem Knall geöffnet, und Ali sprang zur Seite.

»Ich weiß, dass du zu Hause bist«, sagte die Stimme.

Ali war wie gelähmt. Er registrierte, dass die Luft aus dem Treppenhaus wie tödliches Gas hereinsickerte. Es roch nach Essen.

»Du bist tot, wenn du etwas sagst.«

Die Stimme war ganz ruhig. Ali fühlte sich, als wäre er bereits tot. Der Schlitz fiel wieder zu, und Ali hörte, dass sich die Tür des Aufzugs erst öffnete und dann wieder schloss und der Aufzug anschließend nach unten fuhr.

Ali schluchzte. Warum war Großvater nicht zu Hause? Er saß doch sonst die meiste Zeit in seinem Sessel.

»Die Deckung, Ali! Und weiter, weiter!« Er lief ins Zimmer zurück und knallte die Tür hinter sich zu. Der Fußboden brannte nicht mehr. Ali schlug und die Boxbirne wippte unter seinen Attacken. Er atmete schwer und begann zu schwitzen, schlug weiter und hatte das Gefühl, um sein Leben zu kämpfen.

Was hatte Konrad ihm noch gesagt? »Sieh zu, dass du keinen Ärger bekommst, du weißt doch, was ich mit Ärger meine?« Konrad sah Ali immer auf eine Art an, die ihm einerseits Angst machte, ihn andererseits aber auch aufmerksam zuhören ließ. Man spürte es mit dem ganzen Körper, dass Konrad zu einem sprach und seine Worte wichtig waren. In der Schule war das anders, die Lehrer sprachen Worte aus, aber sie waren belanglos, denn Lehrer glaubten nicht, dass man etwas begriff oder begreifen wollte. Konrads Worte ließen einen dagegen nicht mehr los. Wenn man sich nicht genug konzentrierte, setzte es einen Schlag, dass man in den Seilen landete. »Die Deckung, verdammt Ali, die Deckung! Hoch mit den Pfoten und weiter, weiter! Die Füße, ja, gut so, gut! Weiter so!«

Jetzt hatte er Konrad im Stich gelassen. Offensichtlich hatte Ali ihm doch nicht gut genug zugehört. Er war dem Ärger nicht aus dem Weg gegangen.

»Man kann nicht boxen, wenn man Schiss hat«, pflegte Konrad zu sagen, »aber man soll seinen Gegner respektieren. Weißt du, was respektieren ist? Doch du darfst niemals Angst haben. Sieh ihn an, prüfe sein Können und nutze dein Wissen. Das Boxen ist wie das Leben. Wie läuft es eigentlich in der Schule?«

Es lief nicht besonders gut. Schwedisch und Mathe waren am schlimmsten. Er gab sich alle Mühe, so zuzuhören, wie er es in der Trainingshalle tat. Ali hatte die Eigenheit, seine Oberlippe zu einem dümmlichen Grinsen hochzuziehen, wenn er unsicher war, was ihn ziemlich bescheuert aussehen ließ. Schlimmer noch, er wirkte dann ängstlich. Die Lehrer verabscheuten muskulöse, bescheuerte und ängstliche Schüler.

Konrad hatte die Aufmerksamkeit und den Blick eines Boxers. Er sah die dämliche Lippe auch. »Die Deckung, Ali! Sieh mich an! So ist's gut!«

Konrad stellte sich oft hinter Alis Rücken, hielt seine schmalen Handgelenke und zeigt ihm, wie er Schläge parieren, antäuschen und wie er angreifen sollte. Er führte Alis Arm wie in einem langsamen Tanz, und Ali drehte sich um und sah in Konrads blaue Augen. Konrad lächelte. »Verstanden?« Ali nickte. »Schön! Dann zeig's mir!« Daraufhin ließ Konrad ihn los und zog sich ein paar Meter zurück, aber Ali spürte die Gegenwart des Trainers, als würde er ihm immer noch die Handgelenke führen. »Gedanke und Körper sind eins«, sagte Konrad. »Und weiter! Zur Seite! Weich aus!«

Er hielt die Hand hoch und ließ Ali schlagen, schlagen, schlagen. Er zog sie zur Seite, wich selber aus und spornte Ali mit seiner Körpersprache und seinem Blick an. Der Blick besagte: Lies ihn, lies deinen Gegner, nicht nachlassen, nicht müde werden. Noch fünf Minuten. Weiter! Weiter!

Ali ließ von der Boxbirne ab. Er schwitzte am ganzen Körper. Ob er Konrad davon erzählen konnte? Nein, denn dann würde er wissen, dass Ali so bescheuert war, wie er mit hochgezogener Lippe aussah, dass er nicht Grips genug hatte, sich von Ärger fernzuhalten. Erklärungen würden nicht reichen. Konrad war unbestechlich. Ali hatte es oft genug mit eigenen Augen gesehen. Einige seiner Freunde, manche von ihnen vielversprechende Talente, waren im Boxverein nicht länger willkommen, nachdem sie sich in der Stadt oder in der Schule danebenbenommen hatten. Mehrdad, dem zeitweise eine große Zukunft prophezeit worden war, hatte Hausverbot bekommen, nachdem er in der Stadt eine Schlägerei angezettelt hatte. So waren die Regeln.

Konrad würde ihn vielleicht verstehen, sich aber niemals schützend vor ihn stellen. Selbst wenn Ali weitertrainieren dürfte, so hätte er doch seinen Trainer enttäuscht, und die Magie wäre für immer verschwunden.

Gab es Worte für das, was passiert war? Ali glaubte es, war sich aber nicht sicher, ob er die richtigen finden würde, vielleicht würde ihm dies nicht einmal auf Persisch gelingen. Großvater hatte für fast alles Worte, sprach aber nur selten. »Ich habe so viel gesehen«, pflegte er zu sagen, aber es kam nicht oft vor, dass er etwas von dem erzählte, was er gesehen hatte. Nur Mitra konnte ihm gelegentlich etwas entlocken, wenn sie nach dem Abendessen gemeinsam im Wohnzimmer saßen.

Ali hätte seinem Großvater jetzt gerne einen Tee gekocht und sich mit ihm an den Küchentisch gesetzt. Hadi war wortkarg, aber das störte Ali nicht weiter. Mitra redete dafür umso mehr. Sie fragte und ermahnte ihn ständig: Ali, tu dies, tu das, hast du deine Hausaufgaben gemacht, habt ihr nie etwas auf, Ali, hast du dein Zimmer aufgeräumt?

Hadi, der abgesehen von seinem Namen weder lesen noch schreiben konnte, interessierte sich nicht sonderlich für die Schule, meinte jedoch gelegentlich, Ali solle viel lesen, um später Rechtsanwalt zu werden.

Warum bist du jetzt nicht hier, Großvater, dachte Ali, ging durch die Wohnung, nahm Gegenstände in die Hand, war durch den Schlafmangel völlig erschöpft. Er stellte sich ans Fenster, befürchtete jedoch, gesehen zu werden, und zog sich gleich wieder zurück, bekam Hunger und machte sich ein Brot, aß aber nur ein paar Bissen.

Das Telefon klingelte. Ali ging hin, legte die Hand auf den Hörer, hob aber nicht ab. Unmittelbar darauf klingelte sein Handy. Die Nummer, die auf dem Display angezeigt wurde, sagte ihm nichts.

Er streunte wie ein gejagtes Tier durch die Wohnung, witterte die Gefahr und wusste, sie war da draußen, im Treppenhaus, auf dem Hof, im Stadtzentrum. Ihm war klar, dass Mehrdad unablässig an ihn dachte. Bereute er, was er getan hatte? Es spielte im Grunde keine Rolle. Er hatte es getan, und Ali war eine Bedrohung für den Seelenfrieden seines Cousins.

Er kehrte in sein Zimmer zurück, zog die Boxhandschuhe an und schlug bissige Kombinationen, die ihn ins Schwitzen brachten. Er legte eine Pause ein und trainierte anschließend mit einer Kraft und Intensität weiter, die Konrad glücklich gemacht hätten.

10

Samstag, 10. Mai, 13.20 Uhr
Ottosson schaute Ann Lindell flüchtig an, ehe er fortfuhr:
»Wie kommt jemand auf die Idee, eine ganze Straße zu verwüsten?«
»Wut«, sagte Fredriksson.
»Rache«, meinte Haver.
»Okay, wenn es um *ein* Geschäft gegangen wäre, hätte ich das Rachemotiv einleuchtend gefunden, aber warum sollte man sich an der gesamten Drottninggatan rächen?«
»Vielleicht haben sie ja mit einem Geschäft angefangen und dann Spaß daran gefunden«, sagte Haver.
»Wann ging das Ganze eigentlich los?«, erkundigte sich Riis.
»Das wissen wir nicht genau«, sagte Haver, »irgendwann gegen eins.«
»Waren denn keine Streifenwagen in der Nähe?«
»Ein Familienstreit in Eriksberg, eine Schlägerei vor dem Restaurant Flustret, die dann am Birger Jarl weiterging«, erklärte Fredriksson. »Außerdem hatten wir es im Stadtteil Svartbäcken mit wiederholten Versuchen von Brandstiftung zu tun. Irgendein Idiot hat versucht, mehrere Tankstellen in Brand zu stecken und das Ganze in der Stiernhielmsgatan mit einem netten Feuerchen in einer Autowerkstatt gekrönt.«
»Allmächtiger«, sagte Ottosson.
Haver lächelte und warf Lindell einen Blick zu, als wollte er sagen: Jetzt komm schon.
»Außerdem gab es noch einen Fall von Körperverletzung in Gottsunda«, setzte Fredriksson seine wenig erfreuliche Aufzählung fort. »Mit anderen Worten, wir hatten alle Hände voll zu tun.«
»Aha«, sagte Ottosson, »das heißt, in der Stadt war freie Bahn?«

»Es waren schon noch ein paar Wagen unterwegs«, antwortete Fredriksson. »Ein Streifenwagen machte kurz vor Mitternacht die Runde. Zwei Streifenwagen sind zu einem Zwischenfall am Fredmans gefahren.«

»Worum ging es da?«

»Das Übliche«, sagte Fredriksson, »Suff und Streit, aber es wurde niemand verhaftet.«

»Sind die Streithähne vielleicht von da aus weitergezogen?«

»Ich denke nicht, ich bin der Sache nachgegangen. Es war eine Basketballmannschaft, die vor dem Fredmans Streit bekommen hat. Offenbar ging es um Eifersüchteleien im Team, die nach ein paar Bier aufflammten. Sie haben sich dann doch wieder vertragen und gemeinsam weitergetrunken.«

»No hard feelings«, kommentierte Riis, was die meisten mit einem Lächeln quittierten.

»Will sagen: Niemand hat etwas gehört oder gesehen«, sagte Ottosson resigniert.

»Der Alarm wurde um 1.21 Uhr von Anwohnern ausgelöst. Drei Anrufe sind fast gleichzeitig bei der Leitstelle eingegangen. Kurz darauf folgten vier weitere Anrufe.«

»Wann waren wir vor Ort?«

»Wir hatten keinen Wagen in der Nähe.«

»Typisch«, sagte Ottosson.

»Wie gesagt, wir hatten zu wenig Leute«, wiederholte Fredriksson.

»Wie immer«, murrte Riis.

»Dann ist uns also kein Fisch ins Netz gegangen?«, fragte der Kommissariatsleiter, kannte die Antwort jedoch bereits.

In diesem Moment betrat Ryde den Raum. Er setzte sich und bedeutete Ottosson mit einer Geste, weiterzumachen.

»Ein schneller Tathergang, vermutlich eine Gang, und dann ein toter Junge, der mehrere Stunden später entdeckt wird und von dem wir noch nicht wissen, wer er eigentlich ist«, fasste Ottosson zusammen und sah sich im Raum um.

»Eskil, was hast du?«, fragte Lindell, die zum ersten Mal das Wort ergriff.

Ryde öffnete eine Mappe, die erste Seite darin trug die Aufschrift »Vorläufiger Bericht Todesfall«. Seine Bewegungen sind langsamer als gewöhnlich, dachte Lindell. Wenn das seine letzte Leiche war, wie er behauptete, wollte er seinen Job vielleicht ein wenig bedächtiger machen als sonst, um sich später an jedes Detail der Ermittlungen erinnern zu können. Blödsinn, dachte sie gleich darauf, während Ryde vortrug, was er bislang herausgefunden hatte. Er wies zunächst darauf hin, dass längst noch nicht alle Proben ausgewertet waren.

»Der Junge starb gegen eins, plus minus eine Stunde. Das behauptet jedenfalls Doc Lyksell, aber ich bin derselben Meinung. Er starb höchstwahrscheinlich an wiederholten Schlägen gegen den Kopf. Die Obduktion wird morgen durchgeführt, aber man darf wohl annehmen, dass gegen den Kopf gerichtete Gewalteinwirkungen mit der Folge umfassender Frakturen und eines beträchtlichen Blutverlusts die Todesursache bilden.«

Wenn Ryde aufhört, gibt es hier keinen mehr, der sich so ausdrückt wie er, dachte Lindell.

»Das Opfer ist darüber hinaus an Armen und Händen getroffen worden. Es hat versucht, sich zu verteidigen. Die Mordwaffe ist ein Stuhl, der neben dem Toten gefunden wurde. Keine Fingerabdrücke.«

»Willst du damit sagen, der Stuhl ist abgewischt worden?«, hakte Ottosson nach.

Ryde nickte.

»Was für ein kaltblütiges Schwein. Du hast rein gar nichts gefunden?«, sagte Ottosson.

»Der Stuhl ist abgewischt worden«, wiederholte Ryde.

»Habt ihr etwas gefunden, was darauf hindeuten könnte, dass unser Opfer auch etwas zum Schlagen hatte?«, fragte Lindell.

»Nein«, lautete die knappe und präzise Antwort.

»Fußabdrücke«, sagte Riis, »ich habe mir gedacht ...«

»Nein! Der Junge war einen Meter achtzig groß, von normaler Körperstatur, keine Narben, Tätowierungen oder andere besondere Kennzeichen. Seine Hände sind glatt wie ein Kinderpopo, mit anderen Worten, es handelt sich um einen Schüler oder Studenten oder anderen Schreibtischtäter. Er war ordentlich gekleidet, ohne dass er besonders teure Klamotten getragen hätte. Eben einfach ein ganz normaler junger Mann. Wir wissen noch nicht, ob er Alkohol getrunken hatte, das erfahren wir erst morgen«, sagte Ryde und sah auf die Uhr.

»Und er hatte nichts bei sich?«

»Nein, gar nichts, weder ein Portemonnaie noch ein Handy oder eine Uhr, nur einen einzelnen Schlüssel an einem Schlüsselbund.«

»Raubmord«, sagte Riis angewidert.

»Ich glaube, der Junge wurde Zeuge der Verwüstung. Vielleicht hat er auch versucht einzuschreiten oder das Ganze kommentiert. Dann wurde er in das Geschäft gejagt oder hat dort Schutz gesucht«, wiederholte Haver seine morgendliche Theorie.

»Wir dürfen nicht ausschließen, dass sich Opfer und Täter kannten«, wandte Lindell ein, aber die Mienen der Kollegen zeigten ihr deutlich, dass keiner das für sonderlich wahrscheinlich hielt.

»Du meinst, der Junge gehörte zu dieser Gang?«, fragte Ottosson.

Lindell machte eine Kopfbewegung, die sich als ein »Ja, vielleicht« deuten ließ.

»Der Junge nicht«, sagte Ryde. »Dafür sah er zu gepflegt aus.«

»Stille Wasser sind tief«, bemerkte Ottosson.

»Wie gehen wir vor?«, fragte Lindell. Ihren Kollegen war klar, dass sie die wichtigste Frage von allen meinte, die Identifizierung des Opfers. »Sollen wir etwas an die Presse geben, und wenn ja, was?«

»Liselott wollte gleich vorbeikommen«, sagte Ottosson.

»Ich werde mit ihr reden«, meinte Lindell, »dann sehen wir weiter.«

Sie setzten ihre Besprechung fort, beschlossen, die Befragung der Anwohner weiterzuführen und sich bei allen Geschäftsinhabern und deren Angestellten zu erkundigen, ob es in letzter Zeit Drohungen gegeben hatte oder ob sonst etwas vorgefallen war, das die massive Sachbeschädigung erklären konnte.

Ann Lindell verschwand in ihrem Büro, ehe Ottosson oder ein anderer sie ansprechen konnte. Das Gespräch mit Edvard wollte ihr nicht aus dem Sinn. Deshalb musste sie ein paar Minuten allein sein, um in Ruhe nachdenken zu können. Am meisten hatte sie nicht die Tatsache erstaunt, dass er angerufen hatte, obwohl das an sich schon eine kleine Sensation war, sondern seine Stimme, in der ein Ton mitgeschwungen hatte, den sie von ihm nicht kannte. Er hatte fröhlicher geklungen, nicht so zurückhaltend und zögerlich, wie sie erwartet hatte; er hatte offensiv und mit einer Selbstverständlichkeit zu ihr gesprochen, wie sonst nur, wenn sie mit dem Boot hinausgerudert waren. Dann hatte er unbekümmert und frei erzählt, und es hatte sie immer wieder verblüfft, dass ein Mensch sich so radikal verändern konnte. Im Ruderboot war ihr zum ersten Mal bewusst geworden, wie sehr sie ihn liebte.

Er hatte nicht nach Erik gefragt, sondern nur vorgeschlagen, ihn zu begleiten. Atemlos hatte sie ihn plaudern hören, während sie selber außer Stande war, einen klaren Gedanken zu fassen. Ist er etwa betrunken, war ihr durch den Kopf geschossen.

»Mal sehen«, hatte sie schließlich herausgebracht.

»Ja«, hatte er erwidert und gelacht.

Sie wusste natürlich haargenau, dass es nicht ging. Sie war

erst seit kurzem wieder im Dienst und die Personaldecke gelinde gesagt dünn. Ottosson war ihr zwar wohlgesonnen, würde ihr im Moment jedoch niemals freigeben, erst recht nicht mit nur zwei Tagen Vorankündigung. Außerdem ahnte Ann, dass es ihm insgeheim gar nicht gefallen würde, wenn sie den Kontakt zu dem »Eigenbrötler auf der Schäreninsel«, wie er Edvard nannte, wieder aufnahm.

Und dann hatte sie ja auch noch Erik. Sicher, sie würde ihn mitnehmen können. Ann hatte von Eltern gehört, die ihre kleinen Kinder überallhin mitschleppten, aber trotzdem.

Zögernd versuchte sie, Edvard und Erik zusammen zu sehen. Nein. Es ging nicht. Erik war die Mauer zwischen ihr und Edvard.

Den endgültigen Ausschlag gab jedoch dieser Mordfall. Sie konnte jetzt nicht einfach verreisen und ihre Kollegen im Stich lassen.

Ann hatte ihre Entscheidung getroffen, doch noch ehe sie an der Tür war, erhob sie schon wieder Einwände gegen ihren Entschluss. Sie riss sich zusammen und ging zu Liselotts Büro.

Johannes Kurčić war schon einmal im Polizeipräsidium von Uppsala gewesen. Damals hatte er nur einen Pass beantragen wollen, aber jetzt ging es um etwas völlig anderes. Unentschlossen blieb er vor dem Informationsschalter stehen, trat einen Schritt näher, wich dann aber gleich wieder zurück, als ein älterer Herr sich vordrängelte, um sich über irgendetwas zu beschweren.

Ziffern wechselten auf einer elektronischen Anzeigetafel, und er begriff, dass er eine Wartenummer ziehen musste. Eine Frau in einem blauroten Kleid und einem gleichfarbigen Kopftuch eilte heran.

Er sah sich um und fühlte sich nicht wohl in seiner Haut. Machte er sich etwa lächerlich? Außerdem hatte er einen Bruder, der als Globalisierungsgegner zu den Demonstranten beim Weltwirtschaftsgipfel in Göteborg gehört hatte. Paulus war zwar keiner der schwarz Vermummten gewesen, hatte aber den Mund ziemlich weit aufgerissen. Sein Bruder hatte ihm von der Brutalität der Polizei erzählt, von den skandalösen Urteilen gegen Demonstranten und den Freisprüchen für die Polizisten. Jetzt würde man sich den Namen von Johannes notieren, und ein einziger Knopfdruck genügte, um zu sehen, dass Paulus sein Bruder war.

Als Johannes Kurčić schließlich an die Reihe kam, blieb er unsicher stehen. Die Frau an der Information sah ihn fragend an.

»Sind Sie der Nächste?«

»Ich wollte fragen ...«, sagte Johannes und trat näher.

»Hier wollen alle etwas fragen«, meinte die Frau ungeduldig.

»Mein Freund ist verschwunden, und ich wollte fragen, ob er ...«

Die Frau arbeitete schon seit siebzehn Jahren bei der Polizei und war eine der schlagfertigsten Personen, die jemals an der Information gesessen hatten.

»Wie heißen Sie?«

»Spielt das eine Rolle?«

Die Frau sah ihn müde an.

»Johannes Kurčić.«

»Buchstabieren Sie den Nachnamen.«

Er leierte schnell und routiniert die Buchstabenfolge herunter.

»Sie haben einen Freund, der verschwunden ist?«

»Ja, ich weiß nicht, aber es ist ein bisschen seltsam, denn wir wollten nach Stockholm, zu einem Konzert, das Sebastian nie verpassen würde, und wir hatten uns verabredet und jetzt ...«

»Okay, ich werde sehen, dass Sie mit einem Kollegen sprechen können. Warten Sie bitte hier, es holt Sie gleich jemand ab.«

Doris Starkman hatte bereits die Hand auf dem Hörer.

Kurz darauf kam eine Polizistin zu Johannes Kurčić. Sie trug keine Uniform, worüber er ganz froh war

»Sie heißen Johannes«, sagte die Frau. »Mein Name ist Beatrice Andersson. Nennen Sie mich ruhig Bea.«

Sie nahmen den Aufzug, und Beatrice sprach kein Wort, bis sie sich an ihrem Schreibtisch gegenübersaßen.

Mittlerweile fühlte er sich noch viel unwohler in seiner Haut, er hatte nicht geglaubt, dass es einen solchen Aufstand geben würde.

»Das ist bestimmt lächerlich«, begann er, »vielleicht steckt ja gar nichts dahinter, aber mein Freund ist nicht zum Bahnhof gekommen und er geht auch nicht an sein Handy.«

Er verstummte. Beatrice sah ihn an. Sie nickte.

»Und dann hat mir meine Mutter heute Morgen von diesem Typen erzählt, der ... na ja, Sie wissen schon, dem in dem Geschäft.«

»Sie meinen in der Drottninggatan?«

Johannes nickte.

»Sie waren verabredet?«

»Um zwei am Bahnhof. Wir wollten nach Stockholm fahren. Zuerst ein bisschen shoppen und dann zu einem Konzert mit Moder Jords Massiva gehen. Das ist eine Band, die ...«

»Ich kenne die Band«, unterbrach Beatrice ihn und lächelte.

»Wirklich?«, fragte Johannes verblüfft. Er war überzeugt, dass sie log.

»Wie heißt Sebastian denn mit Nachnamen?«

»Holmberg.«

»Wann haben Sie ihn zuletzt gesehen?«

»Am Mittwoch. Wir waren Kaffee trinken im Storken.«

»Können Sie ihn beschreiben?«

»Ungefähr so groß wie ich ...«

»Und Sie sind?«

»Einsachtzig. Seb hat blonde Haare und ... Glauben Sie, dass er es ist?«

»Ich weiß es nicht«, erwiderte Beatrice.

»Ich habe ein Foto von ihm dabei.«

Er zog eine Amateuraufnahme von einem halben Dutzend junger Männer heraus, die sich unter einen Sonnenschirm zwängten.

»Seb ist der zweite von links«, erklärte Johannes und beugte sich vor. Sie riecht gut, dachte er.

»Haben Sie ›Durch die Hölle nach Westen‹ gesehen?«, fuhr er fort. »Sebastian kann so gehen wie Zeb Macahan in dem Film.«

»Wann wurde das Foto gemacht«, fragte sie, obwohl sie bereits wusste, dass sie das Mordopfer identifiziert hatten.

»Letzten Sommer.«

»Wohnt Sebastian in Uppsala?«

Jetzt begriff Johannes, konnte nicht antworten, nickte stattdessen stumm und starrte Beatrice in der Hoffnung an, sie würde ihm trotz allem sagen, dass er es nicht war.

»Ich fürchte, Ihr Freund ist der Ermordete«, sagte sie und streckte ihre Hand aus, um sie auf seine zu legen, aber Johannes zuckte zurück.

»Es tut mir leid, aber es ist leider so. Wohnt er noch bei seinen Eltern?«

Erneutes Nicken.

»Haben Sie mit ihnen gesprochen?«

»Er wohnt bei seiner Mutter, und ich wollte sie nicht beunruhigen«, sagte Johannes mit kaum hörbarer Stimme.

»Hat er Geschwister?«

Johannes schüttelte den Kopf und brach in Tränen aus. Beatrice stand auf, ging um den Schreibtisch herum und umarmte ihn. Sie versuchte etwas zu sagen, doch plötzlich kamen ihr selber die Tränen. Sie dachte daran, dass Sebastian ein Einzelkind war. Johannes presste sein Gesicht mit solcher Kraft gegen ihren Oberarm, dass es wehtat. Dann sah er sie an.

»Wir wollten doch nur ein bisschen in Stockholm abhängen«, sagte er verständnislos.

»Gut, dass Sie da sind! Und auch noch so schnell.«

Die Frau öffnete weit die Tür und lächelte. Beatrice Andersson schätzte sie auf fünfundvierzig Jahre. Zu alt, um noch Kinder zu bekommen, dachte sie. Die Frau trug einen türkisfarbenen Jogginganzug mit einer etwas zu großen Jacke und einer weiten Hose. Die Haare hatte sie mit einem Haarband hochgesteckt. Ihre Wangen waren gerötet.

»Ich komme gerade vom Training. Ich hätte nicht gedacht, dass Sie so schnell kommen. Vielleicht ist es auch gar nicht so dringend, aber man weiß ja nie. Nachher explodiert noch was oder so.«

Sie verstummte und musterte die beiden Gestalten im Türrahmen.

»Sie tragen nicht gerade Arbeitskleidung, aber Sie wollen sicher erst einmal schauen, wie es aussieht.«

»Frau Holmberg«, sagte Fredriksson formell, »wir sind von der Polizei.«

Die Frau blieb abrupt im Flur stehen, drehte sich um und starrte die beiden Beamten an.

»Von der Polizei? Ich dachte, Sie kämen von der Wohnungsbaugesellschaft. Der Heizkörper muss repariert werden«, sagte sie und machte eine vage Geste in Richtung Wohnung.

»Nein, tut mir leid, wir haben ein anderes Anliegen.«

Die Frau kniff die Augen zusammen und lächelte unsicher, so als wollte sie ihre freundliche Begrüßungsmiene nicht aufgeben.

»Sebastian«, keuchte sie dann. »Geht es um meinen Sohn?«

Müssen die Leute eigentlich immer gleich das Schlimmste vermuten, dachte Beatrice.

»Es geht um Ihren Sohn. Können wir uns setzen?«

Sie sahen der Frau an, dass sie sofort ahnte, worum es ging. Sie betraten die Küche. Lisbet Holmberg starrte Beatrice an, der ein Foto auffiel, das an der Kühlschranktür hing. Mutter und Sohn, die einander anlächelten und nicht in die Kamera sahen.

»Es tut mir sehr leid«, begann Beatrice, »aber wir glauben, dass Ihr Sohn tot ist.«

Es war halb vier an einem strahlend schönen Mainachmittag, dem ersten richtigen Frühlingstag, einem dieser Tage, an denen die Menschen leichtere Kleidung anziehen, tief durchatmen und zum Glauben an das Leben zurückfinden.

Für Lisbet Holmberg hatte alles, was mit dem Leben zusammenhing, seine Bedeutung verloren. Alles war belanglos geworden, wichtig vielleicht für andere, für die Gesellschaft, die Zeitungsleser, die Ermittler der Polizei, die Gerichte, aber nicht für die Frau am Küchentisch. Der Sinn der Sonne verschwand ebenso wie der ihres liebevoll gepflegten Zuhauses, der Musik, die irgendwo in der Wohnung aus Lautsprecherboxen erklang, des Lebens selbst. Ein paar Worte, das Werk eines Augenblicks, und alles war vorbei. Kein Frühlingswind, wie mild und verheißungsvoll er auch sein mochte, konnte ihren Schmerz lindern.

Lisbet Holmberg hatte nur noch wenige Tage zu leben, wenn man es denn leben nennen konnte, den einzigen Sohn zu Grabe zu tragen. Die Frau klammerte sich so krampfhaft an die Tischplatte, dass ihre Fingerknöchel weiß hervortraten. Ihre eben noch so frische Gesichtsfarbe wich aus den Wangen, und der Mund öffnete sich wie zu einem stummen Protest.

Nun hatten sie eine »vollständige Leiche«, wie Riis es am Abend des 10. Mai ausdrückte. Du Dreckskerl, dachte Ottosson, sagte aber nichts. Haver lehnte an der Wand, obwohl er völlig erledigt war und sich besser hingesetzt hätte. Sammy Nilsson schrieb etwas. Weiß der Himmel was, dachte Ottosson, was gibt es hier schon zu schreiben? Lindell las den Bericht über die Befragung der Anwohner.

Alle anderen waren in der Stadt unterwegs, suchten Kneipen, Kinos und Imbissbuden auf, Lokalitäten, die Sebastian unter Umständen am Abend vor seinem Tod besucht haben mochte.

Nachdem auch Sebastians Vater benachrichtigt worden war, wurde die Identität des Opfers bei einer kurzfristig anberaumten Pressekonferenz der Öffentlichkeit mitgeteilt. Liselott Rask hatte dies übernommen, wofür ihr alle im Kommissariat ausgesprochen dankbar waren.

Die Redaktionen von TV 4 Uppland und ABC-Nachrichten hatten erklärt, über den Mord werde in den Abendnachrichten als Erstes berichtet. Die Polizei hatte eine Leitung für Hinweise aus der Bevölkerung eingerichtet. Sammy würde die eingehenden Tipps auswerten.

»Aber die Chance, dass jemand die lokalen Fernsehnachrichten sieht, ist doch mit Sicherheit ziemlich gering«, hatte Haver eingewandt.

Mein Gott, muss Ola eigentlich andauernd rummosern, dachte Sammy. In dieser Phase der Ermittlungen saßen alle wie auf glühenden Kohlen. Die harmlosesten Bemerkungen, die sonst überhört oder mit einem Scherz beantwortet worden wären, ließen die Kollegen jetzt hochgehen.

11

Samstag, 10. Mai, 21.10 Uhr
Es war nur einer von zahlreichen Anrufen, aber Allan Franzén hörte sofort, dass dieses Gespräch sich ganz anders entwickeln würde. Bisher hatte er die üblichen Hinweise entgegengenommen. Auffallend viele Anrufer waren aggressiv gewesen und hatten über die »Kanacken« geschimpft, die »unser Land« kaputt machten.

Die zerstörten Schaufenster hatten viele Bürger empört, und die Tatsache, dass zudem die Leiche eines jungen Schweden inmitten der Verwüstungen gefunden worden war, heizte die Stimmung noch zusätzlich an.

»Ist es wirklich Sebastian, den Sie …«, fragte jemand mit leiser Stimme.

Allan Franzén, der das Gespräch angenommen hatte, weil Sammy auf der anderen Leitung sprach, hörte, dass die Frau sich anstrengen musste, um überhaupt einen Ton herausbringen zu können. Er wartete auf die Fortsetzung.

»Können Sie uns mit sachdienlichen Hinweisen helfen, oder haben Sie etwas beobachtet?«, fragte er routinemäßig und verfluchte gleich darauf seinen formellen Ton.

Er konnte sie vor sich sehen, vielleicht auf einer Couch sitzend, während der Fernseher noch flimmerte. Was lief im Moment? Eine Quizsendung, eine Talkrunde oder eine Soap? Der Frau war es sicher egal. Sie sah es nicht, nahm überhaupt nicht wahr, was um sie herum geschah. Franzén glaubte, dass sie ihre letzten Kräfte mobilisiert hatte, um nach dem Hörer zu greifen.

»Er ist es, nicht?«

Franzén wartete ein paar Sekunden. Sammy erzählte er später, der Moment sei ihm wie Jahre vorgekommen.

»Ich habe ihn geliebt.«

Franzén schluckte.

»Er hat mich geliebt«, fuhr die Frau kaum hörbar fort.

»Wie heißen Sie?«, fragte der Polizist so ruhig wie möglich. Sie klingt noch so jung, dachte er. Das ist so ungerecht.

»Ulrika.«

»Und mit Nachnamen?«

»Blomberg.«

»War Sebastian Ihr Freund?«

Franzén sprach unwillkürlich in der Vergangenheit von ihm.

Neuerliches Schluchzen, im Hintergrund begleitet vom Fernsehton, war zu hören. Schalt den Apparat aus, dachte er.

»Ja, das war er wohl.«

»Sind Sie allein? Wir holen Sie ab, dann können wir uns in Ruhe unterhalten.«

Sammy Nilsson gähnte. Die ganze Anspannung, das viele Reden, all die Überlegungen, die seit dem Vormittag auf ihn eingestürmt waren, hatten ihn mehr ermattet als gewöhnlich. Außerdem spürte er, dass sich eine Erkältung ankündigte.

Er hatte die junge Frau, die vor ihm saß, gefragt, wie sie eigentlich darauf gekommen war, dass der Ermordete Sebastian Holmberg sein könnte. Die Medien hatten nur verlautbart, dass es sich bei dem Toten um einen zwanzigjährigen Mann aus den westlichen Stadtteilen handelte. Sie habe es instinktiv gefühlt, hatte sie geantwortet.

Sammy Nilsson wollte ihr Halt geben, das war sein Job, gleichzeitig jedoch ein Höchstmaß an Informationen aus ihr herausholen, bevor sie zusammenbrach.

»Mir ist bewusst, wie schmerzhaft das für Sie ist«, begann er, »aber erzählen Sie mir bitte von Sebastian und Ihrer Beziehung.«

Sie strich sich die Haare hinter das rechte Ohr. Sie hatte schmale Finger, der Nagellack leuchtete blassrosa.

»Wir haben uns letzten Winter kennengelernt«, sagte sie, und Sammy hörte, dass sie aus Värmland stammte. »Wir haben gemeinsam einen Kurs besucht.«

»Was war das für ein Kurs?«, fragte Sammy nach einem Moment des Schweigens.

»Es ging um Globalisierung«, sagte sie und warf einen Blick auf den Polizeibeamten. Sammy nickte aufmunternd, und sie fuhr fort: »Es hat solchen Spaß gemacht, sich mit ihm zu unterhalten, er hatte so viele Ideen. Warum haben sie Sebastian umgebracht?«

»Wer ist ›sie‹?«

»Na, die Leute, die die Straße verwüstet haben, denke ich.«

»Wir wissen noch nicht sehr viel darüber«, sagte Sammy, »aber erzählen Sie weiter, wie lange sind Sie mit ihm zusammen gewesen?«

»Dazu sind wir nicht gekommen«, schluchzte Ulrika so

verzweifelt, dass Sammy Probleme hatte, ihre Worte zu verstehen.

»Nicht gekommen?«

»Ich war noch mit einem anderen zusammen, aber ich habe Seb geliebt.«

»Wann haben Sie mit dem anderen Schluss gemacht?«

»Letzte Nacht«, antwortete Ulrika. »Seb wollte dann zu mir kommen.«

Ulrika Blomberg weinte hemmungslos. Sammy saß ihr vollkommen hilflos gegenüber, bis ihm die Idee kam, Beatrice anzurufen, die sicher noch im Haus war. Eine Minute später war sie da. Er hätte zwar auch selber versuchen können, Ulrika zu trösten, aber Beatrice war darin einfach besser. Sie konnte das Mädchen umarmen und ihr etwas ins Ohr flüstern, ohne dass es Ulrika Blomberg unangenehm war.

Zehn Minuten später hatte sich die junge Frau so weit beruhigt, dass sie ihre Aussage fortsetzen konnte. Sie hatte Marcus Ålander, ihrem Freund, erklärt, sie wolle Schluss machen. Die beiden waren drei Jahre lang ein Paar gewesen, doch seit Ulrika im Januar Sebastian kennengelernt hatte, war ihr immer klarer geworden, dass die Dinge zwischen ihr und Marcus nicht mehr zum Besten standen. Sie unterhielten sich nur noch selten, wie sie es zu Beginn ihrer Beziehung getan hatten. Marcus hatte ihre Wohnung in der Östra Ågatan letzte Nacht verlassen, und kurz darauf hatte sie Sebastian angerufen. Das war nach Mitternacht gewesen, ungefähr um halb eins. Er hatte versprochen, zu ihr zu kommen, war aber nie aufgetaucht. Ulrika hatte vergeblich auf ihn gewartet und war schließlich eingeschlafen.

»Er hat nicht mehr von sich hören lassen?«

Ulrika schüttelte den Kopf.

»Haben Sie ihn auf dem Handy angerufen?«

»Er ist nicht drangegangen.«

»Wir haben sein Handy nicht gefunden. Sie kennen seine Nummer sicher auswendig?«, fragte Sammy.

Ulrika leierte tonlos die Ziffern herunter, und Sammy wählte sie auf seinem Telefon. Es ging niemand an den Apparat.

»Der Junge, mit dem Sie Schluss gemacht haben, wusste der von Sebastian?«, wollte Beatrice wissen.

»Nein. Mag sein, dass er etwas geahnt hat, aber ich habe ihm nichts davon erzählt.«

»Er ging nach Mitternacht, sagten Sie. Wissen Sie, wohin?«

»Ich denke, nach Hause.«

Ulrika sah Sammy an. »Nein, nicht Marcus«, sagte sie. »Niemals.«

»Wo wohnt er?«

»In der Svartbäcksgatan.«

Es klopfte an der Tür, und Lundin steckte den Kopf herein. Arbeitet er noch, dachte Sammy erstaunt.

»Kannst du mal kurz rauskommen?«, sagte Lundin.

Sammy sah Beatrice an, die nickte. Er stand auf und verließ den Raum.

»Wir haben da einen Hinweis bekommen«, erklärte Lundin.

Er hatte eine Art an sich, die Sammy gelegentlich reizte, ohne dass er hätte sagen können, woran es lag, aber er glaubte nicht, dass es mit Lundins panischer Angst vor Bazillen zusammenhing.

»Da hat gerade ein junger Mann angerufen. Die Zentrale hat das Gespräch zu mir durchgestellt, weil sie wussten, dass du beschäftigt bist.«

»Und, worum geht's?«

»Wir haben einen Zeugen, einen jungen Burschen, der eine Schlägerei in der Västra Ågatan beobachtet hat. Der Zeitpunkt kommt ungefähr hin.«

Sammy lächelte Lundin an, denn er spürte, dass sie allmählich Fortschritte machten. Bei jedem Fall gab es einen Moment, in dem die Mosaiksteine begannen, sich zu einem Bild zusammenzufügen.

»Zwei Männer, die sich in der Västra Ågatan nicht weit vom Kaniken geprügelt haben. Der Zeitpunkt ist ein bisschen vage, aber es war so gegen eins.«

Wo zum Teufel liegt das Kaniken, dachte Sammy.

»So nennen die Leute das Haus neben dem Kino«, ergänzte Lundin, dem Sammys verständnislose Miene nicht entgangen war. »Sie haben sich eine Zeitlang angeschrien. Dann hat der eine einen ordentlichen Schlag abbekommen und landete auf der Straße. Der Zeuge stand auf der anderen Straßenseite. Er hat gehört, dass jemand ermordet wurde, und daraufhin ist ihm die Schlägerei wieder eingefallen.«

»Wie ist es weitergegangen?«

»Der Typ, der geschlagen wurde, ist stiften gegangen. Der andere hat ihm hinterhergeschrien.«

Lundin verstummte. »Das war alles«, ergänzte er abschließend.

»Waren die beiden …«

»Ja, es waren Schweden«, fiel Lundin Sammy ins Wort.

Jetzt haben wir dich, dachte Sammy und boxte Lundin lächelnd gegen den Arm. »Yes«, sagte er triumphierend.

Lundin zog sich ein wenig von ihm zurück.

»Kannst du dich mit dem Jungen in Verbindung setzen? Vielleicht können wir ihn gleich verhören. Übrigens, Lundin, Sebastians Mädchen hat uns erzählt, dass ihr Exfreund kurz nach Mitternacht abgehauen ist. Sie wohnt nur ein paar hundert Meter vom Kino entfernt.«

»Du meinst, er könnte Sebastian begegnet sein?«

Sammy nickte, Lundin nickte, Sammy lächelte. So lange hatten sie sich seit Jahren nicht mehr unterhalten. Sammy sah auf die Uhr.

»Der Zeuge ist schon unterwegs«, sagte Lundin.

»Großartig«, erwiderte Sammy und lächelte noch breiter. »Gute Arbeit, Ludde.«

»Sollen wir Lindell anrufen?«

»Nein, vergiss es«, sagte Sammy.

Lundin sah ihn an und lächelte. »Sie stillt bestimmt gerade«, meinte er.

Sammy Nilsson kehrte zu Beatrice und Ulrika Blomberg zurück. Beatrice warf ihm einen Blick zu. Er nickte ihr zu, setzte sich und betrachtete Ulrika. Es war ihm deutlich anzumerken, dass etwas Wichtiges vorgefallen war.

»Haben Sie ein Foto von Marcus?«

Ulrika sah Sammy ausdruckslos an und nickte. »Zu Hause«, sagte sie.

»Würden Sie uns bitte einen Moment entschuldigen«, sagte Sammy. Beatrice und er verließen den Raum, und er gab weiter, was Lundin ihm erzählt hatte. »Wir werden diesen Marcus sofort herbringen«, sagte er, »und dann machen wir eine Gegenüberstellung.«

»Vielleicht sollten wir erst Ann anrufen«, meinte Beatrice.

»Vergiss es«, sagte Sammy.

»Für eine Gegenüberstellung bekommen wir jetzt auf die Schnelle nicht genug Leute zusammen«, wandte Beatrice ein. »Dafür ist es schon viel zu spät. Das heben wir uns besser für morgen auf. Wir verhören den Zeugen und bitten ihn, morgen Vormittag noch einmal herzukommen. Anschließend schnappen wir uns Marcus, verhören ihn und lassen ihn die Nacht über hier schmoren.«

Sammy sah ein, dass Beatrice recht hatte, und nickte.

»Ich rufe Ann an«, sagte Bea.

Sammy grinste. »Nein, das mache ich schon«, sagte er.

12

Samstag, 10. Mai, 21.15 Uhr
Ola Haver schob den Teller von sich.
»Bist du schon satt?«
»Ja.«
Kaum zu Hause angekommen, hatte er erzählt, dass er den ganzen Tag noch nichts gegessen hatte. Rebecka hatte daraufhin zwei Steaks und Kartoffeln in die Bratpfanne geworfen.

Jetzt war ihm der Appetit vergangen, besser gesagt, er wollte nicht essen, wollte einfach nicht am Esstisch sitzen bleiben.

Er beobachtete Rebecka, wie sie weiterhin zielstrebig Salat und Kartoffeln verschlang, wie sich ihre Mundhöhle mit Essen füllte, wie ihre Zunge ein wenig Soße von der Lippe leckte. Ola Haver wandte den Blick ab. Ihre Art, das Fleisch auf die Gabel zu spießen und zum Mund zu führen, ekelte ihn an.

Aufgebracht und beschämt zugleich sah er weg. Er war wütend auf ihr unablässiges Kauen und Schlucken und schämte sich für seine Gedanken. Was soll das? Kann ich sie nicht mehr essen sehen, ohne mich weit weg zu wünschen, dachte er.

Er trank einen Schluck Bier, versuchte etwas anderes zu fixieren und an etwas anderes zu denken, aber immer wieder wurde sein Blick von ihrem Mund angezogen. Sah so das Ende einer Ehe aus?

»Setzt du Kaffee auf?«
Er nickte, war aber merkwürdig aufgebracht über ihre unschuldige und alltägliche Frage. Das hatte sie sicher schon tausendmal so gesagt, aber in diesem Moment erschienen ihm ihre Worte wie eine Bestätigung seiner eigenen Verbitterung. Er wollte diesen Alltag nicht, wollte aufstehen und gehen, nein, am liebsten hätte er die Teller, Schüsseln und Gläser vom Tisch gefegt, reinen Tisch gemacht und seinen Überdruss herausgeschrien.

Hasste er sie? Wie war das möglich? Sie war doch seine

Frau, Rebecka mit den schönen Augen, die seine geliebten Kinder zur Welt gebracht hatte. Er schob den Stuhl zurück, blieb jedoch sitzen.

»Iss doch noch was«, sagte sie.

Fahr zur Hölle, du hast mir gar nichts zu sagen, dachte er und stand auf.

»Ich muss mal telefonieren«, sagte er.

»Es ist schon nach neun«, erwiderte sie.

Er bemerkte ihren Blick, ehe er die Küche verließ, und schämte sich daraufhin noch mehr.

Er nahm das schnurlose Telefon von der Ablage im Flur und hätte gerne Ann Lindell angerufen, hatte ihr jedoch nichts zu sagen, jedenfalls nichts, was mit den Ermittlungen zu tun hatte. Er betrachtete die Tasten, als fiele es ihm schwer, sich zu entscheiden, welche er drücken sollte. Ein paar würden ausreichen, um ihn mit jemandem zu verbinden, aber mit wem? Seine Schwester in Degerfors würde nur über die Arbeit reden, oder vielmehr über den Mangel an Arbeit, über das profitable Stahlwerk, das dennoch stillgelegt werden sollte und sie arbeitslos machen würde. Oder sie würde von ihrem langweiligen Mann erzählen, der zu einer ebenso langweiligen Arbeit in Karlstad pendelte.

Ola Haver legte das Telefon leise auf die Ablage zurück. Er wusste, dass Rebecka lauschte. Das Kratzen des Bestecks auf dem Teller hatte aufgehört. Es herrschte vollkommene Stille in ihrer Wohnung. Sie sah bestimmt aus dem Fenster, abwartend wie er selbst, und grübelte über den Kollaps ihrer Beziehung nach.

Schnell ging er in die Küche zurück, sah ihre Angst, ließ sich jedoch nicht aufhalten und erzählte ihr alles, ohne sie dabei anzusehen.

Nach einer Weile verstummte er unvermittelt. Rebecka rührte sich nicht und sah auf die Tischplatte hinab. All die Hässlichkeit, die er vor wenigen Minuten noch wahrgenommen hatte, schien sich in Luft aufgelöst zu haben. Ihre Haut ähnelte Wachs, das von ihren dunklen, strohigen Haaren eingerahmt wurde. Ihre Hände ruhten auf dem Tisch.

Ich habe ihr das Herz gebrochen, dachte Haver reuevoll, aber als sie das Wort ergriff, musste er erkennen, dass er sich gründlich geirrt hatte. Ihre Stimme war stählern, und ihre Augen funkelten entschlossen.

»Denkst du eigentlich, ich habe keine Augen und Ohren?«

Betäubt von ihrem unerwarteten Widerstand schüttelte er den Kopf und sah zu Boden. Er konnte ihr nicht in die Augen sehen.

»Denkst du das?«, wiederholte sie. »Glaubst du, es macht Spaß, mit einem Zombie unter einem Dach zu wohnen, der nur lebendig wird, wenn er über Verbrecher und die Polizei redet? Du lebst doch gar nicht mehr.«

Er machte Anstalten zu gehen.

»Bleib hier«, zischte Rebecka.

Er ging einen Schritt in Richtung Tür.

»Dann geh doch zu deiner Ann! Na los. Dann könnt ihr euch auch noch nachts über Morde unterhalten.«

»Ich will nicht«, erwiderte er. »Ich habe doch versucht, es dir zu erklären. Es war eine einmalige Sache. Wir haben uns einmal geküsst, das habe ich dir doch gesagt.«

Rebecka griff nach ihrem Teller und warf damit nach ihm. Er duckte sich, und der Teller traf den Küchenschrank und zerbrach.

»Was zum Teufel«, sagte er und starrte sie an.

Daraufhin griff sie nach seinem Teller und ließ ihn mit einer lässigen Bewegung vor seinen Füßen zu Boden fallen.

»Einmal und nie wieder«, sagte sie mit verächtlicher Stimme, »aber du weigerst dich, mit mir zu schlafen.«

»Du hast sie doch nicht mehr alle«, sagte er mit einem Nachdruck, der nicht seinem Gemütszustand entsprach.

Er bückte sich und begann, die Scherben aufzulesen, starrte zu Boden, rührte sich nicht mehr und ließ das Porzellan wieder aus den Händen gleiten.

»Ich will dich nicht verlassen.«

»Du verlässt mich jeden Tag«, sagte Rebecka.

Es waren nicht nur ihre Worte, die Ola Haver berührten, sondern vor allem der schmerzerfüllte und wehmütige Ton, in dem sie ausgesprochen wurden.

»Ist es so schlimm?«, sagte er.

Sie nickte.

»Du verlässt mich wegen der Arbeit, jeden Tag gehst du.«

»Du bist eifersüchtig auf meine Arbeit?«

Sie schüttelte den Kopf und rieb sich die Augen, wie sie es nach einer Nachtwache auf der Intensivstation tat, wenn sie morgens groggy nach Hause kam und sehr verletzlich wirkte.

»Ist es Ann?«

»Was denkst du denn? Du rufst ihren Namen im Schlaf!«

Die Scham darüber, ertappt worden zu sein, ließ ihn schrumpfen, und er wandte sich mit dem Gefühl ab, Rebecka nie mehr in die Augen sehen zu können.

»Du presst dich an mich, ich spüre deinen Körper, aber du rufst ihren Namen.«

Sie sprach zu seinem Rücken. Das ist das Ende, dachte er und wurde wütend auf ihre Eltern, die sich angeboten hatten, die Kinder übers Wochenende zu sich zu nehmen, damit er und Rebecka sich ein wenig ausruhen konnten und Zeit für sich hatten. Das war alles ihr verdammter Fehler.

Und mitten drin auch noch der Mordfall. Eigentlich hätte er noch arbeiten müssen, war aber nach Hause gefahren, da er wusste, dass Rebecka allein war und sich auf einen gemütlichen Abend mit ihm gefreut hatte. Er sah zur Decke und lachte auf.

»Warum lachst du?«

Langsam drehte er sich wieder um.

»Aus Verzweiflung, nehme ich an.«

»Liebst du mich?«, fragte sie leise.

Warum stellte sie ihm solche Fragen? Sollte das ein Verhör werden? Die Porzellanscherben knirschten unter seinen Schuhen, als er einen Schritt machte. Er beantwortete ihre Frage nicht, sondern sprach über seine Arbeit, dass er sich von allem beeinflussen ließ, was geschah, und wie sehr ihn der Anblick der eingeschlagenen Schaufenster erschöpft hatte.

»Es kommt mir vor, als wären wir alle vergewaltigt worden«, sagte er.

»Schieb nicht alles auf die Arbeit«, sagte sie, jetzt etwas lauter. »Ich sehe den Tod jeden Tag.«

»Aber nicht die Gewalt.«

»Der Tod ist selten schön«, erwiderte sie.

Das Schweigen in der Küche drohte Ola Haver zu ersticken. Plötzlich sehnte er sich nach den Kindern. Jede Sekunde des Schweigens war eine Tortur. Rebecka erschauderte. Hauptsache, sie fing nicht an zu weinen. Am liebsten wäre er aus der Wohnung gestürzt und ins Präsidium gefahren, wusste aber genau, jetzt durfte er nicht weglaufen, denn dann wäre alles aus.

»Liebst du mich?«

Die Frage stand im Raum. So etwas darf nie mehr geschehen, dachte er und brach unvermittelt in Tränen aus.

»Ola, wir lieben uns doch, nicht?«

Er weinte und war nicht mehr in der Lage, klar zu denken. Er sah die Drottninggatan und Sebastian Holmbergs gezeichnetes Gesicht vor sich.

»Überleg doch mal, was wir alles verlieren«, schluchzte er.

Der arme Junge. Hatte Riis das gesagt? Er war einfach nicht in der Lage, seine Frau so zu lieben, wie sie es verdiente. Allein das Gefühl der Zusammengehörigkeit mit den Kollegen bedeutete ihm noch etwas. Stimmte das? Hatte er die Fähigkeit verloren, ein normales Leben zu führen?

»Wenn wir es nicht schaffen, wer dann?«, sagte Rebecka.

Halt's Maul, dachte er mit neu entflammter Wut. Halt's Maul, hier geht es nicht um uns. Falsch, es geht um dich und mich. Liebe Rebecka, natürlich liebe ich dich. Und unsere Kinder. Antworte ihr! Sie braucht dich, sie verlässt sich auf dich. Sie hat dir alles gegeben, was du hast. Zwanzig Stunden hat sie sich gequält, um euer erstes Kind zur Welt zu bringen, und musste anschließend mit vielen Stichen genäht werden.

Es ist nicht mein Fehler, dachte er. Das Telefon klingelte. Haver sah auf die Uhr. Es klingelte fünfmal, dann verstummte es.

13

Samstag, 10. Mai, 22.20 Uhr
Vier Männer beugten sich eifrig über einen Tisch und freuten sich. Sie sahen einander an und lächelten. Ulf Jakobsson, der älteste von ihnen, legte eine Hand auf die Schulter des jüngsten.

»Gute Arbeit, Jonas«, sagte er. »Sieht wirklich klasse aus.«

Jonas lachte ein wenig verlegen und warf den beiden anderen einen Blick zu, als wollte er sagen: Seht ihr, ich gehöre dazu.

»Wenn wir davon zweitausend Stück unter die Leute bringen, lesen fünfundsiebzig Prozent von ihnen die Überschrift«, dozierte Ulf Jakobsson. »Das ist statistisch erwiesen. Fünfzig Prozent lesen alles.«

»Und wie viele sind unserer Meinung?«

»Wenn man es gelesen hat, ist man unserer Meinung«, sagte Rickard Molin.

»Das ist wirklich verdammt gut«, meinte der vierte Mann, »aber wie zum Teufel hast du das gemacht?«

»Mit dem Computer«, antwortete Jonas bescheiden.

»Aber das Bild von Sebastian? Mit Jahreszahl und allem.«

»Aus dem Internet einfach zu besorgen«, sagte Jonas.

»Sollten wir nicht zu ein bisschen Action aufrufen?«

»Nein, der Ton ist genau richtig, traurig, nicht zu aggressiv.

Die Leute sollen selber ihre Schlüsse ziehen. Wenn die Sache dann läuft, kommt die Action ganz von allein. Das Flugblatt dient nur als Auslöser. Ihr könnt euch darauf verlassen, die Leute werden unsere Argumente wortwörtlich wiederholen; selbst wenn es ihnen vielleicht gar nicht bewusst ist, werden sie unsere Worte benutzen.«

Molin sah Ulf Jakobsson an. Die zurückgekämmten Haare waren an manchen Stellen grau geworden, aber das Profil war so kraftvoll wie eh und je. Dieses Adlerprofil war ihm als Erstes aufgefallen, als sie sich in der Zelle im Knast von Haninge begegnet waren. Er betrachtete erneut das Flugblatt. »Wie sollen wir es drucken?«

»Ich habe einen Schlüssel zum Betrieb«, meinte Jonas. Er lehnte sich auf der Couch zurück, nahm sein Bier und trank einen Schluck.

»Wie machen wir weiter?«

Ulf Jakobsson sah ihn an, und Rickard Molin wusste sofort, dass Ulf etwas beunruhigte.

»Das wird sich zeigen«, meinte Ulf Jakobsson. »Wenn du das Flugblatt druckst, sorgen wir schon für eine Fortsetzung.«

»Was denn?«, sagte Jonas. »Sollen wir etwa nur rumhocken und warten?«

Jakobsson lächelte, erwiderte aber nichts.

14

Sonntag, 11. Mai, 6.40 Uhr
Ann Lindell wurde von Eriks Plappern geweckt. Sie streckte die Hand aus, und er griff sofort danach. Sie öffnete die Augen und begegnete seinem Blick. Ihre Betten standen nur einen Meter voneinander entfernt. Er lächelte sie an, und sie erwiderte sein Lächeln. Er sagte: »Aufehn«, seiner Meinung nach war es also Zeit. Sie musste lachen. Dieses kleine Wort

»Aufehn«, das sie schon so oft aus dem Schlaf gerissen hatte, war für Ann eine Zusammenfassung der Zielstrebigkeit ihres Sohnes.

Mehr als einmal war sie dankbar dafür gewesen, dass er ein so unkompliziertes Kind war, auch wenn sie nicht so genau wusste, wem sie dafür eigentlich zu danken hatte. Jedenfalls fand sie nicht, dass sie sich übermäßig angestrengt hatte. Erik war gutmütig, manchmal ein wenig trotzig, aber nur ganz selten schwierig oder quengelig. Durfte er »aufehn«, wann er wollte, was oft sehr früh war, und bekam er einigermaßen regelmäßig etwas zu essen, war er zufrieden.

Die Erzieherinnen im Kindergarten bestätigten das. Ann durfte sich im Glanz ihres stets gutgelaunten Sohnes sonnen. Er hatte Freunde gefunden, war bei den anderen Kindern beliebt, war einfallsreich und aktiv, aber dennoch folgsam und sensibel für die Signale der Erwachsenen und der anderen Kinder.

Ann seufzte vor Wonne. Seine warme, schweißige Hand lag in ihrer. Der Junge wiederholte mit monotoner Regelmäßigkeit sein »Aufehn«, was im Grunde überflüssig war, da er ganz genau wusste, dem Lächeln würde seine Mutter nicht widerstehen können.

In einer einzigen Bewegung schlug sie die Decke zur Seite, stand auf und nahm Erik aus dem Bett.

»Hui«, sagte sie und hob den Jungen mit ausgestreckten Armen in die Höhe.

»Hui«, sagte Erik.

Ann Lindell las ›Dagens Nyheter‹. Die Zerstörungen in der Drottninggatan und der Mord an Sebastian hatten riesige Schlagzeilen bekommen. Man hatte sogar einige Leserbriefe abgedruckt. Es seien nicht nur Fensterscheiben zu Bruch gegangen, meinte einer der Briefschreiber, sondern auch viele Hoffnungen. Ein anderer vertrat die Ansicht, dass die »ungehinderte Einwanderung« die Ursache für das Geschehen war.

Ann Lindell schob die Zeitung weg. Sie wusste nicht recht, was sie glauben sollte, aber von der Integration, über die man allerorten sprach, hatten sie selbst bei der Polizei noch nicht viel gesehen. Stadtverwaltung und Gesellschaft wirkten hilflos, und bei der Polizei gab es nur wenige, die aus Einwandererfamilien stammten. Außerdem befleißigten sich einige ihrer Kollegen eines Jargons, der definitiv nicht auf ein tieferes Verständnis der Lebensbedingungen von Einwanderern schließen ließ. Auch sie selbst kannte kaum Immigranten. Im Kindergarten unterhielt sie sich ab und zu mit einer bosnischen Mutter und einem Vater aus der Türkei, aber damit erschöpfte sich ihr Kontakt zu anderen Kulturen auch schon.

Sie sah Erik an, der sich den Mund mit Banane vollgestopft hatte und sich nun darauf konzentrierte, mit der Bananenschale auf den Tisch zu schlagen.

Ann Lindells frühmorgendlicher Optimismus war ihr bei der Zeitungslektüre abhandengekommen. Sie hoffte, die Verhaftung des Schweden am Vorabend würde etwas ergeben, und wünschte sich insgeheim, dass er der Schuldige war. Das würde alles leichter machen, dachte sie und schämte sich für den Gedanken, teilte aber gleichzeitig Sammys Enthusiasmus.

Außerdem hoffte sie noch aus einem anderen Grund auf eine schnelle Lösung des Falls. Seit Sammys spätem Anruf spukte ihr ein Gedanke im Kopf herum. Vor dem Einschlafen hatte sie an Edvard und das unerwartete Telefonat gedacht.

15

Sonntag, 11. Mai, 6.55 Uhr
Sehr vorsichtig und hochkonzentriert stieg Viktor in das Boot. Auf der Ducht stehend konnte er sich dann ein Lächeln und einen Blick auf die Bucht erlauben.

»Das Wetter beruhigt sich«, sagte er, als er auf dem umgedrehten Getränkekasten im Bug Platz genommen hatte.

Edvard blieb einen Moment auf der Reling sitzen. Der Eimer mit den Heringsdrillingen stand zu seinen Füßen. Auf einer der Insel vorgelagerten Schäre schrien Möwen. Sie wussten, was los war. Es gluckerte unter dem Boot. Der neue Steg roch nach frischem Teer. Obwohl er aus wetterbeständigem Bauholz war, bestand Viktor darauf, ihn in jedem Frühjahr und Herbst zu streichen.

»Und was sagt Viola?«

Auf dem Weg zum Meer hatten sie über Edvards bevorstehende Reise gesprochen; wie üblich hatte es eine Weile gedauert, bis Viktor reagierte. Ein oder zwei Stunden konnten manchmal vergehen, bis der alte Mann einen Kommentar abgab oder eine Frage stellte. Anfangs war das für Edvard verwirrend gewesen, und Viktor hatte ihn mitunter mitleidig angesehen, wenn es Edvard nicht auf Anhieb gelang, eine Äußerung mit einem Wortwechsel in Verbindung zu bringen, der schon längere Zeit zurücklag. Mittlerweile hatte Edvard sich daran gewöhnt. Das Schweigen des Alten besagte nie, dass er an etwas kein Interesse hatte. Er würde noch früh genug auf das gerade aktuelle Thema zurückkommen.

»Sie macht sich Sorgen«, meinte Edvard.

»Sie ist nie weiter als bis Stockholm gekommen«, sagte Viktor.

»Und du?«

»Estland, aber das war vor dem Krieg. Ich habe meinen Vater begleitet.«

»Schmuggel«, sagte Edvard.

»Stückgut«, erwiderte Viktor und lächelte. »Vor dem Krieg war das Wetter besser«, fuhr er nach einer Weile fort. »Sollen wir los?«

Edvard machte die Leinen los und ging in die Achterkabine. Sie tuckerten gemächlich auf die Bucht hinaus. Die Vögel stiegen auf und folgten dem Boot in Formation. Der alte Mann rührte sich nicht. Jedes Mal, wenn sie hinausfuhren, dachte Edvard, dass es für Viktor das letzte Mal sein könnte. Er hatte genau wie Viola im Laufe des Winters abgebaut. Die alten Leute schienen sich auch darin Gesellschaft zu leisten. Andererseits hatte Edvard letztes Jahr dasselbe gedacht. Der Winter warf sie zurück, aber wenn es Frühling wurde, schöpften sie neue Kraft. Dieses Jahr schienen allerdings weder Viola noch Viktor ihr altes Niveau erreichen zu können.

Viktor zeigte auf Lundströms Boot, das sich vom Meer kommend der Insel näherte. Er war wie immer schon sehr früh unterwegs gewesen. Viktor salutierte mit der Angelrute. Lundström winkte ihm zu.

Edvard rührte das gutmütige Lächeln, mit dem Viktor die Heimfahrt seines Nachbarn verfolgte.

»Du solltest jetzt mit Ann unterwegs sein«, sagte Edvard leise zu sich selbst. Er unterhielt sich oft in Gedanken mit ihr, manchmal während der Arbeit, aber vor allem auf der Insel. Er war sich nicht sicher, was das zu bedeuten hatte. War es eine alte Gewohnheit, griff er nur in Ermangelung anderer auf ihren Namen zurück?

Als er sie in der Stadt gesehen hatte, war er stolz auf sie gewesen. Sie war eine gute Polizistin, der Meinung war er schon immer gewesen, aber als er sie von der Brücke aus im Kreise ihrer Kollegen beobachtete, sah er sie mit anderen Augen. Die Leute hörten auf Ann, sie bedeutete etwas, so wie die alten Leutchen etwas für diese Insel bedeuteten. Ohne die beiden wäre Gräsö nicht mehr, was es war.

Edvard hatte Anns Umfeld gesehen und erkannt, dass er

gerade eine andere Ann sah als die Frau, mit der er zwei Jahre zusammen gewesen war.

Sie hatte ihn betrogen, war schwanger geworden und hatte beschlossen, das Kind zu behalten. Anfangs hatte er sich durch Hass geschützt. Fredrik Stark, einer seiner wenigen Freunde aus früheren Jahren, hatte sich in die üblichen Klischees geflüchtet, um zu bagatellisieren und zu trösten, und Edvard hatte auch ihn dafür gehasst.

Als etwas Zeit verstrichen war, hatte er sein eigenes Leben mit ihrem verglichen. Er war von zu Hause geflohen, hatte Marita und seine Söhne verlassen, so dass er im Grunde kein Recht hatte, Lindell Vorwürfe zu machen. Jeder von ihnen stolperte auf seine Weise durchs Leben.

Er liebte sie immer noch. Das war ihm auf der Brücke klar geworden. Plötzlich ließen ihn Viktors altersbedingt langsame Bewegungen und die Tatsache, dass er sich noch immer auf Gräsö befand, ungeduldig werden.

Sie näherten sich dem Gatt, und Viktor begann, in den Kisten zu wühlen. Edvard schaltete den Motor aus. Viktor fummelte mit dem Draggen herum. Edvard wartete ab. Die Hände des alten Mannes zitterten, aber er schaffte es, den Anker auszuwerfen, und richtete sich auf. Dann lächelte er Edvard an, als wollte er sagen: Noch gehöre ich nicht zum alten Eisen.

16

Sonntag, 11. Mai, 8.15 Uhr
Es war eine fast schon ausgelassene Truppe, die sich am Sonntagmorgen versammelte. Lundin und Fredriksson, die Bereitschaftsdienst hatten, waren aufgetaucht, und dass Lindell an Ort und Stelle sein würde, war jedem klar gewesen. Ottosson fragte sich, wo sie Erik untergebracht hatte. Er konnte nicht

begreifen, wie es ihr tagtäglich gelang, Beruf und Kind miteinander zu vereinbaren. Er wusste natürlich, dass Erik in den Kindergarten ging, aber sie verbrachte auch viel Zeit im Präsidium. Er wollte sie nicht darauf ansprechen, da er fürchtete, sie könnte ein noch schlechteres Gewissen bekommen, weil sie ihren Sohn vernachlässigte.

»Okay, Operation Marcus«, ergriff er ungewöhnlich munter das Wort.

Sammy und Haver sahen ihren Kommissariatsleiter erstaunt an. Wenn es um die Aufklärung eines Mordfalls ging, war Ottosson im Allgemeinen nicht so gut gelaunt. Es war zwar noch nicht gesagt, dass Marcus Ålander wirklich der Täter war, aber es sprach einiges gegen ihn, nicht zuletzt nach der Hausdurchsuchung, die man am frühen Morgen durchgeführt hatte. Außerdem war Ottosson sonst immer sehr zögerlich, wenn es darum ging, einem Menschen, vor allem einem jungen Menschen, die Freiheit zu rauben. Obwohl es sein Beruf war, dafür zu sorgen, dass Kriminelle aufgespürt und vor Gericht gestellt werden konnten, wurde er, je näher sie der Aufklärung eines Falles kamen, auf eine für seine Umgebung oft verblüffende Weise betrübt.

Ottosson äußerte sich häufig positiv über einen Tatverdächtigen, während andere nur zufrieden feststellten, dass durch ihre emsige Arbeit ein weiterer Bösewicht hinter Gitter gebracht worden war. Wenn andere von einer »Abrechnung unter Kriminellen« sprachen, machte Ottosson gern eine Bemerkung über »die traurigen Seiten des Lebens«.

Aber jetzt war er geradezu aufgedreht. Er bat um Ruhe und lobte seine Mitarbeiter. Er sah Lundin an, der wie ein unschlüssiger und verlegener Gast immer in Türnähe blieb, und nickte ihm zu. Er lächelte Lindell an und hob den Daumen.

»Wir haben Marcus Ålander, und er ist ganz schön nervös. Ich muss wohl nicht ausdrücklich darauf hinweisen, dass es eine ausgezeichnete Idee war, ihn schon gestern Abend zu verhaften. Sammy und Bea ist es gelungen, ein paar junge

Leute für eine Gegenüberstellung zusammenzutrommeln, weiß der Teufel, wie sie das angestellt haben. Unser Zeuge von der Västra Ågatan wird gleich einen Blick auf sie werfen dürfen. Die jungen Männer kommen um zehn. Wenn der Zeuge Ålander identifizieren kann, haben wir eine eindeutige Verbindung zu dem Ermordeten.«

»Vielleicht ist er zu nervös«, meinte Beatrice, »und unterscheidet sich schon deshalb von den anderen.«

»Kein Problem, wir werden einfach allen sagen, dass sie sich ein wenig nervös geben sollen«, sagte Sammy.

»Wie habt ihr sie aufgetrieben?«, erkundigte sich ein Polizeianwärter, an dessen Namen sich außer Ottosson kein Mensch erinnerte.

»Rekruten vom Regiment«, sagte Sammy.

»Rekruten?«

»Wehrpflichtige«, bellte Ryde, der gerade den Raum betrat. »Hattet ihr in der Polizeihochschule kein Schwedisch?«

»Krajović weiß sich schon auszudrücken«, sagte Ottosson und lächelte, »vielleicht kennt er sogar ein paar Worte, von deren Bedeutung du noch nie etwas gehört hast, Eskil. Wie viele Sprachen sprichst du?«

»Vier«, antwortete der Anwärter schmollend.

»Was sagt Ulrika, die Freundin?«, unterbrach Lindell.

»Sie ist natürlich ein bisschen verwirrt«, sagte Beatrice, »aber sie ist felsenfest davon überzeugt, dass Marcus Sebastian nicht erschlagen hat.«

»Er ist bisher nie gewalttätig geworden?«

Beatrice Andersson schüttelte den Kopf. »Uns liegt jedenfalls nichts vor, und Ulrika Blomberg sagt aus, Marcus sei ein ganz friedlicher Vertreter.«

»Hat er Familie in der Stadt?«

Lindell hatte das Bedürfnis, auf Augenhöhe mit ihren Kollegen zu kommen.

»Die Eltern sind geschieden. Die Mutter wohnt in irgendeinem Kaff in Nordschweden, und der Vater arbeitet in

Saudi-Arabien, er ist Bauingenieur«, sagte Sammy. »Der Junge studiert. Angesichts der Sachen, die wir bei ihm zu Hause gefunden haben, scheint er politisch eher links zu stehen.«

»Dann haben wir auch noch diese Jacke, davon weißt du bisher nichts«, unterbrach Ottosson und wandte sich an Lindell. »Wir haben bei Marcus eine Jacke mit Flecken gefunden. Kristiansson, der sich die Kleider heute Morgen kurz angesehen hat, meint, es könnten Blutflecken sein, aber das ist zur Zeit noch nicht sicher.«

»Was sagt Marcus dazu?«

»Er weiß noch nicht, dass wir in seiner Wohnung waren«, antwortete Sammy.

Ann Lindell nickte. Es hatte schon wesentlich schlechter für sie ausgesehen. Sebastian Holmberg war in der Nacht von Freitag auf Samstag ermordet worden, und heute, am Sonntagmorgen, hatten sie vielleicht schon den Mörder. Das wäre sicher ein neuer Distriktsrekord.

»Was sagt Fritzén?«

»Er wartet die Gegenüberstellung ab. Wenn sie erfolgreich verläuft, erlässt er einen Haftbefehl«, sagte Ottosson.

Acht junge Männer wurden in den Raum geführt. Lindell fand, dass sie sich täuschend ähnlich sahen. Einige trugen Jeans, andere Chinos und zwei von ihnen dunkle, sorgfältig gebügelte Hosen. Am Oberkörper dominierten T-Shirts und gerade geschnittene Hemden unter schlichten Freizeitjacken. Lindell musterte die Füße der Männer. Bei einer Gegenüberstellung vor ein paar Jahren hatte der Verdächtige noch die Sandalen des Untersuchungsgefängnisses getragen, aber diesmal hatten alle ganz normale Straßenschuhe an. Sie versuchte anhand des Gesichtsausdrucks und der Körperhaltung zu erraten, wer von ihnen Marcus Ålander war, aber Sammys Anweisung an alle, sich fahrig und aufgeregt zu geben, wurde offensichtlich gewissenhaft befolgt. Alle acht Männer sahen sich ängstlich um, und zwei lachten nervös, als sie ihre Plätze einnahmen.

Kristiansson von der Spurensicherung ordnete sie in einer Reihe an und sorgte dafür, dass sich die Männer mit einer Nummer in der rechten Hand dem Spiegel zuwandten. Das Neonlicht ließ sie blass aussehen. Lindell musterte sie. Jeder von ihnen hatte statistisch gesehen schon einmal gegen das Gesetz verstoßen, auch wenn es sich in den meisten Fällen nur um Lappalien gehandelt hatte.

Die Gegenüberstellung fand im Fotoatelier der Spurensicherung statt. Lampen und Wandschirme waren zur Seite gerückt und ein Vorhang war hinter ihnen zugezogen worden, um einen neutralen Hintergrund zu schaffen. Der Zeuge wurde von einem der Fotografen in ein Gespräch verwickelt, aber sobald die Männer sich in einer Reihe aufgestellt hatten, führte man ihn in einen kleinen Nachbarraum des Ateliers. Er sah sich nervös um, begrüßte Lindell und Staatsanwalt Fritzén mit linkischen Handschlägen und erklärte, er sei sich nicht sicher, ob er jemanden erkennen könne, es sei so dunkel gewesen. Sammy erwiderte, er solle sich keine Gedanken machen, die Gegenüberstellung diene nur einer Überprüfung. Ottosson trat ein, der Raum füllte sich. Der Kommissariatsleiter hustete. Fritzén sah sich nervös und gereizt um. Seit dem Streit mit Ottosson während der Aufklärung des Mordes am kleinen John war ihr Verhältnis distanziert.

Sammy führte den Zeugen vor die Spiegelwand und gab ihm ein paar Instruktionen, die alle darauf hinausliefen, dass er die aufgereihten Männer in aller Ruhe mustern sollte. Dann wurde der Vorhang vor dem Spiegel weggezogen und der Zeuge schreckte fast zurück, als er die acht Männer zu Gesicht bekam, die so nahe und doch so weit entfernt waren.

Seine Augen irrten hin und her. Lindell versuchte erneut herauszufinden, wer Marcus Ålander war, gab jedoch auf und beobachtete stattdessen den Zeugen, der bedächtig die jungen

Männer musterte, schon etwas sagen wollte, aber von Sammy Nilsson gebremst wurde.

»Sagen Sie noch nichts«, meinte Sammy.

Nach einer halben Minute wies Kristiansson die acht Männer an, eine Vierteldrehung zu machen, und anschließend mussten sie in dem Raum umhergehen. Lindell kam das Ganze wie ein Spiel im Kindergarten vor.

»Es ist Nummer sechs«, erklärte der Zeuge.

»Sind Sie sicher?«

»Ja«, sagte er. »Ist der Mann ein Mörder?«

»Sie identifizieren einen Mann, der an einer Schlägerei beteiligt war, sonst nichts«, sagte der Staatsanwalt.

»Es ist Nummer sechs«, wiederholte der Zeuge.

»Bedenken Sie, dass es dunkel war«, sagte Ottosson. »Es waren vielleicht viele Leute unterwegs.«

Der Zeuge nickte. Lindell sah Nummer sechs an. Er war möglicherweise ein wenig blasser als die anderen, aber ansonsten gab es nichts, was ihn von den übrigen Männern unterschieden hätte.

Niemand sagte etwas. Der Zeuge schluckte vernehmlich und strich sich mit der Hand übers Gesicht.

»Nummer sechs«, sagte er.

»Sie wissen, dass Sie die fragliche Person in eine unangenehme Situation bringen können?«, fragte der Staatsanwalt.

Der Zeuge nickte und schluckte erneut.

»Er ist es.«

Sie trafen sich zu einer Besprechung. Ryde saß ein wenig abseits und murmelte vor sich hin. Lindell las eine Zusammenstellung der verfügbaren Daten über Sebastian Holmberg. Viel war es nicht. Er war schlichtweg nicht alt genug geworden, um in den Registern der Behörden viele Einträge zu sammeln. Er hatte noch nie Steuern gezahlt, kein Vermögen besessen, war gemustert, aber noch nicht zum Wehrdienst eingezogen worden, hatte 1992 einen Pass bekommen, ihn verloren und 1999 einen neuen beantragt. Er hatte keinen Führerschein. Ann Lindell schlug die Mappe zu.

»Was ist los?«, fragte sie Ryde, der gerade den Telefonhörer auf die Gabel geknallt hatte.

»Das war das SKL. Ich habe ihnen gesagt, dass wir die Jacke morgen per Kurierdienst schicken, aber es dauert trotzdem mindestens eine Woche. Wenn wir Glück haben, bekommen wir das Ergebnis nächste Woche Montag. Glück! Wahrscheinlich untersuchen sie erst irgendeinen Hundehaufen, den ein Rentner im Park aufgesammelt hat, bevor sie zur Jacke eines Mörders kommen.«

Lindell grinste. Sie wusste es besser, und das tat Ryde sicher auch, aber es war immer wieder ein frustrierendes Erlebnis, mit dem Staatlichen Zentrallabor zu tun zu haben, und die dortigen Kriminaltechniker mussten den Ärger ausbaden. Wie oft wurden sie wohl im Laufe einer Woche von ermittelnden Beamten angerufen, die sich händeringend nach Ergebnissen von Proben erkundigten.

»Verdammt, was macht Lundin eigentlich hier?«, wollte Ryde plötzlich wissen.

»Er hat Bereitschaftsdienst«, sagte Lindell.

»Er taucht doch sonst nicht freiwillig auf?«

»Stimmt, aber vielleicht ist er an diesem Fall besonders interessiert.«

»Hat Ottosson ihn herbestellt?«

»Das glaube ich nicht«, antwortete Lindell.

»Was zum Teufel ist los mit ihm? Er wäscht sich auch gar nicht mehr so oft die Hände wie früher.«

»Keine Ahnung«, sagte Lindell.

Sie wusste, dass Lundin eine Therapie machte. Irgendwann hatte seine krankhafte Fixierung auf Sauberkeit die Grenzen des Erträglichen überschritten, und Ottosson hatte ihn gezwungen, professionelle Hilfe zu suchen. Vielleicht half das Psychogelaber ja tatsächlich, denn auch Lindell war Lundins Metamorphose nicht entgangen. Er war zugänglicher, öfter anwesend und auch offener. Kürzlich hatte er sogar einen Witz erzählt, über den alle herzlich gelacht hatten, wenn auch weniger über die Pointe selbst als über Lundins kindliche Begeisterung, als er die interessierten Mienen seiner Kollegen entdeckte.

»Jedenfalls benimmt er sich in letzter Zeit ganz schön komisch«, meinte Ryde.

Lindell musste lachen. Ryde blickte auf, sah sie zunächst grimmig an, lächelte dann aber auch.

Ola Haver und Ann Lindell betraten das Vernehmungszimmer. Ihr Ziel war es, Marcus Ålander nach der Identifizierung durch den Zeugen zu einem Geständnis zu bewegen. Es lag in der Luft. Marcus hatte dem Vollzugsbeamten zufolge schlecht geschlafen und zum Frühstück kaum etwas zu sich genommen, gerade mal eine halbe Scheibe Brot und ein Glas Milch.

Er saß über den Tisch gebeugt. Seine ungekämmten Haare glänzten fettig. Auf dem Kinn prangte ein feuerroter Pickel, der in seinem blassen Gesicht wie ein Leuchtturm herausstach.

Die beiden Polizisten setzten sich wortlos. Haver bediente das Aufnahmegerät und sprach leise die Protokolldaten auf Band. Er fragte Marcus, ob er auch weiterhin auf die Hilfe eines Rechtsbeistands verzichten wolle. Der Verdächtige nickte.

Lindell blätterte in ihrem Notizblock. Dann schlug sie ihn zu und sah Marcus an: »Kannten Sie Sebastian Holmberg?«

»Ja.«

»Woher?«

»Wir sind uns ein paarmal begegnet.«

»Wo?«

»Wir haben früher beide Minigolf gespielt und haben uns auch sonst ab und zu gesehen.«

»Marcus«, schaltete sich Haver ein. »Ich weiß, das ist keine leichte Situation, aber wir werden versuchen, die Sache so schnell wie möglich hinter uns zu bringen. Haben Sie etwas gegessen?«

Der junge Mann nickte und schielte zu Lindell hinüber.

»Sie kannten ja Sebastian«, sagte Haver und sah Marcus in die Augen. »Worüber haben Sie gesprochen, als Sie sich vorgestern Abend begegneten?«

»Wer hat gesagt, dass wir uns begegnet sind?«

»Das wissen wir«, sagte Lindell schroff und ungeduldig.

»Sie sind sich begegnet und haben sich ein bisschen unterhalten«, sagte Haver. »Worüber haben Sie gesprochen? Über Minigolf oder ob Sie ein Bier trinken gehen sollten?«

Marcus Ålander schwieg, den Blick auf die Tischplatte gerichtet.

»Haben Sie über Ulrika gesprochen?«, fragte Lindell.

Marcus sah schnell auf.

»Ulrika«, sagte er nur.

»Sie hatte Schluss gemacht, und Sie liefen ziellos durch die Stadt und sind dabei Sebastian begegnet, nicht wahr? Sie beide haben sich gestritten, Sie haben ihn geschlagen, und er ist davongerannt.«

Ola Haver klang bedrückt, als er die Ereignisse des Freitagabends rekapitulierte.

»Wir sind uns begegnet, okay, sind Sie jetzt zufrieden?«

»Nein«, erwiderte Lindell. »Ich will wissen, warum Sie ihn geschlagen haben.«

Marcus schien mit sich zu ringen, jedenfalls redeten Haver und Lindell sich das ein.

»Ich habe ihn nicht geschlagen«, sagte er schließlich, »er ist einfach abgehauen.«

»Unsinn«, herrschte Lindell ihn an.

»Kam es zum Streit, weil Sebastian Ihnen erzählte, dass Ulrika und er sich ineinander verliebt hatten?«

Marcus sah Lindell an; sie begegnete seinem Blick. Bürschchen, dachte sie.

»Es ist bestimmt nicht toll, von seiner Freundin den Laufpass zu bekommen«, sagte Haver, »dafür habe ich Verständnis. Ich habe sogar Verständnis dafür, dass man seinem Nebenbuhler eine langt.«

»Ich habe ihn nicht geschlagen.«

»Und wie erklären Sie uns dann die Flecken auf Ihrer Jacke? Wir sind davon überzeugt, dass es Blutflecken sind, und werden schon bald erfahren, ob es Sebastians Blut ist«, sagte Lindell, »also rücken Sie jetzt besser mit der Sprache heraus.«

»Welche Jacke?«

»Wir haben bei Ihnen zu Hause eine Jacke gefunden«, antwortete Ola Haver. »Wir müssen die Flecken noch untersuchen lassen, eine DNA-Analyse durchführen. Sie wissen, die ist hieb- und stichfest.«

»Sie haben bei mir rumgeschnüffelt?!«

»Sie brauchen sich gar nicht so aufzuregen, Sie verstehen schon, warum«, sagte Lindell.

Marcus betastete seinen Pickel.

»Okay, ich habe ihn geschlagen, aber nur einmal, und dann ist er abgehauen.«

»Und was haben Sie getan?«

»Ich bin stehen geblieben. Ich habe es sofort bereut.«

»Und dann?«

»Ich bin herumgelaufen und wollte zu Ulrika zurückgehen, aber daraus ist dann doch nichts geworden.«

»Wollten Sie ihr auch eine langen?«, fragte Lindell.

Marcus erwiderte nichts, aber wie er sie anschaute, das sprach Bände.

»Uns liegen Informationen vor, die besagen, dass Sie Sebastian Holmberg verfolgt haben«, fuhr Lindell fort und blätterte gleichzeitig in ihrem Notizblock.

»Das ist gelogen!«

»Tatsächlich«, sagte Lindell trocken. »Dann sind Sie ihm also nicht in die Drottninggatan gefolgt? Sie waren sehr wütend, immerhin hatte er Ihnen die Freundin ausgespannt.

Sie müssen sich schrecklich gefühlt haben. Sie lieben Ulrika doch.«

»Zum Teufel, hören Sie auf«, schrie Marcus. »Ich bin nie in dieser verdammten Buchhandlung gewesen.«

»Woher wissen Sie, dass es eine Buchhandlung war?«

»Ich habe es gesehen«, sagte Marcus leise.

»Wie jetzt, Sie haben Sebastian in der Buchhandlung gesehen?«

Marcus schüttelte den Kopf.

»Erzählen Sie schon«, sage Haver.

»Ich war am Morgen da und habe zugeguckt.«

Umständlich und zögernd erzählte er den beiden Polizisten von dem Taxifahrer, mit dem er in die Stadt gefahren war.

»Wie heißt denn dieser Taxifahrer?«

»Martin irgendwas.«

»Waren Sie neugierig?«, wollte Lindell wissen.

»Ich wollte gar nicht mitkommen, aber ich war völlig daneben und wollte einfach nicht allein sein.«

»Was haben Sie denn eigentlich auf der Islandsbrücke gemacht?«

»Nichts.«

Marcus' Blick spiegelte die Verwirrung, die seine ganze Gestalt ausstrahlte. Er schien vor den Augen der Polizisten zu schrumpfen, in sich zusammenzusacken.

»Wollten Sie in den Fluss springen?«

Lindell stellte die Frage in einem leicht ironischen Ton. Marcus antwortete nicht, sondern warf ihr einen Blick zu, der sich als flehentliche Bitte deuten ließ.

»Sie waren traurig und wütend, und nachdem Sie Ihren Kumpel erschlagen hatten, wollten Sie nur noch sterben, war es so?«

Haver schielte verstohlen zu Lindell hinüber, während sie sprach. Sie hatte sich zurückgelehnt; zwischen den Fingern, die sie auf dem Bauch verschränkt hatte, lugte ihr Stift heraus.

Marcus schüttelte den Kopf.

Wann bricht es wohl aus ihm heraus, dachte Haver.

»Es reichte Ihnen nicht, aus Sebastians Gesicht einen blutigen Klumpen zu machen, Sie haben auch noch sein Portemonnaie, seine Uhr und sein Handy geklaut. Wo sind diese Sachen?«, setzte Lindell nach.

Haver hüstelte.

»Das ist Raubmord, und es ist ekelerregend«, sagte Lindell mit Nachdruck. Sie warf den Stift auf den Tisch. »Denken Sie über Ihre Situation nach, wir gehen in der Zwischenzeit einen Kaffee trinken«, sagte sie und stand auf. »Sie können so lange in Gesellschaft eines Kollegen warten. Wenn wir zurückkommen, wollen wir einen lückenlosen Bericht darüber hören, was Sie in dieser Nacht gemacht haben. Aber kein Gelabere, nur Fakten.«

Haver sah Lindell an und machte Anstalten, das Aufnahmegerät auszuschalten, zog dann jedoch seine Hand zurück.

»Ich bleib noch hier«, sagte er und sah Lindell ruhig an. »Ich habe im Moment keinen Kaffeedurst, oder warte, bring mir doch bitte gleich eine Tasse mit. Und einen Muffin. Möchten Sie auch etwas, Marcus?«

Marcus schüttelte den Kopf. Lindell verließ den Raum. Haver und Marcus schwiegen. Schließlich beugte sich Haver vor, nahm Lindells Stift vom Tisch und drehte ihn in seiner Hand.

»Jetzt erzählen Sie mal, vergessen Sie meine Kollegin einfach, erzählen Sie es mir. Hinterher werden Sie sich besser fühlen, das verspreche ich Ihnen. Ich glaube eigentlich nicht, dass Sie das Portemonnaie geklaut haben. Meine Kollegin verabscheut Raubmorde, deshalb ist sie so wütend geworden. Sie wissen doch, dass irgendwer die ganze Straße in ein Trümmerfeld verwandelt hat. Es war bestimmt ein anderer, der sich die Sachen geschnappt hat.«

»Ich bin es nicht gewesen«, flüsterte Marcus. »Ich habe ihn einmal geschlagen, und dann ist er weggerannt. Es muss jemand gewesen sein, der uns gesehen hat. Haben Sie das schon

überprüft? Vor dem Kino standen doch jede Menge Leute. Er ist weggelaufen. Ich bin stehen geblieben. Ich schwöre es!«
Haver schwieg und beobachtete Marcus.
»Erzählen Sie mir von Ulrika«, sagte Haver nach einer Weile. »Wie lange sind Sie zusammen gewesen? Sie scheint ein nettes Mädchen zu sein.«

Haver sah auf die Uhr und stellte fest, dass sein Verhör exakt eine Stunde gedauert hatte, erklärte die Vernehmung für beendet und schaltete das Aufnahmegerät aus.
Lindell war nicht zurückgekehrt. Er dachte über ihr Vorgehen nach. Sie war nicht gerade einfühlsam gewesen, und er fragte sich, ob ihre Taktik wirklich erfolgversprechend war. Sie hatten vorher nicht verabredet, wie sie dieses wichtige erste Verhör angehen wollten, aber jetzt hatte er automatisch die Rolle des netten Polizisten zugeteilt bekommen, während Lindell hitzig und gefühlskalt zugleich wirkte.
Er wusste nicht recht, was er davon halten sollte, aber Lindell hatte sich zweifelsohne von einer ganz neuen Seite gezeigt. Hatte sie an dem Tatverdächtigen irgendetwas gereizt?
Er betrachtete seine verstreuten Notizen. Marcus war todtraurig am Fluss entlangspaziert, hatte Sebastian getroffen und ihm erzählt, dass seine Freundin gerade mit ihm Schluss gemacht hatte. »Bei mir ist es genau umgekehrt«, hatte Sebastian daraufhin erklärt, »ich bin gerade auf dem Weg zu einem Mädchen, das ich vor ein paar Monaten kennengelernt habe, sie heißt Ulrika.« Haver sah Sebastian vor sich: frisch verliebt und nicht in der Lage, mit seinem Glück hinter dem Berg zu halten. Marcus hatte sich erkundigt, wo diese Ulrika wohnte, und als Sebastian die Richtung anzeigte, sofort zugeschlagen.
»In mir ist in dem Moment etwas kaputtgegangen«, hatte Marcus zu Haver gesagt. »Ich habe zugeschlagen, ohne nachzudenken.«

Haver nahm die Kassette heraus und brachte Marcus in die Zelle zurück. Auf dem Rückweg in sein Büro begegnete er mehreren Kollegen, die ihm gratulierten. Haver sagte jedem von ihnen, er wolle mit dem Jubeln lieber noch ein wenig warten. »Die Gelegenheit, ein Motiv und die nötigen Mittel«, hatte einer von ihnen gerufen, aber Haver hatte darauf nichts erwidert. Er wollte sich vor allem noch einmal das Band anhören. Es stand zweifellos fest, dass Marcus sich des Tatbestands der Körperverletzung schuldig gemacht hatte, aber es blieb abzuwarten, ob sie ihm auch den Mord nachweisen konnten.

Lindell war nirgendwo zu sehen. Er überlegte, ob sie essen gegangen war oder in ihrem Büro hockte, als sie ihm im Korridor entgegenkam.

»Ich habe das Verhör beendet«, sagte Haver.

»Das hab ich mir gedacht«, erwiderte sie kurz angebunden.

»Ich habe das Band, falls du es dir anhören willst.«

»Was hat er gesagt?«

»Er gibt zu, dass er Sebastian geschlagen hat, aber das ist auch schon alles.«

»Okay«, war Lindells einziger Kommentar.

Sie standen einander gegenüber. An der Decke surrte eine Neonröhre. Eine Tür wurde zugeschlagen.

»Alles in Ordnung?«

»Ist schon okay«, sagte Lindell.

»Wir haben keine Zeugen, die gesehen haben, dass er hinter Sebastian hergelaufen ist, oder?«

Lindell schüttelte den Kopf. »Es war ein Versuch«, sagte sie. »Vielleicht nicht so geglückt, aber was soll's …«

»Du magst diesen Marcus nicht, was?«

»Was heißt hier mögen. Er ist mir einfach zu traurig.«

»Wäre ich an seiner Stelle auch, wenn man mich unter Mordverdacht einbuchtet.«

Lindell machte eine ungeduldige Geste.

»Und dann hat auch noch seine Freundin Schluss gemacht«, ergänzte Haver.

»Das ist es wahrscheinlich«, sagte Lindell, und Haver begriff plötzlich den Grund für ihre düstere Stimmung.

»Du, Ola, ich hör mir das Band später an. Ich hab noch ein paar Sachen zu erledigen«, sagte Lindell, bevor sie in ihrem Büro verschwand.

17

Sonntag, 11. Mai, 9.05 Uhr
»Heute fahren wir aufs Land«, sagte Hadi.

»Schon wieder?«, fragte Mitra.

»Ich bin zum Kaffee eingeladen«, sagte Hadi. »Zu schwedischem Kaffee.«

Mitra drehte sich um und sah ihren Vater an.

»Und von wem?«

»Zu schwedischem Kaffee«, wiederholte Hadi.

»Großvater hat gestern einen Bauern kennengelernt«, erklärte Ali. »Er hat eine ganze Kuhherde gerettet.«

»Es waren Mastrinder«, berichtigte Hadi.

»Erzähl«, forderte Mitra ihn lächelnd auf, und ihr Vater fasste die Ereignisse vom Vortag für sie zusammen.

»Und sie wollen dich zum Kaffee einladen?«

Hadi nickte zufrieden.

»Ali wird mich begleiten«, sagte er.

»Ich habe keine Zeit!«

»Du wirst übersetzen«, beharrte Hadi.

»Aber ...«

»Kein Aber«, unterbrach ihn Mitra. »Du tust, was dein Großvater gesagt hat.«

Sie sah Ali durchdringend an, bis der Junge schließlich nickte. Er wusste, die Sache war entschieden. Es gab keinen

Grund, sich länger zu widersetzen, er würde den Kampf am Ende doch verlieren.

Kurz vor zehn machten sie sich auf den Weg. Als sie aus dem Haus kamen, sah Ali sich auf dem Hof nach allen Seiten um. Großvater schwadronierte, schlug mit seinem Stock gegen den Zaun und gegen Papierkörbe, an denen sie vorbeikamen, und nickte gnädig, als sie einer Frau begegneten, die im Nachbarhaus wohnte. Das Wetter war hervorragend. Ali spähte die Straße hinab und sah zum Waldrand hinüber. Hinter den spärlich wachsenden Tannen und Lärchen wohnte der, der Ali zum Schweigen bringen wollte. Von der Bushaltestelle aus konnte man das Haus sehen.

»Hörst du, was ich sage?!«

»Ja klar«, erwiderte Ali.

Ein Motorrad näherte sich. Ali wusste, dass Mehrdad irgendwo in der Nähe war. Er fühlte es. Zwischen den Häusern, von Bäumen verborgen, hinter der Garage oder den Müllcontainern schlich er herum, einen einzigen Gedanken im Kopf: Ali zum Schweigen zu bringen.

Ali trat einen Schritt zurück in den Schutz des Wartehäuschens. Zwei ältere Frauen näherten sich, gefolgt von einigen jüngeren Männern. Kurz darauf hatten sich etwa zehn Personen versammelt, und Ali fühlte sich etwas sicherer. Er schaute zu seinem Großvater hinüber. Würde er es verstehen?

Durch das Eintreffen des Busses wurde Ali aus seinen Gedanken gerissen. Großvater hob den Stock, bahnte sich den Weg, stieg als Erster ein, begrüßte den Fahrer und zog einen zerknitterten Geldschein aus der Manteltasche. Ali hatte das Gefühl, dass sich etwas Wichtiges anbahnte. Er und sein Großvater waren gemeinsam unterwegs.

»Mein Enkelkind«, sagte Hadi auf Persisch zu dem schwedischen Fahrer und zeigte auf Ali.

Der Fahrer nickte, als hätte er verstanden.

»Das ist mein Großvater«, sagte Ali.
Der Fahrer warf ihm einen amüsierten Blick zu.
»Er ist mein Großvater«, wiederholte Ali leise für sich selbst und stieg hinter dem alten Mann in den Bus.

Etwas Wichtiges ist im Gange, dachte er; aber als er sich auf seinem Sitz niederließ und aus dem Fenster sah, entdeckte er auf der anderen Straßenseite Mehrdad. Er trug den schwarzen Helm mit den Feuerstreifen, hatte das Visier jedoch hochgeklappt. Zum ersten Mal seit ihrem sekundenschnellen Augenkontakt zwischen den zertrümmerten Schaufenstern sahen sie sich wieder.

Ali sackte in sich zusammen. Sein Großvater sagte irgendetwas. Alle Fahrgäste waren inzwischen eingestiegen, und der Bus setzte sich Richtung Innenstadt in Bewegung. Ali wusste, dass sie nicht allein waren, er hatte einen Schatten.

»Sie haben auch Schafe«, sagte Hadi, und Ali begriff, dass er die Familie meinte, die sie besuchen wollten. Ansonsten hatte der alte Mann kaum ein Wort darüber verloren, was sie eigentlich erwartete. Hadi war an diesem Morgen aufgedreht und nervös gewesen. Vielleicht wusste er selber nicht recht, worauf er sich eingelassen hatte. Aber dass dort Schafe gehalten wurden, hatte er verstanden, und das reichte ihm.

Hadi hatte fast eine Stunde benötigt, um sich anzuziehen, seinen Schnurrbart zu trimmen, sich zu kämmen und die Schuhe zu polieren. Er hatte sogar den Stock abgewischt. Ali betrachtete seinen Großvater von der Seite. Er war eine stattliche Erscheinung, saß aufrecht, mit entschlossener Miene, seine Hände ruhten auf dem Stock. Ali fand, er sah aus wie ein Häuptling. Wie ein Mann, der vieles wusste, es gewohnt war zu bestimmen und der Gefahren erhobenen Hauptes entgegentrat.

Ali wollte etwas zu seinem Großvater sagen, schielte stattdessen jedoch nach hinten. Er konnte den Verkehr hinter dem Bus nicht sehen. Wenn sie an einer Haltestelle hielten, schaute er jedes Mal aus dem Fenster, aber von seinem Cousin war nichts zu sehen. Eigentlich waren sie gar keine richtigen Cousins, nannten sich aber so. Sie waren irgendwie entfernt verwandt, so viel war ihm klar, aber vermutlich wäre nur Großvater in der Lage zu erklären, wie sie miteinander verwandt waren.

Ali konnte nicht begreifen, wie Großvater, der außerdem noch einen Strickpullover trug, mit hochgeschlossenem Mantel im Bus sitzen konnte. Ihm selber war warm, und er wollte an die frische Luft. Ihm war auch ein bisschen übel, was manchmal vorkam, wenn er Bus fuhr. Im Auto war es noch schlimmer, aber es war lange her, dass er in einem Auto gefahren war. Mitra hatte nicht einmal einen Führerschein, und sein Großvater konnte nur einen Esel oder vielleicht noch ein Pferd reiten. In seiner Jugend hatte er ein Pferd besessen, ein schwarzes. Ali versuchte sich an den Namen des Tiers zu erinnern. Es war eine Stute gewesen, so viel wusste er noch. Er wollte Großvater im Moment nicht danach fragen, denn das hätte nur einen langen Vortrag nach sich gezogen.

»Hier müssen wir aussteigen«, unterbrach der Großvater ihn in seinen Gedanken.

»Haben sie auf dem Bauernhof auch Pferde?«

»Ich denke schon«, erwiderte der Großvater, »es ist ein großer Hof.«

Sie gingen zum Busbahnhof.

»Pferde müssten sie eigentlich haben«, sagte Hadi und lächelte Ali an.

Als sie das Haus der Olssons betraten, wunderte sich Ali als Erstes über die Größe der Küche. Es war, als käme man in ein Museum. Alte Gegenstände standen neben modernen Küchengeräten. Ein großer alter Holzofen zum Brotbacken dominierte eine Wand, und der Abzug wölbte sich nach vorn. An den Wänden hingen Schüsseln und Teller, Bänke und Tische waren mit kleinen weißen Läufern und Vasen voller Frühlingsblumen dekoriert. Die Wände waren mit braunem

Holz verkleidet, aber dank der vielen großen Fenster war die Küche trotzdem hell. Es roch gut nach den Blumen und aus dem Backofen.

Nur der Fußboden, vor allem vor dem Holzofen, war abgenutzt. Am Ofen stand ein Korb mit Feuerholz, neben dem eine graue Katze lag. Der Küchentisch war auf die Bedürfnisse einer großen Familie zugeschnitten, aber Ali nahm an, dass die älteren Leute allein in dem Haus wohnten.

Sie gaben einander die Hand. Die Frau wirkte bei der Begrüßung ein wenig reserviert. »Der Kuchen ist noch nicht ganz fertig«, sagte sie, »aber es dauert nur ein paar Minuten.«

Ali nickte.

»Bist du sein Enkelkind?«

»Ja, Hadi ist mein Großvater. Er spricht kein Schwedisch, deshalb musste ich mitkommen.«

»Herzlich willkommen«, sagte Arnold. »Sag ihm doch bitte, dass ihr uns herzlich willkommen seid.«

Ali leierte schnell etwas auf Persisch herunter. Das Bauernpaar lauschte fasziniert.

»Welche Sprache sprecht ihr?«, fragte Beata.

»Persisch.«

»Das klingt so schnell«, sagte Arnold.

Alis Großvater ergriff das Wort, und Ali versuchte alles zu behalten, was er sagte. Aus seiner Manteltasche zog Hadi ein flaches Päckchen. Davon hatte er Ali nichts gesagt. Er wollte es Beata überreichen, die ein wenig scheu wirkte. Sie trocknete sich die Hände an ihrer Schürze ab und nahm es zögernd an. Es war unübersehbar, dass Großvater das Geschenk selber eingepackt hatte, denn er hatte Weihnachtspapier und gelbes Klebeband aus der Küchenschublade genommen. Ali schämte sich ein wenig.

»Aber das wäre doch nicht …«, setzte Beata an, wurde jedoch von Arnold unterbrochen.

»Vielleicht ist es eine Schere für die Schafschur!«

Er lachte. Alis Großvater lachte auch.

»Er sagt, dass wir Ihnen für Ihre Gastfreundschaft danken«, übersetzte Ali, »und dass es uns eine Ehre ist.«

In Alis Ohren klangen die Worte fremd. Jetzt geschieht das Wichtige, dachte er. Beata entfernte vorsichtig das Geschenkpapier. Ali konnte sich vor Neugier kaum noch beherrschen. Dann sah sie, was es war, aber das Papier verdeckte den Inhalt immer noch vor Ali.

»Erklär ihnen, dass meine Schwester es gemacht hat«, sagte Hadi bestimmt, und Ali hörte der Stimme an, dass es ihm wichtig war, so dass er es sofort übersetzte. Ali war ihr nie begegnet, hatte aber von ihr erzählen hören. Die schöne Schwester, die sich ertränkt hatte oder vielleicht auch ertrunken war.

Arnold nahm seiner Frau das Papier ab, und Ali konnte endlich sehen, was Beata in der Hand hielt. Es war das kleine Bild, das im Zimmer seines Großvaters gehangen hatte. Die Stickerei mit dem Hirsch und der Quelle.

»Wie schön«, sagte Beata und hielt das Bild mit ausgestreckten Armen, um es aus der Distanz zu betrachten. Dann hielt sie es sich dicht vor die Augen, um die feinen Stiche zu mustern. Hadi nickte zufrieden, als er ihren Gesichtsausdruck sah.

Das ist das Wichtige, dachte Ali erneut und konnte die Tränen einfach nicht mehr zurückhalten. Hadi legte eine Hand auf Alis Schulter; durch die Tränen hindurch sah Ali, dass sich die Miene seines Großvaters veränderte, in einer Art, wie er es noch nie zuvor gesehen hatte. Die Augen wurden heller, und Ali glaubte in den Zügen des alten Mannes erkennen zu können, wie Hadi in jungen Jahren ausgesehen hatte.

»Aber mein lieber Junge«, sagte Beata, »du musst doch nicht weinen.«

Er verschenkt das Bild, dachte Ali. Das Bild.

»Was für eine Arbeit«, meinte Arnold. »Das ist bestimmt ein Hirsch. Sag deinem Großvater, dass wir noch nie ein Bild aus Persien gesehen haben.«

»Das wäre doch nicht nötig gewesen«, sagte Beata und sah Hadi an, der wie ein Fels mitten in der Küche stand und mehr denn je einem Räuberhauptmann glich.

»Meine Schwester«, sagte er.

Sie nahmen am Tisch Platz. Ali kam mit dem Übersetzen kaum nach, denn nachdem sie ihre erste Verlegenheit überwunden hatten, erwiesen sich Arnold und Beata als gesprächige Menschen, die von Thema zu Thema sprangen, einander unterbrachen, sich gegenseitig berichtigten, sich auf eine Art unterhielten, die Hadi verwirrte. Er lächelte die meiste Zeit nur, strich sich über den Schnurrbart und war anscheinend ganz zufrieden damit, am Tisch zu sitzen und den fremden Worten zu lauschen. Nach einer Weile verstummte das Bauernpaar, sie sahen Hadi und Ali an, als erwarteten sie etwas von ihnen. Ali wusste nicht recht, was er sagen sollte, aber er wollte auch nicht stumm bleiben.

»Großvater mag Tiere«, meinte er schließlich.

»Das haben wir gesehen«, erwiderte Arnold.

»Er hat früher Schafe gehütet«, sagte Ali. »Er spricht oft davon.«

»In Persien?«

»Heute heißt es Iran«, berichtigte Ali.

»Tatsächlich?«, sagte Beata. »Ach so, das ist der Iran, ja, ich habe mich schon gefragt. An den Schah erinnert man sich natürlich noch und an Farah Diba, aber an die wirst du dich bestimmt nicht erinnern, oder?«

Der Großvater hatte bei dem bekannten Namen aufgehorcht und nickte.

»Farah Diba«, sagte er.

Das Gespräch kam wieder ins Stocken, aber es war kein peinliches Schweigen. Hadi konnte tagelang schweigen, ihm machte die Stille also ganz sicher nichts aus.

»Dein Großvater ist wie die Nachtschwalbe«, meinte Arnold. »Sie kommt, wenn es Frühling wird, wenn wir die Tiere auf die Weide lassen. Ich habe sie heute Nacht gehört. Die Nachtschwalbe ist ein Vogel«, fügte er hinzu, als er Alis verständnislose Miene bemerkte.

Ali übersetzte, dass Hadi wie ein Vogel war, der immer im Frühling auftauchte.

»Was ist das für ein Vogel?«

Ali fragte Arnold noch einmal, um sicher zu sein, den Namen richtig verstanden zu haben.

»Wie sieht er aus?«, fragte der Großvater weiter, und Ali fand, er hätte sich ruhig damit zufrieden geben können, dass es ein Vogel war. Es spielte doch keine Rolle, wie er aussah.

Arnold beschrieb den Vogel, Ali versuchte zu übersetzen, aber Hadi schüttelte den Kopf. Da formte Arnold seinen Mund zu einem Kreis und ließ einen surrenden Laut hören. Hadi begann sofort zu lachen.

»Den kenne ich«, sagte er. »Den gibt es auch bei uns.«

»Weiß er, welchen Vogel ich meine?«, erkundigte sich Arnold.

»Ja«, antwortete Ali, »es gibt ihn auch im Iran.«

»Das ist ja seltsam«, sagte Arnold.

»Eine Nachtschwalbe«, sagte Beata, und Ali hörte einen Anflug von Kritik in ihrer Stimme. »Du kannst einen stattlichen Mann doch nicht mit einer Nachtschwalbe vergleichen.«

»Sie findet, dass du stattlich aussiehst«, sagte Ali auf Persisch.

Er war sich nicht ganz sicher, was »stattlich« genau bedeutete, und wie sich das Wort übersetzen ließ, entschloss sich deshalb kurzerhand für »schön« und sah, dass Großvater sich über das Kompliment freute. In diesem Moment war Ali von einem Stolz erfüllt, der die peinliche Verlegenheit verdrängte, die er gelegentlich empfand, wenn sein Großvater von sich erzählte.

»Ich habe sie gestern am späten Abend gesehen«, wiederholte Arnold, »ungewöhnlich früh im Jahr. Ich notiere mir immer, wann sie das erste Mal auftaucht. Solange ich mich erinnern kann, haben bei uns Nachtschwalben gebrütet. Ein ungewöhnlicher Vogel«, erklärte er Ali. »Er nistet oben im Wald, wo der Untergrund felsig ist.«

»Er streunt nachts durch die Gegend«, warf Beata ein.

»Mein Vater hat damit angefangen«, fuhr Arnold unbeeindruckt von der Bemerkung seiner Frau fort. »Bis auf meinen Vater glaubten alle, dass er Unglück ankündigte. Er sah in ihm nur einen schönen Frühlingsvogel.«

»Du wirst noch mal über einen Stein stolpern«, sagte Beata.

»Mein Vater meinte, die Nachtschwalbe bedeute Glück für den Hof.«

»Er musste ja immer alles anders sehen als andere«, sagte Beata. »Was ist das schon für ein Vogel, er sieht abstoßend aus und macht den Leuten Angst.«

Arnold lächelte breit und zwinkerte Ali zu.

»Früher sagten die Leute auch ›Ziegenmelker‹ zu ihm. Und wisst ihr warum: Man sagte, er würde Milch stibitzen, aber in Wahrheit trank das Gesinde die Milch und schob die Schuld anschließend auf den Vogel.«

Arnold erzählte weiter von der Nachtschwalbe und darüber, was die Menschen seit alters her von ihr glaubten und dachten. Merkwürdig, so lange über einen Vogel zu reden, dachte Ali.

Hadi hatte das Bauernpaar beobachtet und sah Ali fragend an.

»Sie reden über den Vogel«, sagte er nur, und der alte Mann nickte.

»Wer die Nachtschwalbe sieht, hat den Tod gesehen«, sagte Hadi. »So hieß es in meiner Kindheit.«

Er schien weitersprechen zu wollen, hielt aber plötzlich inne; Ali übersetzte die Worte nicht.

Arnold holte für Hadi und Ali zwei frischgewaschene Overalls, die sie über ihre Kleider zogen. Der Großvater sah in dem gelben Aufzug lustig aus und lächelte.

Sie gingen hinaus. Hadi und Arnold schauten in den Himmel. Ali ließ den Blick über die Felder schweifen. In dem Overall fühlte er sich besser, irgendwie sicherer, so als könnte das Kleidungsstück ihn vor Mehrdads Blicken und bösen Gedanken schützen.

Als Erstes betraten sie den Milchraum mit einem riesigen rostfreien Tank. Es war kühl in dem Raum. Ali fand die Luft ein wenig stickig. Hadi sah sich interessiert um, als wäre er ein Spekulant, der den Hof erwerben wollte. Arnold erzählte und Ali übersetzte. Beata füllte einen Napf mit Milch, augenblicklich tauchte eine Katze auf, beugte sich über das Gefäß und schlürfte. Schweigend beobachteten sie das Tier.

»Wir haben fünf Stück«, sagte Arnold und schob die Tür zum Stall auf, in dem es noch intensiver roch. Ein ruhiges, etwas wehmütiges Muhen begrüßte sie. Eine einzige Kuh stand dort angekettet, ansonsten war der Stall leer.

»Sie hat Probleme«, meinte Arnold und wandte sich an Ali. »Das musst du deinem Großvater erklären.«

»Haben Sie nur eine Kuh?«, fragte Ali.

»Aber nein«, lachte Beata. »Im Moment haben wir sechsundzwanzig Milchkühe. Die anderen sind auf der Weide, aber die da müssen wir ein bisschen im Auge behalten. Der Tierarzt war gestern hier. Dann haben wir auch noch Kälber und Färsen und einen Teil Jungbullen.«

Ali nieste. Eine Katze lief vorbei. Die Kuh muhte wieder; Arnold und Hadi gingen zu ihr. Hadi stellte sich neben sie und strich ihr über den Rücken. Die Kuh schüttelte den Kopf. Mühsam ging Hadi in die Hocke.

Mach jetzt bloß keine Dummheiten, dachte Ali, und im gleichen Moment legte Hadi den Kopf an die Seite der Kuh und tastete das Euter ab. So vergingen ein paar Sekunden. Arnold betrachtete Hadi mit einem schwer zu deutenden Gesichtsausdruck, so als könnte er sich nicht recht entscheiden, was er davon halten sollte.

»Sie ist wund«, sagte Hadi.

Arnold sah Ali an, der übersetzte.

»Das ist wahr, sie ist ständig wund«, sagte Arnold und lächelte.

Der alte Mann richtete sich wieder auf und streichelte erneut die Kuh, als wollte er sagen, das wird schon wieder, wandte sich dem Bauern zu und nickte.

Als sie in den Hof hinaustraten, waren die Wolken weggezogen. Die Sonne wärmte. In der Erde schien es zu gären. Die Vögel zwitscherten in den Bäumen ihre endlosen, immer gleichen Melodien. In der Ferne war das Knattern eines Motorrads zu hören. Ein halbes Dutzend Krähen erhob sich aus einer Esche. Sie flogen krächzend über den Hof und verschwanden ebenso schnell, wie sie aufgetaucht waren.

Arnold Olsson lächelte, als er Hadi über die Felder schauen sah. Als suchte er die Landschaft nach etwas ab, folgte Hadis Blick der Linie des Horizonts.

»Sollen wir zu den Schafen gehen?«, fragte er und wandte sich an Ali, der in der Tür zum Stall stehen geblieben war und ein Gesicht machte, als hätte er ein Gespenst gesehen. Das Geräusch eines Motorrads kam immer näher. Der Junge sah Arnold flehend an, worauf der zu ihm ging.

»Ist was?«

Ali schüttelte den Kopf. Das Gesicht des Bauern war dem seinen sehr nah. Arnold hatte einen ganz eigenen Geruch, intensiv, aber nicht unangenehm. Sein scharfes Profil wurde durch tiefe Falten in der rauen Haut noch betont. Seine Haare standen hoch und erinnerten an eine Bürste. Als er den Mund öffnete, sah Ali zwei Goldzähne.

»Du wirkst bedrückt«, sagte Arnold freundlich. »Gefällt es dir nicht bei uns?«

»Doch, natürlich«, versicherte Ali.

»Dein Großvater ist ein feiner Mann«, sagte Arnold, »aber das weißt du natürlich. Heute kommt so selten jemand vorbei, früher ging es hier lebhafter zu.«

Arnold verstummte und sah Hadi an, der ein Stück weitergegangen war und den Stock in den Kies gebohrt hatte, eine Hand auf den Rücken gelegt und den Blick in die Ferne gerichtet.

»Glaubst du, dass er jetzt wieder im Iran ist?«, fragte Arnold.

»Er ist fast immer dort«, erwiderte Ali.

»Warum seid ihr hergekommen?«

»Wegen meiner Mutter.«

Der Bauer gab sich mit dieser wortkargen Antwort zufrieden.

»Jetzt gucken wir uns die Schafe an«, sagte er. »Wir haben auch Lämmer.«

»Ich warte hier draußen«, sagte Ali. »Oder schaue mich ein bisschen um«, ergänzte er, als er Arnolds Reaktion bemerkte, die zwischen Misstrauen und Enttäuschung zu schwanken schien. Ali konnte die Miene des Bauern nicht recht deuten, hatte aber das Gefühl, einen Verrat zu begehen.

»Großvater, die Schafe«, rief er, um seine Verwirrung zu überspielen.

Ali folgte dem Verlauf des Feldwegs, und es kam ihm vor, als würde er in Richtung Tod gehen. Mehrdad war da, aber Ali fühlte sich in dem gelben Overall unverletzbar. Aufmerksam blickte er auf den Schotter und die Kräuter hinab, die im Straßengraben wucherten. Sein Blick schweifte über die frisch bestellten Felder und fiel auf ein kleines rotes Häuschen mit einem riesigen Schornstein. Das Häuschen war frisch gestrichen, im Gras und auf einem bemoosten Stein waren noch rote Farbspritzer zu erkennen. Neben dem Stein stand eine Blechdose mit einem zurückgelassenen Pinsel, so als hätte der Anstreicher nur eine Pause machen wollen, sei dann aber doch nicht mehr zurückgekehrt. Ali ging zu der Dose. Die Farbe war zu einer dunkelroten Haut eingetrocknet. Er trat gegen die Dose, so dass sie umkippte, bereute es aber sofort und stellte sie wieder auf. Er bildete sich ein, jemand würde »danke« sagen, und lächelte still vor sich hin.

Er ging zum Weg zurück. Auf dem Schotter lagen ein paar braune Klumpen. Er begriff, dass es Pferdeäpfel waren, und trat vorsichtig auf einen von ihnen, der sofort zerfiel. Nie zuvor war Ali in Uppland einen Feldweg entlanggegangen. Sicher, er hatte kleine rote Häuschen gesehen, aber er hatte noch nie neben der roten Wand eines Häuschens gestanden und die Farbe gerochen. Auch Pferdeäpfel hatte er natürlich schon einmal gesehen, aber noch nie war er auf einen getreten.

Er hatte das Gefühl, etwas Besonderes zu erleben, so als wäre er im Urlaub. Wenn bloß Mehrdad nicht wäre. Ali wusste genau, dass er sich ganz in der Nähe aufhielt. Es mochte einem wahnsinnig von Mehrdad erscheinen, Großvater und ihm zu folgen, aber Ali kannte die Beharrlichkeit seines Cousins. Der ließ niemals locker.

Die Straße führte an einem Gestrüpp vorbei und beschrieb eine Kurve, hinter der Mehrdad auf einem grasbewachsenen Hügel saß.

In dieser ländlichen Umgebung wirkte er vollkommen fehl am Platz. Das Grün, das ihn umgab, und der Geruch, der von der sonnenbeschienenen Erde aufstieg, ließen Alis Cousin schrumpfen, ließen ihn zu einem verlorenen Jungen verblassen. Ihre Blicke begegneten sich. Ali trat näher und stellte sich neben das Motorrad, das am Wegrand stand.

»Woher kennst du diese Leute?«, sagte Mehrdad schließlich und nickte in Richtung des Bauernhofs.

»Es sind gute Freunde«, erwiderte Ali.

Sein Cousin schnaubte.

»Gute Freunde«, sagte er verächtlich.

»Wir kennen sie eben. Wir haben Kaffee getrunken und uns die Tiere angesehen.«

»Was zum Teufel hast du da an?«

Ali sah an seinem Overall herab.

»Meinen Schutzanzug«, sagte er.

Einen Moment lang hätte man meinen können, ihr Gespräch wäre eine ganz gewöhnliche Kabbelei unter Freunden.

»Hast du Angst?«

Ali schüttelte den Kopf. »Wäre ich dann hergekommen?«, sagte er.

»Du hältst die Schnauze«, sagte Mehrdad. »Du weißt, was passiert, wenn du mit jemandem redest.«

»Und wer sollte das sein?«

Es war vollkommen still um sie herum. Das Vogelgezwitscher hatte aufgehört, und der Wind war so schwach, dass er das Gras und die Kräuter zu Mehrdads Füßen kaum bewegte. Plötzlich durchschnitt das Geräusch einer Motorsäge die Stille. Ali sah über die Schulter zum Wald hinauf.

»Warum gehst du nicht ans Telefon?«

»Weil ich nicht will.«

»Wir sind Cousins«, sagte Mehrdad.

Ali schüttelte erneut den Kopf. Ich will nicht der Cousin eines Mörders sein, dachte er und war plötzlich zufrieden mit sich.

»Ich bringe dich um, wenn du mich verpfeifst.«

»Einen Cousin?«, sagte Ali.

Mehrdad sah ihn lange an.

»Warum hast du diesen Schweden umgebracht?«

»Lass mich in Ruhe«, schrie Mehrdad.

»Okay, dann belassen wir es dabei«, sagte Ali, drehte sich um und ging zurück.

»He, du«, schrie Mehrdad, aber Ali ging einfach weiter.

Mehrdad schoss in die Höhe, lief ihm hinterher und stellte sich ihm in den Weg. Sie waren gleich groß, aber Mehrdad war kräftiger. Er hatte schon einmal den Juniorenmeister im Weltergewicht geschlagen.

»Ich bringe dich um!«

Ali sah rasende Wut in den Augen seines Cousins und erkannte erst jetzt, wie idiotisch es von ihm gewesen war, den

Hof zu verlassen, so als hätte er sich freiwillig in Gefahr begeben wollen. Konrads Anweisung, niemals Angst vor dem Gegner zu haben, seinen nächsten Schlag vorherzusehen, schoss ihm durch den Kopf, aber für Mehrdad galten die in einem Boxring gültigen Regeln nicht.

»Ich bringe dich um! Hast du kapiert?!«

Ali trat einen Schritt zur Seite, aber Mehrdad bewegte sich blitzschnell. Ali schob ihn von sich. Er schwitzte in dem dicken Overall, kam sich darin plump und unbeweglich vor. Er hatte nicht mehr das Gefühl, durch den Anzug geschützt zu sein.

Mehrdad packte Ali an der Brust und zog ihn an sich, so dass ihre Gesichter sich ganz nah waren. Ali spürte den Atem seines Cousins. Soll ich ihn treten, dachte er, blieb aber regungslos stehen und konzentrierte sich stattdessen darauf, Mehrdads Blick nicht auszuweichen.

Die Attacke kam für Mehrdad ebenso unerwartet wie für ihn selbst, so als wäre es gar nicht seine Entscheidung gewesen, dem Cousin einen Kopfstoß zu versetzen. Der Schmerz in der Stirn machte Ali zwar für einen Moment benommen, aber Mehrdad hatte deutlich mehr abbekommen. Ali hatte ihn an der Augenbraue getroffen, die aufgeplatzt war, so dass ihm Blut die Wange hinunterlief. Ali sah Mehrdads Schmerz und Verblüffung. Eine Gesichtshälfte war in kürzester Zeit blutüberströmt.

Ali ließ eine Linke folgen, seinen besten Schlag, mit dem er die andere Wange traf. Mehrdad wankte, versuchte sich auf den Beinen zu halten, fiel dann jedoch in den Straßengraben.

Ali warf Mehrdad einen letzten Blick zu und lief anschließend aufgedreht davon, zugleich erfüllte ihn wachsende Panik; Auslöser war nicht die Furcht vor Mehrdad, der für den Moment geschlagen war, sondern die Erkenntnis, so gewalttätig und instinktiv gehandelt zu haben. Mehrdad konnte ihn jetzt nicht einholen, aber es würden auch wieder andere Tage kommen.

Er bog auf den Hof und war kaum noch in der Lage, die Beine zu bewegen. Er spürte die Wut seines Cousins, sah dessen Augen vor sich, vor allem jedoch das Blut, das Mehrdads Wange herablief.

Die Stirn tat ihm weh. Ali blickte auf seine linke Hand herab. Durch den Schlag war an den Knöcheln ein bisschen Haut abgeschürft worden. Es war ein guter Treffer gewesen, den er im ganzen Arm und in der Schulter gespürt hatte. Konrad hätte das gefallen, vielleicht aber auch nicht, denn er hatte aus Angst zugeschlagen, und so etwas sah sein Trainer sofort.

Mehrdad war drei Jahre älter als Ali, für den er früher eine Art Held gewesen war, jemand, zu dem man aufblickte. In der letzten Zeit hatte Ali versucht, ihm möglichst aus dem Weg zu gehen. Niemand blieb unberührt von Mehrdad, niemand konnte ihm entkommen.

Jetzt war Ali genau wie er zu einem Menschen geworden, der Gewalt sprechen ließ. Vielleicht könnte ich auch morden, dachte er.

Als sie mit dem Bus in die Stadt zurückkehrten, nickte der Großvater ein. Ali betrachtete die entspannten Gesichtszüge und ahnte, dass dieser Tag für seinen Großvater der bislang schönste in Schweden gewesen war. Er hatte gelacht, sich wesentlich freier bewegt und auf dem Weg zur Haltestelle sogar Witze gemacht. Jetzt war er erschöpft, und sein Kopf wippte im Rhythmus der Fahrtbewegungen vor und zurück.

Ali dachte daran, dass Mitra einmal gesagt hatte, Mehrdad sei wie ein Vulkan, der jederzeit in einer gewaltigen Eruption explodieren könnte. Sein Vater Mustafa war einer von Mitras »Kameraden« gewesen. Aufgewachsen in einem tief religiösen Elternhaus, war er während des Studiums in Teheran politisch immer radikaler geworden. Man hatte ihn verhaftet, als Mehrdad fünf Jahre alt war.

»Mustafa war allen ein Begriff«, hatte Mitra ihrem Sohn

erklärt. »Er stand für das Kluge in unserem Kampf. Wenn wir anderen blind losstürmten, blieb Mustafa sitzen. Er lächelte oft.«

Mitra stiegen jedes Mal Tränen in die Augen, wenn sie über Mehrdads Vater sprach. Dann war er fort, und die Gruppe, zu der er und Mitra gehört hatten, löste sich allmählich auf, einige flohen, andere gaben ihren Widerstand auf oder wurden unter Arrest gestellt. Mitra gehörte zu denen, die dem Regime in die Hände fielen.

»Ich hockte mit Mehrdads Mutter zusammen. Ihr Kinder habt geschlafen, und wir haben bis tief in die Nacht zusammengesessen und unsere Flucht aus dem Land geplant. Eigentlich habe vor allem ich geredet und versucht, etwas zu finden, woran man glauben konnte. Als wir nicht länger an einen Sieg unserer Sache glaubten, mussten wir euch zuliebe an die Flucht glauben«, hatte Mitra gesagt und dabei Ali auf jene eindringliche Art angesehen, an die er sich niemals gewöhnen würde.

»Sie haben uns festgenommen, zwei Frauen ohne Männer, aber mit Kindern.«

An dieser Stelle brach Mitra regelmäßig in Tränen aus. Ali kam es vor, als müsste sie ihre Geschichte immer wieder erzählen. Er hatte sie schon viele Male gehört, aber es gab immer etwas Neues, irgendein Detail, das Mitra vorher ausgelassen oder vergessen hatte.

Sie war im sechsten Monat schwanger gewesen, als Nahid und sie verhaftet wurden. Im Gefängnis von Shiraz hatte sie dann eine Fehlgeburt erlitten.

»Du hättest einen Bruder haben sollen«, hatte sie ihm einmal verraten, als sie vom Beginn der langen Flucht nach Schweden berichtet hatte.

»Woher weißt du, dass es ein Bruder war?«

»Ich habe ihn gesehen, ehe sie ihn wegbrachten«, sagte sie. »Sogar die Totgeborenen nahmen sie einem sofort weg. Ich hätte ihn gerne noch ein paar Minuten im Arm gehalten.«

Sie hatte ihm nie erzählt, ob die Misshandlungen in der Haft dazu geführt hatten, dass sie ihr Kind verlor.

Ali versuchte sich einen Bruder vorzustellen. Wie groß ist ein sechs Monate altes totgeborenes Kind? Er hätte es gerne gewusst, traute sich aber nicht, seine Mutter danach zu fragen.

Nahid, Mehrdads Mutter, war in der Haft immer lethargischer geworden. Mitra und die anderen Frauen hatten sich um sie und ihr Kind zu kümmern versucht, aber Nahid war immer mehr in etwas versunken, was sich mit der Zeit zu einer chronischen Depression entwickeln sollte.

Dann waren sie freigelassen worden. Völlig unerwartet hatte man sie aus dem Gefängnis geführt und auf die Straße geworfen. Zwei Frauen mit ihren Kindern.

Hadi hatte sie mit einem Bekannten, der einen Lastwagen besaß, abgeholt. Sie waren in Hadis Heimatdorf gereist, wo sie erfahren mussten, dass Hadis Schwester wenige Tage zuvor gestorben war.

»Es kam uns vor, als hätte sich die ganze Welt gegen uns verschworen. Wir hätten doch vorübergehend bei meiner Tante wohnen sollen, aber jetzt wollten meine Cousins das Haus möglichst schnell verkaufen. Kaum einer hatte den Mut, mit uns zu sprechen, geschweige denn uns zu helfen.«

Ali hatte Mehrdad nicht mehr gesehen und nahm an, dass er nach ihrer Begegnung in die Stadt zurückgefahren war, aber er wusste, dass der Cousin immer in seiner Nähe sein würde.

18

Sonntag, 11. Mai, 12.05 Uhr
Sie breitete die Fotos in chronologischer Ordnung auf dem Tisch aus. Die ersten waren auf der Entbindungsstation entstanden. Fast fünf Kilo schwer und am ganzen Körper schuppig war er gewesen. Die Brust hatte er gut angenommen, sich nie geweigert zu trinken, und sie hatte immer genug Milch für ihn gehabt.

Es folgten Aufnahmen, die in den ersten beiden Lebensjahren entstanden waren, dann gab es eine Lücke, bis sie sich einen eigenen Fotoapparat angeschafft hatte. Karl Gunnar hatte sie verlassen und praktisch alles mitgenommen, auch die Kamera. Lisbet Holmberg kam es fast vor, als sähe Sebastian auf den Fotos, die sie selber geknipst hatte, fröhlicher aus.

Der erste eigentliche Urlaub war durch zwei Fotos dokumentiert. Auf einem war Sebastians Großmutter zu sehen. Lisbet seufzte. Je mehr Zeit verging, desto mehr vermisste sie ihren Sohn. Sie erinnerte sich an seine Stimme, sein Lachen und die warmen Hände. Sie selber fror die ganze Zeit.

Sie blätterte weiter und verteilte die Bilder, als legte sie eine Patience. Die Pubertät, die schwierigste Zeit. Als er in die achte Klasse kam, herrschte Chaos, und es folgten Gespräche mit Psychologen und Lehrern.

Sebastian war selbstbewusst gewesen, hatte ganz genau gewusst, was er wollte, und nur selten nachgegeben. Später hatte sie seine Willenskraft bewundert, aber damals hatten sie die zahlreichen Konflikte und der Lärm, wenn Türen mit einem scharfen Knall zugeschlagen wurden, sehr belastet.

Die letzten Aufnahmen waren Weihnachten entstanden. Er hatte ein einziges Weihnachtsgeschenk bekommen. Ein halbes Jahr hatte sie gebraucht, um die Stereoanlage zusammenzusparen. Er hatte zwar schon eine, aber die war seiner Meinung nach nicht mehr gut genug. Ihr Freund hatte ihr die richtige Marke genannt und ihr beim Kauf und Transport geholfen. Einen ganzen Monat hatte sie erwartungsvoll Heiligabend entgegengefiebert.

Sein Gesichtsausdruck war unbezahlbar gewesen. »Mama«, war das Einzige, was er herausgebracht hatte, dann hatte er sie mit Tränen in den Augen umarmt.

Jetzt fielen ihre Tränen auf Bilder eines jungen Menschen, dessen Leben ausgelöscht worden war. Sie konnte es nicht fassen, starrte sein Gesicht an. Gerade hatte er doch noch gelebt und so viele Pläne geschmiedet.

In einem Moment der Klarsicht fragte sie sich, warum sie sich mit dieser Fotoparade selber quälte, aber sie kannte den Grund. Der Schmerz und die Trauer würden sie nach Hause tragen.

Sie hörte den Schlüssel in der Wohnungstür und raffte schnell die Fotos zusammen, schämte sich erst, wurde dann aber wütend.

Er stand in der Küchentür.

»Was tust du da? Siehst du dir Fotos an?

Seine Stimme war sanft, und er ging zum Tisch, hob ein Foto hoch, betrachtete es und reichte es ihr wortlos zurück. Dann legte er ihr eine Hand auf die Schulter. Das hat keinen Zweck, dachte sie.

»Er war ein guter Junge«, sagte er und nahm die Hand fort. Lisbet hatte das Gefühl, ihr Körper wäre erstarrt. Sie konnte sich nicht bewegen, nichts sagen, nicht einmal woanders hinschauen.

»Ich mache uns einen Kaffee«, sagte er.

»Du«, sagte sie auf einmal, »ich glaube nicht, dass wir zusammenbleiben können.«

Der Mann erwiderte nichts, sondern goss Wasser in die Kaffeemaschine, holte eine Filtertüte aus dem Schrank und füllte sie mit Kaffeepulver. Erst nach diesen Handgriffen drehte er sich zu ihr um und sah sie an.

»Ich verstehe ja, dass du traurig bist, und ich hasse es, das zu sagen, weil es so platt klingt, aber du musst dich zusammenreißen und weiterleben. Ich will mich nicht aufdrängen, aber ich bin für dich da.«

Lisbet Holmberg schüttelte den Kopf. Sie wusste, was er als Nächstes sagen würde.

»Lass mich dir helfen«, flehte er sie an, und sie fürchtete, er würde sie wieder berühren.

»Ich will nicht, dass du hier schläfst«, sagte sie.

»Okay, ich verstehe«, sagte er. »Du willst in Frieden gelassen werden und in aller Ruhe an Seb denken.«

»Sebastian«, sagte sie leise.

Er drehte sich wieder zur Kaffeemaschine um, seine Schultern waren angespannt, als er sich mit beiden Händen auf die Küchenzeile stützte. Abgesehen vom Röcheln der Kaffeemaschine war es vollkommen still. Sie fand überhaupt, dass es unheimlich still geworden war. Sogar die Amsel in der alten Linde auf dem Hof sang nicht mehr. Die Nachbarn unter ihr, die sonst immer bis tief in die Nacht Musik hörten, schienen ausgezogen zu sein.

»Begreifst du denn nicht, dass ich mir Sorgen mache?« Mit einer schnellen Bewegung drehte er sich zu ihr um. »Ich liebe dich«, sagte er mit einer Intensität, die sie zurückweichen ließ. Es war das erste Mal, dass er diese Worte bei Tageslicht aussprach, sonst murmelte er sie nur in der Dunkelheit, wenn sie sich liebten, und er schien sich für solche Gefühlsausbrüche fast ein wenig zu schämen.

»Ich weiß«, flüsterte sie, wusste aber gar nichts mehr.

»Ich kann warten, das weißt du«, sagte er. »Wir könnten diesen Sommer vielleicht eine Reise machen. In den Süden fliegen. Nur du und ich.«

Sie zuckte unter seinen Worten zusammen. Ich will nicht, dachte sie. Sebastian und ich werden reisen. Ich will sonst niemanden bei mir haben.

»Sollen wir Kaffee trinken?«

Sie nickte. Am liebsten hätte sie ihn aufgefordert, ihr den

Schlüssel zur Wohnung zurückzugeben, zu gehen und nie mehr wiederzukommen. Eigentlich hatte sie ihn gern. Er konnte richtig nett und entspannt sein. Sebastian hatte ihn nie gemocht, aber sie hatte ihren Freund immer in Schutz genommen.

»Er hat so einen dämlichen Dialekt«, hatte Sebastian gemeint, nachdem er Jöns zum ersten Mal begegnet war. Immer wieder hatte Sebastian darauf herumgeritten, und Lisbet hatte eingewandt, dass man für seinen Dialekt schließlich nichts könne. Ihr selber hörte man auch an, dass sie aus der Provinz Halland stammte.

»Aber das klingt doch schön«, hatte Sebastian gesagt und gelacht.

Er konnte so herzlich lachen. Seit der eine Zahn gerichtet war, hatte er ein strahlendes Lächeln gehabt. Sie wollte wieder zu den Fotos greifen, aber Jöns hatte die Bilder zusammengeschoben und Geschirr auf den Tisch gestellt.

»Ich habe uns ein paar Teilchen gekauft«, sagte er, öffnete eine Tüte und ordnete vier Blätterteig-Brezeln auf einem Teller an. Lisbet starrte auf das Gebäck.

»Hagelzucker«, sagte sie leise und brach in Tränen aus.

Er machte Anstalten aufzustehen, aber als er ihren Blick sah, ließ er sich wieder auf den Stuhl zurückfallen.

»Ich weiß, du willst nur lieb sein, aber ich kann nicht mehr. Ich will … ich will nicht, dass du einen Schlüssel zu meiner Wohnung hast.«

Er starrte sie an, als hätte sie ihm ins Gesicht gespuckt.

»Ich will damit sagen, im Moment möchte ich nicht, dass jemand herkommt.«

»Ist es aus?«, fragte er heiser.

Als sie nicht antwortete, schob er seine Tasse so heftig von sich, dass Kaffee auf die Untertasse schwappte, holte sein Schlüsselbund aus der Tasche, löste einen Schlüssel davon und warf ihn auf den Tisch, wobei er sie unentwegt anstarrte, als wollte er sie so zwingen aufzublicken.

»Ich bin nicht nur jemand, der zufällig einen Schlüssel hat«, sagte er, »ich bin der Mann, mit dem du zusammen bist. Bedeutet dir das gar nichts?«

Er hatte die Stimme erhoben; Lisbet Holmberg biss die Zähne zusammen und versuchte ihn mit stummer Willenskraft zum Gehen zu bewegen.

Ganz langsam stand er auf, so als wollte er ihr noch die Möglichkeit geben, ihren Entschluss zu bereuen und etwas zu sagen, aber sie blieb stumm.

»Ich verstehe ja, dass du völlig fertig bist«, sagte er etwas ruhiger. »Ich werde immer für dich da sein, wenn du es willst, das weißt du. Ich gehe jetzt, aber wir können heute Abend telefonieren oder vielleicht auch morgen. Okay?«

Sie nickte.

»Ich liebe dich«, flüsterte er.

19

Sonntag, 11. Mai, 16.10 Uhr
Drei Zeugen hatten Marcus Ålander in der Västra Ågatan gesehen. Drei junge Männer, achtzehn, dreiundzwanzig und vierundzwanzig Jahre alt. Ola Haver sammelte ihre Aussagen in einem ordentlichen kleinen Stapel aus wenigen A4-Seiten, die Marcus Ålanders Version der Ereignisse jede Grundlage entzogen.

Beatrice Andersson trank Tee, ein leichter Zitronenduft verbreitete sich im Raum. Haver beobachtete verstohlen seine Kollegin. Er glaubte zu wissen, woran sie dachte. Sie hatte erwähnt, dass Sebastian Holmbergs Mutter erzählt hatte, ihr Sohn lebe für andere. Immer wieder war die Mutter darauf zurückgekommen, ohne näher zu erläutern, was sie eigentlich meinte. Beatrice hatte sie gefragt, aber keine Antwort bekommen. Dagegen war ihr klar geworden, dass Mutter und

Sohn lange Zeit kein besonders inniges Verhältnis zueinander hatten. Sebastian hatte sich seiner Mutter nur selten anvertraut.

Im Laufe des Herbstes und Winters war das jedoch anders geworden. Sebastian war abends länger zu Hause geblieben, während er vorher so früh wie möglich ausgegangen war. Zwei-, dreimal waren die beiden sogar im Pub 19 gewesen, hatten ein Bier getrunken, sich unterhalten wie nie zuvor und waren anschließend gemeinsam nach Hause spaziert.

»Plötzlich hat er mich nicht mehr als nervende Mutter, sondern als gleichwertigen Gesprächspartner gesehen«, hatte Sebastians Mutter zu Haver und Beatrice gesagt.

Ola Haver war nicht entgangen, dass die Erzählung der Mutter Beatrice berührt hatte. Jetzt stand sie mit der Teetasse in der Hand im Raum, führte sie mit bedächtigen Bewegungen an die Lippen, trank nachdenklich einen Schluck und starrte ins Leere.

Die Vernehmung der drei Zeugen hatten sie gemeinsam durchgeführt. Deren Aussagen stimmten überein. Auf eine Gegenüberstellung hatte man verzichtet, aber zwei der drei Zeugen hatten Marcus, ohne zu zögern, in dem Fotoalbum identifiziert, das die Spurensicherung zusammengestellt hatte. Der dritte Zeuge hatte zwischen zwei Bildern geschwankt, von denen eines Marcus zeigte.

Übereinstimmend hatten die Zeugen geschildert, dass Marcus Sebastian niedergeschlagen hatte, der daraufhin aufgesprungen und Richtung Drottninggatan gerannt war. Marcus Ålander war zunächst stehen geblieben, hatte dem Fliehenden etwas hinterhergeschrien und war ihm nach einer Weile hinterhergerannt.

Ola und Beatrice hatten die Zeugenaussagen gemeinsam ausgewertet und waren zu dem Schluss gekommen, dass sie glaubwürdig waren. Drei Personen, die angaben, dass sie nüchtern oder doch zumindest fast nüchtern gewesen waren, hatten das Geschehen unabhängig voneinander identisch beschrieben. Marcus Ålander hatte Sebastian Holmberg in der Västra Ågatan verfolgt und war in die Drottninggatan eingebogen. Keiner der drei Zeugen war ihm gefolgt, um zu sehen, wie sich das Ganze entwickeln würde.

»Es passiert so viel in der Stadt«, hatte einer der Zeugen gemeint, »man kann doch nicht auf jeden Streit achten.«

Beatrice stellte die Teetasse ab und schaute Haver an. Beas Gesichtszüge und Bewegungen waren noch nachdenklich, aber Haver sah ihr an, dass sie sich Mühe gab, wieder in die Gegenwart zurückzufinden.

»Dass Marcus abstreitet, Sebastian hinterhergelaufen zu sein, kommt einem geradezu lächerlich vor«, sagte sie wider besseres Wissen, denn sie wussten beide aus Erfahrung nur zu gut, dass es in den Aussagen von Verdächtigen keine Logik gab. Viele von ihnen verstrickten sich in Widersprüche, vertraten ihren Standpunkt aber dennoch vehement.

»Das wird schon«, sagte Haver. »Er muss doch kapieren, dass wir es so oder so erfahren.«

»Durfte er eigentlich nicht duschen?«

»Doch, sicher, aber du weißt ja, wie es ist«, erwiderte Haver. »Sie werden nervös, schwitzen und fangen an zu riechen.«

»Selbst wenn er zugibt, Sebastian verfolgt zu haben, reicht das nicht aus«, sagte Beatrice.

Haver stimmte ihr brummend zu.

»Nicht einmal, wenn das Blut auf der Jacke passt«, fuhr sie fort. »Immerhin hat er gestanden, Sebastian geschlagen zu haben, aber solange wir ihn nicht mit der Buchhandlung in Verbindung bringen können …

»… ist nicht jeder Zweifel ausgeräumt«, führte Haver ihren Satz zu Ende.

Immer wieder gingen sie die schicksalsträchtigen Minuten am Flussufer durch und sprachen Selbstverständlichkeiten aus, die den anderen nicht überzeugen sollten, sondern eher dazu gedacht waren, ein Gespräch in Gang zu setzen und vor dem inneren Auge Bilder entstehen zu lassen.

Beatrice kehrte zu ihrer Teetasse zurück, leerte sie mit einem Zug und verzog das Gesicht zu einer Grimasse.

»Eigentlich wollten wir heute nach Stockholm fahren«, meinte sie. »Wir gönnen uns dort immer einen Frühlingstag, bummeln durch die Stadt und gehen essen.«

Was hätten Rebecka und ich heute gemacht, dachte Haver. Am gestrigen Abend hatten sie sich angeschwiegen, waren Rücken an Rücken eingeschlafen und am Morgen in verschiedene Richtungen geflohen. Er hatte ein karges Frühstück heruntergeschlungen, seiner Frau einen kurzen Abschiedsgruß zugerufen und die Wohnung mit einer Mischung aus Schuldgefühlen und Erleichterung verlassen.

Der Gedanke an ihre Beziehung schmerzte Haver, während Beatrice mit sehnsuchtsvoller Stimme beschrieb, was sie und ihr Mann alles unternommen hätten, wenn in Uppsala nicht jemand ermordet worden wäre.

Ola Haver betrachtete seine Kollegin mit neuem Interesse, so als würde ihre gewohnte, aber unerwartet warme Stimme ihm den Weg aus seiner Ehekrise weisen können.

Beatrice verstummte und sah Haver an.

»So viel dazu«, sagte sie und lächelte, »aber jetzt bin ich hier, voller Energie und guter Ideen.«

Sie stellte ihre Tasse mit einem Knall auf einem Aktenschrank ab und versuchte eine kecke Miene aufzusetzen, die Haver an eine Szene aus einem alten schwedischen Film erinnerte.

»Hast du eigentlich den Taxifahrer aufgetrieben?«, erkundigte sich Beatrice.

»Das war kein Problem, ich habe die einzelnen Taxiunternehmen angerufen und ihn fast sofort gefunden. Er ist ein ganz netter Kerl, heißt Martin Nilsson und konnte sich noch gut an Marcus erinnern. Er hatte ihn zu einer Tasse Kaffee zu sich nach Hause eingeladen, und anschließend sind sie tatsächlich in die Stadt gefahren. In dem Punkt stimmt Marcus' Geschichte also.«

»Wie wirkte Marcus in seinen Augen?«

»Martin Nilsson zufolge sehr still, ein bisschen verwirrt. Er sah aus wie ein Selbstmordkandidat. Deshalb hat er auch angehalten.«

»Und Marcus zu sich eingeladen?«

»Ich weiß nicht, ich glaube, er fand, dass Marcus ziemlich deprimiert wirkte, und der Taxifahrer trinkt morgens immer noch einen Kaffee, dazu hat er Marcus eingeladen. Vielleicht wollte er einfach nicht allein sein. Nach unserem Gespräch hat er dann noch einmal angerufen. Ihm war eingefallen, dass sich Marcus zuerst als Sebastian vorgestellt, dann aber sofort seinen richtigen Namen genannt hatte.«

Beatrice hob die Augenbrauen.

»Wie bitte«, sagte sie, »er hat sich Sebastian genannt? Ich muss schon sagen.«

»Ein bisschen seltsam ist es allerdings«, meinte Haver, »keine Ahnung, wie man das deuten soll. Aber da ist noch etwas«, fuhr er fort. »Marcus hat am Abend Martin Nilssons Tochter angerufen. Das muss kurz vor seiner Festnahme gewesen sein.«

»Und warum?«

»Die Tochter meinte, um zu reden. Er hat ihr nicht vorgeschlagen, dass sie sich treffen könnten oder so. Sie haben sich eine Viertelstunde oder zwanzig Minuten unterhalten. Er klang traurig, aber nicht völlig gebrochen.«

»Worüber haben sie gesprochen?«

»Über den Mord«, sagte Haver, »oder vielmehr darüber, dass Marcus das schlechte Gewissen quälte, weil er sich wie ein Gaffer benommen hatte, als er mit in die Stadt gefahren war und sich zu den Schaulustigen gesellte. Anschließend haben sie sich über Fotografie unterhalten, wofür sich beide interessieren.«

»Ein seltsamer Bursche«, meinte Beatrice. »War es denn sein Vorschlag, in die Stadt zu fahren?«

»Nein, der Taxifahrer sagte, seine Tochter sei auf die Idee

gekommen«, erwiderte Haver. »Es war ihm anzuhören, dass ihm das ein wenig peinlich ist. Er konnte nicht recht erklären, warum er sich darauf eingelassen hat, und meinte nur, er habe seine Tochter nicht enttäuschen wollen.«

»Nicht enttäuschen«, wiederholte Bea.

»Du weißt doch, wie die Leute sind.«

Beatrice ließ sich auf Havers Besucherstuhl fallen.

»Folter«, sagte sie, »sollten wir Foltermethoden anwenden?«

»Wie meinst du das?«

»Schon gut, war nur so ein Gedanke. Ich dachte an das Leid.«

Sie schien unschlüssig, wie sie fortfahren sollte.

»Ich musste eben an Sebastians Mutter denken, die ihr einziges Kind verloren hat. Was würde geschehen, wenn wir sie bestimmen ließen?«

Haver war müde und hatte keine Lust auf eine solche Diskussion. Über dieses Thema hatten sie auch früher schon gesprochen, ohne weiterzukommen.

»Ich weiß nicht«, sagte er, obwohl er nur zu gut wusste, was passieren würde.

Wir müssen uns konzentrieren, wiederholte er in Gedanken wie ein Mantra. Er war nicht gewillt, sich in Beatrices nachdenkliche Abschweifungen über Schuld und Recht hineinziehen zu lassen, nicht gewillt, das Leben außerhalb des Polizeipräsidiums im Moment so nahe an sich heranzulassen. Er hatte nicht Sebastians Mutter vor Augen, wenn er die beruflichen Überlegungen hinter sich ließ, sondern Rebecka.

»Dafür haben wir jetzt keine Zeit«, sagte er.

Beatrice sah ihn an, als hätte er sie angespuckt.

»Keine Zeit«, fauchte sie ihn an.

»Du weißt schon, was ich meine.«

»Ja, nur zu gut«, entgegnete Beatrice.

»Du weißt so gut wie ich, dass wir nicht die Zeit haben, zu viel nachzugrübeln. Jede Sekunde, jeden Tag müssen wir den ganzen Mist auf Distanz halten. Wir können doch nicht das ganze Haus in eine Diskussionsrunde über Moral und Gesellschaft verwandeln. Das lässt sich vielleicht bei einem Kurs oder in einer Podiumsdiskussion im Fernsehen machen, aber wir haben hier einen äußerst konkreten Mordfall zu lösen. Natürlich ist das für alle Betroffenen furchtbar, aber wir müssen die Kraft haben, davon abzusehen.«

Haver war während des Vortrags aufgestanden, ließ sich jetzt jedoch wieder auf seinen Stuhl fallen, als wäre ihm mit einem Schlag alle Energie abhanden gekommen. »Sonst gehen wir unter«, sagte er abschließend, hob einen Stift vom Tisch auf, warf ihn aber unmittelbar darauf wieder zwischen die Akten, die sich auf seinem Schreibtisch stapelten.

Beatrice betrachtete ihn.

»Es ist im Moment alles ein bisschen schwierig«, sagte er.

»Das habe ich schon verstanden«, erwiderte Beatrice. »Entschuldige, dass ich so ›auf die Pauke gehauen habe‹, wie Ottosson sagen würde.«

Haver stand auf, wandte seiner Kollegin den Rücken zu und stellte sich ans Fenster.

»Das wird schon wieder«, sagte er nach einer Weile.

20

Montag, 12. Mai, 4.58 Uhr
Er hatte immer noch Schmerzen und konnte nur mit größter Mühe aufstehen. Als einer seiner Stöcke auf den Fußboden rutschte, fluchte er leise. Diese Metzgergesellen, dachte er.

Gustav Erikssons Frau hatte ihrem Mann immer prophezeit, dass es eines Tages so enden würde, aber letztlich hatte sie sich trotz allem geirrt, und das freute den alten Fernfahrer. Jahrzehntelang hatte sie über seinen Rücken geredet, doch stattdessen hatten als Erstes die Hüftgelenke den Dienst versagt.

Gustav Eriksson gelang es, sich den Stock zu angeln, und er machte ein paar vorsichtige Schritte. Seine Frau schlief tief und fest. Er sah sie als einen unförmigen Schatten in dem Bett, das an der gegenüberliegenden Wand stand. Er hörte ihre flachen Atemzüge nicht, wusste aber, dass sie da war und von seinen nächtlichen Qualen nichts ahnte. Er schlurfte in die Küche. Das Ticken der Küchenuhr und ihre fünf Schläge zur vollen Stunde hörte er auch nicht, aber er sah, dass sich der Sekundenzeiger beharrlich weiterbewegte. Der brauchte keine Stöcke.

Er war froh und verbittert zugleich, dass sie schlief. Wenn sie aufwachte, würde sie ihn doch nur mit besorgter Miene auf dem Weg zur Toilette stützen, vorschlagen, dass er eine Schmerztablette nahm, oder sich erkundigen, ob sie ihm ein Glas Wasser holen sollte. Doch sie schlief, ihm blieb ihre Fürsorge erspart, und das war vielleicht besser so. Er konnte es nicht mehr ertragen, fühlte sich in den schlaflosen Nächten aber auch alleingelassen.

Vorsichtig schleppte er sich ins Badezimmer, stellte sich jedoch nicht vor die Toilette, sondern pinkelte in die Badewanne. Wie üblich kam nur ein lächerlich kleiner Strahl. Er nahm den Duschkopf aus der Halterung und spülte den Urin weg. Der stechende Uringeruch ekelte ihn ebenso an wie der Anblick seiner blassen, mageren Beine.

»Man sollte nicht alt werden«, murrte er.

Nachdem er die Hose seines Schlafanzugs hochgezogen hatte, schlurfte er wieder in die Küche zurück. Das Küchenfenster ging nach Osten hinaus, und der Linoleumboden leuchtete in der Morgensonne orange. Ehe er sich ans Fenster stellte, sah er auf seine knochigen Zehen hinab. Er konnte sich nicht entscheiden, ob er Kaffee kochen oder ins Bett zurückkehren sollte. In dem Jasminstrauch vor dem Fenster sangen bereits emsig die Vögel. Am meisten ärgerte ihn, dass er die Tageszeitung nicht hereinholen konnte. Es war mit Sicherheit einer seiner Bekannten gestorben oder ein Verkehrsunfall passiert. In der Zeitung stand immer etwas, das geeignet war, seine Schmerzen zu lindern.

Die Explosion scheuchte die Spatzen auf. Gustav Eriksson spürte mehr als er hörte, wie das Haus auf der anderen Straßenseite scheinbar ein paar Zentimeter in die Höhe gehoben wurde, ehe es anschließend in sich zusammensackte. Feuergarben schossen aus den herausgesprengten Fenstern. Stumm sah er Glassplitter als glitzernden Regen auf den Rasen und die Auffahrt niedergehen. Eine Gardine fing Feuer und flatterte ein paar Sekunden.

»Ragni«, schrie er, um seine Frau zu wecken, aber das war nicht mehr nötig. Sie war von der Explosion aufgewacht und stand bereits verschlafen in der Küchentür.

»Ist es die Heizung?«

In gewisser Weise genoss Gustav die Situation. Endlich passierte mal etwas, und er saß in der ersten Reihe.

»Nein, nein«, antwortete er, »aber bei den Kanacken gibt's ein Feuerwerk.«

Plötzlich fiel ihm ein, dass auch ihr eigenes Haus in Gefahr sein konnte. Das Feuer griff schnell auf die Wände des Nachbarhauses über, und der Funkenregen wirbelte wie ein riesiger Schwarm Glühwürmchen zwischen den Apfelbäumen und über dem alten Holzschuppen.

»Ruf die Feuerwehr!«, schrie er.

Ragni Eriksson lief zum Fenster, warf einen Blick auf das Schauspiel und kehrte anschließend schnell in den Flur zurück.

Die Flammen leckten jetzt bereits am Giebel des Hauses, färbten ihn blitzschnell schwarz und erfassten die rissigen Bretter. Das ganze Haus steht in Flammen, dachte Gustav, den die schnelle Ausbreitung des Feuers entsetzte, aber auch faszinierte.

Ragni kehrte ans Küchenfenster zurück.

»Unglaublich«, sagte Gustav.

»Agnes«, platzte Ragni heraus und stürzte zum Telefon zurück.

»Du musst den Wagen wegstellen«, rief Gustav ihr nach, »das gibt jede Menge Ruß und Dreck.« Nicht einmal Autofahren konnte er mehr. Ragni hatte ihn als Fahrer abgelöst, ihn, der mehr als fünfzig Jahre am Steuer gesessen hatte. Manchmal versuchte er zum Spaß auszurechnen, wie viele Lastwagenladungen er kutschiert hatte oder wie oft er gehupt hatte und wie hoch der Stapel aller Frachtpapiere und Bußgeldbescheide wäre, die er in seinem Leben bekommen hatte. In manchen Jahren hatte er zweitausend Stunden gearbeitet, er war fast immer an der Spitze der Belegschaft gewesen. Heute konnte er nicht einmal mehr den eigenen PKW wegfahren, sondern war von Ragni abhängig, die so grausam schlecht fuhr wie alle Frauen.

Agnes Falkenhjelm war ausgebildete Eisprinzessin. Jedenfalls pflegte sie dies scherzhaft zu antworten, wenn man sie nach ihrem Lebenslauf fragte. Als Jugendliche hatte sie tatsächlich als eine der größten Hoffnungen des Landes auf dem Eis gegolten, bei den Juniorenmeisterschaften drei Goldmedaillen gewonnen und auch an internationalen Wettkämpfen teilgenommen. Ihr weißrussischer Trainer hatte über gute Kontakte in ganz Europa verfügt und ihr zu einem Platz im Eiskunstlaufinternat von Budapest verholfen. Dort wurde sie im Alter von siebzehn Jahren schwanger. Es war das Ende ihrer Karriere. Obwohl sie von der Schule, ihrem Trainer und ihren Eltern massiv unter Druck gesetzt wurde, entschied sie sich für das Kind.

Mittlerweile wog sie zwanzig Kilo mehr als damals, lief aber immer noch Schlittschuh, vor allem bei Fjällnora und an der Küste, wo sie und ihr Mann ein Wochenendhaus hatten.

Sie stieg aus dem Taxi, und nachdem sie ein paar Schritte auf das halb abgebrannte Haus zugestolpert war, brach sie auf der Straße zusammen. Die Schaulustigen reckten die Hälse. Das Ganze war wie ein Theaterstück mit ständig wechselnden Akteuren. Feuerwehr und Polizei waren bereits auf den Plan getreten, und nun hatte diese Frau ihren dramatischen Auftritt.

Kriminalanwärter Lund stürzte dicht gefolgt von Kriminaltechniker Kristiansson zu ihr. Agnes Falkenhjelm war bei Bewusstsein, aber nicht in der Lage zu antworten, als Lundin sich nach ihrem Befinden erkundigte. Stattdessen sah sie ihn verständnislos, schockiert und entsetzt an.

Der Kriminaltechniker half ihr auf die Beine. Lundin stellte weitere Fragen, bekam jedoch keine Antworten.

»Wir bringen sie zum Krankenwagen«, zischte der Kriminaltechniker. »Pack mal an.«

Lundin griff der Frau zögernd unter den Arm, und gemeinsam führten die beiden Männer sie zu einem Krankenwagen, wurden aber vom Zuruf einer alten Frau aufgehalten.

»Bringen Sie sie zu mir«, sagte die Frau.

Sie ging Agnes Falkenhjelm entgegen.

»Meine Liebe«, flüsterte sie, schob Lundin weg, nahm seinen Platz ein und hielt Kurs auf das Haus, das dem Brandherd gegenüberlag.

»Diese verdammten Aasgeier«, sagte Lundin und starrte wütend die Schaulustigen hinter den flatternden Absperrungsbändern an.

Ryde wusste seit langem, dass Gerichtsmediziner Lyksell ein sensibler Mensch war, wunderte sich aber dennoch über dessen heftige Reaktion.

Alle sahen den Arzt an, die Kriminaltechniker in ihren blauen Overalls, eine Handvoll Kriminalpolizisten und Munke, der Leiter der Schutzpolizei, der unerwartet aufgetaucht war.

Eskil Ryde ging zu ihm. »August, ich weiß schon«, sagte er leise. »Ich hasse es genauso wie du.«

Sie sahen einander an und betrachteten anschließend erneut die drei verkohlten Menschen. Die Arme einer der Leichen waren völlig verbrannt, nur zwei Stümpfe waren geblieben. An einer der beiden anderen Leichen hing tatsächlich noch ein Stück Haut am Kopf mit ein paar von der Hitze gekräuselten Haaren, die kein Raub der Flammen geworden waren.

»Es ist sicher schnell gegangen«, sagte Ryde.

»Wir wollen hoffen, dass sie an Rauchvergiftung gestorben sind«, meinte Lyksell.

»Wer weiß das schon«, erwiderte Ryde.

Er ging in die Hocke und studierte, was er für eine Männerleiche hielt.

»Ein ziemlich großer Bursche«, sagte er. »Das andere ist eine Frau, nicht?«

»Wahrscheinlich«, sagte der Arzt.

»Und ein Kind«, stellte Ryde fest.

Die Kinderleiche war gut einen Meter groß und lag zwischen den Erwachsenen.

»Ich glaube, es war Brandstiftung«, fuhr der Kriminaltechniker fort.

»Vier Leichen an zwei Tagen«, sagte Lyksell.

»Feuer ist am schlimmsten«, sagte Ryde, der wusste, dass die Spurensicherung mindestens zwei Tage beschäftigt sein würde, die Überreste des Gebäudes zu durchwühlen, eine schwere, schmutzige und deprimierende Arbeit. Nur Fälth fand das interessant, und ausgerechnet er war krankgeschrieben.

Ein Fotograf der Spurensicherung ging vorsichtig mit einer Kamera umher. Ein anderer Kriminaltechniker drehte mit einer Videokamera. Alle schwiegen. Ryde hatte schon oft erlebt, dass in einer solchen Situation alle leiser sprachen und sich langsamer bewegten, so als wollten sie die Toten nicht stören.

Die Kriminalpolizei konnte hier nicht viel tun. Sammy Nilsson hatte dafür gesorgt, dass die Nachbarn in den wenigen Wohnhäusern der näheren Umgebung befragt wurden. Beatrice Andersson, Lundin, Fredriksson, Berglund und der

Kriminalanwärter blieben noch einen Moment und tranken einen Kaffee im Stehen. Fredriksson hatte eine Thermoskanne und Tassen mitgebracht.

Sie sprachen nicht viel, sondern betrachteten die schwarzen Balken, die Rußflocken, die durch die Luft segelten, und die Ruinen des Hauses. Ein verbogenes Dachblech vibrierte leicht im Wind. Ein Stofffetzen hatte sich in einem Apfelbaum verfangen. Zwei Feuerwehrmänner diskutierten miteinander, der eine zeigte auf etwas, der andere sah seinen Kollegen aufmerksam an und nickte anschließend.

Theorien, dachte Berglund, wir alle haben unsere Ideen über das Wie und Warum, auch die Schaulustigen, die sich versammelt haben. Wie die Polizisten standen sie nur da und starrten, angelockt von dem schrecklichen Geschehen und nicht gewillt, sich von der Stelle zu rühren, so als glaubten sie, durch bloße Anwesenheit Antworten auf ihre Fragen zu bekommen.

»Ob das der gleiche Typ war, der Freitagnacht in Svartbäcken gezündelt hat?«, fragte Beatrice in die Runde.

»Die Vermutung liegt zumindest nahe«, meinte Lundin. »Da hat jemand richtig Spaß an der Sache gefunden.«

»Was war das eigentlich für ein Haus?«, fragte der Kriminalanwärter.

»Es gehörte der Stadt«, erklärte Lundin. »Wenn ich es richtig verstanden habe, ist es eine Art Zentrum für Einwanderer gewesen, in dem sie sich treffen konnten und Hilfe beim Ausfüllen von Formularen oder bei der Jobsuche bekamen.«

»Könnten der oder die Täter Rassisten sein?«, fragte der Kriminalanwärter.

Berglund warf ihm einen Blick zu. Seine Frage blieb unbeantwortet.

»Skinheads, die wütend sind, weil die Stadt Geld für Asylanten verschwendet?«, fuhr er fort.

»Schon möglich«, sagte Berglund und trank den letzten Schluck Kaffee. »Sollen wir los?«

»Drei Menschen sind verbrannt«, sagte Beatrice Andersson. »Wissen wir schon, wer sie waren?«

»Nein, aber die Frau, die wir in das Haus da drüben geführt haben, weiß es vielleicht«, erwiderte Lundin und nickte in Richtung von Erikssons Haus. »Sie arbeitet hier. Sammy spricht gerade mit ihr. Ich denke, ich werde auch mal hingehen.«

»Wir ziehen dann wohl ab«, sagte Beatrice.

»So machen wir es«, entschied Berglund, der Dienstälteste.

Dogan stellte die Stiefmütterchen in eine Kiste, gelbe und blaue, zwölf Stück von jeder Farbe.

»Die schwedische Flagge«, sagte er und lächelte die Frau an, die sein Lächeln erwiderte.

»Schwer«, meinte er dann.

»Kein Problem, zum Tragen habe ich jemanden dabei«, sagte sie und zeigte auf einen Mann, der ungefähr zehn Meter weiter weg stand.

Dogan kassierte, und die Frau winkte den Mann heran. Was haben schwedische Männer eigentlich gegen Blumen, dachte Dogan. Sie stehen immer abseits und wirken desinteressiert.

Er hatte bereits den nächsten potentiellen Kunden im Visier, als etwas zwischen den Lobelien seine Aufmerksamkeit erregte, das inmitten des Blaus weiß leuchtete. Erst dachte er, es wäre ein Lieferschein, den er dort hingelegt hatte, aber dann sah er, dass es keiner der blassrosa Umschläge des Grossisten war. Er griff nach dem Kuvert und las: »An alle Kanacken.«

Innerlich bereitete er sich auf die alte Leier vor, auf Beschimpfungen und die Aufforderung, nach Afrika zurückzufahren, wenn auch diesmal in schriftlicher Form. Er seufzte, riss den sorgsam zugeklebten Umschlag auf und sah gleichzeitig, dass sein potentieller Kunde weiterging und an Abdullahs Stand stehen blieb.

»Zerstört unsere Stadt nicht. Bevor ihr hierherkamt, war alles ruhig. Beim nächsten Mal brennt es ordentlich im Ghetto.«

Keine Unterschrift. Dogan zählte die Worte, es waren achtzehn. Er verstand alle. Der Brief war handgeschrieben.

Er sah zu Abdullah hinüber. Der Kunde hatte ein paar Tagetes gekauft. Da ist mir ja nicht viel durch die Lappen gegangen, dachte Dogan. Er ging zu seinem Kollegen und reichte ihm den Brief.

»Was hältst du davon?«, fragte er auf Arabisch, das er beherrschte, auch wenn es nicht seine Muttersprache war.

Abdullah warf kurz einen Blick auf den Brief, schüttelte aber sofort den Kopf.

»Was steht da? Ich kann diese Handschrift nicht lesen«, sagte er.

Dogan las ihm den Text vor. Omar, der von allen nur »Der Mullah« genannt wurde, hatte sich zu den beiden Blumenhändlern gesellt.

»Was soll das?«, fragte Abdullah. »Hast du das bekommen?«

Dogan erklärte, wie das Schreiben in seine Hände gelangt war. »Irgend so ein Rassist, nehme ich an«, sagte er, »aber was meint er damit, dass es brennen wird?«

»Ich habe heute Morgen gehört, dass ein Haus abgebrannt ist, ihr wisst schon, dieses Zentrum für Einwanderer«, sagte Mullah Omar.

»Wo es Schinkenbrote gibt?«, grinste Abdullah.

Mullah Omar nickte.

»Drei Menschen sind gestorben, unter anderem ein Kind«, sagte er.

Abdullahs Grinsen erstarrte.

»Du musst zur Polizei gehen«, sagte er zu dem Kurden.

Dogan faltete das Blatt zusammen und steckte es wieder in den Umschlag.

»Nimm du es«, sagte er und reichte den Brief Abdullah.

»Du weißt doch, bei der Polizei habe ich einen schlechten Stand.«

Der Araber nickte. Er kannte Dogans Geschichte.

Sie trafen sich informell in der kleinen Bibliothek über der Cafeteria. Lundin hatte soeben berichtet, was sie aus der geschockten Agnes Falkenhjelm herausgeholt hatten. Sie arbeitete seit einem Jahr bei der Ausländerbehörde. Ihre Aufgabe bestand darin, Einwanderern, die bereits eine Aufenthaltsgenehmigung hatten, aber auch Asylsuchenden mit Rat und Tat beizustehen, beispielsweise bei Behördengängen, dem Ausfüllen von Formularen oder bei der Suche nach Arbeit. Das Ganze war ein Pilotprojekt, das sich erst schleppend, dann immer besser entwickelt hatte. Ihre Sprechstunde wurde täglich von etwa fünfunddreißig Personen besucht. Außerdem hatten somalische Flüchtlinge eine Theatergruppe ins Leben gerufen, und nach einer Diskussionsveranstaltung über die Situation von weiblichen Einwanderern war eine Frauengruppe entstanden.

Agnes Falkenhjelm war bei all diesen Aktivitäten die treibende Kraft. Sie hatte viel Zeit in dem Zentrum verbracht, mehr Stunden, als ihr bezahlt wurden. Ihr standen ein Sozialarbeiter und ein jüngerer Mann, der eine ABM-Stelle hatte, zur Seite. Er kümmerte sich um das Gebäude und das kleine Café.

So weit das offizielle Bild. Inoffiziell unterstützte Agnes Falkenhjelm Asylbewerber, denen die Abschiebung drohte. Im Gespräch mit Sammy Nilsson und Lundin hatte sie zugegeben, seit einigen Jahren Menschen zu verstecken, so zum Beispiel ein paar Westafrikaner. Einer von ihnen hatte schließlich doch noch eine Aufenthaltsgenehmigung bekommen, aber der andere war gefasst und ausgewiesen worden. Über sein weiteres Schicksal war nichts bekannt.

Die drei Brandopfer stammten aus Bangladesch. Auch sie sollten versteckt werden, bis über ihren Einspruch gegen die

Abschiebung erneut verhandelt werden würde. Der Rechtsanwalt der Familie hatte weiteres Beweismaterial vorgelegt. Lundin nannte dessen Namen, der mehreren Kollegen ein Begriff war. Riis seufzte – Sammy Nilsson lächelte, vor allem über seinen Kollegen.

Agnes hatte die drei Asylbewerber am Vorabend im Zentrum untergebracht und ihnen ein provisorisches Nachtlager bereitet. Am nächsten Tag sollten sie zu einer Familie im nördlichen Uppland gebracht werden. Jetzt waren sie tot.

»Was waren das für Menschen?«, erkundigte sich Ottosson.

Er sah müde aus und hatte Ann Lindell gegenüber geklagt, es falle ihm immer schwerer, bei all dem noch richtig mitzukommen. Mit dem guten alten Mob, den Dieben, Schlägern und Mördern, kam er zurecht, da kannte er sich aus. Aber die neuen Namen und Sprachen waren ihm fremd. Es wollte ihm einfach nicht mehr gelingen, die Verhaltensmuster zu deuten, hatte er gesagt und Lindell dabei angesehen, als sollte sie ihm erklären, wie es im Schweden von heute aussah. Lindell wusste, dass der Kommissariatsleiter im Grunde seines Herzens ein Menschenfreund war. Immer wieder verblüffte er seine Umgebung, wenn er selbst bei den verstocktesten Kriminellen noch mildernde Umstände geltend machen wollte. Lindell war überzeugt, dass Ottosson die »neuen Schweden«, wie er Einwanderer nannte, ehrlich zu verstehen versuchte, aber sein Mangel an derartigen Erfahrungen erschwerte ihm diese Aufgabe. Er stand ihnen hilflos gegenüber, ohne zynisch und voreingenommen zu sein, er war vor allem verwirrt. Ann Lindell empfand Mitleid mit ihrem Chef. Er meinte es so gut und wollte so verständnisvoll sein, aber hier stieß er an seine Grenzen.

»Der Familienvater war in seinem Heimatland Gewerkschafter, was dort offenbar nicht bei jedem gut ankam«, sagte Lundin. »Er wurde inhaftiert und misshandelt. Bei einer Gefängnisrevolte in Dhaka floh er, und irgendwann gelang ihm dann die Flucht außer Landes. Über Malaysia kam er nach Europa und Schweden. Seine Familie folgte ihm wenige Monate später.«

Lundin verstummte.

»Dhaka«, sagte Ottosson.

»Was war er von Beruf?«, erkundigte sich Sammy Nilsson, der im Vorstand der örtlichen Gewerkschaftsgruppe saß.

»Er war Schauermann«, antwortete Lundin, der auf jede Frage eine Antwort zu haben schien. »Er hat Schiffe be- und entladen«, fügte er hinzu, als er Lindells fragende Miene bemerkte.

»Schauermann«, wiederholte Ottosson wie ein Papagei.

»Wir haben also einen Burschen, der Bangladeschs Reichtümer auf Schiffe lädt, was immer das sein mag, er ist unzufrieden mit seinem Lohn, landet im Bau, flieht und kommt in die Freistatt Schweden, wo er umkommt. Sicherheitshalber werden auch noch seine Frau und sein Kind umgebracht«, meinte Sammy Nilsson.

»Was heißt denn hier umgebracht?«, sagte Ola Haver. »Denkst du, die Firma in Dhaka schickt einen Profikiller nach Schweden, um einen lästigen Mitarbeiter zu verbrennen?«

Haver wusste genau, dass er Sammy unrecht tat, aber der lapidare Ton seines Kollegen reizte ihn.

»Im Übrigen wurde auch seiner Frau der Boden unter den Füßen zu heiß«, ergriff Lundin erneut das Wort. Angesichts dieses wenig geglückten Bildes verzog Sammy das Gesicht, aber Lundin bemerkte es nicht und sprach weiter: »Diese Falkenhjelm hat ganz schön viel gequasselt, sie war natürlich verwirrt. Jedenfalls hat sich die Frau offenbar auch ein paar Feinde gemacht. Sie hat in Industriebetrieben junge Mädchen gewerkschaftlich organisiert. Ich habe es nicht genau verstanden, aber …« Lundin verstummte plötzlich und wirkte im Zentrum der Aufmerksamkeit aller Anwesenden beinahe hilflos. »In der Textilindustrie«, sagte er schließlich und verstummte endgültig.

»Namen«, sagte Ottosson. »Wir müssen Ordnung in die Sache bekommen. Wie heißen die Opfer?«

Lundin konsultierte sein Notizbuch. »Der Mann heißt Mesbahul Hossain, die Frau Nasrin und das Kind Dalil.«

»Ist das ein Jungenname? Okay, Riis besorgt alle zugänglichen Unterlagen über ihr Asylverfahren. Lundin befragt die Nachbarschaft, schreib deinen Bericht diesmal aber bitte verständlich«, sagte Ottosson. »Sammy, du übernimmst die Vernehmung von Agnes Falkenhjelm. Was ist das überhaupt für ein bescheuerter Name, ist er angenommen?«

»Rassisten oder nur ein gewöhnlicher Pyromane, das ist hier die Frage«, meinte Lindell.

»Wir werden wohl die üblichen Schritte unternehmen müssen«, sagte Ottosson. »Machst du das, Berglund? Sprich mit Fredriksson, der die Fahndung nach dem Brandstifter von Svartbäcken leitet. Ann, kommst du gleich noch kurz zu mir rein? Ruf vorher bitte Ryde und Kristiansson an. Es war doch Brandstiftung, oder?«

»Das scheint sonnenklar zu sein«, meinte Sammy.

»Heute haben wir wirklich alle Hände voll zu tun. Wir dürfen auch die Drottninggatan nicht aus dem Auge verlieren. Ola und Bea reden weiter mit ... wie heißt er gleich? Mit Marcus.«

Ottosson verstummte und sah sich in der Runde um. Offensichtlich wollte er noch etwas loswerden, aber die Kriminalpolizisten warteten vergeblich auf eine Fortsetzung.

»Na schön«, sagte er nur. »Du kommst dann noch zu mir, Ann?«

Als Ann Lindell Ottossons Büro betrat, stand er über den Tisch gebeugt und blätterte in einem Atlas. Er blickte auf, und Lindell glaubte ihm eine gewisse Verlegenheit ansehen zu können.

»Man muss sich doch mal orientieren«, sagte er und schlug den Atlas wieder zu.

»Ich weiß auch nicht genau, wo es liegt«, erwiderte Lindell und lächelte.

Daraufhin schlug Ottosson den großen Folianten wieder auf, den er sich aus der Bibliothek geholt hatte, und blätterte zu einer Karte von Indien und Bangladesch. Sein Finger zeichnete die rot markierte Grenze nach, als wollte er so die Größe des Landes ablesen.

»Viele Städte«, sagte er. »Was für Namen, die kann man ja kaum aussprechen.«

Er war verwirrt. Der Atlas hatte so viele Seiten, und Ottosson kannte nur sehr wenige davon. Die schwedische Geografie war ihm dagegen vertraut, und er ärgerte sich regelmäßig darüber, dass die jungen Kollegen weder Arbrå, Sorsele noch Tranemo auf einer Karte platzieren konnten. Aber sobald es um Länder ging, die außerhalb von Skandinavien lagen, war er verloren.

Die Welt stürzte auf Ottossons Schreibtisch und Computerbildschirm ein, während er innerlich noch in den halbseidenen Kreisen der Innenstadt patrouillierte, wo er jeden kannte, vor allem all jene, »die auf die schiefe Bahn geraten sind«, wie er es ausdrückte. Die Phrase war aus seinem Mund kein Urteil, sondern lediglich eine Feststellung.

»Setz dich«, sagte er und ließ sich ebenfalls an seinem Schreibtisch nieder.

Aha, dachte Lindell, es ist mal wieder Zeit für Ottossons kleine gemütliche Plauderstunde. Aber sie irrte sich.

»Gibt es einen Zusammenhang?«

Die Frage kam wie aus der Pistole geschossen, als sie es sich in Ottossons Besuchersessel, dem bequemsten im ganzen Haus, gemütlich gemacht hatte.

»Es gibt entweder einen Zusammenhang zwischen den Brandstiftungen am Freitag und dem Feuer diese Nacht oder zwischen dem Mord und dem Brand heute Nacht«, fuhr Ottosson fort, als Lindell zögerte.

»Oder zwischen allen Bränden und dem Mord«, sagte Lindell.

»Wenig wahrscheinlich, oder?«

»Zugegeben, es ist weit hergeholt, aber es besteht zumindest die Möglichkeit, dass die Aktionen am Freitag aufeinander abgestimmt waren: Erst legt man ein Feuerchen in Svartbäcken, damit keine Streifenwagen in der Innenstadt unterwegs sind, und kann dann in aller Ruhe Sebastian Holmberg ermorden ...«

»Die eingeschlagenen Schaufenster als reines Ablenkungsmanöver?«, unterbrach Ottosson sie. »Nein, nein, das geht mir ein bisschen zu weit. Dass Sebastian ausgerechnet zu der Zeit in der Stadt unterwegs war, dürfte eher ein Zufall gewesen sein. Er hatte mit diesem Mädchen von der Östra Ågatan angebandelt, begegnete zufällig Marcus, zog sich dann auf die Drottninggatan zurück und wurde erschlagen oder von diesem Marcus verfolgt und umgebracht. Was hältst du von ihm?«

»Ich weiß nicht. Er sieht nicht gerade wie ein Mörder aus, aber in dem Punkt haben wir uns auch früher schon öfter mal getäuscht. Irgendetwas stimmt mit dem Jungen nicht, aber vielleicht liegt es nur daran, dass er ... ach, ich weiß auch nicht«, murmelte Lindell abschließend.

»Und als wäre das alles nicht genug, haben wir jetzt auch noch diese Bangladesch-Sache am Hals«, meinte Ottosson. »Wusste der Brandstifter, dass sich die Asylbewerber dort aufhielten, oder wollte er nur das Haus abfackeln?«

Lindell lehnte sich zurück.

»Warum wolltest du, dass Ola und Bea mit Marcus weitermachen? Habe ich meine Sache nicht gut gemacht?«

Lindell sah auf ihren Schoß hinab. Eigentlich hatte sie sich nicht aufregen wollen, so dass ihre Frage auch für sie selbst ein wenig unerwartet kam.

»So ist es nicht gemeint«, sagte Ottosson, »und das weißt du auch.«

»Hat Ola mit dir geredet?«

»Das hat er, aber das war nicht der Grund für meine Entscheidung. Ich will einfach nicht, dass du so viel operativ arbeitest.«

»Operativ«, platzte Lindell heraus.

Ottosson lächelte, aber Lindell sah, dass er es ernst meinte. »Was soll ich denn sonst tun?«

»Übergeordnet arbeiten«, antwortete Ottosson, »wir haben auch früher schon mal darüber gesprochen. Du rennst zu schnell einfach drauflos und überrollst alles, was dir in den Weg kommt, vor allem dich selbst.«

Es kam nur selten vor, dass Ottosson sich direkt in eine Ermittlung einmischte. Die Verhöre einem anderen Ermittlungsbeamten zu übertragen, war ungewöhnlich. Was einer anfing, sollte er auch zu Ende führen, so war es Sitte. Hinzu kam, dass es hier um einen Mord und nicht um leichte Körperverletzung vor einer Kneipe ging.

Ann Lindell schwieg verblüfft, aber vor allem verlegen. Sie fühlte sich ertappt.

»Ach übrigens«, sagte Ottosson. »Alfredsson vom Landeskriminalamt hat mich angerufen. Er denkt über eine Fortbildungsmaßnahme nach.«

»Für wen?«

»Für dich«, antwortete Ottosson und lächelte.

»Nein, hör auf, ich kann doch kein Seminar besuchen.«

»Alfredsson meinte ...«

»Du weißt, was ich von ihm ...«, setzte Lindell an.

»Ja, ich weiß, er hat seine Macken.«

»Allerdings«, sagte Lindell säuerlich, bereute ihre Worte aber sofort. Ottosson und Alfredsson hatten vor fünfunddreißig Jahren ein legendäres Gespann gebildet und waren in der Innenstadt gemeinsam Streife gegangen. Es kursierten zahlreiche Anekdoten über die Eskapaden der beiden.

»Du kannst ja mal darüber nachdenken«, sagte Ottosson.

»Wie lange dauert denn das Seminar?«

»Sechs Wochen in Stockholm.«

Ann Lindell schloss die Tür von Ottossons Büro. Im Grunde konnte sie zufrieden sein. Ein solches Seminar wäre natürlich ein Schritt nach vorn, zu dem ihre Kollegen sie sicher beglückwünschen würden. Sammy Nilsson und vielleicht auch Ola Haver würden vermutlich ein wenig neidisch sein. Das Seminar war ein Schritt nach oben auf einer Karriereleiter, an die Lindell bislang kaum einen Gedanken verschwendet hatte. Gleichzeitig fühlte sie sich aber auch kaltgestellt. Ottossons Aufforderung, bei den Ermittlungen eine eher übergeordnete Funktion auszuüben, konnte man einerseits positiv, andererseits jedoch als dezente Kritik an ihren Fähigkeiten als Verhörleiterin sehen. Sicher, Marcus war ihr unsympathisch gewesen, aber das war nichts Besonderes. Das kam immer wieder vor und war noch lange kein Grund, sie auszutauschen.

Als sie ihr Büro betrat, hatte sie beschlossen, die Bemerkung ihres Chefs positiv zu nehmen. Sie hatte nicht die Absicht, sich durch dummes Gewäsch beeinflussen zu lassen, erst recht nicht von Ola Haver.

Sie setzte sich an den Schreibtisch und sah sich in ihrem Büro um. Meine Burg, dachte sie und schmunzelte, doch das konnte nicht über ihre Unruhe hinwegtäuschen. Sie wusste, dass die Frau vom Zentrum für Einwanderer bei Sammy war, und überlegte, ob sie bei der Vernehmung dabei sein sollte, schlug es sich aber gleich wieder aus dem Kopf. »Übergeordnet arbeiten«, murmelte sie. Sie sollte sich lieber den Bericht der Sicherheitspolizei anschauen.

Sammy Nilsson wurde einfach nicht schlau aus der Frau. Sie war forsch und nahm kein Blatt vor den Mund, sprach aber mit einer derart angenehmen Stimme, dass Sammy das Gespräch mit ihr geradezu genoss, obwohl es hier um Brandstiftung ging.

Er hatte Kaffee geholt, doch Agnes Falkenhjelm trank Mineralwasser. Eine Flasche hatte sie bereits geleert und öffnete gerade eine zweite. Fasziniert beobachtete Sammy die runden Hände mit den langen Fingernägeln und zahlreichen Ringen.

»Reisen in fremde Länder waren ja nichts Neues für mich«, fuhr Agnes fort, nachdem sie wieder einen Schluck Wasser getrunken hatte, »ich bin mit meinen Schlittschuhen gereist und später dann als Touristin.«

»Verzeihung?«, warf Sammy ein, der glaubte, sich verhört zu haben.

»Ich habe an Eiskunstlaufwettkämpfen teilgenommen«, verdeutlichte Agnes. »Damals war ich noch jung und schlank. Als ich vierzehn war, habe ich bei den Titelkämpfen in Bologna den vierten Platz belegt. Und wenn die Ostblockstaaten sich damals nicht gegenseitig geholfen hätten, wäre ich aufs Treppchen gekommen.«

Sammy entging der stolze Unterton in ihrer Stimme nicht, und er fragte sich, wie sie so ruhig sein konnte.

»Hätte ich eine Medaille gewonnen«, ergänzte sie.

»Ich habe schon verstanden«, sagte Sammy lächelnd.

»Aber das hier war etwas völlig anderes«, fuhr Agnes fort. »Die Armut, die wir erlebten, war unvorstellbar. Das Erste, was ich sah, als ich aus dem Minibus stieg, war eine Frau, die keine Füße hatte. Verstehen Sie, keine Füße, ich bin doch Eiskunstläuferin gewesen, meine Füße haben mich in die ganze Welt getragen.«

»Warum sind sie dorthin gereist?«

»Aus Neugier«, antwortete Agnes Falkenhjelm schnell. »Ich war Mitglied einer Gruppe ... na ja, Sie wissen schon.«

Sammy Nilsson wusste nicht, was sie meinte, und nickte dennoch.

»Anfangs war es eine Initiative der Gewerkschaft, aber dort hatte man im Grunde kein großes Interesse an der Sache. Sicher, es gab ein paar Enthusiasten, doch Gewerkschaften sind ziemlich schwerfällige Organisationen. Ein paar von uns wollten möglichst schnell in Aktion treten, so dass wir eine unabhängige Gruppe gegründet haben. Aber die Gewerkschaft ist uns eine große Hilfe, da gibt es nichts. Sie ...«

»Sie haben eine Gruppe gegründet«, unterbrach Sammy sie.

»Genau, wir haben Material gesammelt, Fotos gemacht, gefilmt und Interviews geführt. Außerdem haben wir Kontakt zu einer amerikanischen Organisation aufgenommen, die zum Thema ›Workers and human rights‹ arbeitet.«

Agnes Falkenhjelm verstummte und schaute Sammy forschend an, so als wollte sie herausfinden, wie gut er ihr zuhörte.

»Wir dachten, wir wären gründlich vorbereitet, aber Dhaka übertraf unsere schlimmsten Vorstellungen. Sind Sie schon einmal in der Dritten Welt gewesen?«

»In Malaysia«, sagte Sammy hastig, lächelte und wurde wütend auf sich selbst, weil er sich dieser starken Frau so rasch unterlegen fühlte. Er hoffte inständig, sie würde sich nicht erkundigen, was er dort gemacht hatte.

»Die enorme Armut ist das Erste, was einem auffällt, die ganzen Bettler, der Müll und der Gestank. Erst denkt man, es sind die Menschen, bis man erkennt, dass es die Unterdrückung selbst ist, die zum Himmel stinkt. Die Menschen, denen wir begegnet sind, auch solche, die in den fürchterlichsten Slums wohnten, trugen saubere Kleidung. Ich weiß nicht, wie sie es anstellen, aber sie kommen in einem strahlend weißen Hemd oder einem frisch gebügelten Kleid aus ihren Baracken. Was für eine Würde!«

Sammy Nilsson erinnerte sich an die Clubanlage auf Lankawi, in der er gewohnt hatte. Grüppchen von Bungalows, die von üppiger Vegetation und Pools umgeben waren. Das Personal kam auf kleinen elektrischen Fahrzeugen, die mit Obst, frischen Handtüchern und Getränken für die Minibar beladen waren.

»Ja, feuchtheiß ist es da unten«, sagte er.

Agnes sah ihn durchdringend an. Als er ihrem Blick begegnete, begriff er, warum sie Erfolg auf dem Eis gehabt hatte. Wie sehr man sich doch täuschen kann, dachte er und wurde rot. Hinter der toupierten Haarpracht, ihrem klirrenden Schmuck, den violetten Kleidern, den ellenlangen Sätzen und ihrem missionarischen Tonfall entdeckte er auf einmal Überzeugung, Emotion und Sachkenntnis. Er lächelte sie an. Sie sah auf ihre Hände herab, lächelte vieldeutig und wandte sich wieder Sammy zu.

»Es interessiert Sie?«

Sammy nickte.

»Das hätte ich nicht gedacht«, sagte Agnes Falkenhjelm, »aber ich werde Ihnen Informationsmaterial über die Arbeiterinnen in der Textilindustrie von Bangladesch geben. Wenn Sie das lesen, werden Sie verstehen, wovon ich rede, okay?«

»Absolut«, sagte Sammy.

»Haben Sie etwas zur Beruhigung genommen?«, erkundigte sich Sammy und schielte zu der zweiten Flasche, die jetzt ebenfalls leer war.

»Es ging nicht anders.«

»Nehmen Sie nicht zu viel«, sagte Sammy.

»Ich werde Ihnen jetzt alles erzählen«, sagte sie. »Oder zumindest fast alles, denn Sie werden von mir nicht erfahren, wie wir arbeiten.«

»Wer ist wir?«

»Wir sind Menschen, die sich um andere Menschen kümmern, die aus Disneyland zu uns geflohen sind.«

»Wie meinen Sie das?«

»Lesen Sie, dann werden Sie es schon verstehen«, erwiderte Agnes und zog einen dicken Packen Blätter aus der Tasche, die zu ihren Füßen stand. Sie legte den Packen auf den Tisch und rückte ihn umständlich gerade, was Sammy irritierte.

»Erzählen Sie mir, so viel sie wollen und können«, sagte er schließlich.

Agnes Falkenhjelm strich mit beiden Händen ihre Haare nach hinten und begann über Einwanderungsquoten, eine

Änderung der staatlichen Politik und den größer werdenden Flüchtlingsstrom Anfang der achtziger Jahre zu sprechen. Sie erzählte ihm, dass sie Ende der neunziger Jahre begonnen hatte, Asylbewerber bei sich zu verstecken.

Sammy nahm an, dass das alles nicht gerade sensationell war, aber sie war ganz offensichtlich bemüht, ihm entgegenzukommen. Oder versuchte sie ihn auf ihre Seite zu ziehen? War sie eine Agitatorin, die es nicht einmal bei einem Polizeibeamten lassen konnte, ihre Botschaft zu verbreiten?

»Wird die Stadt Sie entlassen?«, wechselte er routiniert das Thema.

»Ich weiß es nicht«, antwortete sie, offenkundig überrascht von seiner Frage. »Das spielt auch keine Rolle«, fuhr sie wenig überzeugend fort.

»Immerhin könnte ich mit Ihren Informationen zur Sicherheitspolizei laufen. Die interessieren sich bestimmt dafür«, meinte Sammy.

»Ich glaube nicht, dass Sie das tun werden«, sagte Agnes und schielte auf den Blätterstapel vor Sammy. »Außerdem wissen die ohnehin Bescheid.«

»Okay, lassen Sie uns weitermachen. Wer außer Ihnen wusste, dass sich Familie Hossain im Zentrum aufhielt?«

»Nur noch eine Person«, antwortete Agnes.

»Wie ist sein Name?«

»Sein? Es könnte doch genauso gut eine Frau sein, oder nicht?«

»Also schön, dann ihr Name«, sagte Sammy lächelnd.

»Ich weiß mit Sicherheit, dass diese Person das Feuer nicht gelegt und auch keinem anderen etwas gesagt hat.«

»Hat es Drohungen gegen das Zentrum gegeben?«

»Wir haben ein paar Briefe bekommen.«

»Wie viele und wo befinden sie sich jetzt?«

»Es waren drei, die ich alle verbrannt habe«, sagte Agnes. »Dann haben auch noch ab und zu Leute angerufen und uns beschimpft.«

»Was stand in den Briefen?«

»Das Übliche, dass wir kein Geld zum Fenster hinauswerfen sollen und man sich lieber um anderes kümmern sollte als um arbeitsscheue Schwarze und … Huren. Damit bin wohl ich gemeint gewesen.«

»Glauben Sie, dass die Briefe denselben Absender hatten?«

»Das glaube ich tatsächlich, auch wenn zwei Briefe getippt waren und einer handgeschrieben war. Der erste kam im März, die beiden anderen letzte Woche.«

»Sie haben sich nicht mit der Polizei in Verbindung gesetzt?«

Agnes schüttelte den Kopf.

»Sie hatten nicht das Gefühl, beobachtet zu werden?«

»Nein, ganz und gar nicht. Die Nachbarn waren anfangs vielleicht ein wenig argwöhnisch, aber sie haben sich schnell an uns gewöhnt. Zwei Wochen nach der Eröffnung haben wir die ganze Nachbarschaft zum Kaffee eingeladen. Eine Frau bringt mittlerweile regelmäßig Kuchen vorbei.«

»Jetzt ist es aus mit der Näscherei«, sagte Sammy und handelte sich bei diesen Worten einen bösen Blick ein.

»Drei Menschen sind gestorben«, sagte sie.

»Entschuldigen Sie, das war geschmacklos von mir«, erwiderte Sammy kleinlaut, stellte dann aber rasch die nächste Frage. »Wie und wann ist die Familie in das Haus gekommen?«

»Gestern Abend, im Auto, begleitet von der unbekannten Person. Ich war dort und habe sie in Empfang genommen.«

»Wo kamen sie her?«

»Aus der Nähe von Stockholm.«

»Ich hatte es so verstanden, dass Sie die drei in Järfälla abgeholt haben.«

»Was, habe ich das gesagt? Das stimmt nicht. Ich war den ganzen Tag auf der Arbeit.«

»Schon gut«, sagte Sammy. »Ist die Begleitperson sofort wieder gegangen?«

»Ja.«

»Die Familie hat nichts davon gesagt, dass sie sich bedroht oder verfolgt fühlte oder ...«

»Nur von der schwedischen Polizei«, unterbrach Agnes ihn.

»Sie kannten die Familie?«

»Ich hatte in Dhaka ein Interview mit Nasrin gemacht. Später haben wir uns dann auch in Stockholm getroffen.«

»Wann sind Sie nach Hause gefahren?«

»Um halb zwölf war ich zu Hause, das heißt, ich muss gegen elf gefahren sein. Wir wollten ja früh aufstehen. Die Familie musste weiter.«

»Das übrige Personal wusste also nichts?«

»Nein«, antwortete Agnes, aber Sammy war nicht überzeugt, dass sie die Wahrheit sagte.

»Was werden Sie jetzt tun?«

»Ich weiß es nicht«, antwortete Agnes Falkenhjelm, nachdem sie kurz nachgedacht hatte. »Ich fühle mich so schuldig, als wäre ich für ihren Tod verantwortlich.«

Sie verstummte und sah Sammy fragend an. Dann schlug sie die Augen nieder.

21

Montag, 12. Mai, 7.30 Uhr

»Ali. Ali.« Der Junge sprach seinen Namen laut aus, als wäre er ihm fremd. Wie viele Menschen auf der Welt hießen Ali? Hätten sie sich nicht etwas Fantasievolleres einfallen lassen können? Wenn man alle Alis dieser Welt in einem Land versammelte, würde das sicher so viele Einwohner haben wie Schweden oder noch mehr. Er lächelte bei dem Gedanken an dieses Gedränge.

»Hallo, Ali«, sagte er. »Wie viele sind wir? Hello, Ali. Hello, my name is Ali. I am from Sweden. I am fifteen years old.«

»Was hast du gesagt?« Mitras Ruf aus der Küche holte Ali in die Wirklichkeit zurück.

»Nichts«, rief er. »Ich übe Englisch.«

Seine Mutter verließ die Küche und stellte sich in die Tür zu seinem Zimmer. »Englisch«, meinte sie und sah ihn an.

Ali spürte, dass er rot wurde.

»Das ist eine gute Idee«, sagte Mitra, »Englisch muss man können.« Sie betrat sein Zimmer und setzte sich aufs Bett. »Es war nett von dir, dass du gestern Großvater begleitet hast«, sagte sie. »Ich habe ihn lange nicht mehr so zufrieden gesehen. Werdet ihr wieder hinfahren?«

»Keine Ahnung. Warum heiße ich eigentlich Ali?«

»Dein Großvater hieß Ali. Warum fragst du?«

»Wenn ich einen anderen Namen hätte, wäre ich dann ein anderer Mensch?«

»Nein«, lachte seine Mutter.

»Habt ihr ihn gemeinsam ausgesucht?«

»Ich glaube, es war vor allem der Wunsch deines Vaters«, sagte Mitra zögernd. »Er hat seinen Vater sehr geliebt, und als wir einen Sohn bekamen, war es irgendwie selbstverständlich, dich nach ihm zu nennen.«

»Wenn ich Schwede wäre, wie würde ich dann heißen?«

Mitra lachte auf, verstummte jedoch sofort wieder. »Was für eine Frage!«, rief sie dann aus.

»Ich meine es ernst, ich will es wissen.«

»Darauf gibt es keine Antwort. Du bist im Iran geboren.«

»Bin ich Iraner?«

»Natürlich.«

»Auch wenn ich mein ganzes Leben in Schweden bleibe?«

»Na ja, ich weiß nicht, was man wird«, meinte Mitra. »Man ist ein Mensch, der versucht, ein Zuhause zu finden.«

Ali sah sie an, als wollte er ergründen, ob ihre Antwort eine verdeckte Botschaft enthielt, wie es typisch für seinen Großvater war und auch bei Mitra immer öfter vorkam.

»Wenn ich sterben würde, was würdest du dann tun?«

Die Frage ihres Sohns brachte Mitra völlig aus der Fassung, so als hätte ein rechter Haken sie getroffen. Ali bereute seine Worte sofort, aber sie ließen sich nicht mehr zurücknehmen. Hat sie so im Gefängnis ausgesehen, dachte er.

»Du wirst nicht sterben«, sagte Mitra heiser. »Sag so etwas nie wieder.«

»Ich habe gemeint ...«

»Es ist mir egal, was du gemeint hast, sag so etwas nie wieder!«

Sie stand auf, ging zu ihrem Sohn, beugte sich über ihn und umarmte seine starren Schultern. Ihr Atem war warm und roch nach den Kräutern in ihrem Tee.

»Mein Ali«, sagte sie.

Sie lockerte ihren Griff, ließ die Hände jedoch auf seinen Schultern liegen. Er starrte vor sich hin, sah aus den Augenwinkeln aber das schmale Goldarmband an ihrer Hand.

»Ich weiß nicht, woran du denkst«, sagte sie, »aber pass gut auf dich auf. Wirst du gemobbt?«, fragte sie dann plötzlich.

Er schüttelte den Kopf.

»Es gibt niemanden, der dich irgendwie beschimpft?«

»Nein, ich schwöre, wer sollte das sein?«

»Du darfst niemals deinen Willen verlieren«, sagte sie.

Ein typischer Mitra-Satz, dachte Ali.

»Sei zu jedem ehrlich«, fuhr sie fort, und der Griff ihrer Hände wurde wieder fester. »Du bist Ali, du wirst ein Mann werden.«

»Und Männer sind ehrlich?«

Ein Lächeln huschte über ihr Gesicht.

»Du bist wahrscheinlich eine Mischung«, sagte sie und ließ los. »Du kannst jetzt deinen Großvater wecken.«

Ali ging zu dem alten Mann. Hadi hatte es gern, wenn sein Kopf hoch lag, er schlief immer halb sitzend. Er atmete schwer und pfeifend. Ali zögerte, denn der schlafende Großvater gefiel ihm. Der Anblick des alten Häuptlings beruhigte den Jungen, im Schlaf sah er so friedlich aus, als würde Hadi sich auf den Tod vorbereiten und befände sich in einem angenehmen Vorstadium. Es war ein schrecklicher Gedanke, dass sein Großvater sterben könnte, aber gleichzeitig wünschte sich Ali für Hadis langes, entbehrungsreiches Leben ein schönes Ende.

Ali streckte die Hand aus, und im gleichen Augenblick schlug Hadi die Augen auf. Es lag kein verschlafenes Erstaunen oder Verwirrung in ihnen, nur Klugheit.

Ali wollte sich auf seinen Großvater werfen, ihn umarmen und dem alten Mann sagen, dass er niemals sterben dürfe.

»Wie alt bist du jetzt, Ali?«
»Fünfzehn.«
»Schön«, sagte der Großvater. »Geht es dir gut?«
»Ja klar.«
»Schön«, wiederholte Hadi. »Jetzt bist du bald ein Mann.«
Sie sahen sich an, als hätten sie einen Pakt geschlossen.

Das Frühstück stand ganz im Zeichen der guten Laune seines Großvaters und dem Lachen seiner Mutter. Als Ali vom Tisch aufstand, machte Mitra, die begonnen hatte, den Tisch abzuräumen, mit ein paar Worten den Versuch, ihn aufzuhalten, aber sie gingen in Hadis Lachen über einen Witz unter, den er selber erzählt hatte.

Ali sah, was Mitra vorhatte, zog sich aber aus der Küche zurück. Er wollte nicht sitzen bleiben, da er Angst hatte, die fröhliche Stimmung könnte in Ernst umschlagen. Manchmal schienen sich Hadi und Mitra wie aus heiterem Himmel an etwas ganz besonders Trauriges zu erinnern.

Er ging in sein Zimmer. Er wusste, dass die beiden am Tisch zusammensaßen und Kekse aßen, die eine der Frauen im Haus ihnen gebracht hatte. Es war eine kleine und gebeugte Frau aus Syrien. Sie war Christin und sprach eine schwer verständliche Mischung aus Schwedisch und Arabisch. Manchmal schlurfte sie mit einer bunten Dose in der Hand die vielen Treppenstufen zu ihnen herauf. Warum sie diesmal gekommen war, wusste Ali nicht, aber in der Regel schnatterte sie ein paar unverständliche Worte, übergab die Süßigkeiten und blieb anschließend schweigend einen Moment am Küchentisch sitzen, ehe sie wieder in ihre Wohnung hinunterging.

Ali war zu satt, um sich zu ein paar Schlägen gegen die Boxbirne aufraffen zu können, blieb aber, den Kopf an das duftende Leder gelehnt, stehen.

»Ali, möchtest du ein Plätzchen?«, rief Mitra. »Sie schmecken ganz ausgezeichnet.«

»Nein danke«, antwortete Ali und betrachtete sich im Spiegel.

Er formte den Mund zu ein paar lautlosen Worten: Was soll ich tun? Entweder er schwieg und versuchte mit dem, was geschehen war, zu leben, wie seine Mutter und sein Großvater es mit den schrecklichen Erlebnissen in ihrem Heimatland machten, oder er sprach mit jemandem darüber. Im Grunde kam dafür allein sein Großvater in Frage, aber Ali zögerte, denn er war sich nicht sicher, wie Hadi reagieren würde.

Er konnte natürlich auch zur Polizei gehen und sagen, was er gesehen hatte. Ali starrte in den Spiegel, als ließe sich an seinen blassen Gesichtszügen ablesen, ob er die Kraft haben würde, den Cousin zu verraten. Kann man das tun, fragte er sein Spiegelbild stumm, wird man dann ein anderer Mensch? Bei der Beantwortung dieser Fragen hätte er sich gerne der Führung seines Großvaters überlassen.

Wie Mehrdad und dessen Familie reagieren würden, wusste Ali genau. In den Augen vieler würde er zu einem Geächteten werden, wenn er Mehrdad verriete, aber was würde seine eigene Familie dazu sagen?

Das Telefon klingelte. Ali trat ans Fenster. Es goss wie aus Kübeln, der Regen peitschte auf den Asphalt und strömte zu den Gullydeckeln. Ein Mann schien geduckt um sein Leben zu rennen.

»Es ist für dich«, rief Mitra aus der Küche.

»Wer ist dran?«

»Weiß nicht.«

Ali blieb stehen. Er musste an Arnold und Beata Olssons Kühe denken. Der Regen fiel auch auf sie.

»Ali!«

»Ich komme«, sagte er leise.

Der Mann erreichte den überdachten Eingang von Hausnummer sechs, blieb stehen und sah nach oben, als wollte er den Himmel fragen, warum er diese heftige Attacke entfesselt hatte. Ali konnte sehen, dass der Mann plötzlich lachte.

»Ali! Telefon!«

Mit langsamen Schritten ging Ali das schnurlose Telefon im Flur holen, kehrte in sein Zimmer zurück und meldete sich.

»Ali, ich bin es, dein Cousin.«

»Du bist nicht mein Cousin«, unterbrach Ali ihn sofort.

»Hör mir doch erst mal zu! Ich will dir etwas sagen. Es ist wichtig.«

»Ich lege jetzt auf.«

»Hör mir zu! Ich war es nicht. Im Ernst. Ich war nur da.«

»Hältst du mich für blöd? Lüg mich nicht an.«

»Das ist die Wahrheit, ich war es nicht. Ich schwöre es dir.«

»Du tickst doch nicht mehr ganz richtig«, sagte Ali und drückte das Gespräch weg. Er war erschöpft wie nach einer längeren Trainingseinheit.

»Du musst dich beeilen, sonst kommst du noch zu spät zur Schule«, rief Mitra ihm aus der Küche zu.

22

Montag, 12. Mai, 13.35 Uhr
Ann Lindell musste an Ottossons Aufforderung denken: übergeordnet arbeiten. Sie lächelte vor sich hin, während sie auf ihre Notizen starrte. Vielleicht hatte sie ja gehofft, dass sie bei Durchsicht der Akten einen besseren Überblick gewinnen

würde, aber das Gegenteil war der Fall. Die zertrümmerten Schaufenster in der Drottninggatan, der Mord an Sebastian Holmberg und die Brandstiftung mit Todesfolge wiesen in alle möglichen Richtungen. So sah sie es zumindest. Neben diesen Fällen verlangten andere Ermittlungen ihre Aufmerksamkeit. Im Moment wusste sie nicht einmal genau, womit die einzelnen Kollegen gerade beschäftigt waren, schrieb deshalb deren Namen auf und notierte daneben, woran sie vermutlich arbeiteten.

Anschließend sortierte sie die Berichte, die Vernehmungsprotokolle, die Ergebnisse der kriminaltechnischen Untersuchungen und die Hinweise aus der Bevölkerung. Eine halbe Stunde später lagen die Blätter und Akten geordnet auf ihrem Schreibtisch.

»Übersicht«, sagte sie und stand auf.

Irgendwo in diesem Durcheinander lag die Antwort verborgen. Oder nicht? Lindell ging in dem winzigen Raum auf und ab, merkte aber schon bald, dass ihr davon nur schwindlig wurde. Also blieb sie stehen und öffnete das Fenster. Es roch nach Regen, aber die Luft war mild.

Bei der Durchsicht der Ermittlungsakten war Ann Lindell an etwas hängen geblieben. Sie mochte überraschende Ideen und Gedanken, stieß damit oft auf Unverständnis, doch manchmal führte genau dies sie auch zum Erfolg.

Jetzt war ihr wieder etwas aufgefallen. Martin Nilsson, der Taxifahrer, hatte ein drittes Mal angerufen. Franzén, dieses unterschätzte Arbeitstier, hatte den Bericht geschrieben, den sie gerade ein zweites Mal durchlas: »Nilsson fuhr in der fraglichen Nacht die Trädgårdsgatan in südliche Richtung und machte dort, auf Höhe der Konditorei Fågelsången, eine Beobachtung«, begann Franzéns Niederschrift.

Der Taxifahrer hatte einen Jungen gesehen, »vermutlich ausländischer Abstammung«, der offensichtlich sehr aufgewühlt gewesen war. Er hatte sich heftig übergeben, als Nilsson vorbeifuhr. Nilsson war daraufhin langsamer gefahren und hatte sich den Jungen etwas genauer angesehen. »Der Junge hatte nicht betrunken gewirkt, nur ›verzweifelt und sehr traurig‹, und Nilsson hätte fast angehalten, war dann jedoch zum Svandammen gefahren, wo er nach Osten abbog.«

Fast, wiederholte Lindell in Gedanken. Mofa, jugendlicher Einwanderer, verzweifelt, übergibt sich. In der »fraglichen« Nacht. Sie verließ ihren Platz am Fenster und ging zum Stadtplan von Uppsala, der an der Wand hing. Sie wollte das Muster der Straßen vor Augen haben. »Übersicht«, murmelte sie, und ihr Finger folgte dem Verlauf der Trädgårdsgatan von der Drottninggatan bis zum Svandammen.

Martin Nilsson zufolge war es ungefähr halb zwei gewesen, als er den Jungen gesehen hatte. Lindell versuchte sich vorzustellen, wie es Freitagnacht im Stadtzentrum ausgesehen hatte, erkannte jedoch rasch die Sinnlosigkeit ihres Unterfangens. Sie griff zum Telefon und rief Munke von der Schutzpolizei an. Während es klingelte, suchte sie den Bericht über die Ereignisse in der Nacht von Freitag auf Samstag heraus, die Bewegungen und Maßnahmen der Polizei und die Fahndungsergebnisse nach dem Alarm um 1.21 Uhr.

Sie wurde mit einem Anrufbeantworter verbunden und aufgefordert, eine Nachricht zu hinterlassen.

Zwei Minuten später rief Munke zurück.

»Manchmal gehe ich einfach nicht an den Apparat«, begann er das Gespräch, und Lindell hörte seiner Stimme an, dass der von allen seit langem erwartete Herzinfarkt immer näher rückte.

»Ich brauche einen besseren Überblick«, sagte Lindell. »Jedenfalls findet Ottosson das, und du bist der richtige Mann dafür.«

Es war die perfekte Einleitung für ein Gespräch mit Munke. Kurz und markig, keine überflüssigen Entschuldigungen oder honigsüßen Schmeicheleien, aber gleichzeitig musste man sein Anliegen ein bisschen versüßen. Munke biss sofort an.

»Ich komme hoch«, sagte er, legte auf und betrat eine Minute später Lindells Büro.

Er sah sich im Raum um und sondierte die Lage auf ihrem Scheibtisch, ließ sich dann wortlos nieder und betrachtete Lindell mit seinen vorstehenden, geröteten Augen.

»Überblick«, sagte er und schnaubte. »Wie geht es Ottosson?«

»Wie immer«, sagte Ann Lindell.

»Und dir?«

»Wie immer.«

»Mit anderen Worten, der Zustand ist kritisch.«

Lindell musste lachen. Munke war genau der richtige Mann für sie.

»Ich habe gerade noch mal durchgelesen, was in der Nacht von Freitag auf Samstag passiert ist. Was hältst du von dem Ganzen?«

Munke antwortete nicht direkt, sondern lehnte sich erst zurück und setzte eine prüfende Miene auf: »Ich glaube, es war die übliche Mischung. Betrunkene, die in Streit geraten, Ärger mit Jugendlichen, und dann ist etwas passiert, das mehr als üblich aus dem Ruder gelaufen ist. Du hast den Bericht gelesen?«

Lindell nickte.

»Dann weißt du, dass es vor dem Fredman, dem Flustret und dem Birger Jarl zu Streit gekommen ist. Im Grunde nichts Ernstes. So etwas endet in der Regel damit, dass sich die Streithähne anbrüllen und wir sie dann beruhigen und trennen und den einen oder anderen in die Ambulanz kutschieren müssen. Manchmal lochen wir auch jemanden ein oder setzen uns mit den Sozis in Verbindung. Na, du weißt schon.«

»Sozis« war Munkes Bezeichnung für die Sozialbehörden.

»Also schön, was ist aus dem Ruder gelaufen?«, fuhr er fort. »Wir haben ja schon darüber gesprochen, dass es bestimmt kein einsamer nächtlicher Spaziergänger war, der plötzlich durchdrehte, sondern eine ganze Gang. Wer sie waren? Anfangs habe ich gedacht, dass es der Bengalische Tiger und sein Pack gewesen sein könnten.«

»Wer?«

»Der Tiger. Es war Hjulströms Idee, ihn so zu nennen. Er sieht tatsächlich aus wie ein Tiger. Er stammt aus Sävja. Ein gerissener Bursche, sieht gut aus und kann total ausrasten, wenn in seinem Kopf eine Sicherung durchbrennt.«

»Aha«, sagte Lindell, fasziniert über die Energie, mit der Munke die Sache anging. »Und? Ist er es gewesen?«

»Fehlanzeige. Er war an der Heimatfront im Einsatz, hat unten bei dem geschlossenen Konsumsupermarkt in Sävja rumgegrölt, daran lässt sich nicht rütteln. Er hat mit Sicherheit ein paar Handys eingesackt und Leute belästigt, aber in der Innenstadt war er nicht.«

»Also nicht«, sagte Lindell.

»Es ist wie in einem verdammten Krieg, in dem es darauf ankommt, die Bewegungen des Feindes auszukundschaften. Wir wissen, dass eine Bande junger Einwanderer in der Stadt unterwegs war. Wie gesagt, es gab Streit beim Birger Jarl.«

»Du glaubst, es waren ... Einwanderer?«

Lindell hätte beinahe »Ausländer« gesagt, berichtigte sich jedoch in letzter Sekunde. Munke legte seine rechte Hand auf einen der Aktenstapel auf ihrem Schreibtisch und fingerte gedankenverloren an den Blättern herum.

»So einfach liegen die Dinge nicht«, erwiderte er dann unerwartet nachdenklich. »Oft sind es gemischte Gruppen aus Schweden und Einwanderern.«

»Das nennt man wohl Integration«, meinte Lindell.

Munke lächelte, hob die Hand vom Schreibtisch und rieb sich seine kartoffelgroße Nase.

»Dort könnte es jedenfalls losgegangen sein«, sagte er. »Ich weiß nicht genau, was passiert ist, aber ich habe das Gefühl, dass es eine ziemlich große Gruppe war. Mir liegt zwar nichts Konkretes vor, doch soweit ich sehen kann, brachte nur diese

Menschenansammlung die Voraussetzungen zu einem Streit oder einer Sachbeschädigung dieser Größenordnung mit, aber vielleicht haben wir auch etwas übersehen.«

»Hast du darüber mit Sammy gesprochen?«

Munke schüttelte den Kopf.

»Ich bin gerade dabei, einen Bericht zusammenzustellen«, antwortete er. »Es gibt da noch ein paar Dinge, aus denen ich nicht schlau werde.«

»Was denn?«

Munke zögerte, sah Lindell an und verzog das Gesicht zu einer Grimasse.

»Unsere eigenen Bewegungen in dieser Nacht«, sagte er schließlich.

»Wie meinst du das?«

»Es gibt da ein paar Unklarheiten«, antwortete Munke.

»Okay«, sagte sie, »der Streit vor dem Birger Jarl, worum ging es dabei?«

»Wir kennen die Version der Türsteher. Sie geben an, dass eine Gang kam, die herumgrölte und mit aller Macht in das Lokal wollte, aber man hat ihnen den Zutritt verweigert. Einer der Türsteher hat ausgesagt, sie seien zu jung gewesen, aber ich denke, das war nicht der Hauptgrund.«

»Sondern?«

»Es waren vor allem junge Einwanderer.«

»Und die lässt man nicht rein?«

»So läuft das wohl«, sagte Munke, »aber ich schreibe was.«

Ein Bericht von Munke, dachte Lindell, das wird spannend. Sie sah ihn an, doch er hatte offenbar alles gesagt, was er zu sagen hatte.

»Hat es etwas mit der Schutzpolizei zu tun?«, fragte sie.

»Ich weiß es nicht«, sagte Munke und bestätigte damit indirekt Lindells Annahme, dass es bei seinen Überlegungen um das Vorgehen der Schutzpolizei am Freitagabend ging.

Sie wollte mehr erfahren, wusste aber nicht wie. Wenn sie unvorsichtig war, würde Munke sofort verstummen. Es herrschte seit jeher eine gewisse Konkurrenz zwischen den einzelnen Kommissariaten, und Lindell war klar, dass Munke, der noch ganz vom alten Schlag war, niemals Kollegen in Uniform in den Schmutz ziehen würde. Gerade deshalb war sie beunruhigt, Munkes Andeutungen zeigten, wie besorgt er war.

»Du brauchst im Moment nichts zu sagen, aber sollten unsere Ermittlungen davon betroffen sein, möchte ich es natürlich in irgendeiner Form erfahren.«

Munke betrachtete sie, ohne preiszugeben, was er dachte. Nach einigen Momenten des Schweigens schlug er sich mit seinen Pranken auf die Knie, um das Ganze zu bagatellisieren oder die Stimmung ein wenig aufzulockern, stand schnell auf und verzog sein Gesicht zu so etwas wie einem Lächeln. Lindell erhob sich ebenfalls.

»Ist das dein Kleiner?«, fragte Munke und zeigte auf das Foto an der Wand.

»Ja, das ist Erik. Zu Hause in Ödeshög.«

»Dort ist dein Zuhause?«

»Nein, das kann man im Grunde nicht sagen, aber seine Großeltern wohnen dort.«

»Ich habe acht Enkelkinder«, sagte Munke und schenkte ihr ein seltenes Lächeln, das Lindell erwiderte. Munke ging zur Tür.

»Es sind viele Fäden«, meinte er ein wenig kryptisch mit der Hand auf der Türklinke. »Nicht so leicht zu sagen, wie wir da vorgehen sollen.«

»Ein wahres Wort«, sagte Lindell und wäre angesichts ihres klischeehaften Kommentars fast rot geworden.

Munke lächelte noch mal, trat zu ihr und streckte ihr die Hand entgegen, eine Geste, mit der sie nicht gerechnet hatte. Was bezweckt er damit, fragte sie sich.

Er ergriff ihre Hand und schüttelte sie eifrig. Das kann doch nicht wahr sein, dachte Lindell. Munke als Goodwill-Botschafter für die Schutzpolizei. Entweder er ist aufrichtig bekümmert und grübelt darüber nach, wie er die Sache anpacken soll, oder er will sie vertuschen.

»Bis bald«, sagte Munke, »das war ein interessantes Gespräch.«

»Allerdings«, erwiderte Lindell.

»Man fühlt sich erleichtert«, sagte Munke.

Lindell nickte und versuchte sich an einem Lächeln. Munke verließ das Zimmer und schloss die Tür mit äußerster Vorsicht, so als würde er aus einem Krankenzimmer hinausgehen.

Lindell sank, über Munkes Andeutungen nachsinnend, auf ihren Stuhl zurück. Unsere eigenen Bewegungen Freitagnacht, hatte Munke gesagt. Aber was bedeutete das im Klartext? Hatten die Beamten der Schutzpolizei etwas unterlassen, was sie hätten tun sollen, oder hatten sie etwas getan, das sie besser nicht getan hätten?

Sie suchte den Bericht über die Ereignisse der Mordnacht heraus, las ihn sich noch einmal durch, legte ihn anschließend jedoch – keinen Deut klüger – wieder fort. Der Streifzug des Brandstifters in Svartbäcken war das große Ereignis gewesen, das die meisten verfügbaren Kräfte gebunden hatte. Insgesamt sechs Streifenwagen waren dort im Einsatz gewesen. Eilig hatte man Straßensperren in der Gamla Uppsalagatan und vor dem Sitz der Sozialversicherung in der Svartbäcksgatan errichtet. Darüber hinaus war eine Hundestaffel in das Gebiet östlich der Eisenbahnlinie entsandt worden, für den Fall, dass sich der Brandstifter entschied, auf diesem Weg zu fliehen.

Neun Personen waren überprüft worden, allesamt nächtliche Spaziergänger, die in dem Areal unterwegs gewesen waren. Bei der Kontrolle hatten sich jedoch alle als friedliche Mitbürger entpuppt. Über einhundertdreißig Kraftfahrzeuge waren gestoppt worden. Sogar einen Nachtbus hatte man durchsucht.

Lindell prüfte die Zeiten. Der erste Feueralarm war zwei Minuten nach Mitternacht eingegangen. Dreizehn Minuten später kam der zweite Alarm, nach dem Feuerwehr und Polizei einsehen mussten, dass ein Brandstifter unterwegs war, woraufhin alle verfügbaren Kräfte in diesen Stadtteil dirigiert wurden.

Ein Streifenwagen hatte sich im Stadtteil Eriksberg aufgehalten, um einen Streit in einer Wohnung zu schlichten, und hatte zunächst noch dort bleiben müssen. Der Streifenwagen hatte den Granitvägen um 0.38 Uhr verlassen und war Richtung Stadtzentrum und Svartbäcken gefahren.

Lindell starrte die Ziffern an, zog ihren Block heran und notierte sich alle Zeitangaben. Sie nahm an, dass Munke dabei war, eine ähnliche Übersicht zu erstellen. Lindell hatte den Führungs- und Lagedienst gebeten, ein Zeitschema über die nächtlichen Ereignisse zu erarbeiten. Jetzt arbeitete sie an ihrem eigenen Schema.

Munke hatte von »Bewegungen in der Stadt« gesprochen. Es gab nicht viele Bewegungen. Praktisch das ganze verfügbare Personal war im Stadtteil Svartbäcken gebunden. Die einzige Bewegung, die Lindell den Berichten entnehmen konnte, war Lunds und Anderssons Streifenwagen.

Sie war versucht, Munke erneut anzurufen, erkannte jedoch, dass dies kontraproduktiv wäre. Würde sie die Sache weiterverfolgen können, ohne dass man es merkte? Vermutlich nicht. Es würde immer jemanden geben, der es auffällig fand, wenn Lindell ein derart großes Interesse für das Tun der Schutzpolizei zeigte, so dass es bald in aller Munde sein würde.

Sie war dazu verdammt, Munkes Schlussfolgerungen abzuwarten. Die »Unklarheiten«, von denen er gesprochen hatte, musste er selber präsentieren. Aber warum verschwendete Munke überhaupt seine Zeit mit solchen Überlegungen? Welche Folgen hatten diese »Bewegungen« für die Ermittlungen im Mordfall Sebastian Holmberg?

Unschlüssig und missmutig stand Lindell auf. Sie konnte einfach keinen Zusammenhang erkennen, wollte erneut Munke anrufen und verwarf den Gedanken ein zweites Mal.

Hatte Munke an Lund und Andersson gedacht? Was war

geschehen, als sie Eriksberg um 0.38 Uhr verließen, vierzig Minuten vor dem Alarm im Stadtzentrum? Waren sie auf direktem Weg nach Svartbäcken gefahren? Das jedenfalls dürfte ihre Order gewesen sein.

Die Antworten auf diese Fragen fanden sich offensichtlich nicht in den Aktenstapeln auf ihrem Schreibtisch. Lund und Andersson wussten das natürlich, und Munke ahnte eventuell etwas. Normalerweise wäre er in die Luft gegangen, wenn er einen Streifenwagen nach Svartbäcken beorderte und es unverständlich lange dauerte, bis der Wagen dort auftauchte. Sollte sie mit Ottosson sprechen? Nein, damit würde sie Munkes Vertrauen missbrauchen. Außerdem würde Ottosson ohnehin nichts Neues beisteuern können und sich nur unnötig Sorgen machen.

Lindell ging zum Stadtplan an der Wand. Selbst heute fand sie immer noch Straßen darauf, die sie nicht kannte, aber wo der Granitvägen in Eriksberg war, wußte sie, und das Gleiche galt für die Stiernhielmsgatan im Stadtteil Svartbäcken. Zwischen diesen Punkten lag das Stadtzentrum. Welchen Weg hatten Lund und Andersson genommen? Eine Möglichkeit bestand darin, den Norbyvägen bis zur Universitätsbibliothek Carolina Rediviva zu fahren. Von dort aus hatte man zwei Möglichkeiten: Entweder man rollte den Schlosshang hinunter und quer durch das Zentrum nach Svartbäcken oder man fuhr am Martin-Luther-King-Platz vorbei und die Sankt Olofsgatan hinunter und nahm anschließend die Sysslomansgatan nach Norden bis zum Råbyleden. Lindell hätte sich für letztere Route entschieden.

»Oder aber«, murmelte sie, während ihr Finger dem Verlauf der Straßen folgte: Norbyvägen, am alten Friedhof vorbei bis zum Råbyleden. Ja natürlich, das war der schnellste Weg.

Doch die Kollegen Lund und Andersson hatten sich offenbar für keine dieser Möglichkeiten entschieden, denn sonst hätten sie wesentlich schneller im Stadtteil Svartbäcken sein müssen.

23

Montag, 12. Mai, 14.10 Uhr
Je länger Sammy Nilsson las, desto eingeschlossener fühlte er sich. Er stand auf und öffnete das Fenster. Würde ich springen können, dachte er und betrachtete den Straßenbelag zehn Meter unter ihm. Graue Betonplatten, umgeben von Reihen kleiner Pflastersteine. Was würde mich dazu treiben können, aus dem Fenster zu springen und wie eine Puppe durch die Luft zu wirbeln? Würde ich auch springen, wenn Eisenspeere aus der Erde aufragten, deren Spitzen meinen Körper wie Messer durchbohren könnten?

Sammy Nilsson lief ein Schauer über den Rücken. Rasch schloss er das Fenster, als könnte er tatsächlich sonst zum Sprung verleitet werden, und legte seine Stirn an die kühle Fensterscheibe. Eine halbe Stunde hatte er jetzt gelesen. Eigentlich hatte er das Informationsmaterial mit nach Hause nehmen wollen, aber nachdem er in dem Papierstapel geblättert und auf die Fotografie einer jungen Frau gestoßen war, die zwar selbstbewusst, aber sehr traurig in die Kamera blickte, begann er zu lesen und konnte nicht mehr aufhören. Ständig hatte das Telefon geklingelt, und am Ende hatte er den Hörer danebengelegt und sein Handy abgestellt.

Die Frau, oder besser gesagt das Mädchen, war vielleicht sechzehn oder siebzehn Jahre alt und trug ein blauweißes Kleid. Ihr rechter Arm wurde von einem Armreif geschmückt. Sammy sprach den Namen aus: »Mirpur.« Das klang süß, sanft und freundlich, aber es stand für Feuer und Tod, für harten Beton, dessen Fläche mit toten, sterbenden und verletzten Mädchen übersät war, für Zäune, auf deren scharfen Spitzen junge Mädchen wie aufgespießte Fische zappelten.

Sie waren gesprungen, um dem Rauch und der Hitze zu entkommen. Eingeschlossen in der vierten Etage und vom

Feuer umzingelt. Wie viele waren umgekommen? Er hatte es mit Sicherheit irgendwo gelesen, erinnerte sich aber nicht mehr. Waren es fünfundzwanzig Menschen gewesen?

Vor lauter Wut konnte Sammy Nilsson nicht mehr weiterlesen. Er verließ den Raum und wollte in die Cafeteria gehen, blieb jedoch im Eingang stehen, als er sah, dass der Polizeipräsident gerade eine seiner seltenen Stippvisiten zum Fußvolk unternahm. Jemand lachte im Hintergrund, ein anderer Kollege scherzte mit dem Mann an der Kasse, und der Polizeipräsident machte die Runde, nickte, lächelte und wechselte ein paar Worte mit den Untergebenen.

Sammy hatte im Grunde nichts gegen seinen obersten Vorgesetzten, solange dieser sich aus der Arbeit heraushielt. Seit der Vertragsverlängerung des Polizeipräsidenten im letzten Winter, trotz Protesten der Gewerkschaft und von Lokalpolitikern, hatte sich im Polizeicorps eine gewisse Müdigkeit breitgemacht. Die Kritik an der Führungsetage war verstummt, weil keiner mehr die Energie aufbrachte, sich aufzuregen. Sie mussten ihre Arbeit machen.

Sammy Nilsson blieb in der Tür stehen. Olsson vom Rauschgiftkommissariat ging an ihm vorbei und erkundigte sich nach Sammys Befinden.

»Alles okay«, sagte Sammy. »Und selbst?«

»Alles klar«, sagte der Kollege und verschwand. Sammy sah Olsson hinterher und ging anschließend in sein Büro zurück. Worüber er gerne sprechen wollte, darüber ließ sich nicht sprechen. Er konnte plötzlich seinen eigenen Worten, seiner Stimmung nicht mehr trauen. Das Bild des jungen Mädchens aus Bangladesch verfolgte ihn, und es kam ihm vor, als hätte jemand eine scharfe Eisenspitze in seinen Körper gestoßen.

Er wusste aus Erfahrung, dass übertriebene Anteilnahme den Blick für das Wesentliche trüben und die Arbeit erschweren konnte. Trotzdem musste er immer wieder an Nasrin denken, die in seiner Stadt verbrannt war, und an ihre namenlose Schwester, die in einer Textilfabrik außerhalb von Dhaka umgekommen war.

Er schaltete das Handy wieder ein und stellte fest, dass er zwei Gespräche verpasst hatte. Das eine war ein Anruf von zu Hause gewesen und das zweite von einer Nummer, die ihm nichts sagte. Er rief zu Hause an.

24

Montag, 12. Mai, 15.25 Uhr
Unruhige Schritte waren vor der Zelle zu hören. Jemand schrie etwas. Marcus Ålander versuchte herauszufinden, worum es ging, aber die Wände waren zu dick. Er lag auf seiner Pritsche, was er im Prinzip seit seiner Verhaftung am Samstagabend getan hatte, und musterte die stabile graugrüne Tür mit dem Guckloch in der oberen Hälfte.

Er wusste, wenn er die Augen schloss, würde er sie bis zum kleinsten Flecken beschreiben können. Knapp zwei Quadratmeter kommunale Tür. Jenseits der Tür war die Freiheit und diesseits eine Pritsche, die einen Geruch verströmte, der ihn an eine schmuddelige Jugendherberge in der Nähe von Neapel erinnerte.

Eine Zeitlang hatte er auf dem fest im Boden verankerten Hocker gesessen, dann aber Angst bekommen. Die Wand kam ihm zu nahe. Wenn er auf der Pritsche lag, wurde die Tür zu seinem Blickfang. Sie war der Weg in die Freiheit.

Zum ersten Mal klingelte er nach dem Vollzugsbeamten. Der Mann war praktisch sofort bei ihm, was ihn erstaunte.

Die Tür ging auf, und Marcus füllte seine Lungen mit der hereinströmenden Luft.

»Was gibt's?«, fragte der Wächter.

»Ich möchte gern mit jemandem sprechen«, antwortete Marcus.

»Mit einem der ermittelnden Beamten?«
»Ich weiß nicht«, sagte Marcus.
»Wie soll ich dann wissen, mit wem«, sagte der Vollzugsbeamte müde und abwartend.
»Schon gut, vergessen Sie es«, erwiderte Marcus.
Der Mann schlug mit gelangweilter Miene die Tür zu, wirkte aber nicht sonderlich aufgebracht. Er war wesentlich unangenehmere Zeitgenossen gewohnt.
Marcus kauerte sich zusammen und versuchte sich an Neapel zu erinnern, musste aber die ganze Zeit an Ulrika denken. Was machte sie jetzt? Er entsann sich ihrer gemeinsamen Zeit. Ulrika und er waren zu seiner Mutter in Nordschweden gereist, um dort Weihnachten zu feiern. Seine Mutter und Ulrika waren sich vorher nie begegnet. Das Ganze endete in einer Katastrophe, und sie hatten Nyträsk bereits am zweiten Weihnachtstag wieder verlassen, obwohl sie eigentlich geplant hatten, noch drei Tage zu bleiben. Es gab keine Plätze im Zug, so dass sie sich in Älvsbyn in einer Pension einmieten mussten.
Im Grunde ging es dort zu Ende. In der kalten und zugigen Pension, deren Besitzer ein Trinker war, der die halbe Nacht Akkordeon spielte, hatte Ulrika ihm vorgeworfen, er würde seine Mutter schlecht behandeln.
Marcus stand abrupt von der Pritsche auf, aber ihm wurde sofort schwindlig, und er musste sich wieder setzen.
»Sie ist dir völlig egal«, hatte Ulrika gesagt. »Immerhin ist sie deine Mutter.«
Ulrikas Gesicht war anders gewesen als sonst. Zu den Tönen eines Evergreens aus den fünfziger Jahren, die aus der unteren Etage zu ihnen heraufdrangen, zerpflückte sie Marcus' Gefühle für seine Mutter. Anfangs hatte er nur gelacht, dann war er verstummt und schließlich zum Gegenangriff übergegangen.
Danach hatten sie unruhig geschlafen, während dichtes Schneegestöber Älvsbyn in eine weiße Hölle verwandelte.

Vor dem Einschlafen war er immer wütender geworden. Was wusste sie schon von seiner Mutter? Als er gegen vier Uhr wach wurde, hatte sich seine Wut durch schlechte Träume noch gesteigert.

Er war aufgestanden und hatte auf die menschenleere Straße vor der Pension hinabgeblickt. Es zog eiskalt durch die Fensterritzen, und er hatte sich in seine Decke gewickelt und zu verstehen versucht. Ab und zu hatte er sich umgedreht und Ulrika beobachtet, die sich unruhig hin und her warf und im Schlaf mit den Zähnen knirschte.

In dieser Nacht hatten sie viel Energie verpulvert. War es der Anfang vom Ende gewesen? Er wusste es nicht und hatte Ulrika am Freitagabend nicht danach gefragt. Erst jetzt war ihm die Nacht in Älvsbyn wieder eingefallen. Die Ereignisse dort bildeten die Antwort auf seine Frage. Das undichte Holzhaus, eine Missgeburt von Pension, hatte ihnen alle Kraft genommen. Mit ihren kalten Fußböden und den unebenen Wänden, dem knarrenden Bett und dem ärmlichen Geruch, hatte die Pension ihre Liebe erlöschen lassen. Er wusste genau, wenn sie in der gemütlichen Herberge bei seiner Tante in Lansjärv übernachtet oder zwischen Rentierfellen in der Jagdhütte gelegen hätten, wären ihnen keine bösen Gedanken gekommen. Das Leben selbst war in Älvsbyn hässlich geworden, und Ulrikas Gesicht hatte sich bis zur Unkenntlichkeit verändert.

Er hasste seine Mutter, und angesichts dieser Einsicht sprang er auf und schrie. Sein Körper ließ Jahre der Verzweiflung heraus. Er klingelte erneut.

»Ich will gestehen«, sagte er, als die Tür geöffnet wurde.

Der Beamte musterte ihn lange.

»Tatsächlich«, sagte er dann unerwartet gleichgültig. »Was wollen Sie denn gestehen?«

»Alles«, erwiderte Marcus.

»Okay«, sagte der Mann und schlug die Tür wieder zu.

Unmittelbar darauf rief er den diensthabenden Beamten an, der sich wiederum mit Ola Haver in Verbindung setzte.

Ola Haver nahm den winzigen Aufzug zu den Zellen. Frendin wirkte erwartungsvoll. Haver schrieb sich wortlos ein, und Frendin schlug die Mappe mit einem Knall zu. Wie hässlich er ist, dachte Haver, als er den kurzgeschorenen Hinterkopf und den rot verpickelten Nacken betrachtete.

»Was denkst du?«, sagte er.

Frendin blieb stehen, drehte sich um und sah Haver mit einem schiefen, nicht sonderlich freundlichen Lächeln an. »Er war es«, sagte der Vollzugsbeamte. »Er ist ein Muttersöhnchen, das Angst bekommen hat, mein Gott.«

»Ist er anstrengend gewesen?«

»Du weißt doch, wie sie sind«, sagte Frendin.

»Nein, das weiß ich eigentlich nicht«, erwiderte Haver, und Frendin setzte sich wieder in Bewegung.

»Du Arschloch«, murmelte Haver, während Frendin durch das Guckloch der Tür sah.

»Alles tipptopp«, sagte er und öffnete die Tür.

Marcus Ålander lag mit geschlossenen Augen auf seiner Pritsche, aber Haver sah, dass er nicht schlief. Die Tür wurde hinter ihm geschlossen.

»Wie geht's?«

Marcus öffnete die Augen und sah den Polizisten mit einem Blick an, den Haver nur zu gut kannte. Einsamkeit und Isolierung hatten ihre Klauen in den Verdächtigen geschlagen. Sein Blick veränderte sich mit jeder Stunde in der kleinen Zelle, in der es nicht mehr genug Sauerstoff zu geben schien. Die Eingeweide schnürten sich zusammen. Dumpfe Bauchschmerzen blieben keinem Inhaftierten erspart.

»Es ist …«

Marcus Ålander setzte sich auf.

»Wie war noch mal Ihr Name? Ich erinnere mich nicht mehr.«

»Ola Haver.«

Marcus nickte.

»Sie wollten mich sprechen?«
Der junge Mann nickte erneut. »Ich habe Sebastian anscheinend erschlagen«, sagte er nach einer Weile.
»Anscheinend?«
Marcus nickte.
»Möchten Sie, dass wir in mein Büro hinunterfahren und uns dort weiter unterhalten?«
Marcus nickte noch einmal.

25

Montag, 12. Mai, am Nachmittag
Im Laufe des Montagnachmittags wurde in den Stadtteilen Salabackar, Tunabackar und Kvarngärdet ein Flugblatt verteilt, das mit den Worten »Chaos in Uppsala« überschrieben war, illustriert mit einem vermutlich am vergangenen Samstag aufgenommenen Bild der Drottninggatan.

Unterzeichnet war das Flugblatt »Einwohner Uppsalas gegen unkontrollierte Zuwanderung«. Es wurden weder ein Name noch eine Telefonnummer genannt. Die Druckqualität war gut, das Schwedisch makellos und das Layout professionell.

Am spektakulärsten war eine eingearbeitete Todesanzeige mit einem schwarzen Kreuz, Sebastian Holmbergs Lebensdaten und dem Wort »Warum?«.

Das Flugblatt löste sofort heftige Reaktionen aus. Zahlreiche Einwohner riefen bei der Lokalzeitung an, und kurze Zeit später lagen der Polizei bereits drei Anzeigen wegen Volksverhetzung vor. Andere, die mit der Botschaft des Flugblatts sympathisierten, folgten der Aufforderung am Ende des Textes und hängten es in verschiedenen Stadtteilen an schwarzen Brettern und in den Geschäften aus.

In der Gärdets Bilgata wurde der Garten einer bosnischen

Familie verwüstet. Jemand hatte Diesel über ihre Gemswurzstauden und Stiefmütterchen gekippt und angezündet. Drei Bürger somalischer Herkunft sahen sich gezwungen, vom Torbjörnstorg zu fliehen, nachdem sie von steinewerfenden Jugendlichen attackiert worden waren.

Munke, der von der Leitstelle angerufen wurde, gab den Streifenwagen Order, in den betroffenen Gebieten verstärkt zu patrouillieren und dort aushängende Flugblätter möglichst zu entfernen.

Als schließlich ein Junge kurdischer Herkunft an der Grånbyschule blutig geschlagen wurde und mit einem Bruch des Handgelenks ins Krankenhaus eingeliefert werden musste, wurde eine Krisensitzung einberufen. Teilnehmer waren der Leiter des Kommissariats für Gewaltdelikte und der Chef der Schutzpolizei, Liselott Rask von der Pressestelle und eine Handvoll anderer Beamter.

26

Montag, 12. Mai, 15.30 Uhr
Es war einer der Momente, in denen Mitra sich mit Ali unterhalten wollte. Er kannte die Regeln. Diesmal hatte sie ihm von ihrer Zeit an der Universität von Teheran erzählt. Manches hatte Ali schon einmal gehört, aber diesmal erzählte Mitra, dass sie kurz vor Abschluss ihres Medizinstudiums gestanden hatte, als sie von der Geheimpolizei verhaftet wurde. Sie beschrieb die medizinische Fakultät und ihren Professor, der nicht nur ihr Lehrer, sondern auch ein Freund gewesen war. Kurz vor ihrer eigenen Verhaftung war er spurlos verschwunden.

»Ali, was willst du später einmal machen?«

Er versuchte zu lächeln, da er wusste, dass sie sein Lächeln mochte.

»Keine Ahnung.«

»Du musst lernen, das weißt du.«

Ali war klar, dass seine Mutter es längst durchschaut hatte: Ali fehlte zum Lernen einfach die Geduld. Die Aufforderung zu lernen war inzwischen zu einer leeren Formel geworden, die seine Mutter benutzte, um Ali mit guten Worten und Hoffnungen zu umgeben.

»Warum verpackst du Essen auf dem Flughafen, wenn du Ärztin bist?«

Mitra sah zu Boden, als hätte seine Frage sie beschämt. Sie zögerte mit einer Antwort.

»Du hättest doch Doktor werden können, und wir würden irgendwo in einem Haus wohnen«, fuhr Ali fort.

»Es hat sich eben nicht so ergeben«, sagte seine Mutter.

»Warum hast du nie einen Führerschein gemacht? Wir könnten aufs Land hinausfahren.«

Er sah den Bauernhof vor sich, den er und sein Großvater besucht hatten, und malte sich aus, wie seine Familie auf den Hof fuhr und von dem Bauernpaar empfangen wurde.

»Der Ausflug mit Großvater hat dir gefallen?«

Ali nickte.

»Ich würde gerne auf dem Land wohnen«, sagte er und bereute seine Worte sofort. Er wusste, dass jeder seiner Wünsche ihr neue Sorgen bescherte.

Diesmal lächelte Mitra.

»Aber das kannst du doch auch selbst, sobald du erwachsen bist«, sagte sie, und es klang tatsächlich, als wäre es möglich, ja geradezu wahrscheinlich, dass Ali einmal in einem roten Häuschen auf dem Lande – an einem Feldweg und umgeben von Bäumen und Sträuchern und Vögeln, die durch die Luft schwirrten – wohnen würde. Ali konnte sich gut vorstellen, wie es aussehen könnte. Zum ersten Mal hatte er ein Bild vor Augen, das nicht aus ihm selbst und dem Leben, das seine Familie führte, entstanden war.

Mitra wollte etwas sagen, das Ali sicher gefallen hätte. Das sah er an dem Lächeln, das ihre Worte vorbereitete, aber dann kam ihr das Telefon zuvor.

»Das ist ja ein schrecklicher Klingelton«, sagte Mitra und griff nach dem Hörer.

Ali war sofort klar, wer am Apparat war, als er Mitras Höflichkeitsfloskeln auf Persisch und den Gruß an die Mutter hörte. Scheinbar unbeschwert reichte Mitra den Hörer an Ali weiter, aber er sah ihr Zögern. Ahnte sie etwas? Genau wie er ihr ansah, was sie dachte, war sie es, die ihn am besten kannte. Sie war wie eine dieser Blumen, die Ali bei seinem Freund Alejandro gesehen hatte. Bei der kleinsten Berührung zogen sich deren Blätter zusammen.

»Es ist Mehrdad«, sagte sie. »Seine Mutter ist krank.«

Das konnte nur eines bedeuten: Sie lag wie gelähmt im Bett und konnte nicht aufstehen. Mehrdad war damit außer Gefecht gesetzt, er musste seine Mutter pflegen.

All das dachte Ali erleichtert, als er den Hörer nahm. Er blieb am Tisch sitzen. Mehrdad würde ihm nie wieder Angst einjagen.

»Ali, geht es dir gut?«

Mehrdad klang unerwartet freundlich, und Ali antwortete verblüfft ebenso höflich.

»Ich habe ihn gesehen«, fuhr Mehrdad fort.

Mitra stand auf und begann den Tisch abzuräumen.

»Wen?«

»Den Typen, der es getan hat. Wir müssen uns treffen. Wir müssen reden.«

»Ist deine Mutter krank?«

Mehrdads Atemzüge klangen wie die eines Sterbenden. »Ich habe ihn gesehen«, wiederholte Mehrdad, »ich schwöre es. Er war echt ganz nah, und ich stand nur da, was sollte ich tun?«

»Wie meinst du das?«

»Er hat mich erkannt, er hat mich gesehen, ich schwöre.«

Mehrdad hatte die Stimme erhoben, und Ali fürchtete, seine Mutter könnte hören, wie erregt er war.

»Du musst mir helfen! Ich kann nicht rausgehen, aber du kannst!«

»Was soll ich denn machen?«

Mehrdad ging dazu über, Persisch zu sprechen, und Ali hatte das Gefühl, dass er dies ganz bewusst tat, so wie seine Mutter immer von Persisch zu Schwedisch wechselte, wenn es um etwas Ernstes ging, Alis Zukunft in dem neuen Land oder Fragen, die sein Verhalten in der Schule betrafen.

Mehrdad hatte einen Mann in einem Auto auf dem Parkplatz im Zentrum von Gottsunda gesehen. Der Mann war ihm irgendwie bekannt vorgekommen, aber er hatte erst nicht gewusst, woher. Als der Mann dann einige Minuten später aus dem Wagen gestiegen und auf Mehrdad und seine Freunde zugegangen war, hatte Mehrdad sich wieder erinnert. Es war der Mörder. Nur zehn Meter von ihm entfernt. Er hatte wütend ausgesehen, war schnell gegangen und hatte aufgeschaut, als er die Gruppe Jugendlicher passierte. Bei Mehrdads Anblick hatte er einen Moment gezögert.

»Er hat mich erkannt, das habe ich gesehen«, fuhr Mehrdad auf Schwedisch fort. »Er hat mich angesehen, als wäre ich ein Gespenst.«

Ali stand vom Küchentisch auf und ging in sein Zimmer.

»Du musst mir helfen.«

»Aber wie?«

Darauf wusste Mehrdad auch keine Antwort.

»Wie sah er denn aus?«

»Er hatte Arbeitssachen an«, sagte Mehrdad, der offenkundig froh war, dass Ali ihn nicht abwies. »So eine graue Hose mit großen Knien und dann so eine Jacke, wie sie die immer haben.«

»Ein Arbeitsanzug?«

»Genau! Er saß im Auto und dann ist er ausgestiegen.«

»Ja, das hast du schon gesagt.«

»Ich habe gedacht, dass er bei diese Firma arbeitet.«

»*Dieser* Firma heißt es«, sagte Ali. »Was denn für eine Firma?«
»Na, was da auf dem Wagen stand.«
»Auf dem Wagen stand etwas?«
»Ja. So ein Teppich, einer, den man ausrollt, weißt du?«
»Eine Teppichrolle?«
»Ja, so was. Für den Fußboden, kapierst du?«
»Das heißt, du glaubst, er verlegt Teppichböden?«
»Sicher, warum sollte er sonst in so einem Wagen sitzen und Knieschoner haben?«
»Es stand kein Name auf dem Auto?«
»Ich kann mich nicht erinnern.«
»Warte mal kurz«, sagte Ali, legte den Hörer weg, ging in den Flur und holte das Telefonbuch. Er schlug im Branchenteil unter »Fußböden« nach.
»Hör zu«, sagte er, »wenn ich ein paar Firmen aufzähle, erinnerst du dich vielleicht wieder an den Namen.«

Ali las einen Namen nach dem anderen vor, aber Mehrdad erkannte keinen von ihnen. Ali merkte, dass er Firmen aufgezählt hatte, die ihren Sitz in Alunda und Enköping hatten. Als er schließlich zu den Firmen in Uppsala kam, wurde er von der gleichen Spannung erfasst, die auch Mehrdads Atemzügen und eifrigen Kommentaren anzuhören war.

»... *Lauréns, Lenanders Malereiwerkstätten* und ...«
»Nein, es war kein Maler«, sagte Mehrdad.
»*Linné-Fußbodenbeläge, Mittelschwedischer* ...«
»Nein, nein, auch nicht!«
»*SSK Fußbodenverlegung ... Sporrongs Fußbodenbau ... Stigs Fußbodenbeläge.*«
»Ja, das ist es. *Stigs Fußbodenbeläge*, das stand drauf.«
»Bist du sicher?«
»Bombensicher, *Stigs Fußbodenbeläge*«, sagte Mehrdad, und Ali hörte ihn schlucken.

Er wusste nicht, was er von Mehrdads Behauptung halten sollte, dass der Mann in Gottsunda der Mörder von der Drottninggatan war. Hatte er sich das ausgedacht? Das konnte Ali sich eigentlich nicht vorstellen. Mehrdad hatte zu wenig Fantasie, um sich etwas derart Kompliziertes auszudenken, und sein Tonfall überzeugte Ali zusätzlich, dass Mehrdad die Wahrheit sagte, aber gleichzeitig wollte er selbst in diese Sache nicht hineingezogen werden.

»Das Schlimmste ist, dass er weiß, wer ich bin«, fuhr Mehrdad fort.

»Das kannst du doch gar nicht wissen. Er hat dich nur gesehen, aber er weiß deshalb noch lange nicht, wer du bist. Aber du bist selber schuld, du hättest nie in das Geschäft gehen dürfen.«

Mehrdad atmete tief durch. »Du glaubst mir«, sagte er.

»Ja«, erwiderte Ali nach einer langen Pause, »du bist zwar total bescheuert, aber immerhin kein Mörder.«

Ali war nicht erleichtert, nur müde. Er wollte Mehrdads Atemzüge und seine übereifrige und gleichzeitig unterwürfige Stimme nicht hören.

Mehrdad erzählte, wie er und der Mörder sich vor der Buchhandlung in der Drottninggatan begegnet waren. Der Mann war herausgestürzt und hätte Mehrdad beinahe umgerannt. »Da bin ich neugierig geworden«, sagte er.

Du bist ein Leichenfledderer, dachte Ali und hatte das Gefühl, sich immer mehr in einer Kette von Ereignissen zu verstricken, aus der er sich befreien wollte. Der Anblick des Ermordeten in seinem Blut hatte ihn verfolgt, und er wollte mit der Fortsetzung des Dramas nichts zu tun haben. Ali wollte nicht noch mehr wissen, sondern alles vergessen.

»Ich habe keine Zeit«, unterbrach er Mehrdads Tiraden.

»Du musst mir helfen!«

»Wobei?«

»Herauszufinden, wer er ist«, antwortete Mehrdad. »Wir müssen es wissen.«

»Und warum?«

Mehrdad antwortete nicht. Ali nahm an, dass ihn die Angst

umtrieb. Es war jederzeit möglich, dass sie sich erneut begegneten. Der Mann war im Zentrum von Gottsunda aus einem Auto gestiegen und wohnte vielleicht ganz in der Nähe. Das Risiko, wieder von ihm entdeckt zu werden, war groß, da sein Cousin sich fast täglich dort herumtrieb.

»Er hat einen Jungen getötet«, sagte Mehrdad leise.
»Du hast Sachen geklaut«, erwiderte Ali.
»Das ist nicht dasselbe.«
»Du hast die Sachen eines Toten geklaut«, sagte Ali mit Nachdruck.

Mehrdad schluchzte. »Das war echt mies«, sagte er, und Ali ahnte, dass Mehrdad mit diesen Worten einer Entschuldigung so nahe gekommen war, wie es ihm überhaupt möglich war. »Aber du musst mir helfen«, fuhr Mehrdad fort, »er will mich bestimmt auch umbringen.«

»Ich muss jetzt Schluss machen«, sagte Ali.
»Ruf mich an«, flehte Mehrdad ihn an.

27

Montag, 12. Mai, 15.45 Uhr
Marcus Ålander ging den Flur entlang. Haver betrachtete den Rücken des Jungen und erinnerte sich an eine amerikanische Dokumentation über die Insassen von Todeszellen, die oft jahrelang warten mussten, bis das Todesurteil vollstreckt wurde.

Marcus sah sich nicht um. Er ging mit klappernden Sandalen zu Havers Büro, wo Beatrice bereits wartete. Haver hielt ihm die Tür auf, und Marcus trat ein und brach unmittelbar darauf in Tränen aus, so als könnte er endlich seinen Gefühlen freien Lauf lassen.

Haver schloss leise die Tür und trat ans Fenster, um die Jalousien herabzulassen und so etwas Zeit zu gewinnen. Marcus blieb mitten im Raum stehen. Beatrice, die am Schreibtisch gesessen hatte, war aufgestanden und ging jetzt zu ihm.

»Wie geht es Ihnen? Tut es gut, ein wenig zu reden?«, fragte sie.

Marcus nickte.

»Es war alles so seltsam.«

»Setzen Sie sich bitte«, sagte Beatrice.

Haver blieb am Fenster stehen. Auf einmal dämmerte ihm, warum sich Ann Lindell so über Marcus Ålander aufgeregt hatte. Marcus' Gesicht war mürrisch, und sogar jetzt, als er sich am Boden zerstört, schluchzend und rotzend auf einen Stuhl fallen ließ, wirkte er irgendwie aufmüpfig. Hinter seinen zarten Zügen schien sich eine fast schon aristokratisch anmutende Überheblichkeit zu verbergen. Auf so etwas reagierte Lindell sensibel, das hatte Haver schon bei früheren Gelegenheiten erlebt. Was hatte sie bemerkt?

»Ich habe ihn vielleicht ermordet, aber ich weiß es nicht«, begann Marcus, nachdem die Polizisten eine Weile erwartungsvoll geschwiegen hatten.

»Vielleicht?«, sagte Beatrice.

»Es war so ein Chaos.«

»Erzählen Sie uns einfach, was an dem Abend passiert ist«, sagte sie aufmunternd. »Und lassen Sie sich Zeit.«

Marcus sah sie vieldeutig an, so als würde er allem, was sie sagte, blind vertrauen, ihren Absichten aber gleichzeitig misstrauen.

Haver spürte Beatrices Blick, sie wollte, dass er sich endlich setzte. Schräg hinter einer Person zu stehen, die man verhört, schadete der Atmosphäre.

»Ich weiß, dass Ulrika mich liebt, im Grunde ihres Herzens tut sie das, aber er hat sich irgendwie zwischen uns gedrängt. Er war ein mieser Mensch, er ist einfach in unser Leben getrampelt.«

Haver setzte sich auf den Stuhl neben Marcus.

»Wann hat er damit angefangen?«

»Keine Ahnung. Ulrika hat nichts gesagt. Erst unten am Fluss habe ich davon erfahren.«

»Was hat Sebastian gesagt?«

»Er sei auf dem Weg zu einem Mädchen, das er kennengelernt habe.«

»Und Ihnen ist klar geworden, dass er Ulrika meinte?«, sagte Beatrice.

Marcus nickte und fuhr dann etwas eifriger fort.

»Es ging uns doch gut. Im Sommer wollten wir nach Portugal fahren. Sie hat eine Freundin, die da unten wohnt. Und dann macht sie einfach so Schluss. Ich kapiere das nicht.«

»Als Sie sich am Fluss begegnet sind, hat Sebastian Sie da irgendwie verhöhnt? Wusste er, dass Ulrika Ihre Freundin war?«

»Das glaube ich nicht.«

»Also sind Sie einfach auf ihn losgegangen, und er konnte gar nichts begreifen?«

Er nickte wieder.

»Er hat nicht zurückgeschlagen?«

»Nein.«

»Er ist weggerannt und Sie haben ihn verfolgt. Was haben Sie da gedacht?«

»Dass ich ihn verprügeln würde.«

»Prügeln Sie sich oft?«

Havers Frage ließ Marcus aufblicken. »Nein«, sagte er mit Nachdruck.

»Aber jetzt war das Maß voll, Sie fühlten sich betrogen und sind ihm nachgelaufen. Wann haben Sie ihn erwischt?«

»Ein Stück weiter die Straße hinauf. Ich weiß nicht genau. Er versuchte sich loszureißen. Da war so ein Pfeiler. Er stieß mich, und ich fiel hin. Den blauen Fleck am Rücken habe ich noch. Er schwang irgendwie die Arme und lief weg.«

»Haben Sie oder hat er irgendetwas gesagt?«

»Nein, doch, kann sein, dass ich gesagt habe, Ulrika gehöre zu mir ...«

»Und dann? Wo ist Sebastian dann hin?«

»In das Geschäft, glaube ich. Vorher hat er noch eine Glasscherbe aufgehoben und mir gedroht«, sagte Marcus und hielt die Hand hoch, so dass Haver und Beatrice sich die Szene gut vorstellen konnten. Zwei junge Männer, außer Atem, deren Herzmuskeln auf Hochtouren arbeiteten, hatten sich – vollgepumpt mit Adrenalin – wie Kampfhähne gegenübergestanden.

»Er schrie, er werde zustechen, wenn ich näher käme. Ich blieb eine Zeitlang stehen, wusste nicht, was ich tun sollte, und bin dann erst einmal die Straße wieder hinuntergegangen. Irgendwann bin ich dann aber doch umgekehrt und auch in das Geschäft gerannt. Dann erinnere ich mich nicht mehr ...«

Marcus Ålander schluchzte. Haver legte ihm die Hand auf den Rücken.

»Sie wollten ihn wieder schlagen?«, sagte er. »Sie waren sehr wütend.«

Marcus zitterte am ganzen Leib.

»Wir gingen ihn überhaupt nichts an! Sie liebt mich!«

»Er hielt eine scharfe Glasscherbe in der Hand, drohte, auf Sie einzustechen. Gab es etwas, mit dem Sie an Sebastian herankommen konnten, womit Sie ihn schlagen konnten?«

»Ich erinnere mich nicht«, hauchte Marcus.

»Gibt es irgendetwas, woran Sie sich noch erinnern können?«, fragte Beatrice.

»An das Blut.«

»War es viel Blut?«

Marcus nickte.

»Was ist passiert? Ist Sebastian hingefallen?«

»Ich weiß es nicht. Auf der Straße liefen Leute vorbei und schrien, dass die Polizei kommt. Ich bin wahrscheinlich weggelaufen. Ich weiß, dass ich später am Fluss war.«

»Sie wollten hineinspringen?«

Marcus nickte.

»Erst wollte ich zu Ulrika gehen, aber ...«

»Lassen Sie uns noch einmal auf die Buchhandlung zurückkommen«, sagte Haver. »Als Sie sich auf der Straße gegenüberstanden, hat Sebastian da noch etwas anderes gesagt außer der Drohung, er werde auf Sie einstechen?«

»Er hat gesagt, ich sei ein Irrer, und dass er mich anzeigen würde und so weiter.«

»Bei der Polizei?«

»Keine Ahnung, er hat alles Mögliche geschrien.«

»Sie wollten ihn zum Schweigen bringen?«

Marcus wandte sich um und sah Haver an. Das tränenverquollene Gesicht war ausdruckslos, aber sein Mund stand offen und die Augen waren vor lauter Verwirrung ganz trüb.

»Was glauben Sie?«, sagte er tonlos.

»Haben Sie ihn mit einem Gegenstand geschlagen?«, fragte Beatrice.

»Ich will nur sterben«, erwiderte Marcus.

28

Dienstag, 13. Mai, 8.15 Uhr
»Was sollen wir nur glauben«, sagte Ottosson betrübt.

Ola Haver und Beatrice Andersson sahen sich verstohlen an, ehe sie Marcus Ålanders Geständnis detaillierter zusammenfassten.

»Er war etwas wirr, aber ich kaufe ihm die Story ab. Er weist alle Merkmale eines Täters auf, der langsam, aber sicher begreift, was er getan hat.«

»Er hat vollkommen verdrängt, was passiert ist«, warf Beatrice ein. »Anfangs hat er sogar abgestritten, Sebastian auf der Straße geschlagen zu haben, dann rückte er doch mit der Wahrheit heraus. Als wir ihn mit Zeugen konfrontierten, die gesehen hatten, dass er Sebastian gefolgt war, erinnerte er sich auch daran. Ich glaube nicht, dass er im eigentlichen Sinne gelogen hat. Die Sache klärt sich erst allmählich in seinem Kopf. Inzwischen ist er bis zu dem Geschäft gekommen, und ich glaube, mit der Zeit werden wir weitere Details erfahren.«

»Der Stuhl ist sorgfältig abgewischt worden«, sagte Ottosson. »Passt das zu einem verwirrten Jungen, der einen Menschen im Affekt erschlagen hat?«

»Er ist nicht dumm«, sagte Haver. »Er steht da und erkennt, dass er getötet hat, und will sich instinktiv schützen. Er sieht sich um und versucht klar zu denken, um zu entkommen.«

»Ungefähr wie in einer Ehe«, sagte Beatrice.

»Ja, dafür haben wir auch früher schon Beispiele gesehen«, meinte Ottosson.

Er lehnte sich auf seinem Stuhl zurück und schloss die Augen. Ola Haver und Beatrice nahmen an, dass er in Gedanken alte Fälle Revue passieren ließ, in denen er auf erregte Menschen gestoßen war, die chaotisch gewirkt hatten, aber dennoch in der Lage gewesen waren, rational und kaltblütig zu handeln.

»Er hat große Angst«, sagte Haver. »Er steht kurz vor einem Zusammenbruch.«

Ottosson öffnete die Augen.

»Braucht er einen Arzt?«, fragte er.

»Wir haben nach einem Seelsorger geschickt. Er meinte, dass er gerne mit einem Außenstehenden sprechen würde, und ich habe den Krankenhauspfarrer vorgeschlagen. Er ist in Ordnung. Marcus war damit einverstanden, er wirkte ganz aufgekratzt.«

»Tatsächlich«, sagte der Kommissariatsleiter. »Also schön, ich werde mit Ann und Fritzén sprechen, es läuft anscheinend doch darauf hinaus ... Schließlich haben wir ja einiges in der Hand.«

»Was lässt dich dann zögern?«

»Er ist noch so jung«, sagte Ottosson. »Da macht man sich halt so seine Gedanken.«

Als Ola und Beatrice gegangen waren, stand Ottosson auf und trat zu einem Gemälde, das eine Schärenlandschaft zeigte. Es hing über dem Besuchersofa. Er hatte es vor vielen Jahren auf einer Bauernauktion in der Gegend von Norrtälje zu einem günstigen Preis ersteigert. Seltsam, dass die Einheimischen nicht interessiert waren, hatte er damals zu seiner Frau gesagt. Sie hatte erwidert, sie seien ihre eigene Landschaft warscheinlich leid und wollten etwas anderes an der Wand sehen als die guten alten Felsen und das Meer. Ottosson hatte das nicht nachvollziehen können, denn seine Heimat wollte man doch überall haben, auch an der Wand.

Nach einem kürzeren Gastspiel in ihrem Wohnzimmer hing das Gemälde schon seit langem in seinem Büro. Mit den Jahren hatte er begriffen, warum er es so billig bekommen hatte. Das Bild wirkte düster und bedrohlich, denn hinter der scheinbaren Idylle mit Schäreninseln, einer knorrigen Kiefer und ein paar unbestimmbaren Vögeln, die im Luftmeer schwebten, ging von dem Bild eine diffuse Bedrohung aus, die den Einheimischen offenbar nicht entgangen war.

Was aber wirkte so bedrohlich? Waren es die dunklen Wolken, die in der Ferne zu sehen waren, oder die Einsamkeit der verwachsenen Kiefer, deren Spitze deformiert, ja vielleicht sogar von einem Blitz gespalten worden war?

Ottosson starrte das Bild an und fühlte sich immer machtloser und wankelmütiger.

»Du hättest doch wenigstens einen Adlerhorst in den Baum malen können«, murrte er unzufrieden, kehrte an seinen Schreibtisch zurück und rief Lindell an.

Ann Lindell fuhr auf den Hof des Birger Jarl und parkte den Wagen hinter dem Gebäude, das den Namen Slottskällan trug. Es waren vermietete Parkplätze, so dass sie das Polizeischild unter die Frontscheibe legte. Zwei Männer standen mitten auf dem Parkplatz. Der eine hatte eine Rolle mit Bauplänen unter dem Arm und sah auf, als sie die Autotür zuschlug. Der wird bestimmt gleich meckern, dachte sie, und im selben Moment klingelte ihr Handy. Es war Ottosson. Sie zögerte zunächst, beschloss dann jedoch, sich nicht zu melden.

Neugierig sah sie sich um. Der Hang hinter ihr war einmal ein Schlachtfeld gewesen, hier waren sich Dänen und Schweden vor vielen hundert Jahren im Kampf begegnet. Das hatte sie in der Zeitung gelesen. Bei Ausgrabungen hatte man zahlreiche Knochenfunde gemacht. Dann hatte jemand ein paar Schädel gestohlen, und der Ort war so zu einem Tatort geworden.

Die Türsteher des Birger Jarl waren nur widerstrebend bereit gewesen, sich an ihrem Arbeitsplatz mit Lindell zu treffen. Sie hatten bis spät in die Nacht gearbeitet und schliefen in der Regel lange, aber Lindell hatte ihnen klipp und klar erklärt, dass die Alternative ein Hausbesuch von der Polizei wäre.

Die beiden Männer sahen aus, als hätte man sie aus einer Comedyserie des Fernsehens geholt. Jonathan Borg war groß und muskulös, hatte kurzgeschorene Haare und Tatoos auf den Armen. Daniel Blom dagegen war klein und blond, mit klassischer Vokuhila-Frisur. Lindell hatte Mühe, sich ein Grinsen zu verkneifen, als sie die beiden sah.

Borg war ziemlich redselig, sprach aber schleppend und teilnahmslos. Er schaute sie mit einem leicht herablassenden Grinsen an, fasste die Arbeitsabläufe zusammen und erinnerte Lindell nochmals daran, dass er und sein Kollege die halbe Nacht gearbeitet hatten.

»Gibt es hier oft Streit?«, fragte sie und wandte sich an Daniel Blom, der sie von der Seite beobachtete, bis jetzt aber kein Wort gesagt hatte.

»Abends kann es schon mal hoch hergehen, am Freitag und Samstag ist es natürlich am schlimmsten, aber im Grunde gibt es keine größeren Probleme«, sagte er.

Er war nicht direkt unterwürfig, gab sich aber kollegial, wie es unter Türstehern und Nachtwächtern sehr verbreitet war, wenn sie mit der Polizei sprachen.

»Wer macht denn alles Ärger?«

»Es gibt zwei Gruppen«, antwortete Borg wie aus der Pistole geschossen, »betrunkene Studenten, die gerade erst bei Mama ausgezogen sind, und dann die neuen Schweden, wie es so schön heißt.«

Der Hagere lachte mit einem keuchenden und freudlosen Kehllaut.

»Und was machen die so?«

»Sie grölen, dass sie rein wollen, obwohl das Lokal voll ist, pissen auf die Straße, schmeißen mit Flaschen, knutschen, streiten sich untereinander, grapschen Passanten an ...«

Borgs Liste schien kein Ende nehmen zu wollen.

»Gewalt?«

»Nein, eher selten. Sie spucken vor allem große Töne. Am schlimmsten ist es, wenn sie in großen Gruppen kommen, denn dann gibt es immer einen, der den anderen imponieren will.«

»Wie letzten Freitag?«

»Genau«, sagte Blom und lächelte.

»Sie wissen ja sicher, was am späten Abend passiert ist, ich meine die eingeschlagenen Scheiben in der Drottninggatan und den Mord«, sagte Lindell mit gesenkter Stimme, und die Türsteher traten unwillkürlich näher an sie heran.

Borg nickte. »Zum Kotzen«, sagte er nur.

»Letzten Freitag waren ein paar Kollegen von mir hier. Es sind alte Hasen, Sie kennen sie bestimmt. Sie waren doch die ganze Zeit hier. Was haben Sie gesehen?«

Die beiden Männer sahen sich an. Blom antwortete. Der Abend war im Prinzip ruhig verlaufen, bis gegen zwölf eine Gruppe auftauchte, die nicht hereingelassen wurde. Ein paar von ihnen wären vielleicht schon alt genug gewesen, aber die meisten waren erst fünfzehn oder sechzehn.

»Fast alle waren neue Schweden«, meinte Borg.
»Was haben sie gemacht?«
»Fragen Sie doch Ihre Kollegen.«
»Ich möchte aber gern Ihre Version hören, weil Sie, wie gesagt, die ganze Zeit über hier waren.«
»Im Grunde ist nichts Besonderes passiert. Einer von ihnen war ein bisschen speziell, könnte man sagen.«

Nun red schon weiter, dachte Lindell, die immer gereizter wurde, und sah auf die Uhr.

»Er war der Älteste und benahm sich wie so ein verdammter Clanchef. Er wollte unbedingt rein.«
»Wie alt?«
»Schwer zu sagen.«
»Sie wollten keinen Ausweis sehen?«
»Doch, aber ob die immer echt sind, weiß man ja auch nicht.«

Wie kann man nur so dumm sein, dachte Lindell und sah den hageren Blom an, der sich immer mehr in den Vordergrund spielte.

»Er kam also nicht herein, obwohl er alt genug war«, stellte Lindell fest.

»Na ja, die ziehen sich aber auch ein bisschen komisch an, wenn Sie verstehen, was ich meine.«

Lindell schüttelte den Kopf. Als keiner der beiden weitersprach, sah sie sich gezwungen, nachzufragen, was man im Birger Jarl unter »komischer Kleidung« verstand.

»Er hatte zum Beispiel so ein Tuch um wie diese Selbstmordattentäter im Fernsehen.«

»Ein Palästinensertuch?«
»Das war nicht so geschickt«, sagte Borg vage.
»Wurde der Mann wütend?«
»Er hat was von Rassismus und so gefaselt, Sie wissen schon.«
»Ja, ich weiß«, sagte Lindell. »Okay, was haben meine Kollegen dagegen unternommen?«

»Sie haben denen gesagt, na, Sie wissen schon, dass sie sich halt verziehen sollen. Typen wie die krakeelen rum, aber wenn dann die Bullen kommen ...«

»Hätte der Typ mit dem Schal sie nicht wegen Diskriminierung anzeigen können?«

»Soll das ein Witz sein? Deine Kumpel haben dem Kanacken gesagt, er soll sich im Türkenland melden.«

»Waren es Türken?«

»Weiß der Henker«, antwortete Borg mit Nachdruck. »Wir behandeln alle gleich.«

»Können Sie denn so gar nicht nachvollziehen, dass er wütend wurde? Das Lokal war nicht voll und er war alt genug, wurde aber trotzdem nicht hineingelassen.«

»Wir haben gewisse Prinzipien.«

»Zum Beispiel?«, sagte Lindell blitzschnell.

»Also, na ja, das ginge doch nicht, wenn wir da mischen würden ...«, begann Borg, aber Blom fiel ihm ins Wort.

»Wir kennen unsere Gäste, es sind anständige Leute. Das ist hier ein seriöses Lokal, und da muss man eben gewisse Prios setzen.«

»Er meint Prioritäten«, warf Borg ein und nickte.

»Ihre Kollegen sind dann später noch einmal vorbeigekommen, aber da hatte sich die Lage schon beruhigt. Es gibt nicht so viele, die auch mal an uns denken, ich meine daran, wie es uns bei dem ganzen Theater geht«, erklärte Blom mit Nachdruck.

»Es ist kein leichter Job«, ergänzte Borg.

»Was sagen Sie da, meine Kollegen sind noch einmal zurückgekommen? Der gleiche Streifenwagen?«

»Ja klar, es hat uns gefallen, dass ihr an uns denkt.«

»Wann war denn das?«

»Ja, wann könnte das gewesen sein«, sagte Blom, der von Ann Lindells Anspannung nichts merkte, »nach eins irgendwann.«

»Ja, das müsste hinkommen«, sagte Borg eifrig. »Leo war gerade gegangen. Er hatte um eins ein Date.«

Dieser alltägliche Rassismus war für Lindell nichts Neues, die scheinbar harmlosen Worte, die sich unmerklich einschlichen. Manchmal ertappte sie sich selber dabei, rassistische Positionen zu vertreten. Dann schämte sie sich, entschuldigte sich aber gleichzeitig immer damit, dass es zu allen Zeiten Vorurteile gegeben hatte und der Zeitgeist eben auch an ihr nicht spurlos vorbeiging.

Langsam kehrte sie zu ihrem Auto zurück. Was sie gehört hatte, deprimierte sie.

»Türkenland«, murmelte sie und sah sich um. Die Türsteher standen noch auf dem Bürgersteig. Borg lachte. Blom machte eine Art Pantomime, und Borg kriegte sich gar nicht wieder ein. Lachten die beiden etwa über sie? Lindell ging schneller. Auf einmal fiel ihr Klara ein, ein Mädchen aus einem kleinen Dorf in der Nähe von Ödeshög, die sie früher gehänselt hatten, weil sie »verrückt« war. Klaras Fehler bestand darin, dass sie stotterte und ein »Bauerntrampel« war. Das reichte aus, um ihr das Leben zur Hölle zu machen. Auch Ann Lindell hatte zu Klaras Peinigern gehört und errötete bei der Erinnerung daran.

Sie hatte Klara viele Jahre später bei einer Versammlung in Vadstena wiedergesehen, bei der sich die junge Frau ohne zu stottern und mit einer Kühnheit, die sie in der Schule nie gezeigt hatte, für den Tierschutz einsetzte. Klara hatte Lindell erkannt und ihr kurz zugelächelt, und Lindell hatte sich nachträglich geschämt, sich gleichzeitig aber auch über Klaras Lächeln und Freimütigkeit geärgert. Wäre es ihr lieber gewesen, Klara hätte den Blick gesenkt, wie sie es zwanzig Jahre zuvor immer getan hatte?

Als das gemobbte Mädchen aufhörte, ein Opfer zu sein, und sich in einen tatkräftigen Menschen verwandelte, hatte Lindell unzufrieden reagiert. Stellt sich da einfach hin und labert etwas über die Rechte von Tieren, hatte sie gedacht. Ausgerechnet Klara.

Das gleiche Gefühl beschlich sie, wenn ein Einwanderer

etwas an der schwedischen Gesellschaft auszusetzen hatte. Musst du gerade sagen, dachte sie dann manchmal, so als hätte ein Carlos oder Muhammed nicht das Recht, sich kritisch über Schweden zu äußern.

Jetzt stand sie mitten in Uppsala, hörte Kinderstimmen vom Svandammen, Vogelstimmen vom Schlossberg, hatte Tausende Tote unter ihren Füßen und wusste, dass die Ermittlungen einen Sprung nach vorn machten. Die Türsteher hatten gesagt, dass Andersson und Lund gegen eins ein zweites Mal zum Birger Jarl gekommen waren. Das war Ann Lindell neu und Munke sicher auch. Sie hatte die Antwort auf Munkes Frage nach den »eigenen Bewegungen in der Stadt« gefunden.

Lindell war überzeugt, dass dieser zweite Besuch nirgendwo protokolliert war. Um 1.21 Uhr wurde wegen der Ereignisse in der Drottninggatan Alarm ausgelöst. Sie hatte anhand des Stadtplans herauszufinden versucht, welchen Weg der Streifenwagen genommen hatte. Jetzt wusste sie es, denn sie war sicher, dass die beiden Polizisten auf dem Weg nach Svartbäcken durch das Stadtzentrum gefahren waren. Was hatten sie gesehen? Warum hatten sie nicht Alarm geschlagen? Die Verwüstung der Straße musste doch um diese Zeit bereits begonnen haben.

»Idioten«, murmelte sie, aber offenbar doch so laut, dass die Architekten zusammenzuckten.

»Ich meinte nicht Sie«, sagte sie.

»Das wollen wir auch schwer hoffen«, sagte der eine. »Können wir Ihnen vielleicht behilflich sein?«

»Danke, aber ich denke nicht.«

»Sind Sie Polizistin?«

»Gut geraten.«

»Um ehrlich zu sein, habe ich Sie schon einmal in der Zeitung gesehen.«

Ann Lindell wurde verlegen wie jedes Mal, wenn sie an diese Reportage in einer vielgelesenen Illustrierten erinnert wurde. Ahnungslos hatte sie sich interviewen lassen. Auf der Arbeit wurde sie heute nur noch selten damit aufgezogen, aber auf die Öffentlichkeit hatte das Porträt der alleinstehenden Kriminalpolizistin offensichtlich großen Eindruck gemacht.

»Haben Sie unsere rücksichtsvollen Nachbarn besucht?«
Lindell nickte.
»Letzten Freitag war die Polizei ja auch hier. Da war ganz schön was los.«
»Sie arbeiten um diese Zeit?«
»Wir haben ein kleines Fest gefeiert«, erläuterte der ältere der beiden Männer.
»Aha, und was haben Sie gesehen oder gehört?«, fragte Lindell und ging ein paar Schritte auf die Männer zu.
»Erst gab es Streit im Flustret, und dann sind sie hierher weitergezogen. Es war das Übliche. Gegröle und leere Bierdosen in den Sträuchern. Das Dosenpfand würde für eine ordentliche Kaffeekasse reichen«, sagte der Jüngere und lachte.
»Es ist Rogers Job, montags die Büchsen einzusammeln«, ergänzte der andere.
»Ich begreife das nicht, wenn sie Spaß haben wollen, können sie doch reingehen und Musik hören und sich ein Bier bestellen«, meinte Roger, der es vorzog, das Thema Bierdosen nicht weiter zu vertiefen.
»Sie sind zu jung«, erwiderte Ann Lindell, »und wenn sie alt genug sind, dürfen sie trotzdem nicht rein, weil sie Muhammed heißen und einen Palästinenserschal tragen.«
Die Architekten sahen sie erstaunt an, aber nicht wegen ihrer Worte, sondern wegen des Tons, in dem Lindell sie ausgespuckt hatte. Angesichts dieser plötzlich aufwallenden Wut blieben die beiden stumm.
»Ja, so sieht das aus«, sagte sie, »ich habe mich gerade mit den Wachhunden da drüben unterhalten, die dieses Etablissement hüten.«

Sie bog in die Nedre Slottsgatan ein und fuhr in nördliche Richtung, nahm vermutlich den gleichen Weg wie die Jugendlichen am Freitagabend und wahrscheinlich auch der Streifenwagen etwas später.

Wie hatte sie sich diese Gang vorzustellen? Eine Gruppe Jugendlicher zwischen fünfzehn und zwanzig Jahren, einige vielleicht betrunken, alle angestachelt und auf der Jagd nach etwas, was immer es auch sein mochte, großmäulig, geschützt durch die Gruppe und überzeugt, dass gerade dieser Abend der wichtigste in ihrem Leben war.

Ann Lindell erinnerte sich noch gut, wie gespannt sie jeden Samstagabend erwartet hatte, als sie selbst ein Teenager in dem kleinen östergötländischen Kaff war, das sie in einen Kirmesplatz verwandeln wollten. Wonach haben wir damals gesucht, fragte sich Lindell, während sie in die Drottninggatan einbog. Vielleicht nach Liebe und einer Antwort auf die Fragen, warum wir leben und wie wir leben sollten.

Sie fuhr langsamer und hielt nach ein paar Metern endgültig an. Der Autofahrer hinter ihr hupte wütend, und Lindell bog in die Trädgårdsgatan ein. Sie war intensiv damit beschäftigt, sich ins Gedächtnis zu rufen, wie sie sich vor über zwanzig Jahren gefühlt hatte. Sie war nicht sonderlich aktiv gewesen, hatte keine führende Rolle in ihrer Clique gespielt. Sie war eher jemand gewesen, der mitlief und beobachtete. Am besten war ihr noch das Konkurrenzdenken in Erinnerung. Es wurde genauestens beobachtet, wie man sich kleidete und schminkte und an wen man sich gerade hängte.

Einmal war sie bei einem schwerwiegenderen Vorfall dabei gewesen, der in der Lokalpresse sogar für Schlagzeilen gesorgt hatte. An einem ungewöhnlich ereignislosen Abend hatte einer von ihnen einen Autoscheinwerfer eingeschlagen. Es folgte ein weiterer und dann noch einer, und daraufhin hatte es kein Halten mehr gegeben. Die Zeitungen berichteten später von Hunderten zertrümmerter Scheinwerfer.

Sie hatten kein Motiv gehabt. Lindell hatte zwar nicht mitgemacht, aber auch nicht dagegen protestiert. Sie hatte es geschehen lassen und sich auf rätselhafte Weise angezogen gefühlt von dem puffenden Geräusch beim Zerspringen des Glases und von der freudlosen Spannung, die darin lag, mit einem einzigen Ziel durch die Straßen zu ziehen: Zerstörung.

Erst jetzt erkannte sie die Parallele zwischen den Ereignissen am Freitag und ihren Erlebnissen in Ödeshög und errötete.

Die Jugendlichen vor dem Birger Jarl waren von zwei rassistischen Türstehern und zwei ihrer Kollegen provoziert worden, und das hatte ausgereicht, um die Kette der Ereignisse in Gang zu setzen. Worin hatte die Provokation in Ödeshög bestanden? Dass sie in einer Gesellschaft jung waren, die Jugendliche nicht zu mögen schien? Oder war es Magnus gewesen, in den Ann Lindell damals heimlich verliebt war. Hatte er mit dem Ganzen angefangen? Ein einziger Scheinwerfer hatte jedenfalls ausgereicht, um die zerstörerische Maschinerie ins Rollen zu bringen.

Was würde aus den Jugendlichen in der Drottninggatan werden? Lindell erkannte, dass deren Chancen schlechter standen als ihre eigenen damals. Ödeshög Ende der siebziger Jahre war etwas ganz anderes gewesen als Uppsala zu Beginn des dritten Jahrtausends.

Ödeshög und seine Bewohner kannte sie in- und auswendig, so dass sie keine Probleme hatte nachzuvollziehen, warum gewisse Dinge in dem verschlafenen Örtchen passierten. Sie wusste, wie es dort aussah und wie es in den Menschen aussah.

In Uppsala war das anders. Sie fand sich zurecht, aber die Stadt war für sie oft nur ein anonymes Straßennetz, in dem Kriminelle wie Karl Waldemar Andersson, der zu Gewalt neigte und ein notorischer Dieb war, oder Barbro Lovisa Lundberg, eine heroinabhängige Prostituierte, ihr wie Pappmachéfiguren vorkamen, die man in einer Landschaft aus bekannten Adressen aufgestellt hatte.

Wenn sie in ihrem Elternhaus die Zeitung las, erkannte sie sofort das Muster, den mentalen Hintergrund der Schlagzeilen, während sie in der ›Upsala Nya Tidning‹ auf eine Stadt stieß, mit der sie nie wirklich vertraut geworden war.

Kannte einer ihrer Kollegen den Teil der Stadt, mit dem sie nun konfrontiert wurden? Berglund und Ottosson wussten alles über das alte Unterweltmilieu. Aber wenn sie es mit Muhammed und Dhaka zu tun hatten, waren dies nur Karten in einem Atlas, nicht mehr als das zweidimensionale Bild eines fremden Terrains. Ann Lindell ging genau wie Munke davon aus, dass die vor dem Birger Jarl abgewiesenen Jugendlichen für die Zerstörungen in der Drottninggatan verantwortlich waren. Aber wie sollte Lindell an sie herankommen? Ihr fiel das Gespräch wieder ein, das Franzén mit dem Taxifahrer über den jungen Einwanderer vor der Konditorei Fågelsången geführt hatte. War der Junge beteiligt gewesen? Wie konnten sie ihn finden?

Sie ließ den Motor wieder an, rollte die Einbahnstraße hinab und hätte sich gewünscht, die Zeit ein paar Tage zurückdrehen zu können. Hier setzen wir an, dachte sie, lächelte und war zum ersten Mal im Verlauf der Ermittlungen optimistisch.

Auf dem Weg zum Savoy, ihrem Zufluchtsort, wenn sie in Ruhe nachdenken musste, wurde ihr klar, dass sie sich dem Konflikt mit Munke stellen musste. Sie hatte keine Angst vor ihm, aber viel Respekt vor dem erfahrenen Kollegen. Hätte ein anderer derart diffus über »die Bewegungen in der Stadt« gesprochen, hätte sie ihm gleich härter zugesetzt.

Jetzt hatte sie etwas in der Hand. Lund und Andersson hatten in der Stadt getrödelt, aber wesentlich interessanter war, dass sie zum kritischen Zeitpunkt gegen eins im Stadtzentrum in unmittelbarer Nähe der Drottninggatan unterwegs gewesen waren.

Da konnte Munke sagen, was er wollte, Lund und Andersson mussten unangenehme Fragen gestellt, das Puzzle musste zusammengesetzt werden. Jetzt kannte sie die Türsteher und deren Sicht der Dinge. Die Streife war der zweite Part; um an die Jugendlichen, den dritten Part in diesem Drama, heranzukommen, mussten sie und Munke sich der Konfrontation mit den Kollegen stellen.

Und Edvard? Wie üblich kam er ihr völlig unvermittelt in den Sinn. Würden sie jemals wieder zusammen Kaffee trinken? Ihr fiel ein, dass er inzwischen nach Thailand abgereist war, und die alte Anspannung kehrte in ihren Körper zurück. Sie stach die Kuchengabel in das grüne Marzipan, hielt dann jedoch inne. Können wir so leben? Sie sah sich in dem Lokal um, das bis auf einen älteren, in eine Zeitung vertieften Mann leer war.

Warum hat er mich gefragt, ob ich mitkommen möchte? Wollte er mich ärgern? Nein, das war nicht seine Art. Sie stellte sich Edvard und sich selbst an einem fremden Strand vor und ließ die Kuchengabel fallen. Stille Freude regte sich in ihr, eine kleine Flamme loderte in ihrem Inneren, die sie gerne am Leben erhalten wollte. Immer wieder beschwor sie das Bild herauf: Edvard und sie selbst auf einem kilometerlangen Strand. Sonne als Balsam für den Körper, die Wellen, die heranrollten, und was noch? Es fiel ihr schwer, sich tropisches Klima vorzustellen. Stattdessen hatte sie ständig die Bucht auf Gräsö vor Augen. Sie schob den Teller mit dem Kuchen von sich.

Was ging hier vor? Sie bewegte sich unruhig, schluckte und schaute zu dem Mann ein paar Tische weiter, aber er las noch genauso konzentriert wie vorhin.

Ann Lindell stand auf und verließ das Savoy in dem Gefühl, dass alles verloren und alles möglich war. Edvard war eine Möglichkeit. Plötzlich, zum ersten Mal seit zwei Jahren, erschien er ihr nicht nur als ein Traumbild, ein Widerschein aus einer vergangenen Zeit voller Schmerz und Verrat, sondern als ein lebendiger Mensch, mit dem man sprechen, den man ansehen, berühren und lieben konnte.

Die Sonne blendete sie. Die Straßengeräusche, die Schulkinder, die auf ihren Rädern vorbeifuhren, ein jüngeres Paar auf dem Weg in die Konditorei, eine Handvoll Handwerker, die aus zwei Autos stiegen und sich dabei lebhaft unterhielten, all das ließ sie für einen Moment stehen bleiben.

»Maria, warte«, hörte sie jemanden rufen. Lindell drehte sich um und sah ein junges Mädchen lächelnd auf ihre Freundin warten.

»Wann fängt die Disco an?«, hörte Ann Lindell sie fragen und wünschte sich, eines dieser Mädchen auf Fahrrädern zu sein, die auf dem Weg in die Disco waren.

Zwei ältere Damen mit Rollatoren gingen nebeneinander her und nahmen den ganzen Bürgersteig für sich in Anspruch. Lindell machte ihnen Platz.

»Per-Ove fährt doch so gern«, sagte die eine Dame.

»Das war aber wirklich nett«, erwiderte die andere.

Menschen, dachte Ann Lindell. Ich bin von Menschen umgeben.

29

Dienstag, 13. Mai, 9.30 Uhr
Edvard verließ die Lobby des Hotels und ging eine Treppe hinab. Er grinste glückselig und nahm Kurs auf den Strand. Es waren vierunddreißig Grad im Schatten. Er glaubte nicht, dass er jemals eine solche Hitze erlebt hatte.

Je näher man dem Meer kam, desto kühler wurde der Sand. Er sah sich um. Das Lächeln wollte einfach nicht von seinen Lippen weichen. Hand in Hand kreuzte ein Paar Edvards Weg, und er sah der Frau hinterher. Ihre Haut war goldbraun, und sie trug einen leuchtend roten Bikini. Der Mann an ihrer Seite lachte. Sie ließ seine Hand los und lief ein paar Schritte, drehte sich zu ihm um und sagte etwas. Der Mann lief zu ihr und legte ihr den Arm um die Schultern.

Edvard blieb stehen. Er dachte an Gräsö. Dort gab es Steinblöcke, Sanddornsträucher und Klippen. Und er begegnete nur selten einem Menschen und erst recht keiner schönen Frau in einem roten Bikini. Wenn er überhaupt jemanden traf, dann entweder Lundström oder den Ungarn, und keiner der beiden war sonderlich attraktiv.

Ich muss aufpassen, dass ich nicht wie ein verirrtes Landei aussehe, dachte er. Schon in Phuket hatte er sich von einem schwedischen Paar eine Bemerkung über Prostituierte und Sextouristen anhören müssen. Er glaubte zwar nicht, dass sie ihn persönlich meinten, aber er war zweifelsohne ein alleinstehender Mann in einer Altersklasse, die oft die Nähe zwanzig, dreißig Jahre jüngerer Thailänderinnen suchte.

Das Wasser war lauwarm, und er ging weiter hinaus, blieb stehen, ehe die Shorts nass wurden, und trat wegen der Wellen ein paar Schritte zurück. Die Freiheit, am Meer zu stehen, berauschte ihn und rief ihm einige der schönsten Momente in Erinnerung, die er auf Gräsö erlebt hatte. Am Horizont trafen sich in einem blaugrünen Farbton Himmel und Meer. In der Ferne tuckerten zwei Boote. In ein paar Tagen würde er wissen, ob sie ausfuhren oder zurückkehrten, denn hier würde er spazieren gehen, die Menschen und die Schiffe studieren, die vorbeikamen, und ihren Alltag kennenlernen. Die thailändischen Fischer waren sicher wie Lundström, sie hatten ihre festen Zeiten.

Innerlich war er immer noch in den Schären. Die vielen Eindrücke waren einfach zu mächtig. Alles war hier neu für ihn, aber er wusste schon jetzt, dass er sich auf der Insel Lanta wohlfühlen würde.

Ein halbes Dutzend Hunde streunte über den Strand, ganz besonders fiel ihm eine schwarzweiße Hündin auf, die aussah wie ein Spitz. Sie lief scheinbar unbeeindruckt von den Tieren, traf ein paar andere Hunde, ließ sich jedoch auf nichts ein, sondern lief einfach weiter. Manchmal legte sie sich hin, als wollte sie sich ausruhen, den Kopf zwischen die Pfoten geschoben oder mit ausgestreckten Beinen auf der Seite, und ignorierte die vorbeigehenden Thailänder, die Muscheln sammelten, genauso wie die spielenden Kinder.

Er trat näher und ging neben ihr in die Hocke. Die Hündin öffnete ein Auge, schloss es aber gleich wieder. Edvard musste lachen. Sie war vollkommen entspannt, immer im Urlaub.

Er ging weiter am Ufer entlang und begegnete einer Touristengruppe, offenkundig Franzosen, die wild gestikulierten und sich gegenseitig ins Wort fielen.

Plötzlich war Edvard bedrückt und gab diesem Gefühl nach. Meistens verdrängte er düstere Gedanken gleich wieder. Sie hatten ihm so oft zugesetzt, dass er beschlossen hatte, ein anderer, freierer Mensch zu werden.

Er blickte zurück. Die Hündin war aufgestanden und trottete in die gleiche Richtung wie er. Sie begegnete den Franzosen, reagierte aber nicht auf die ausgestreckten Hände und die Versuche, Kontakt aufzunehmen. Komm her, dachte Edvard, begleite lieber mich. Er wartete, bis der Spitz auf seiner Höhe war. Dann lief er los und die Hündin folgte ihm, anfangs zögernd, dann jedoch immer schneller. Sie überholte Edvard, blieb zehn Meter vor ihm stehen, wartete auf ihn und ließ Edvard vorbeilaufen, ehe sie sich von neuem in Bewegung setzte.

So machten sie weiter, bis sie zu Felsblöcken gelangten und der Strand endete. Dort setzte sich Edvard. Er schwitzte und war in der Hitze ganz außer Atem geraten. Der Hund legte sich zu seinen Füßen hin, und Edvard war seinem neuen Freund sehr dankbar. Gerettet, dachte er.

Sie sahen einander an. Edvard erzählte dem Tier, dass die Hunde in seinem Land meistens an der Leine waren. Er sprach darüber, dass er allein nach Thailand gekommen war, es in Schweden jedoch eine Frau gab, die Ann Lindell hieß.

»Sie konnte nicht mitkommen«, sagte er, und der Hund sah ihn mit seinen verständigen Augen an.

»Ich liebe sie«, fuhr er fort und wunderte sich darüber, dass er diese Worte in den Mund nahm. Das Wort »lieben« hatte er schon so lange nicht mehr ausgesprochen, dass es ihm nun fremd vorkam, als würde es für ihn keine Geltung haben.

Der Hund stand auf und schlenderte sorglos und stumm davon. Edvard blieb mit den Füßen im Wasser zurück und starrte wie ein Gestrandeter, der auf seine Rettung wartete, auf den Golf von Bengalen hinaus.

Das Hotel hieß Golden Bay und bestand aus vierzig kleinen Bungalows in Strandnähe. Edvard hatte Nummer elf bekommen und war mit allem sehr zufrieden, nicht zuletzt mit der entspannten Arbeitsweise des Personals. Es gab einen Mr Job, der eine Art Vorarbeiterposten innehatte, und eine Miss Sunny, die trotz ihrer vierundzwanzig Jahre bereits eine Veteranin unter den Mitarbeitern der Anlage war.

Edvard setzte sich und unterhielt sich mit dem Personal. Der Koch, ein junger Mann mit intensiven dunklen Augen und Haaren, die in die Stirn fielen, kam aus der Küche und beteiligte sich am Gespräch. Er lachte und sprach über Fisch.

Zu Mittag aß Edvard Red Snapper. Das Personal war bekümmert, dass er allein war, und versuchte ihn mit anderen an einen Tisch zu setzen, aber Edvard erklärte, er sitze gerne allein.

Das war gelogen, denn natürlich beobachtete er die übrigen Gäste neidisch und schämte sich ein wenig für seine Einsamkeit. In diesem Land des Lachens und der Gespräche fiel das stärker auf als zu Hause. Auf Gräsö runzelte keiner die Stirn, weil er allein spazieren ging oder nur in Begleitung der Möwen mit dem Boot hinausfuhr.

Beim Nachtisch kam eine Frau zu seinem Tisch.

»Darf ich mich zu Ihnen setzen?«, fragte sie auf Schwedisch.

Edvard nickte.

»Woher wussten Sie, dass ich Schwede bin?«

Sie zeigte auf die Dose Schweden-Snus auf dem Tisch.

Er sah sie zum ersten Mal im Hotel. Sie war Schwedin, kam aus Norrtälje und machte eine Rundreise durch Thailand und Malaysia.

Edvard freute sich mehr über ihre Gesellschaft, als er zeigen wollte. Er lachte viel an diesem Tag und beobachtete sie verstohlen, als sie den gebratenen Snapper auf ihrem Teller in Angriff nahm. Er schätzte sie auf knapp vierzig. Ungefähr so alt wie Ann, dachte er, aber damit endeten die Ähnlichkeiten auch schon.

Marie Berg hatte dunkles Haar und war fast so groß wie Edvard. Sie hatte eine lustige Art zu reden, sprach in kurzen, ratternden Sätzen, um dann gleich wieder zu verstummen, während sie Edvard aufmerksam ansah und auf eine Antwort oder einen Kommentar wartete. Es dauerte eine Weile, bis er sich an diese Intensität gewöhnt hatte.

»Sie sind nicht gerade wie Viola«, sagte er irgendwann, und Marie sah zum ersten Mal ein wenig überrascht aus.

»Wir wohnen zusammen«, ergänzte er, und Marie lächelte unsicher.

»Und sie ist nicht wie ich?«

»Ihre Haut ist nicht so faltig wie die von Viola. Sie ist fast neunzig. Wenn sie mit mir spricht, wendet sie sich den Schranktüren in ihrer Küche zu. Bei Viktor, ihrem Freund, mit dem sie nie richtig zusammen war, obwohl er immer in ihrer Nähe geblieben ist, ist es dasselbe.«

Edvard sah aufs Meer hinaus. Ausnahmsweise wartete Marie ab.

»Die beiden sind für mich wie enge Verwandte«, fuhr er fort.

»Haben Sie keine jüngeren Freunde?« Marie Berg entwaffnete Edvard mit ihrer direkten Art. Ein paar Gläser Singha später hatte er ihr alles über sein Leben erzählt.

Er nahm an, dass sie nach ihren einsamen Reisen froh war, sich ein wenig unterhalten zu können, noch dazu mit einem

Landsmann, der zu keiner Reisegesellschaft gehörte, aber ihr Interesse schmeichelte ihm natürlich auch ein wenig.

Sie beschlossen, gemeinsam den Strand zu erkunden.

Er betrachtete sie. Sie trug eine weite, knielange Hose, die sie in Penang gekauft hatte, und ein knappes Hemd, unter dem ihre Brüste sichtbar wurden, wenn sie sich bückte, um Muscheln aufzuheben.

Er hörte ihr zu, als sie ihm erzählte, dass sie seit ein paar Jahren allein lebte. Sie hatte einen Sohn, der neunzehn war und in Luleå an der Technischen Hochschule studierte.

Am Abend, als sich jeder in seinen Bungalow zurückgezogen hatte, dachte er an sie und musste über den Enthusiasmus lächeln, mit dem sie den einfachen Menschen auf ihren Spaziergängen begegnete. Sie hatten eine Fischerfamilie getroffen, die dabei war, ihre Netze zu entwirren. Sie saßen auf dem Strand, im Schatten einiger Tamarinden, und pflückten bunte Fische und Schalentiere aus den notdürftig geflickten Netzen.

Edvard machte Fotos mit Viktors altem Fotoapparat. Marie hatte über das Modell aus den Fünfzigern in dem braunen Futteral gelacht, und Edvard hatte missmutig erklärt, die Optik sei unübertroffen. Er hatte selber gelacht, als Viktor ihm den Apparat angeboten hatte, aber jetzt verteidigte er die Antiquität mit den gleichen Argumenten wie Viktor.

Marie spielte und sprach mit den Kindern. Einer der Jugendlichen konnte ein wenig Englisch, und sie fragte nach der Schule, was sie für den Fisch bekamen und anderes. Es entwickelte sich ein Gespräch, an dem sich alle beteiligten, und der Junge musste pausenlos übersetzen.

Edvard schenkte sich einen Schluck Gin ein, den er im Flugzeug gekauft hatte, goss etwas Tonic dazu und fühlte sich so gut wie seit langem nicht mehr. Er war nicht mehr allein. Marie war nur ein paar Meter entfernt. Sie würden sich wiedersehen.

30

Dienstag, 13. Mai, 10.10 Uhr
Mehrdad sah auf seine Hände hinab, die bedeutend größer waren als Alis. Er rieb sie aneinander, als wollte er sie gründlich einseifen. Seit Ali das Zimmer betreten hatte, war er unruhig vom Bett zum Schreibtisch getigert, hatte Sachen in die Hand genommen, war dann wieder aufgestanden, um sich wenige Sekunden später auf sein Bett zurückfallen zu lassen. Ali saß an die Tür des Kleiderschranks gelehnt auf dem Boden. Er fühlte sich immer unwohler in seiner Haut, was nicht nur an Mehrdads Nervosität lag, sondern auch daran, dass er wieder einmal die Schule schwänzte. Mitra würde ihm kräftig die Leviten lesen, wenn sie herausfand, dass er stattdessen zu Mehrdad gegangen war.

»Was soll ich mit seinen Sachen machen?«

Mehrdad musste die Sachen des Ermordeten meinen.

»Gib sie der Polizei«, sagte Ali.

Mehrdad sah ihn ausdruckslos an.

»Oder seinen Eltern«, fuhr Ali unbarmherzig fort, »er muss doch Verwandte haben.«

Mehrdad zog ein Kissen heran, umarmte es und presste es an seinen Körper.

»Eine Mutter und einen Vater.«

Ali genoss es, seinen Cousin zu quälen. Mehrdad hatte einen Toten beraubt und sollte dafür leiden, aber Ali rächte sich auch in eigener Sache, denn Mehrdad hatte ihm gedroht. Jetzt hatte Ali etwas in der Hand, an das er Mehrdad erinnern konnte. Er, der sonst gewohnt war, seine Umgebung herumzukommandieren, war nun der Unterlegene.

»Alle Schweden haben eine Mama und einen Papa«, sagte Mehrdad grimmig.

»Nicht alle, Jakobs Vater ist weg.«

»Nicht wie unsere. Sein Papa ist doch noch irgendwo.«

»Denkst du oft an deinen Vater?«, fragte Ali, dem Mehrdad auf einmal leidtat.

»Mama redet jeden Tag mit ihm«, sagte sein Cousin. »Ich höre sie auch über mich sprechen. Sie erzählt Mustafa, was alles so passiert. Ich glaube, sie ist nicht mehr ganz richtig im Kopf.«

»Aber vielleicht gibt ihr das auch die Kraft weiterzuleben«, sagte Ali in dem weisen Tonfall, mit dem Mitra immer sprach. »Sie ist wie mein Großvater, der redet auch mit den Toten.«

Mehrdad sah ihn aufmerksam an. »Hast du mal daran gedacht, dass die ganze Zeit jemand stirbt«, sagte er. »Manche bringen sich auch um, einfach so.« Ali wollte nicht über den Tod sprechen, aber Mehrdad ließ sich durch Alis demonstratives Seufzen nicht aufhalten. »Auch solche wie wir, Jugendliche, die das einfach wollen.«

Ali stand auf.

»Glaubst du, es tut weh?«

»Keine Ahnung«, erwiderte Ali, »aber was hast du jetzt vor? Mit seinen Sachen, meine ich.«

»Du musst mir helfen, verstehst du? Wenn meine Mutter etwas davon erfährt, stirbt sie.«

Ali konnte sich lebhaft vorstellen, wie verzweifelt Nahid sein würde, wenn die Polizei vor der Tür stehen und sie nach dem Dieb Mehrdad fragen würde. Mehrdad hatte recht, sie würde keine vierundzwanzig Stunden ohne die Hoffnung überstehen, dass aus ihrem Sohn einmal etwas wurde.

Nahid hatte sogar die Stelle am Flughafen verloren, die Mitra ihr beschafft hatte, weil sie sich solche Sorgen um ihren Sohn machte. Ständig hatte sie ihren Arbeitsplatz verlassen, um Mehrdad anzurufen, war oft zu spät und manchmal auch gar nicht zur Arbeit gekommen. Schließlich hatte ihr Chef die Geduld verloren. Mitra hatte ihn noch angefleht, ihre Freundin nicht zu entlassen, aber es hatte nichts mehr genützt.

»Nahids Unruhe überträgt sich auf die anderen«, hatte ihr

Chef gesagt, und damit hatte er recht. Bei der Cateringfirma arbeiteten vor allem Einwanderinnen, die oft genug auf eine ähnliche Geschichte zurückblickten wie die beiden Iranerinnen, und Nahids endlose Litaneien über ihren toten Mann und ihren Sohn beeinflussten die anderen. Sie alle hatten Söhne und Töchter, für die sie verantwortlich waren.

»Ich will da nicht reingezogen werden«, sagte Ali.

»Bist du aber schon. Wir sind die Einzigen, die wissen, wer der Mörder ist, kapiert? Er hat totalen Schiss vor uns.«

»Ein Mörder hat keine Angst«, sagte Ali.

»Was meinst du eigentlich, warum man jemanden umbringt? Er hat Schiss«, beharrte Mehrdad.

»Aber nicht vor uns.«

»Was glaubst du, woran er denkt?« Mehrdad gab Ali ein paar Sekunden zum Nachdenken und sprach dann weiter. »Er denkt daran, dass ich ihn erkannt habe.«

»Was willst du dagegen tun?«

»Wenn wir wüssten, wie er heißt, könnten wir die Polizei anrufen«, sagte Mehrdad.

»Und wie willst du erklären, was du in dem Geschäft gemacht hast?«

»Ich brauche doch gar nicht zu sagen, wer ich bin. Ich rufe …«

»Anonym an«, ergänzte Ali.

Sie sahen sich an. Im Nebenzimmer hustete Nahid. Mehrdad horchte und stand vom Bett auf. Es war unübersehbar, wie ratlos er war, und plötzlich tat er Ali sehr leid.

Mehrdad saß schweigend neben Ali und sah aufmerksam aus dem Busfenster, so als wären sie auf einer Stadtrundfahrt. Sie stiegen in der Bergsbrunnagatan aus und begannen ihre Suche. Nachdem sie eine Viertelstunde zwischen verschiedenen Unternehmen umhergeirrt waren, fanden sie schließlich *Stigs Fußbodenbeläge*, oder vielmehr einen Pfeil, der auf einen Hinterhof zeigte.

Erst in diesem Moment glaubte Ali endgültig Mehrdads Version. Die Fußbodenfirma existierte, sie konnten sogar den Wagen sehen, von dem Mehrdad gesprochen hatte. Dann war womöglich auch der Mann real. Ob er aber wirklich der Mörder war, das stand auf einem anderen Blatt.

Sie gingen vorbei und schielten auf den Hof. Das Tor der Einfahrt stand offen. Sie sahen eine Baracke, einen Müllcontainer und jede Menge Schrott vor einer kleinen Firma, die sich *Pumpen aller Art* nannte.

»Es ist keine große Fabrik«, meinte Ali.

»Umso besser«, erwiderte Mehrdad.

»Was sollen wir tun?«

Mehrdad sah ihn ratlos an, und Ali begriff, dass er die Planung in die Hand nehmen musste.

»Vielleicht sollten wir auf der anderen Straßenseite abwarten, ob der Typ auftaucht«, schlug er vor.

»Da kann man uns aber sehen«, wandte Mehrdad ein.

»Ich könnte auf den Hof gehen«, sagte Ali plötzlich. »Ich könnte so tun, als würde ich eine Praktikantenstelle suchen.«

Mehrdad packte seinen Arm.

»Er ist gefährlich.«

»Er kennt mich nicht.«

»Wir sehen uns ähnlich«, sagte Mehrdad.

Ali sah seinen Cousin an und dachte, dass sie sich ganz und gar nicht ähnlich sahen, verstand aber, was Mehrdad sagen wollte. »Ich versuche es«, sagte er, ignorierte Mehrdads Einwände und überquerte die Straße.

Ein Tankwagen fuhr dicht hinter seinem Rücken vorbei, und er nahm einen fremden Geruch wahr. Der Luftzug zerzauste ihm die Haare. Vor *Pumpen aller Art* standen zwei Männer und diskutierten. Teilnahmslos sahen sie Ali an. Dann zündete einer von ihnen sich eine Zigarette an und sagte etwas, das den anderen zum Lachen brachte. Ali gefiel die vertrauliche Art der Männer, er hörte ein paar Worte, deren Bedeutung er nicht kannte.

Ali mochte die ganze Straße, die voller Geräusche und Aktivität war. Hadi hatte ihm von der Straße in Shiraz erzählt, in der sein älterer Bruder früher eine Reparaturwerkstatt für Mofas betrieben hatte. Hadi hatte die Gerüche beschrieben, die Arbeitsgeräusche und die Männer, die sich öl- und rußverschmiert über die Werkbank hinweg etwas zuriefen.

Ali schaute sich um, als wäre er auf der Suche nach etwas. Die Baracke von Stigs Bodenbeläge sah ein wenig heruntergekommen aus. Putz löste sich von der Wand, und ein Stück Dachpappe hing lose herab und bewegte sich wie eine Flagge im Wind. Die Hecktüren des Firmenwagens standen weit offen.

Ein Container war bis zum Rand mit Schrott gefüllt. Ali sah glänzende Bleche und rostige Rohre. Der sollte mal geleert werden, dachte er, und im gleichen Moment setzte ein Containerfahrzeug rückwärts auf den Hof. Ein Mann steckte den Kopf aus einer Schiebetür, trat auf den Hof hinaus und winkte dem Fahrer zu, der als Antwort nur lächelte. Er wusste doch genau, was zu tun war. Tausendmal hatte er seinen Wagen so zurückgesetzt, er brauchte niemanden, der ihn einwies. So deutete zumindest Ali das Mienenspiel des Mannes.

Der Fahrer stieg aus und befestigte den Container an den Hebearmen. Dabei rauchte er genüsslich, und alles, was er tat, sah spielerisch leicht aus. Er hielt einen Moment inne, zog an seiner Zigarette und lächelte Ali an. Anschließend griff er ein grünes Netz aus dem Unterbau seines Wagens. Ali verfolgte die Bewegungen des Fahrers und bemerkte deshalb den Mann nicht, der über den Hof ging.

»Was hast du hier zu suchen?!«

Der Fahrer sah sich um. Ali fuhr herum und sah in sehr blaue Augen. Der Mann trug einen Arbeitsanzug mit Knieschonern. Die Knie sahen viereckig aus, und der Stoff des Overalls war fadenscheinig und verwaschen. Instinktiv wollte Ali weglaufen, fing sich aber gleich wieder und stammelte etwas.

»Was?«

»Ich suche nach was.«

»Nach was denn? Du schnüffelst hier doch nur rum.«

Der Mann packte Ali an der Schulter und warf gleichzeitig dem Fahrer einen Blick zu.

»Nach einer Werkstatt.« Ali spürte, dass ihm am ganzen Körper der Schweiß ausbrach. Sein Magen revoltierte.

»Hier gibt es keine Werkstatt.«

»Für Motorräder«, sagte Ali.

Der Mann stieß ihn in Richtung Hofeinfahrt.

»Lass doch den Jungen in Ruhe«, sagte der Fahrer plötzlich.

»Wir haben hier schon so viel Ärger gehabt«, erwiderte der Mann von der Fußbodenfirma.

»Ich will ein Praktikum machen«, sagte Ali.

»Ja klar, du haust jetzt besser ab.«

Er hätte gehen sollen, blieb aber stehen. Die Hand eines Mörders hatte auf seiner Schulter gelegen, und Ali hatte den Atem des Täters gespürt. Denn das war doch der Mörder?

»Ich glaube, das hat wenig Sinn«, sagte der Fahrer und nickte in Richtung des Bodenlegers, der auf die Baracke zuging. Ali verstand nicht ganz, was er meinte, löste sich jedoch aus seiner Versteinerung und ging langsam über den Hof zur Straße. Er hörte, dass die Tür der Baracke zugeschlagen wurde, blieb stehen und drehte sich um. Der Fahrer hatte sich wieder seiner Arbeit zugewandt. Ali ging zurück und trat etwas näher, damit der Container ihn vor Blicken schützte.

»Kennen Sie ihn?«

Der Fahrer schüttelte den Kopf. »Er ist nicht ganz dicht. Wenn ich hier bin, meckert er dauernd an mir herum«, sagte er.

»Arbeitet er für *Stigs Bodenbeläge*?«

»Allerdings. Warum fragst du?«

»Wie viele Leute arbeiten denn bei der Firma?«

Der Fahrer antwortete nicht, sondern begann, das Netz über den Container zu ziehen.

»Halt hier mal fest«, sagte er, aber Ali war sofort klar, dass das eigentlich nicht nötig war. »Zwei«, sagte der Mann im Vorbeigehen und schaute Ali flüchtig an. »Warum willst du das wissen?«

Ali zögerte, erkannte jedoch, dass er den Fahrer brauchte, irgendwen, der ihm weiterhalf.

»Er hat ein Mädchen schlecht behandelt, das ich kenne«, sagte er.

»Ein Mädchen? Deine Schwester?«

Ali nickte.

»Was hat er getan?«

Die Bewegungen des Fahrers wurden etwas steifer, er sah zur Baracke hinüber, ging um den Wagen herum, zog an dem Netz und befestigte es auf der anderen Seite. Ali blieb stehen und hielt ein Seilende in der Hand. Als der Fahrer zurückkam, hatte sich seine Miene verändert.

»Nein, weißt du, Liebeskummer geht mich nichts an«, meinte er. »Das musst du schon selber in die Hand nehmen. Wie alt ist deine Schwester?«

»Sechsundzwanzig«, behauptete Ali.

Der Mann sah Ali an, ehe er einen letzten Blick auf die Ladung warf und ins Fahrerhaus stieg. Ali trat ein paar Schritte näher.

»Okay«, sagte der Fahrer, »danke für deine Hilfe.«

»Okay«, erwiderte Ali, aber als der Wagen sich bereits in Bewegung gesetzt hatte, rief er ihm hinterher: »Er ist ein Mörder!«

Der Lastwagen hielt an.

»Was hast du gesagt?«

»Das mit meiner Schwester war gelogen, ich habe gar keine.«

»Ein Mörder? Was zum Teufel willst du damit sagen?«

Der Fahrer sah ihn verblüfft an, vielleicht auch ängstlich. Ali wusste nicht, wo er anfangen sollte.

In dem Moment kam der Bodenleger mit drohender Miene aus seiner Baracke und nahm Kurs auf Ali. Der Fahrer bemerkte ihn und öffnete die Wagentür, aber Ali lief davon. Auf der Straße sah er Mehrdad etwa zwanzig Meter entfernt mit beiden Händen gestikulieren. Eine Gruppe Frauen, die an ihm vorbeiging, betrachtete ihn amüsiert.

Wir haben uns lächerlich gemacht, dachte Ali und lief weiter, passierte den erstaunten Mehrdad und schrie ihm zu, man habe sie entdeckt. Mehrdad starrte kurz zur Toreinfahrt hinüber, ehe auch er loslief.

»Ich habe ihn gesehen«, brachte Ali atemlos heraus.

Sie rannten, wie sie noch nie gerannt waren, die Straße hinunter, überquerten die Eisenbahngleise und gelangten in einen kleinen Park.

Ali wurde langsamer, blieb stehen und lehnte sich an einen Baum. Als er wieder zu Atem gekommen war, erzählte er Mehrdad, was passiert war.

»Vielleicht hat er gehört, dass der Typ im Lastwagen ›Mörder‹ gesagt hat. Ich weiß es nicht, er war jedenfalls ziemlich nah.«

Mehrdad sah ihn konsterniert an.

»Du hast dem Lastwagenfahrer erzählt, dass der Fußbodenmann ein Mörder ist?«, fragte er ungläubig.

»Er hat mir nicht abgekauft, dass ich eine Schwester habe, es klang wohl zu unglaubwürdig.«

»Aber musstest du ihm deshalb gleich alles erzählen?«

Ali ließ sich an den Baum gelehnt auf die Erde rutschen.

»Er schien okay zu sein, und es kam mir bescheuert vor, ihn anzulügen.«

»Aber was ist, wenn die beiden sich unterhalten«, sagte Mehrdad, »dann erfährt er ja ...«

»Er hat doch eh gewusst, dass du ihn gesehen hast.«

»Schon, aber nicht, dass wir nach ihm suchen.«

Große Regentropfen fielen jetzt vom Himmel. Die Jungen saßen beide an den Baum gelehnt auf der Erde. Es regnete immer stärker, aber die Baumkronen schützten sie. Ali fand es befreiend, an etwas anderes denken zu können, doch sobald er zu Mehrdad hinüberschielte, wurde er in die Wirklichkeit zurückgerissen. Sein Cousin wirkte gehetzt. Nur wenige hundert Meter entfernt hielt sich ein Mörder auf, der unter Umständen bereit sein würde, erneut zu morden.

»Wir müssen zur Polizei gehen«, sagte Ali nach längerem Schweigen.

»Kommt überhaupt nicht in Frage«, erwiderte Mehrdad, ohne zu zögern, so als hätte er Alis Worte bereits erwartet. »Dir macht es ja nichts aus, aber denk mal an meine Mutter.«

»Ich war auch da«, sagte Ali.

»Das ist was anderes.«

»Du hast Angst, die Bullen könnten glauben, du hättest es getan.«

Mehrdad nickte.

»Einem Kanacken glaubt doch keiner«, meinte er, »und ich glaube nicht an die Polizei.«

Ali kannte den Grund für Mehrdads Misstrauen. Solange Mitra ihm ihre Vorträge gehalten hatte, also solange er denken konnte, hatte Ali sich anhören müssen, dass die Polizei seinen Vater und viele andere verschleppt hatte. Die Guten verschwanden, die Mitläufer und Gleichgültigen wurden in Frieden gelassen, während die Mörder und Folterknechte zu Helden ernannt wurden und teure Autos fuhren.

»Aber wir sind hier in Schweden«, sagte er.

»Alle werden uns nur noch mehr hassen«, sagte Mehrdad. »Wir haben die ganzen Schaufenster eingeschlagen, und dann stirbt auch noch dieser Typ. Ist doch sonnenklar, dass sie uns die Schuld geben werden.«

»Was sollen wir denn sonst tun? Wenn wir herausfinden, wer der Mann ist, was sollen wir dann machen? Ihn töten?«

»Ich dachte ...«, setzte Mehrdad an, verstummte jedoch, als er Alis Miene sah.

»Du hast an einen Tauschhandel gedacht, wir halten den Mund, er hält den Mund.«

Sein Cousin nickte, sah Ali dabei aber nicht in die Augen.

»Er soll also frei herumlaufen dürfen und nicht ins Gefängnis kommen?«

»Das ist nicht unsere Sache«, erklärte Mehrdad leise.

Ali wollte nicht mehr. Er bereute, überhaupt mit seinem Cousin mitgekommen zu sein. Mehrdads Plan war heller Wahnsinn. Eine mögliche Absprache mit dem Mann hatte Mehrdad mit keinem Wort erwähnt. Ali hatte stillschweigend vorausgesetzt, dass sie nur herausfinden wollten, wer der Mann war, um ihn anschließend anzeigen zu können.

Sollte er allein zur Polizei gehen?

»Wir halten doch zusammen?«, fragte Mehrdad, als hätte er Alis Gedanken lesen können.

Ali stand auf. Er fror.

»Lass uns erst mal abhauen«, sagte er und ging los, ohne auf Mehrdad zu warten. Er wusste, wenn er den Gleisen folgte, kam er wieder in die Stadt.

Er drehte sich um und sah, dass Mehrdad aufgestanden war und in die Richtung schaute, aus der sie gekommen waren. Ali blieb stehen und wollte ihm etwas zurufen, aber als er das Zögern seines Cousins sah, murmelte er nur, Mehrdad sei ein Idiot, den er nie wieder sehen wolle.

Als Ali den Bahndamm erreichte, kam die Sonne heraus, und er fühlte sich gleich wohler. Er wollte weit gehen, Kilometer für Kilometer dem Schienenstrang folgen, Uppsala hinter sich lassen und an einen Ort kommen, an dem der Iran und Schweden einander begegneten, wo beide Sprachen gültig waren und die eine nicht besser war als die andere.

Großvater Hadi würde dort einen eigenen Stuhl bekommen, einen bequemen Sessel für seinen ächzenden Körper, und von dort aus den Blick über Ebenen und Hügel schweifen lassen. Mitra würde dort Ärztin sein und müsste nicht mehr auf dem Flugplatz schuften. Stattdessen würde sie Menschen heilen, wobei es manchmal schon reichte, dass sie mit den Kranken sprach und ihre Gesichter berührte, wie sie es früher bei ihm getan hatte, um sie wieder gesund zu machen.

Die sollten sich alle ein einziges Mal ihr Essen selber packen, pflegte sie zu sagen. Dann wüssten diese Leute, die hin und her jetten, wie es uns geht, uns Frauen aus allen Winkeln der Welt. Manchmal glaubte Ali zu sehen, dass Mitra gern zur Arbeit ging, was er nicht nachvollziehen konnte. Manchmal gefiel ihr der Job, dann aber beklagte sie sich gleich wieder über irgendeinen dämlichen Vorgesetzten.

Ali ging schneller und ließ Schwelle für Schwelle in der Gewissheit hinter sich, am Ende des Schienenstrangs alles über seine Zukunft zu erfahren. Er wäre gern schnell gelaufen, aber das hätte ausgesehen, als würde er vor etwas fliehen, obwohl er sich in Wirklichkeit auf etwas zubewegte.

Das Gleise endeten an einem Prellbock. Ali sah sich verwirrt um und wusste nicht genau, wo er war. »Uppsala Ost« las er auf einem verrosteten Schild, das jeden Moment herunterfallen konnte. Ein alter, gesprungener Blumentopf stand auf dem Bahnsteig, und Ali setzte sich auf die Bahnsteigkante.

»Wartest du auf den Zug?«, fragte ein Mann, der die Gleise und den Bahnsteig überquerte.

Ali versuchte zu lächeln, erwiderte jedoch nichts.

»Da kannst du lange warten. Der letzte Zug ist hier in den sechziger Jahren gefahren«, sagte der Mann freundlich und eilte weiter.

Ali stand auf. Das Polizeipräsidium war bestimmt gar nicht so weit entfernt. Sollte er hingehen und alles erzählen? Er sah sich nach Mehrdad um, der immer noch nicht aufgetaucht war. Ali betrachtete das Bahnhofsgelände. Von Mehrdad war weit und breit nichts zu sehen.

War sein Cousin etwa zurückgegangen, um mit dem Mann zu sprechen und ihm einen Kuhhandel vorzuschlagen? Ali sprang auf das Gleis hinab und lief ein paar Schritte zurück, ehe er in die Hocke ging und ein Ohr auf die Schienen legte. Das hatte er einmal in einem Film gesehen. Der Stahl war kühl. Von Mehrdad war weder etwas zu sehen noch zu hören.

31

Dienstag, 13. Mai, 13.20 Uhr
Ann Lindell rauschte zur Tür herein, blieb jäh stehen und entschuldigte sich für ihre Verspätung.

»Ich habe nachgedacht«, sagte sie so selbstsicher, dass der Kommissariatsleiter seine Brille in die Stirn schob und sie musterte.

»So, so«, meinte er, »gehören wir zu den Privilegierten, die hören dürfen, was dabei herausgekommen ist?«

»Nein«, erwiderte sie, musste aber sofort lachen.

Beatrice und Haver sahen sich an.

»Erst wenn die Zeit reif ist«, ergänzte sie. »Ich muss vorher noch mit Munke sprechen, aber der ist im Moment in der Stadt.«

»Mit Munke, warum denn das?«

»Da ist was faul, was wir klären müssen«, sagte Ann Lindell. »Was Neues von den Krawallen in der Stadt?«

»Und worum geht es dabei?«, hakte Sammy nach. »Hat es dir die Sprache verschlagen?«

Lindell schüttelte den Kopf. »Ehrlich gesagt kaufe ich Marcus sein Geständnis nicht ab«, sagte sie dann und setzte sich.

»Aha, und womit begründet Fräulein Gedankenschärfe diese Ansicht?«, fragte Haver.

»Besser gesagt, ich glaube, das Ganze ist komplizierter. Es sind an dem Freitag Dinge in der Stadt passiert, über die wir noch zu wenig wissen.«

»Das ist ja mal ganz was Neues«, sagte Sammy.

»Die Zerstörung der Schaufenster«, fuhr Lindell fort, »haben wir irgendwie aus den Augen verloren.«

»Irgendwie sind ein Mord und eine Brandstiftung mit Todesfolge dazwischengekommen«, meinte Haver.

»Aber wir müssen das Ganze sehen. Bei den momentanen Zwischenfällen in der Stadt geht es doch nicht nur um den

Mord. Ich glaube, diese Neonazis gewinnen vor allem wegen des Vandalismus Sympathien, die Leute sind wütend darüber, dass die halbe Stadt in einen Scherbenhaufen verwandelt wurde. Wenn wir weiterkommen wollen, müssen wir dieses Knäuel entwirren. Was ist passiert und warum ist es passiert?«

»Und?«, sagte Haver seufzend.

Lindell sah ihn flüchtig an, bevor sie mit Nachdruck weitersprach: »Fest steht, dass es Jugendliche waren. Mittlerweile bestätigen uns das um die dreißig Zeugenaussagen.«

»Ja, die Theorie, dass es sich um einen Ausflug des Müttervereins handelt, haben wir bereits ad acta gelegt«, sagte Haver.

Ottosson hob beschwichtigend die Hand.

»Ich glaube, nein, ich weiß inzwischen, dass einer Gruppe von Jugendlichen, hauptsächlich aus Einwanderern bestehend, der Zutritt zum Birger Jarl verwehrt wurde. Sie sind von den Türstehern schlecht behandelt worden, aber auch von Kollegen von uns, waren sauer, zogen weiter und ließen ihre Wut an der Drottninggatan aus.«

»Kollegen?«

»Darauf komme ich noch zurück«, antwortete Lindell, war aber unsicher, ob sie alles erzählen sollte, bevor sie Munke angehört hatte. »In diesem Durcheinander stirbt Sebastian. Aber wie? Wir wissen, dass Marcus ihm eine gelangt hat und ihm anschließend gefolgt ist, aber was passierte dann?«

»Jedenfalls ist inzwischen Haftbefehl ergangen«, warf Ottosson ein, »und zwar wegen dringenden Tatverdachts auf vorsätzlichen Mord oder Totschlag.«

»Wir haben das Motiv und wahrscheinlich Sebastians Blut an Marcus' Jacke, aber vor allem ein glaubwürdiges Geständnis«, sagte Haver.

»Aber wie glaubwürdig ist es wirklich?«

Ottosson lehnte sich zurück. Sammy Nilsson sah zur Decke. Haver seufzte erneut.

»Warum zweifelst du es an?«

»Der Stuhl«, antwortete Lindell. »Hätte er wirklich den Stuhl abgewischt?«

Plötzlich wurde sie unruhig. Der Stuhl wollte ihr nicht aus dem Kopf, aber da war noch etwas anderes.

»Wir haben das immer wieder durchgekaut«, sagte Haver. »Marcus sagt, er habe ihn vielleicht abgewischt. Er erinnert sich nicht, und wir werden uns wohl ein wenig gedulden müssen, bis er uns den ganzen Tathergang schildert, vielleicht werden wir ihn auch nie hören, aber wir hatten schon eine schlechtere Beweislage als in diesem Fall. Außerdem kann es nicht schaden, dass der Täter ein Schwede ist, stell dir vor, es wäre einer der Einwanderer gewesen, dann wäre hier vielleicht was los.«

»Es ist auch so schon genug los«, sagte Sammy. »Drei Überfälle hat es gestern Abend gegeben. Habt ihr das von dem Pizzaboten gehört?«

Lindell nickte.

»Du hast was über Kollegen angedeutet«, sagte Ottosson.

»Lund und Andersson waren am Birger Jarl und haben sich dort unter Umständen zu unpassenden Äußerungen hinreißen lassen«, sagte Lindell ruhig.

»Schon möglich«, sagte Haver. »Und wenn es so wäre?«

Lindell sah ihn an.

»Ich weiß nicht«, sagte sie schließlich, »ich muss mit Munke sprechen.«

Sie spürte das geballte Misstrauen, das ihr entgegenschlug, und wusste genau, sie war selber schuld. Sie hätte den Mund nicht so weit aufreißen sollen. Ihr war bewusst, dass die anderen sich jetzt hintergangen fühlten, weil sie mit der Schutzpolizei plauschte und nicht alle Karten auf den Tisch legte.

Lindell breitete die Arme aus und versuchte gleichgültig zu gucken, was Haver nur noch mehr reizte. Sie sah, dass er fast explodierte, aber ein Blick von Ottosson unterband jede weitere Diskussion.

»Das Feuer«, sagte der Kommissariatsleiter knapp.

»Drei Beobachtungen sind von Interesse«, sagte Sammy Nilsson, der offensichtlich zufrieden war, das Thema wechseln zu können. »Ein Nachtschwärmer, ein junger Mann, hat in der Timmermansgatan einen Fahrradfahrer mit einem Rucksack gesehen. Seiner Beschreibung nach war dieser Radfahrer um die vierzig, trug eine kleine Mütze und, jetzt kommt das Interessante, einen Pferdeschwanz, der unter der Mütze herauslugte.

»Wer trägt um diese Jahrszeit denn noch eine Mütze?«, sagte Bea.

»Die Nächte sind ziemlich kühl«, meinte Ottosson. »An unserem Wochenendhaus hat es letzte Nacht gefroren.«

»In der nächsten Zeugenaussage taucht wieder ein Pferdeschwanz auf. Sie stammt von einem Tankstellenbesitzer, der sich in der Umgebung seiner Tanke ein wenig umgesehen hat. Wahrscheinlich hatte er Angst vor Brandstiftern. Er hatte gerade Feierabend gemacht, so gegen halb fünf Uhr morgens, und ist dann mit dem Auto durch die Straßenzüge hinter der Tankstelle gekurvt. An der Ecke Gamla Uppsalagatan und Auroragatan sieht er einen Typen, der volle Pulle Richtung Svartbäcksgatan radelt. Keine Mütze, aber Pferdeschwanz. An einen Rucksack kann er sich dagegen nicht erinnern.«

»Es war ihm warm geworden«, meinte Beatrice.

»Die dritte«, sagte Lindell.

»Das ist jetzt interessant«, fuhr Sammy fort. »Ein Zeitungsbote in der Ringgatan ist einem Mann begegnet, der zu Fuß mit einem Fahrrad unterwegs war. Er hat das Fahrrad also geschoben. Der Zeitungsbote macht eine Bemerkung über einen Platten, aber der Typ hat nur nach unten geguckt und ist weitergestiefelt, ohne ihm zu antworten.«

»Pferdeschwanz?«

»Ja! Und außerdem«, fuhr Sammy eifrig fort, »jetzt kommt das Beste, der Mann roch nach Benzin.«

Lindell musste über die triumphierende Miene ihres Kollegen lächeln. Sammy sah sich in der Runde um, als hätte er gerade beim Pokern ein Full House aufgedeckt.

»Ringgatan«, meinte Ottosson nachdenklich. »Auf welcher Höhe?«

»Kurz vor dem Konsumsupermarkt«, sagte Sammy. »Das bedeutet, unser Pferdeschwanz ist von Svartbäcken nach Luthagen geradelt.«

»Eriksdal«, korrigierte Ottosson.

»Okay, von mir aus Eriksdal. Er hat einen Platten, muss deshalb zu Fuß gehen und bewegt sich in östliche Richtung. Wo landet man dann? Entweder in Eriksdal oder weiter draußen an der Tiundaschule oder in Stabby. Ich glaube, er wohnt irgendwo in der Gegend«, erklärte Sammy abschließend und holte eine Mappe aus seiner Tasche.

»Und er riecht nach Benzin«, sagte Beatrice. »Das ist fast zu schön, um wahr zu sein.«

»Ich habe mir die Namen von ein paar Spinnern ausdrucken lassen, die in der Gegend wohnen und als Täter in Frage kommen könnten«, erklärte Sammy. »Einige habe ich von Friberg bekommen. Es handelt sich um stadtbekannte Neonazis. Aber wenn ich ehrlich sein soll, habe ich nicht das Gefühl, dass die Sicherheitspolizei die Lage im Griff hat.«

Lindell beugte sich vor.

»Hast du ihren Bericht gelesen?«, fuhr Sammy fort und wandte sich an sie.

»Ich bin noch nicht dazu gekommen«, sagte sie schnell und kam sich ziemlich dumm vor. Sie hätte sich die Zeit nehmen sollen, den Bericht zu lesen, auch wenn Fribergs Analysen nur selten ergiebig waren.

»Nachdem ich noch ein bisschen gesiebt habe, sind dreizehn übriggeblieben«, ergriff Sammy wieder das Wort und reihte alle Namen mit Personennummer und Vorstrafenregister auf. Ein paar von ihnen kamen Lindell bekannt vor.

»Wie willst du vorgehen?«, erkundigte sich Ottosson.

»Ich werde einen Vertreter spielen«, antwortete Sammy, »und irgendetwas Lächerliches anbieten, das kein Mensch haben will. So finden wir heraus, wie sie sich geben und aussehen.«

»Was willst du denn verkaufen?«, fragte Beatrice amüsiert. »Eine schwedische Kriminalgeschichte in fünf Bänden?«

»So was in der Art. Irgendeinen Quatsch, ich kann meinen Bruder um Hilfe bitten. Er ist Vertreter.«

»Warum dieses Theater?«, sagte Ottosson schmunzelnd. »Wir können die betreffenden Personen doch vor Ort verhören, bei ihnen zu Hause. Das ist einfach und geht schneller.«

»Ich finde auch, dass das ein bisschen albern klingt«, sagte Lindell.

»Okay«, erwiderte Sammy, »wenn wir den Pferdeschwanz finden, was passiert dann? Vielleicht kann ihn der Zeitungsbote identifizieren, aber ich sage: vielleicht. Daraufhin wird unser Pferdeschwanz alles abstreiten und behaupten, er habe zu Hause gelegen und friedlich geschlummert. Die Kleider, die er trug, hat er sicher weggeworfen, und wir haben nichts in der Hand, was ihn mit der Brandstiftung in Verbindung bringen würde. Selbst wenn wir Glück haben und er zu Hause hundert Liter Benzin hortet und wir einen Plan vom Zentrum und ein Tagebuch finden, in dem er alles aufgezeichnet hat, so what? Ich glaube, die Sache ist gut organisiert gewesen, sowohl der Brand als auch das Flugblatt. Wenn wir uns bedeckt halten, spüren wir den Pferdeschwanz auf, beschatten ihn und schnappen uns mit etwas Glück noch ein paar seiner Mithelfer.«

Ottosson sah erst Sammy und dann Lindell an.

»Okay«, sagte er, »dann versuch dich ruhig mal als Vertreter. Unter Umständen entwickelst du auf die Art ganz neue Methoden der Polizeiarbeit. Vielleich setzt sich das durch.«

Als Nächstes fasste Beatrice die Berichte über ausländerfeindliche Vorfälle in der Stadt zusammen. Nach der Verteilung der Flugblätter, die mittlerweile auch in Gränby und Löten aufgetaucht waren, hatte es eine ganze Reihe von Zusammenstößen gegeben.

Etwa zwanzig Einwanderer waren angegriffen oder bedroht, die Schaufenster von fünf Geschäften eingeworfen worden. Eine Schule hatte den Nachmittagsunterricht ausfallen lassen und einen Projekttag durchgeführt, zu dem sie auch die Polizei eingeladen hatte. Die Wahl war etwas überraschend auf eine Hundestaffel gefallen, was bei den Schülern jedoch gut angekommen war.

Beatrice glaubte, dass sie die Situation einigermaßen im Griff hatten. Das kommende Wochenende konnte allerdings schwierig werden.

Nach ihrem Bericht wurde es still. Sammy sammelte seine Aufzeichnungen ein.

Lindell stellte sich eine Bande vor, die genau wie sie und ihre Kollegen in diesem Moment die Situation besprach. Die anderen waren am Drücker. Die Polizei konnte nur reagieren.

»Ann, hallo?«, sagte Ottosson.

»Was?«

»Ich habe dich gefragt, ob du etwas von der Spurensicherung gehört hast?«

»Keinen Ton. Die Jacke liegt immer noch im Labor. Ryde wollte anrufen und Druck machen, aber das macht sie nur noch mürrischer, und ich traue mich nicht, Ryde danach zu fragen, denn dann wird er nur noch mürrischer.«

»Die Obduktion?«

»Nichts Bemerkenswertes, abgesehen von einem eingeschlagenen Schädel vollkommen gesund, wenn ihr Sebastian meint. Über die Leute aus Bangladesch weiß ich nichts.«

Sie beendeten die Besprechung, und jeder der Anwesenden verließ die Runde mit gemischten Gefühlen. Lindell hatte ein schlechtes Gewissen, weil sie sich nicht dazu hatte durchringen können, Klartext über Lunds und Anderssons Bericht zu reden.

Haver und Beatrice waren wütend, weil Sebastian ihr Fall war und Lindells Zweifel einen Schatten auf ihre Arbeit warfen.

Sammys Gedanken waren bei den drei verkohlten Leichen. Er hatte es nicht ertragen, bei der Obduktion anwesend zu sein, und bereute es im Nachhinein. Er wollte alles über diese Menschen wissen und hatte das Gefühl, sie, die so sehr gelitten hatten, im Stich gelassen zu haben.

Ottosson war überzeugt, dass der Optimismus, der sich angesichts des Verrückten mit dem Pferdeschwanz in ihm geregt hatte, jederzeit durch einen Rückschlag erstickt werden konnte. Tatsächlich musste er sich eingestehen, dass er im letzten Jahr ausgesprochen pessimistisch geworden war. Früher hatte er die anderen aufgemuntert, aber jetzt sehnte er sich die meiste Zeit in sein Wochenendhaus in Jumkil. Die Traubenkirsche stand in voller Blüte, hatte seine Frau ihm berichtet.

32

Dienstag, 13. Mai, 15.20 Uhr
Erneut stand Ann Lindell vor ihrer Karte von Uppsala. Wieder wartete sie auf Munke. Der alte Fuchs war längst nicht mehr so entgegenkommend gewesen wie beim ersten Mal. Mit barscher Stimme hatte er zunächst sogar versucht, sie abzuwimmeln. Er hatte behauptet, zu viel um die Ohren zu haben. Lindell wusste, dass die Situation in der Stadt seinen Blutdruck gefährlich in die Höhe trieb.

Haben wir die Lage nicht mehr im Griff, dachte sie und betrachtete den Verlauf von Straßen und die Lage von Häuserblocks auf der Karte. Sie fühlte sich wie ein General vor einem Frontabschnitt, sah, wie sich der Gegner nach ersten Feindberührungen neu formierte, Verstärkung heranführte und vorrückte.

Morenius, der Leiter des Führungs- und Lagedienstes, drückte sich manchmal so aus. Lindell mochte das nicht, aber sie sah es ihm nach, da er früher bei der Armee gewesen war. Jetzt dachte sie selbst in ähnlichen Bildern. Es herrschte Krieg gegen einen inneren Feind, für den sie keinen Namen hatte. Sie weigerte sich, wie manche Kollegen unverblümt die Jugendbanden zum Feind zu erklären. Sie versuchte vielmehr zu verstehen, aber die Karte war ihr dabei keine große Hilfe. Sie diente allenfalls als Fenster.

Ann Lindell drehte sich um und betrachtete ihren Schreibtisch, als wollte sie sich so einen Überblick über das Ausmaß des Kräftemessens verschaffen. Der Tisch war mit Aktenstapeln übersät, von denen die meisten rot markiert waren. Unten saßen Leute in Untersuchungshaft, die verhört werden mussten. Auf den Straßen liefen andere frei herum, die dingfest gemacht werden sollten, nicht nur von der Polizei, sondern auch von anderen Behörden.

Bei der letzten der alljährlich stattfindenden Kulturnächte hatte sie ihren Sohn in den Kinderwagen gepackt und war im Stadtzentrum spazieren gegangen. Sie hatte geglaubt, die Stadt angesichts der zahlreichen Veranstaltungen von ihrer besten Seite erleben zu können. Stattdessen war sie schockiert gewesen.

Kurz nach acht war sie zwei Kollegen von der Schutzpolizei begegnet, die zum Schlossberg unterwegs waren.

»Geh mal da hoch, dann siehst du, wie kultiviert wir sind«, hatte der eine gemeint.

Sie hatte ihren Kinderwagen genommen, war die Drottninggatan hinauf und in den Park am Schloss spaziert. Auf den Wiesen saßen und lagen Jugendliche, einige waren betrunken, andere krakeelten herum. Rotzlöffel, hatte sie gedacht und war vorbeigegangen. Je weiter sie in den Park vordrang, desto betrunkener waren die Teenager. Sie sah zwei junge Mädchen, die nur dünne Blusen trugen und sich an einem Baum um die Wette übergaben. Ein drittes Mädchen, vielleicht vierzehn Jahre alt, stand daneben und weinte.

Lindell begegnete erneut ihren Kollegen.

»Wir müssen jetzt zum Stadtpark fahren«, hatten die Schutzpolizisten zum Abschied gesagt, »da ist es noch schlimmer.«

An diesem Abend wurden in dem Park am Schlossberg zwei Mädchen vergewaltigt, das eine war erst dreizehn Jahre alt.

Schockiert und bedrückt war sie nach Hause gegangen. Erik war guter Dinge gewesen und hatte in seinem Kinderwagen ununterbrochen gebrabbelt.

Sie wurde durch ein Klopfen an der Tür aus ihren Gedanken gerissen. Munke trat ein. Er sah müder aus als gewöhnlich. Ann Lindell wusste, dass sie jedes Wort auf die Goldwaage legen musste. Wenn Munke diesen Gesichtsausdruck hatte, war er leicht reizbar.

»Schön, dass du Zeit gefunden hast«, sagte sie und kam direkt zur Sache, denn Munke war niemand, der seine Zeit mit Höflichkeitsfloskeln verschwendete. »Ich habe da einige Informationen erhalten, die mir Sorgen bereiten. Und ich glaube, dass du dir ähnliche Gedanken machst wie ich.«

Munke sagte nichts, seufzte aber. Es dauerte ein wenig, bis er es sich im Besuchersessel bequem gemacht hatte. Er betrachtete die Stuhlbeine, als traute er dem Sitzmöbel nicht zu, ihn zu tragen.

»Lunds und Anderssons Bericht über Freitagabend ist unvollständig. Ihre Fahrt von Eriksberg nach Svartbäcken ähnelte eher einer gemütlichen Stadtrundfahrt als einer zügigen Bewegung an einen Einsatzort. Du musst dich über ihre Langsamkeit gewundert haben, als du in dieser Nacht versucht hast, einen Brandstifter zu fassen.«

Ihr Kollege zeigte immer noch keine Reaktion.

»Ich weiß inzwischen, dass sie dem Birger Jarl einen zweiten Besuch abgestattet haben, und zwar kurz vor eins«, fuhr Lindell unverdrossen fort. Sie sah Munke bei ihren Worten nicht an, sondern tat, als suche sie etwas in den Aktenstapeln. »Dort haben sie sich wenig erfreulich verhalten, aber wichtiger ist, dass sie auf ihrem Weg nach Svartbäcken wahrscheinlich ungefähr zu der Zeit an der Drottninggatan vorbeigekommen sein müssen, als dort die ersten Schaufensterscheiben klirrten, oder was meinst du?«

Munke sah sie an. Es dauerte ein paar Sekunden, bis er antwortete.

»Mit anderen Worten, du hast Nachforschungen angestellt«, sagte er schließlich.

»Ich bin zum Birger Jarl gefahren, habe mit den Türstehern gesprochen und mir anschließend den Stadtplan angesehen«, erwiderte Lindell ruhig, wohl wissend, dass ein falsches Wort Munke in Rage bringen konnte. »Soweit ich es beurteilen kann, muss es so gewesen sein.«

»Schon möglich«, sagte Munke.

»Was ist in der Drottninggatan passiert? Warum haben sie nicht Bericht erstattet?«

»Vielleicht wurden zu der Zeit noch keine Schaufenster eingeschlagen.«

Lindell blickte von ihren Stapeln auf und warf Munke einen Blick zu, der ihm zeigen sollte, was sie von seiner Äußerung hielt. Munke sah auf seine Hände, sagte aber nichts. Die Frage stand weiterhin im Raum: Warum hatten sie sich nicht bei der Leitstelle gemeldet?

In jeder Ermittlung gibt es einen Moment, der sich in der Rückschau als entscheidend erweist. Dieser Moment war nun gekommen. Lindell spürte es. Munkes unheilverkündendes Schweigen rührte an ihr Inneres wie eine kalte Hand, und sie musste ein Schaudern unterdrücken. Es rumorte im Bauch und in der Lendengegend, das waren nicht die üblichen Menstruationsbeschwerden, sondern ein Gefühl, das sie von wenigen früheren Fällen her kannte.

Munke hüstelte. Nur wenige Sekunden waren vergangen, aber sie kamen ihr vor wie Jahrzehnte ungewissen Wartens. Würde er es vertuschen? Wenn Munke beschloss, die Sache unter den Teppich zu kehren, würde sie kaum eine Chance haben, Klarheit darüber zu bekommen, was wirklich geschehen war. Er hatte die Autorität, sich hinter einen falschen Bericht zu stellen. Lund und Andersson würde man zwar vorwerfen können, den zweiten Besuch im Birger Jarl nicht gemeldet zu haben, doch das wäre nur eine Lappalie. Man würde sie für ihre auffällig langsame Bewegung durch die Stadt kritisieren können, aber auch das war kein schwerwiegender Fehler.

Wenn sich das Trio Lund-Andersson-Munke gemeinsam für eine Version entschied, war es die gültige. Basta. Nicht einmal mit Ottossons Beistand würde sie diesen Kampf gewinnen können.

»Ja, es ist schon ein bisschen seltsam«, sagte Munke nachdenklich, und Lindell glaubte ein fast unmerkliches Lächeln auf seinen Lippen zu sehen. Natürlich waren ihm ihre Unruhe und ihre angespannte Erwartung nicht entgangen.

»Sie streiten alles ab, könnte man sagen. Ich würde ihnen ja gerne glauben, denn es sind zwei alte Hasen, mit denen ich seit vielen Jahren zusammenarbeite, lange bevor du in die Stadt gekommen bist.«

Plötzlich erhob sich Munke und baute sich, die Hände in die Seiten gestemmt, vor Lindell auf, als wollte er ihr die Leviten lesen.

»Ich weiß nicht mehr, was hier vorgeht«, sagte er, und Lindell überlegte, dass er damit wiederholte, was sie selber und andere in der letzten Zeit oft gesagt hatten. »Das sieht den beiden überhaupt nicht ähnlich«, fuhr Munke fort, »so kenne ich die Kollegen jedenfalls nicht. Sie sind immer pflichtbewusst gewesen, sie gehören zur alten Garde, die noch zu Fuß Streife gegangen ist und ihr Handwerk von der Pieke auf gelernt hat.«

Komm zur Sache, dachte Lindell. Ein alter Haudegen zu sein, ist keine Garantie.

»Vielleicht sind sie nur müde, das geht uns wohl allen so«, fuhr er fort, nachdem er sich wieder hingesetzt hatte, »aber ich glaube in der Tat, dass sie sich nicht korrekt verhalten haben.«

Lindell wurde von großer Wärme erfüllt.

»Wieso?«

»Das liegt doch auf der Hand. Wie gesagt, ich habe mit ihnen gesprochen, und beide behaupten, auf direktem Weg von Eriksberg nach Svartbäcken gefahren zu sein und nur kurz am Birger Jarl gehalten zu haben, um dort nach dem Rechten zu sehen.«

»Und die Drottninggatan?«

»Sie sagen, sie hätten einen anderen Weg genommen, was denkbar wäre. Sie behaupten, sie seien über die Islandsbron zur Kungsgatan gefahren.«

»Aber zwei erfahrene Polizisten nehmen den Weg durchs Stadtzentrum, nicht wahr?«, wandte Lindell ein.

»Das ist nicht unbedingt gesagt«, erwiderte Munke wider besseres Wissen.

»Wir haben eine Zeugin, die gegen eins in der Drottninggatan einen Streifenwagen gesehen hat«, sagte Lindell. »Anfangs dachten wir, sie hätte sich einfach geirrt, aber ich habe mich heute Morgen noch einmal persönlich mit dem Mädchen unterhalten. Sie fand es seltsam, dass die Polizisten nichts unternahmen, sondern einfach weiterfuhren. Sie sagt, der Streifenwagen hätte eine Zeitlang mitten auf der Straße gestanden, sei dann jedoch verschwunden.«

Munke starrte Lindell an.

»Glaubst du das?«

Lindell nickte und war ihrem Kollegen sehr dankbar. Er vertraute ihrem Urteilsvermögen.

»Okay«, sagte er, »dafür kommen nur die beiden in Frage. Dann lügen sie. Seit wann weißt du das?«

»Seit heute Vormittag. Außer mir weiß es keiner«, fügte Lindell hinzu, als sie Munkes Gesichtsausdruck bemerkte. »Kopfzerbrechen bereitet mir nur, dass dort so wenige Leute waren.«

»Das wundert mich gar nicht«, erwiderte Munke. »Stell dir die Situation doch einmal vor, da zieht eine Horde durch die Straßen, grölt und schreit, macht den Leuten Angst, stößt Drohungen aus und randaliert. Das allein reicht, um eine Straße leerzufegen. Dann fangen sie auch noch an, auf die Schaufenster loszugehen. Daraufhin machen sich die letzten Passanten aus dem Staub. Dieses Mädchen, wo kam sie her?«

»Sie hatte eine Freundin besucht und betrat die Straße, als der Streifenwagen gerade vorbeikam.«

»Wo hat er gehalten?«

»Gegenüber vom Ekocafé«, sagte Lindell.

Munke senkte den Kopf und fasste sich an die Stirn. Als er wieder aufblickte, entdeckte Lindell einen neuen Zug an ihm, einen Ausdruck von Wehrlosigkeit in seinem Gesicht, so als hätte ihn gerade ein sehr enger Freund verletzt.

»Etwa zehn Meter von der Buchhandlung entfernt, in der wir Sebastian Holmberg gefunden haben«, ergänzte sie.

»Ich weiß«, sagte Munke leise.

Erneut stand er auf, und seine riesige Gestalt schien den ganzen Raum auszufüllen. Unter seinen Armen hatten sich Schweißflecken gebildet.

»Weiß Ottosson davon?«

»Niemand weiß es«, sagte Lindell, »nur wir beide.«

»Du bist ein verteufelter Bulle«, sagte Munke.

Lindell nahm an, dass seine Worte ein Kompliment sein sollten.

»Was sollen wir jetzt tun?«

»Ich rede mit Lund und Andersson. Willst du dabei sein?«

Lindell wünschte sich nichts mehr, schüttelte jedoch den Kopf. Munke lächelte schief.

»Wie gesagt, du bist schon ein Bulle«, sagte er.

»Du auch, Holger, und das habe ich immer schon gefunden.«

Er lächelte, allerdings nicht sehr fröhlich. Wie bei ihrer letzten Begegnung streckte er Ann Lindell seine riesige Pranke entgegen.

33

Dienstag, 13. Mai, 20.45 Uhr
»Was tust du da?«

»Ich suche was«, antwortete Sammy Nilsson aus der Kleiderkammer.

»Wenn du die Filme suchst, die habe ich in die Garage geräumt«, sagte Angelika lachend.

Die Filme boten seit langem Anlass zu Scherzen. Es handelte sich um zwei Bananenkisten mit alten Super-8-Filmen aus den sechziger und siebziger Jahren, die Sammy Nilsson regelmäßig hervorholte, um sie durchzusehen und zu entscheiden, welche von ihnen auf Video überspielt werden sollten. Das Problem war nur, dass er dann doch nie die Zeit dazu fand, so dass die Kisten immer wieder hin und her geräumt wurden. Jetzt waren sie zur Abwechslung wieder in der Garage gelandet.

»Hier ist er ja«, sagte er und zerrte ein Kleidungsstück aus einer Schublade heraus.

»Willst du auf eine Pyjamaparty?«

»Nein, das Ding kommt weg.«

»Wie meinst du das, weg?«

»Ich werde ihn wegwerfen«, sagte Sammy, und Angelika sah ihm an, dass er es ernst meinte.

»Weißt du eigentlich, wie solche Schlafanzüge produziert werden?«

Sammy hatte seiner Frau von Nasrin und ihrer Schwester

erzählt, von den Textilfabriken in Bangladesch und den unwürdigen Bedingungen, unter denen die Frauen arbeiteten.

»Ich habe eine vage Vorstellung«, sagte sie, »aber es wäre doch trotzdem schade, ihn wegzuwerfen. Die Sachen waren für Mariannes Kinder gedacht.«

»Ich weiß«, sagte er, »aber der hier nicht. Er ist so verlogen.«

Angelika betrachtete die Pocahontas-Figur auf dem Schlafanzug und musste lächeln. Sie erinnerte sich zwar noch an das Weihnachtsfest, zu dem sie ihn gekauft hatte, aber er bedeutete ihr im Grunde nichts.

»Weißt du, wie lange eine Frau in den Fabriken, die für Disney Kleider nähen, arbeiten muss, um auf den Stundenlohn eines Disneymanagers zu kommen?«

Angelika schüttelte den Kopf.

»Zweihundertzehn Jahre. Verstehst du, zweihundertzehn Jahre Plackerei entsprechen einem Stundenlohn.«

»Woher hast du das denn?«

»So was«, sagte Sammy und zerknüllte den Schlafanzug zu einem Ball, »so was kann man im Internet nachlesen.«

»War es das, woran du die halbe Nacht gesessen hast?«

»Ich habe gestern Abend mehr gelernt als in mehreren Jahren vor der Glotze. Wieso können sie einem so was nicht im Fernsehen zeigen, statt immer nur Mist zu senden.«

Er ging in die Küche, öffnete die Schranktür, knallte den Ball mit einem gezielten Wurf in den Mülleimer und starrte einen Moment lang Pocahontas' kindliches, aber unterschwellig verführerisches Lächeln an, ehe er sachte die Tür schloss.

»Ich habe auch eine Mail an Michael Eisner geschrieben, den Vorstandsvorsitzenden von Disney«, sagte er.

»Und was hast du ihm geschrieben?«

»Es war so ein vorformulierter Protestbrief aus dem Internet.«

»Willst du jetzt auch auf eine Demonstration gehen?«

Sammy antwortete nicht.

»Erzähl mal«, sagte sie.

Er warf ihr einen kurzen Blick zu, ehe er sich am Tisch niederließ.

»Holst du mir ein Bier?«

»Das kann Feminist Nilsson selber tun, aber ich könnte uns ein paar Brote machen.«

Sammy stand grinsend wieder auf. Bevor er zwei Flaschen Bier aus dem Kühlschrank nahm, holte er einen Stapel Computerausdrucke von seinem Schreibtisch.

»Hier«, sagte er, während Angelika Brot aufschnitt, »hier gibt es Dokumente, die Dinge aufgreifen, über die wir nur selten sprechen. Es ist wirklich kaum zu glauben, wie manche Menschen leben müssen.«

Er zog ein Blatt heraus. Über seine Schulter hinweg sah Angelika das Foto einer jungen Frau. Sammy Nilsson las sich den Text noch einmal durch, wie er es sicher auch am Vorabend getan hatte. Seine Lippen bewegten sich. Angelika wusste, es war bei ihm ein Zeichen von höchster Konzentration. So sah er auch aus, wenn er Akten studierte, die er mit nach Hause genommen hatte.

Er las einzelne Passagen aus dem Text vor, trommelte mit dem Zeigefinger auf dem Blatt und vergewisserte sich mit einem Blick, dass Angelika ihm zuhörte.

»Sie nähen unsere Kleider«, sagte er abschließend, und Angelika sah es in seinem Gesicht zucken. Das liebte sie so an ihrem Mann. Sammy Nilsson, der harte, oft sarkastische und zuweilen etwas sexistische Polizeiinspektor, konnte vom Schicksal eines wildfremden Menschen zu Tränen gerührt werden.

Er zog an seinem T-Shirt und wiederholte seine Worte.

»Sie nähen unsere Kleider. Das sind doch noch halbe Kinder.«

34

Dienstag, 13. Mai, 20.55 Uhr
Ali ging ins Zentrum von Gottsunda. Dort war der letzte Freitag immer noch in aller Munde. Unter den Jugendlichen wussten praktisch alle, wer Freitagnacht dabei gewesen war oder jedenfalls hätte dabei sein können. Gerüchte machten die Runde. Es hieß, die Polizei werde bald zuschlagen, die Bullen wüssten, wer mitgemacht hatte. Manch einer wurden daraufhin noch großmäuliger, andere verstummten und wagten sich nicht mehr ins Zentrum.

Erst lungerten sie vor den Geschäften herum, und als sie von dort vertrieben wurden, zogen sie weiter. Ali kam mit. Er wollte darüber reden, was passiert war, hatte aber niemanden, mit dem er sprechen konnte. Unzufrieden mit sich selbst und dem Gegröle seiner Freunde ging er schließlich nach Hause. Im Stadtteil Gottsunda war es noch nicht zu Zwischenfällen wie denen gekommen, über die so viel geredet wurde, aber in seiner Clique war man bereit, wenn nötig zu reagieren. Mühsam unterdrückter Zorn und innere Anspannung würden sich bei der geringsten Provokation in Gewalt entladen können.

Einige seiner Freunde gaben damit an, dass sie bewaffnet waren, und zeigten den anderen enthusiastisch ihre selbstfabrizierten Waffen, die sie in ihren Kleidern verbargen. Einer besaß sogar eine Pistole.

Als Ali vor dem Haus, in dem Mehrdad wohnte, die Straße überquerte, blieb er kurz stehen. Von seinem Cousin war im Zentrum nichts zu sehen gewesen, und sie hatten auch nicht mehr telefoniert. Ali nahm an, dass es Nahid wieder schlechter ging und Mehrdad an ihrem Bett saß.

Ein Auto fuhr vorbei, ein zweites hupte, und Ali trat auf den Bürgersteig. Sollte er zu Mehrdad hinaufgehen? Im Grunde hatte er das Gefühl, dass Mehrdad und er miteinander fertig waren, und er ging weiter.

An den Garagen hielt ein Wagen. Ali ging wenige Meter vor dem Auto vorbei. Der Fahrer kroch in sich zusammen.

Der Wagen rollte langsam um die Ecke, bremste, fuhr aber gleich wieder an und bremste erneut, als könnte der Fahrer sich nicht entscheiden. Ali hatte die Hauptstraße erreicht und ließ zwei, drei Autos vorbeifahren, bevor er sie überquerte. Ehe er hinter den Garagen verschwand, sah er sich noch einmal um und registrierte das Auto, das nun die Kreuzung erreicht hatte. Warum fährt er nicht, dachte Ali, ehe er einen letzten Blick auf Mehrdads Haus warf.

35

Mittwoch, 14. Mai, 9.30 Uhr
Der Mann, den Birger Andersson gerade vor sich hatte, hieß Olsson. Er hatte seine Frau geschlagen, und niemand wusste, wie oft das schon vorgekommen war, am allerwenigsten Frau Olsson.

Andersson konzentrierte sich auf sie, eine knapp fünfzigjährige Frau, die ihn an einen Hund erinnerte, der Angst vor Schlägen hatte. Ihre früher dunklen Haare waren inzwischen graubraun und so dünn, dass die Kopfhaut zwischen den Strähnen rosa durchschimmerte. Auf seine Frage, was passiert sei, hatte sie nur den Kopf geschüttelt und war nicht in der Lage gewesen, ein vernünftiges Wort herauszubringen.

»Das ist doch nicht der Rede wert«, sagte die Frau schließlich. »Er verliert eben einfach die Beherrschung, wenn er trinkt.«

»Sie müssen ihn anzeigen«, sagte Andersson.

»Sie hat mich gebissen«, rechtfertigte sich Olsson.

»Halten Sie den Mund«, sagte Lund.

»Er wird manchmal wütend, aber das geht vorbei«, sagte sie und gab sich alle Mühe, nicht länger zu zittern.

Lund ging mit dem Mann in die Küche und zog die Tür hinter sich zu, aber die Frau sprach dennoch mit sehr leiser Stimme und hatte den Blick unablässig auf die Tür gerichtet.

Andersson wusste, wie die Sache enden würde. Das Ehepaar Olsson würde sich in Anwesenheit der Polizisten versöhnen, die Frau keine Anzeige erstatten, und die Polizisten würden frustriert die Wohnung verlassen.

»Es wäre besser gewesen, das Schwein hätte sich erhängt«, sagte Andersson, als sie wieder im Auto saßen.

»Wie meinst du das?«

»Olsson wie Olsson«, erwiderte Andersson kryptisch und legte den ersten Gang ein.

Er wollte sich nicht mit seinem Kollegen unterhalten und auch nicht mehr in einem Streifenwagen mit Lund sitzen. Seit den Ereignissen Freitagnacht hatte er jegliche Lust an der Arbeit verloren und überlegte ernsthaft, ob er sich krankschreiben lassen sollte, aber irgendwie widerstrebte ihm das. Seit Anfang der neunziger Jahre hatte er nicht mehr krank gefeiert, und er war stolz auf seine Statistik. Er war der Sohn eines Werkzeugmachers, der in zweiunddreißig Jahren im Stahlwerk von Surahammar keinen einzigen Tag wegen Krankheit gefehlt hatte. Außerdem würde man ihm dann sicher jede Menge Fragen stellen.

»Du bist vielleicht komisch geworden«, bemerkte Lund.

Andersson bremste abrupt.

»Du erzählst mir hier verdammt noch mal nicht, ich wäre komisch geworden«, zischte er.

Sein Kollege, der auf das schnelle Bremsmanöver nicht vorbereitet gewesen war und beinahe gegen die Windschutzscheibe gestoßen wäre, schaute zu Andersson hinüber, sah dessen Blick und versuchte zu lächeln, während er sich wieder hinsetzte, aber ihm gelang nur eine verkrampfte Grimasse.

Sie starrten vor sich hin. Beide wussten, was der andere dachte. Es würde nie wieder so sein wie früher, nie wieder würden sie sich diesen Streifenwagen mit der gleichen Freude teilen wie in früheren Zeiten. Jahrelang waren sie unzertrennlich gewesen, das stabilste Team der Schutzpolizei. Seit dem unglückseligen Freitag waren die Bande zwischen ihnen, die unabdingbar sind, um als Einheit funktionieren zu können, für immer zerrissen.

»Wir haben alle unsere Probleme«, sagte Lund schließlich, »zum Beispiel diese Badenixe, aber darüber willst du wahrscheinlich nicht sprechen.«

Andersson drehte langsam den Kopf, und für eine Sekunde begegneten sich ihre Blicke, so als wollten sie sich gegenseitig bestätigen, dass es in diesem Moment vorbei war. Sie hatten keine Alternative. Ihre Zusammenarbeit musste beendet werden.

36

Mittwoch, 14. Mai, 9.40 Uhr
Auf dem Hof vor dem Haus schien alles wie immer zu sein. Trotzdem hatte sich etwas verändert, oder kam der Hof nur ihm jetzt enger und dunkler vor?

Alis innere Unruhe war anders als in der Boxhalle, wenn Konrads Augen seine Bewegungen überwachten, oder das Unbehagen in der Schule, wenn die mühsam unterdrückte Resignation und Wut seines Lehrers ihn ins Schwitzen brachte und über die schwedischen Worte stolpern ließ.

Der Hof vor dem Haus wirkte bedrohlich. Die Wohnung erschien ihm einigermaßen sicher, aber irgendwo da draußen war der Mörder. Ali hatte ihn gesehen. Wohnte er in Gottsunda? Mehrdad glaubte es, aber Ali wusste nicht recht, was er glauben sollte. Nur weil der Mann vor dem Einkaufszentrum abgesetzt worden war, hieß das noch lange nicht, dass er in der Nähe wohnte.

Ich bin ein ängstlicher Mensch, dachte Ali. Das hatte er in den letzten Tagen erkannt, aber gleichzeitig konnte er das Gefühl nicht abschütteln, dass ihn tatsächlich etwas bedrohte.

Aufmerksam schweifte sein Blick über den Hof und registrierte jedes kleinste Detail, als hätte er die Fahrradständer, Papierkörbe und Beete vorher noch nie gesehen. War er hier zu Hause?

Zum ersten Mal in seinem Leben hatte Ali das Gefühl, etwas selber bestimmen zu können. Ich bin hier, und was ich sage, bedeutet etwas, dachte er. Ali spricht, Ali will.

»Ich bin Ali«, sagte er laut und bildete sich ein, ein paar Mädchen hätten seine Worte gehört, denn sie drehten sich in diesem Moment zum Haus um. Ich bin Ali, und ich beschließe, ein fröhlicher Mensch zu werden wie Mitra, und dass Großvater noch lange leben und noch viele Tassen Kaffee in der Küche der Bauern trinken wird.

»Ich sollte zur Schule gehen«, sagte er zu sich selbst und stellte sich dicht an die Fensterscheibe, so dass seine Worte das Glas flüchtig beschlagen ließen.

Das Schnarchen seines Großvaters im Nebenzimmer beruhigte ihn, wenn auch nur für kurze Zeit. Ali kroch in sein Bett zurück und legte sich hin, schoss aber gleich wieder in die Höhe, sah in den Spiegel und schnappte sich die Schultasche.

Er verließ die Wohnung und ging zur Bushaltestelle. Es war einer dieser Tage, an dem die Menschen einander zulächelten. Es war warm, und die Maschinen, die den Sand aufkehrten, der im Winter gestreut worden war, schossen wie Hornissen umher, sausten um Straßenecken und Verkehrsinseln.

Ali ging schnell. Sein morgendlicher Wankelmut war einer Entschlossenheit gewichen, die ihn große Schritte machen ließ. Er bereute es, dass er Mitra am Abend nicht nach Benzingeld gefragt hatte. Dann hätte er jetzt Mofa fahren und pünktlich zur Schule kommen können.

Er besuchte eine Schule in der Innenstadt; Mitra war der

Meinung gewesen, sie sei besser für ihn als die Schule in Gottsunda. Sie hatte gehofft, er würde neue Freunde finden, wenn er tagsüber nicht in Gottsunda war, aber darin hatte sie sich getäuscht. Er war und blieb in der neuen Schule ein Fremdkörper. Ihm machte das nichts aus. Gemobbt wurde er nicht, denn die meisten wussten, dass er boxte, und das reichte aus, um seine Mitschüler davor zurückschrecken zu lassen, sich mit ihm anzulegen. Andererseits gab es auch andere Möglichkeiten, jemanden nicht in die Klassengemeinschaft aufzunehmen. Ali war das egal. Er wusste ohnehin, dass er in keiner Schule großen Erfolg haben würde. Nur Mitra träumte noch von einem gebildeten Sohn.

Er sah sich auf der Straße um. Diesmal gab es keinen Mehrdad, der wie ein Schatten in Alis Nähe blieb. Immmer mehr Leute trafen an der Bushaltestelle ein. Ein Freund fuhr auf seinem Mofa vorbei und winkte Ali zu. An der Kreuzung bei den Hochhäusern stand ein Auto, und Ali wusste sofort, dass er es gestern schon einmal gesehen hatte. Sein Freund bog ab. Der Wagen blieb stehen. Die Straße war frei. Eigentlich hätte sich das Auto jetzt in Bewegung setzen müssen, aber es blieb genau wie am Abend zuvor stehen. Ali war sich jetzt ganz sicher, dass es dasselbe Auto war.

Eine Kralle schien ihn zu packen. Er ist es, dachte Ali und sah sich nach einem Fluchtweg um. Was will er von mir? Glaubt er, ich wäre Mehrdad? Glaubt er, dass ich der Zeuge bin, der ihn ins Gefängnis bringen könnte? Tausend Gedanken schossen ihm durch den Kopf. Der Bus näherte sich. Ali versuchte die Silhouette des Mannes zu erkennen, aber der Abstand zwischen ihnen war zu groß. Der Bus hielt, und das Auto verschwand aus Alis Blickfeld. Ich könnte jetzt abhauen, dachte er, über die Hecke springen und verschwinden, doch die übrigen Fahrgäste drängten ihn in den Bus.

Er setzte sich ganz vorne hin und sah sich um. Der Wagen stand immer noch da; sobald der Bus anfuhr, setzte auch er sich in Bewegung. Der Bodenleger verfolgte ihn, daran konnte es keinen Zweifel mehr geben. Ali schwitzte. Der Bus hielt an der nächsten Haltestelle, und Ali stand auf, ließ sich jedoch gleich wieder auf seinen Platz zurückfallen. Er hatte keine Ahnung, wie er der Bedrohung begegnen sollte.

Die Busfahrt entwickelte sich allmählich zu einem Albtraum. Er kam auf die Idee, bis zur Endhaltestelle sitzenzubleiben und den gleichen Weg wieder zurückzufahren. Ihm war bewusst, dass der Wagen ihn dennoch verfolgen würde, aber so könnte er wenigstens etwas Zeit gewinnen, um sich etwas einfallen zu lassen.

Er dachte an Mitra und ihre Geschichten von Verfolgung und Flucht und darüber, wie sie und ihre Kameraden nach immer neuen Wegen gesucht hatten, die Geheimpolizei zu überlisten. Sie hätte jetzt bei ihm sein sollen. Mitra wäre bestimmt etwas eingefallen. Und sein Großvater hätte mit seinem Stock auf den Boden gestampft und keine Sekunde gezögert, ihn als Schlagwaffe zu benutzen, um das Enkelkind zu beschützen.

Aber Ali war allein. Er drehte sich um, kannte jedoch keinen der anderen Fahrgäste. Fremde Menschen musterten sein blasses und schweißnasses Gesicht. Er hatte das Gefühl, unter ihren Blicken zu schrumpfen, so als wäre er selber schuld, dass er von einem Mörder gejagt wurde. An der Haltestelle hatten alle noch so freundlich gewirkt, einander zugenickt und über das Wetter geplaudert. Jetzt sahen sie feindselig aus. Sie würden ihn bestimmt hinauswerfen, wenn er ihnen erzählte, dass er verfolgt wurde und Schutz suchte.

Die blecherne Lautsprecherstimme zählte die Haltestellen auf. Menschen stiegen aus und ein. Ali blieb wie gelähmt auf seinem Platz. Er wagte es nicht, sich noch einmal umzudrehen, glaubte aber dennoch zu wissen, dass der weiße Wagen ganz dicht hinter dem Bus war.

Er will mich zum Schweigen bringen, dachte Ali. Er denkt, ich sei Mehrdad. Wahrscheinlich findet er, dass alle Kanacken gleich aussehen. Oder er glaubt, ich stecke mit Mehrdad unter einer Decke und weiß alles. Das tue ich auch, wurde ihm plötzlich bewusst, ich weiß tatsächlich alles. Wenn ich zur Polizei gehen würde, könnte er verhaftet werden.

Der Bus war jetzt in der Innenstadt, und Ali wurde immer verzweifelter. Wenn er zur Schule gehen wollte, musste er an der nächsten Haltestelle aussteigen. Aus alter Gewohnheit stand er auf, die Tasche in der Hand. Das Gewicht der Schulbücher überraschte ihn. Einen Moment lang überlegte er, die Tasche im Bus liegen zu lassen, aber dann würde Mitra wahnsinnig wütend werden.

Als sie sich der Haltestelle näherten, erblickte er einen anderen Bus, dessen Liniennummer er kannte. Es war die Buslinie, mit der sein Großvater und er zu dem Bauernhof hinausgefahren waren. Ali glaubte sogar den Fahrer wiederzuerkennen.

Als die Türen aufglitten, war Ali der Erste, der ausstieg. Er sprang auf die Straße und blieb auf dem Mittelstreifen stehen, während die Autos um ihn herum wütend hupten. Dann entstand eine kleine Lücke im Verkehr, und er lief auf die andere Straßenseite.

Ali stolperte in den Bus. Er wagte nicht, sich umzusehen, sondern konzentrierte sich auf das Gesicht des Fahrers, als hoffte er, dort eine Antwort auf die Frage zu finden, was er jetzt tun sollte. Soll ich ihm alles erzählen, dachte Ali, doch dann sprach ihn eine Frau an, die hinter ihm stand, und fragte, ob er nun einsteigen oder weiter stehen bleiben und den Eingang blockieren wolle. Er öffnete den Mund, aber über seine Lippen kamen keine Worte, sondern nur ein Stammeln.

»Komm jetzt«, meinte der Fahrer.

Ali setzte sich direkt hinter ihn. Die Eingebung, den Bus zu wechseln, war vielleicht doch keine so glänzende Idee gewesen. Das vertraute Gesicht des Fahrers hatte den Auschlag dafür gegeben. Jetzt hatte er jedenfalls jemanden, an den er sich halten konnte.

Er würde wieder einmal einen Schultag verpassen. Bald würden sie sicher zu Hause anrufen, und Mitra würde erfahren, dass er beinahe täglich die Schule schwänzte. Wenn ihnen das nicht längst egal war. Ali hatte gemerkt, dass ihn die Lehrer immer mehr in Ruhe ließen. Es schien sie nicht mehr zu kümmern, ob er zur Schule kam und ob er seine Hausaufgaben machte. Sie hatten sich gedanklich offenbar bereits von ihm verabschiedet. Bloß als er eine gute Note in der Mathearbeit geschrieben hatte, war der Lehrer hinterher zu ihm gekommen und hatte ihn beiseite genommen und ermuntert. Er war ein guter Lehrer. Er gab sich Mühe. Das hatte Ali an seinem Blick gesehen.

Ali rief sich der Reihe nach alle netten Menschen in Erinnerung, denen er in seinem Leben begegnet war. Die Liste wurde zwar nicht übermäßig lang, aber es brauchte seine Zeit, an jede einzelne Person zu denken. Der Bus ruckelte weiter. Ganz hinten sprach jemand mit durchdringender Stimme.

Er versuchte sich vorzustellen, sein Großvater säße neben ihm, mit Mütze und Stock und in einen bis zum Kinn zugeknöpften Mantel gehüllt.

Was machte er nur in diesem Bus? Konnte er sitzenbleiben, bis alle ausgestiegen waren, und dem Fahrer anschließend alles erzählen?

Nach einer Viertelstunde hatten sie das Stadtgebiet hinter sich gelassen. Er sah sich um. Außer ihm waren noch fünf Fahrgäste im Bus, und kurz hinter ihnen fuhr ein weißes Auto. Ali schloss die Augen. Er musste auf Toilette.

37

Mittwoch, 14. Mai, 11.15 Uhr
Das zweite Gespräch mit Lund und Andersson führte Munke in der kleinen Bibliothek über der Cafeteria des Präsidiums. Das Stimmengewirr in der unteren Etage störte Munke herzlich wenig, Birger Andersson dafür jedoch umso mehr. Es erinnerte ihn an seine Kollegen und die Tatsache, dass er seine Pflichten und seine Loyalität ihnen gegenüber missachtet hatte, und das alles Lund zuliebe, dessen ruhige und entspannte Miene ihn noch mehr reizte als Munkes Fragen.

»Gehen wir das Ganze noch einmal von vorn durch«, sagte Munke.

»Wir sind in Eriksberg losgefahren und ...«

»Ja, das hast du schon gesagt«, unterbrach Munke ihn und erhob zum ersten Mal die Stimme. Andersson dachte, dass sie sicher bis in die Cafeteria hinunter zu hören war. Mehrere Beamte wussten von dem Trio, das über ihren Köpfen zusammenhockte, und einige von ihnen waren sicher schadenfroh. Sie hatten den Gesichtsausdruck ihres Vorgesetzten gesehen und wussten, dass die drei dort oben kein freundschaftliches Picknick veranstalteten.

»Du sollst mir erklären, warum ihr nicht ruckzuck nach Svartbäcken gefahren seid, um nach dem Brandstifter zu suchen«, fuhr Munke fort.

»Die Lage am Birger Jarl war kritisch«, sagte Lund. »Es hatte Streit gegeben, und wir wollten noch einmal nach dem Rechten sehen. Sollen wir deshalb etwa Ärger bekommen? Wir machen nur unseren Job, und das weißt du auch, Holger.«

»Ihr hattet Order, sofort nach Svartbäcken zu kommen.«

»Ja, das stimmt schon«, mischte sich Andersson in das Gespräch, »aber es hat auch so nicht viel länger gedauert.«

»Es sei denn, man macht noch einen Abstecher auf die Drottninggatan«, sagte Munke.

Lund und Andersson sahen sich kurz an.

»Da haben wir nicht gehalten«, erklärte Lund.

Andersson schob den Stuhl vom Tisch zurück, als wollte er jetzt gehen.

»Nein, und das macht die Sache noch viel merkwürdiger«, erwiderte Munke.

»Wir konnten uns nicht einigen«, sagte Lund so ruhig, dass sein Partner ihn widerwillig bewunderte. »Wir haben gesehen, wie es da aussah. Einer von uns wollte bleiben und einer wollte weiterfahren.«

»Und was wolltest du?«

»Das spielt keine Rolle. Wir sind nach Svartbäcken gefahren. Das war immerhin unsere Order.«

»Ihr habt der Leitstelle nichts gemeldet«, stellte Munke fest, und Andersson begann die Konturen der Dampfwalze zu erkennen, die ihn und Lund überrollen würde.

»Nein, als wir es tun wollten, hast du dich per Funk gemeldet und wie der Teufel geschimpft. Erinnerst du dich noch?«

»Natürlich. Ich war wütend, und das bin ich immer noch«, sagte Munke.

»Wir haben uns feige verhalten, das gebe ich gerne zu. Du wirst wohl einen Bericht schreiben müssen.«

»Worauf du dich verlassen kannst! Wie viele Jahre sind es noch bis zu deiner Pensionierung?«, fragte Munke und wandte sich dem vollkommen apathischen Andersson zu.

»Es sind noch ein paar«, antwortete dieser leise.

»Warum habt ihr angehalten?«

»Aber das haben wir doch gar nicht«, widersprach Lund, und zum ersten Mal während des Gesprächs klang seine Stimme nicht mehr ganz so selbstsicher.

»Wir haben aber eine Zeugin dafür, also lüg mir hier verdammt noch mal nicht ins Gesicht.«

»Wie gesagt, wir waren uns nicht einig«, sagte Andersson, »und Ingvar ist kurz ausgestiegen, um sich umzusehen, aber dann haben wir beschlossen, weiterzufahren.«

»Das klingt, als wärt ihr auf einer Urlaubsreise gewesen, bei der man sich aussuchen kann, was man tun will. Ihr habt einen Job. Habt ihr etwas gesehen, irgendwelche Beobachtungen gemacht? Die Straße war doch völlig verwüstet! Mensch! Ihr seid verdammt noch mal Polizisten.«

Munkes Gesichtsfarbe erinnerte immer mehr an das Leder der Buchrücken im Regal hinter ihm.

»Wir haben nichts von Belang gesehen«, erklärte Lund.

»Nichts von Belang«, platzte Munke heraus. »Ich will einen schriftlichen Bericht, und eins kann ich euch versprechen, ich werde kein gutes Wort für euch einlegen. Zum Teufel, ihr seid eine Schande für das ganze Polizeicorps. Ihr seid vorläufig vom Dienst suspendiert.«

»Das entscheidest ja wohl nicht du«, protestierte Lund.

»Auf Wiedersehen«, sagte Munke, und in seiner Stimme schwang unverhohlener Hass auf die beiden Kollegen mit, die er seit fünfunddreißig Jahren kannte.

In der Cafeteria war es totenstill. Nicht einmal Flink von der Verkehrspolizei, der sonst immer große Reden schwang, sagte ein Wort, als Lund und Andersson herunterkamen. Johnsson grinste. Lund mumelte etwas, und Johnsson grinste noch breiter.

»Hör mal, du verdammter Lappe«, sagte Lund daraufhin unbeherrscht, »weißt du eigentlich, dass deine Alte mit Kanacken vögelt, während du arbeitest?«

Johnsson erstarrte, und alle sahen ihm an, dass er es wusste.

»Fahr doch mal abends beim Flustret vorbei, dann wirst du es schon sehen«, setzte Lund nach, »aber wenn man ihn selbst auch nicht mehr hochkriegt ...«

Johnsson wollte sich auf Lund stürzen, doch zwei seiner Kollegen waren schneller und hielten ihn fest.

Ann Lindell, die zusammen mit Berglund und Haver für einen Kaffee anstand, hatte die Szene mit großen Augen beobachtet. Es kam im Präsidium nur äußerst selten zu einem offenen Streit. Natürlich zog man hinter vorgehaltener Hand übereinander her, und zwischen den einzelnen Kommissariaten gab es Konflikte, die aufreibend sein konnten, aber das hier war etwas anderes. Zwei Polizeibeamte, die in der Cafeteria aufeinander losgingen.

Alle kannten den Hintergrund des Streits. Alle spürten Munkes Gegenwart auf der Bibliotheksbalustrade. Er zeigte sich zwar nicht, war aber vielleicht trotzdem noch da, und seine Stimme war laut gewesen. Lunds und Anderssons Mienen sprachen Bände. Sie waren am Boden zerstört, und manch einer war offensichtlich ganz zufrieden mit dem, was er aufgeschnappt hatte und jetzt sah.

Einige schielten in Richtung Bibliothek, aber die meisten nahmen an, dass Munke den anderen Ausgang benutzt hatte. Umso erstaunlicher war es, dass sich Lund und Andersson einer Konfrontation mit den Kollegen aussetzten. Wollten sie um Sympathie werben? Immerhin waren sie Veteranen, die von einem Vorgesetzten abgekanzelt worden waren. Aber wenn das ihre Absicht gewesen war, hatten sie sich gründlich verschätzt, denn sie hatten ihre Pflichten derart grob vernachlässigt, dass es auf die gesamte Polizei zurückfallen würde. Alle würden jetzt für Lunds und Anderssons Fehler geradestehen müssen.

Lindell ging zu Lund.

»Du hast am Birger Jarl viel Mist geredet«, sagte sie, »und was noch schlimmer ist: Du und Andersson, ihr habt zu einem Verstoß gegen geltende Gesetze ermuntert.«

»Fahr zur Hölle!«, stieß Lund hervor und ging mit schnellen Schritten zu der Tür, die in die Leitstelle führte.

»Das ist wohl eher dein Part«, sagte Lindell lächelnd.

Sie und Haver folgten Lund, der immer schneller ging.

»Dreckige Fotze«, rief er.

»Verdammt noch mal«, meinte Haver, »jetzt reicht's aber!«

»Ihr wart so dermaßen feige, dass ihr in der Drottninggatan nicht eingreifen wolltet«, sagte Lindell. »Und das könnte Sebastian Holmberg das Leben gekostet haben.«

»Du hast doch überhaupt keine Ahnung, was in der Stadt los ist«, erklärte Lund mit der Hand auf der Türklinke. »Für dich ist es leicht, das Maul aufzureißen.«

»Waren etwa zu viele da, die ›Bullenschweine‹ gerufen haben? Hast du deinen Schlagstock nicht aus dem Gürtel bekommen?«

»Ottossons Hure«, sagte Lund. »Wenn es nach deiner Qualifikation ginge, würdest du in der Garage die Autos waschen.«

Lindell lächelte erneut. Ihr entging nicht die Verzweiflung in Lunds Augen, als er sich durch die Tür hinausschob. Haver sah Lindell an.

»Warum?«, war das einzige Wort, das er herausbrachte.

»Ich wollte ihn provozieren«, antwortete Lindell und sah Lund hinterher.

Sie war aufgewühlter, als sie es sich anmerken ließ. Zum ersten Mal war sie ernsthaft mit einem Kollegen aneinandergeraten, und sie spürte das Gewicht von Lunds Dienstjahren. Viele teilten seine Frustration und die Ansicht, dass nur die Streifenpolizisten wussten, wie es wirklich auf den Straßen und Plätzen der Stadt aussah.

»Das hättest du dir sparen können«, sagte Haver.

»Wir müssen herausfinden, was passiert ist, oder nicht?«, erwiderte Lindell. »Eine Streife war vor Ort. Sie haben etwas gesehen oder gehört, das sie veranlasst hat, weiterzufahren und nicht einzugreifen. Das ist der Knackpunkt für den Mord an Sebastian Holmberg. Du hast ein Geständnis und gibst dich damit zufrieden, aber ich glaube, das Ganze ist komplizierter.«

»Und was ist deiner Meinung nach passiert?«

»Ich weiß es nicht«, sagte Lindell und wirkte plötzlich abwesend. Ihr Blick wanderte unruhig in der Cafeteria hin und her, dann lächelte sie Haver kurz an, machte ein paar Schritte

Richtung Tür, drehte sich um und sah ihren Kollegen wieder an.

»Ich glaube, dass Lund und Andersson bedroht wurden und dem Druck nicht standhielten. Warum sollten sie sich sonst von einem Tatort entfernen, einer Straße, die einem Trümmerfeld gleicht? Hätte Marcus eine solche Bedrohung für sie sein können? Wohl kaum.«

Sie verschwand, bevor Haver etwas entgegnen konnte. Er sah ihr nach. Als er sich schließlich umdrehte, entdeckte er, dass die Aufmerksamkeit aller in der Cafeteria auf ihn gerichtet war. Die Blicke seiner Kollegen waren nicht abweisend, sondern einfach neugierig. Selbstverständlich hatten sie Lunds unbeherrschte Attacke beobachtet und gesehen, dass Lindells verbissene Miene einem breiten Grinsen gewichen war.

Die Sache gefiel Haver nicht. Er hatte doch ein Geständnis in der Hand, seine Arbeit war von Ottosson gelobt worden. Alle im Raum wussten: Während er Marcus verhört hatte, war Lindell in ihrem Büro geblieben oder hatte sich in der Stadt herumgetrieben.

Nun würde Lindell mit Sicherheit zum Kommissariatsleiter rennen und neue Theorien aufstellen, und wie immer würde Ottosson ganz Ohr sein.

38

Mittwoch, 14. Mai, 10.35 Uhr
»Können Sie hier bitte halten?«

Ali entdeckte, dass er die Auffahrt zum Bauernhof fast verpasst hätte. Der Busfahrer schielte zu ihm herüber, sah ihn nicht mehr ganz so freundlich an wie beim letzten Mal, bremste aber dennoch.

»Wir werden hier für dich und deinen Großvater noch eine Haltestelle einrichten müssen«, meinte er.

»Entschuldigen Sie«, sagte Ali, »aber ich muss hier aussteigen.«

»Ist schon okay«, sagte der Fahrer und lächelte.

»Könnten Sie mir den Gefallen tun und noch ein wenig stehen bleiben, damit ich ein bisschen laufen kann? Dieses weiße Auto ist kein nettes Auto.«

»Du meinst das Auto, das uns gefolgt ist?«

Ali nickte.

»Du willst einen kleinen Vorsprung haben?«

Ali nickte wieder. Der Busfahrer zögerte eine Sekunde, schaute in den Rückspiegel und sah dann wieder Ali an.

»Was will er von dir?«

»Ich weiß es nicht«, antwortete Ali nach kurzem Zögern. »Bitte.«

»Hast du was ausgefressen?«

Ali schüttelte den Kopf.

»Er ist ...«

Fast hätte er alles erzählt.

»Stehen wir hier noch lange?«, rief der einzige verbliebene Fahrgast.

Die Bustür glitt auf, und Ali stürzte hinaus, sah sich nicht um, sondern lief die leichte Steigung hinauf, die zum Bauernhof führte, der hinter den Bäumen schon zu sehen war. Als er etwa fünfzig Meter gelaufen war, hörte er den Bus anfahren. Es waren noch hundert Meter bis zum Hoftor. Er lief um sein Leben und dachte an Mitra. Er sprang über einen weißen Zaun, stolperte über eine Grassode und blieb plötzlich wie gelähmt vor Angst liegen, ehe er wieder aufsprang und sich zum ersten Mal umsah.

Das Auto, das weiße Auto des Mörders war jetzt so nah, dass Ali das Gesicht des Fahrers erkennen konnte. Es war der Mann von der Fußbodenfirma. Ali lief weiter, umrundete ein Gehölz und roch einen süßlichen Duft.

Das Wohnhaus war jetzt ganz nah. Der Schotter spritzte unter seinen Füßen weg. Eine Katze verschwand erschrocken in den Sträuchern. Ali erreichte die Tür und hörte gleichzeitig das Auto auf den Hof fahren. Er klopfte an der Tür und zerrte an der Klinke. Es war abgeschlossen.

Er starrte die braune Tür an. Das konnte doch nicht wahr sein. Sie mussten einfach zu Hause sein. Er lief zum Fenster und lugte in die Küche hinein, in der er und sein Großvater eine so schöne Zeit verbracht hatten. Auf dem Tisch standen eine Karaffe mit einer roten Flüssigkeit, vielleicht Saft, eine Kaffeetasse und ein Teller mit Zwieback.

Er bog um die Hausecke und hoffte, dass Arnold oder Beata dort stehen würden, aber hier gab es nur Elstern, die kreischend aus den Apfelbäumen aufflogen. In diesem Moment fiel ihm ein, dass er sein Handy zu Hause vergessen hatte. Er hatte es zum Aufladen auf den Tisch im Flur gelegt.

Er lief weiter, ohne genau zu wissen wohin, aber mit Kurs auf den schmalen Streifen Wald, der sich wie ein Keil in das Feld hineinschob, das dem Bauernhof am nächsten lag. Die Elstern lachten ihn aus. Bilder seiner Mutter und seines Großvaters flimmerten vorbei. Innerlich verfluchte er Mehrdad, der ihn in diese Sache hineingezogen hatte.

Als er auf dem Feld war, wo junge Pflanzen aus dem Boden sprossen, sah er sich erneut um. Der Mann löste sich aus dem Schatten der Bäume, und Ali sah, dass er mit seiner Hose im Stacheldraht hängenblieb, als er versuchte, sich über den Zaun zu hieven.

Das Wäldchen bestand vor allem aus dichtem Nadelwald, aber etwas tiefer standen kräftige Erlen, zwischen deren Laubwerk Ali verschwand. Zweige peitschten sein Gesicht. Unfähig, Schmerz zu empfinden, lief er weiter hinein, sprang über einen verrottenden Baumstamm und bemooste Steinblöcke und konzentrierte sich darauf, nicht in Löcher zu stürzen.

Er keuchte und musste einen Moment lang stehen bleiben. Er kauerte sich hinter einen Stein und lehnte den Kopf an das weiche Moos. Der Geruch, der von dem Moos aufstieg, ließ

Ali schwindlig werden. Sie hatten mit der Schule einmal einen Orientierungslauf in einem Waldgebiet absolviert, das diesem hier ganz ähnlich gewesen war. Damals hatte er sich Sorgen gemacht, nicht zu seiner Gruppe zurückzufinden. Jetzt erfüllte ihn panische Angst in diesem fremden Wald. Hier würde kein Lehrer eine systematische Suche nach ihm organisieren können. Er war allein mit einem Mörder, der ihm dicht auf den Fersen war, einem Mann, der sicher zu einem weiteren Mord fähig sein würde.

Er musste an Konrad denken, seinen Trainer. Was hätte er an Alis Stelle getan? Vor allem Ruhe bewahrt, glaubte Ali. Konrad ließ sich nicht hetzen. Ali versuchte kontrollierter zu atmen, wischte sich den Schweiß aus dem Gesicht und spähte hinter dem Stein hervor. Der Mann war nirgendwo zu sehen, aber mit Sicherheit ganz in der Nähe. Vielleicht lauerte er ebenfalls hinter einem Stein? Oder hatte er Ali sogar schon entdeckt und wartete nur noch auf die beste Gelegenheit, ihn sich zu schnappen?

Gebückt schlich Ali weiter. Das dichte grüne Moos machte seine Schritte lautlos. Er richtete sich halb auf, schob ein paar Zweige zur Seite und gelangte in eine Art Höhle. Dann kam ihm die Idee, auf eine Tanne zu klettern. Ihre Wipfel wären ein gutes Versteck. Prüfend zog er an einem Ast, der fast so dick war wie sein Unterarm.

Mit schnellen Bewegungen war er in dem Baum. Harz klebte an seinen Händen. Er sah nach unten, und es wurde ihm schwindlig.

Irgendwo waren zögernde Schritte zu hören. Der Mörder war jetzt ganz nah. Ali schloss den Mund und atmete langsam durch die Nase.

Sein Verfolger war stehen geblieben. Ali hörte ihn leise etwas murmeln und schloss die Augen. Um ihn herum roch es nach Weihnachten. Erst in den letzten Jahren hatten sie zu Hause einen Weihnachtsbaum aufgestellt. Sein Großvater war anfangs ein Gegner dieser Tradition gewesen, hatte sich mittlerweile jedoch zur treibenden Kraft bei der Suche nach einem möglichst stattlichen Baum entwickelt. Mindestens eine Woche lang machte er die Runde bei den Verkäufern, bis er ein Exemplar fand, das seinen hohen Ansprüchen genügte.

Der Mörder hüstelte und atmete nicht mehr ganz so heftig wie zuvor.

»Ich weiß, dass du hier bist, du verdammter Neger«, schallte es plötzlich durch den Wald.

Ali zuckte zusammen und hatte Angst, das Gleichgewicht zu verlieren. Vor Schreck begann sein Körper zu zittern.

»Du wirst schon sehen, wie es einem ergeht, der herumschnüffelt«, fuhr der Mann fort.

Ali hörte den Mörder ein paar Schritte weitergehen. Er war sicher nur wenige Meter von der Tanne entfernt. Ein Ast wurde abgebrochen.

»Ich krieg dich«, schrie der Mann, und Ali hörte, dass er sich ein wenig entfernt hatte, aber dann kam die Stimme wieder näher.

»Ich krieg dich.«

Diesmal war die Stimme ruhiger und unbarmherziger. Ali stellte sich vor, dass der Mörder seine Witterung aufzunehmen versuchte wie ein Raubtier die seiner Beute. Er sah das Gesicht des Manns vor sich: die zu einem Grinsen gebleckten Zähne und die leuchtenden Augen, die von Hass am Rande des Wahnsinns zeugten.

Ali schluchzte auf. Der Mann lachte fast kichernd. Ali hörte den Mörder ein paar Äste zur Seite schlagen und danach den Triumphschrei, als er Ali erblickte, der in fünf, sechs Meter Höhe den groben Stamm umarmte.

»Du verdammter Affe«, sagte der Mann und begann unverzüglich, den Stamm hinaufzuklettern.

Ali wollte höher hinauf, aber es ging nicht, die immer näher rückende Gefahr lähmte ihn. Ali sah die großen Hände, die einen Ast nach dem anderen ergriffen.

»Lassen Sie mich in Ruhe«, schrie er und spürte seine

Kräfte schwinden, aber als er tief Luft holte, um erneut zu schreien, erfüllte ihn stattdessen eine eigentümliche Kraft, und er trat ungestüm nach unten aus.

Vielleicht ließen Konrads Ermahnungen seinen Körper reagieren. Jedenfalls flößte die Angst ihm nun die nötige Kraft ein, sich zu verteidigen, und er trat nach den Händen des Mannes und fauchte wie eine Wildkatze. Plötzlich traf er die Finger des Mörders, der daraufhin vor Wut und Schmerz aufheulte, ein paar Sekunden innehielt und seine Hand betrachtete, deren aufgeschürfte Fingerspitzen bluteten.

»Ich werde dir das Fell abziehen«, zischte er und holte aus einer der zahlreichen Taschen seiner Arbeitshose ein Teppichmesser.

Ali bewegte sich Zentimeter um Zentimeter vom Stamm weg, wobei er sich an dem Ast über seinem Kopf festhielt, der sich immer stärker bog. Er musste loslassen, bekam aber einen niedriger sitzenden Ast zu packen – doch der brach ab. Ali verlor für einen Moment das Gleichgewicht und fing sich gerade so wieder, indem er einen dritten Ast packte. Er balancierte hoch über dem Erdboden. Seine Hände waren von den spitzen Tannennadeln schon ganz zerstochen.

Der Mann bewegte sich vorsichtig weiter nach oben, das Messer auf Alis Beine gerichtet. Ali trat zu, verfehlte ihn jedoch und versuchte es noch einmal, aber durch den unsicheren Stand entwickelte er zu wenig Kraft. Er musste weiter nach außen klettern. Der Mann war schwerer als er, die Äste würden ihn nicht tragen. Ali sah ihn tatsächlich zögern.

Ali war nun so weit nach außen gekommen, dass er durch das Geäst sehen konnte. Vielleicht waren die Bauern inzwischen zu ihrem Hof zurückgekehrt. Ali schrie seine Not heraus.

Der Ast wippte unter seinem Gewicht, und der Junge schob sich unablässig weiter hinaus, während der Mann höher kletterte, dabei jedoch am Stamm und somit außer Reichweite von Alis Tritten blieb.

Als der Ast endgültig nachgab und Ali in die Tiefe stürzte, schrie er laut auf.

Er landete auf einer dicken Moosdecke. Ein Stein unmittelbar neben seinem Kopf zeigte, dass ihn sein Schutzengel vor Schlimmerem bewahrt hatte. Die Baumkrone über ihm schwankte, und Ali begriff, dass der Mann herunterkletterte.

Es dauerte nur ein paar Sekunden, bis Ali wieder bei Sinnen war, aber es war schon zu spät. Lächelnd beugte sich der Mann über ihn. Die scharfe Klinge des Teppichmessers blitzte auf. Ali rührte sich nicht.

Der Himmel war blau. Es roch nach Moos. In der Ferne hörte man das Geräusch eines Traktors, ansonsten war alles still. Die Luft flirrte in der Wärme.

Der Mann lächelte. »Mir läuft man nicht so leicht weg«, sagte er.

»Mein Großvater wird Sie umbringen«, erwiderte Ali.

»Ach wirklich«, sagte der Mann.

Ich muss reden, dachte Ali, aber das Lächeln des Mannes ließ ihn verstummen. Stattdessen tastete er im Moos und spürte unter der grünen Decke die Konturen eines Steins. Seine Hand grub sich tiefer.

»Was zum Teufel willst du von mir?«

»Ich weiß nicht ... Mein Freund hat ...«, stammelte Ali.

»Du schiebst die Schuld auf andere, was? Das ist wohl üblich bei euch?«

Er konnte den Stein bewegen und spürte jetzt sein Gewicht.

»Wenn Sie mir was tun, wird mein Freund Sie verpfeifen.«

»Meinst du wirklich?«

Der Mann lachte auf. Er hob das Messer und hielt es Ali vors Gesicht.

»Siehst du die Flecken auf der Klinge?«

Ali starrte das Messer an, sah aber keine Flecken. Die Klinge glänzte.

»Dein Freund ist nicht mehr sehr gesprächig.«

Auf einmal begriff Ali. Mehrdad war zu *Stigs Fußboden-*

beläge zurückgekehrt, um eine Abmachung auszuhandeln, die gegenseitiges Schweigen garantierte. Mehrdad hatte ihn verraten.

Die Schenkel, die Fersen, die durchtrainierten Bauchmuskeln, die Sehnen im Nacken – es war eine einzige schnelle Bewegung, als Ali den Stein packte, ihn aufhob und mit aller Kraft auf den Mann warf, der sein Leben bedrohte.

Der Stein von der Größe eines Katzenschädels traf den Gegner an der rechten Wange, so dass er nach hinten geworfen wurde, das Gleichgewicht verlor, hinfiel und mit schmerzerfülltem und verblüfftem Gesicht sitzenblieb.

Ali kam auf die Beine und rannte los. Ein Wut- und Schmerzensschrei ließ ihn kurz zurückblicken. Der Mann hockte auf allen vieren wie ein Sprinter im Startblock. Blut strömte ihm übers Gesicht. Ali lief weiter. Es platschte rund um seine Füße, als er einen Erlensumpf durchquerte, indem er von Grassode zu Grassode sprang. Zwei Waldtauben flogen erschrocken auf.

Die Euphorie über seine wiedergewonnene Freiheit verlieh ihm ungeahnte Kräfte. Er hatte das Gefühl, über Baumstümpfe und Steine hinwegzufliegen, und schob hinderliche Zweige und Farne mit der Effektivität und Schnelligkeit eines Profiboxers aus dem Weg.

Er lief ziellos und angetrieben von einem einzigen Gedanken: Mitra und seinen Großvater wiederzusehen.

Nach ein paar hundert Metern blieb er stehen, beugte sich, die Hände auf einen Ast gestützt, nach vorn und atmete keuchend durch. Er zählte, und als zwanzig Sekunden vergangen waren, richtete er sich wieder auf. Von dem Mann war weder etwas zu sehen noch zu hören. War er vielleicht ernsthaft verletzt?

Ali lief weiter. Irgendwo musste dieser Wald doch enden. Irgendwo gab es mit Sicherheit Menschen.

39

Mittwoch, 14. Mai, 14.55 Uhr
Im ganzen Haus herrschte spürbare Unruhe. Selbst Lisen, die Berichte tippte und das Archiv betreute, machte ein gehetztes Gesicht. Außerdem hatte sie sich zu stark geschminkt. Ann Lindell überlegte, ob sie Lisen sagen sollte, dass ihr Lippenstift verschmiert war und den Mund wie eine offene Wunde aussehen ließ, entschied sich aber dagegen.

»Hier hast du die Zusammenfassung über die Brandstiftungen«, sagte Lisen und schob eine Mappe über den Schreibtisch, ohne Ann Lindell eines Blickes zu würdigen.

»Ist das alles?«

»Reicht das nicht?« Lisen blickte auf.

»Doch, ich dachte nur ...«

»Denk nicht so viel«, sagte Lisen und wandte sich wieder ihrem Bildschirm zu.

Mein Gott, sind hier alle gereizt, dachte Lindell, ging ohne ein Wort des Dankes davon und begegnete Sammy Nilsson, der eine Aktentasche in der Hand trug.

Er hatte seine Hausbesuche vorbereitet, bei denen er sich als Vertreter für neue, besonders haltbare Spülschwämme ausgeben wollte.

Lindell musste über seine Idee lachen.

»Spülschwämme? Konntest du dir nichts Attraktiveres ausdenken?«

»Es soll doch gerade so ein Mist sein, damit niemand Interesse hat«, erwiderte Sammy. »Das fehlte mir noch, an jeder Tür hängenzubleiben.«

»Wo hast du die Schwämme überhaupt her?«

»Aus einem Ramschladen«, sagte Sammy.

»Was machst du, wenn du alle verkaufst?«

»Sie kosten sechsundvierzig Kronen das Stück, zwei für achtzig«, antwortete Sammy und grinste.

Er war allerdings der Einzige, der sich ein Lächeln gönnte. Der Auftritt in der Cafeteria hatte sich im ganzen Präsidium herumgesprochen. Der eine oder andere mochte sich schadenfroh ins Fäustchen lachen, aber die meisten waren einfach nur bedrückt.

Als Lindell in ihr Büro kam, klingelte das Telefon. Sie war zwar nicht abergläubisch, hatte aber dennoch das Gefühl, ihre Anwesenheit im Büro und das Telefon wären auf seltsame Weise miteinander verknüpft. Sobald sie eintrat, begann es zu klingeln.

Sie warf die Mappe auf den Tisch und ging an den Apparat.

»Hallo, hier spricht Edgar Wilhelmsson von der Polizei in Falkenberg«, sagte eine Stimme am anderen Ende. Lindell musste grinsen, als sie den halländischen Dialekt hörte.

»Das hört man«, sagte sie.

»Sind wir uns schon einmal begegnet?«

»Nein, ich meinte nur Ihren schönen Dialekt.«

Wilhelmsson lachte glucksend.

»Das hat mir noch keiner gesagt«, meinte er. »Hören Sie, bei uns ist eine Frau ins Wasser gegangen. Irgendein Schlaumeier unter Ihren Kollegen meinte, ich sollte mit Ihnen darüber sprechen. Es ist ja an sich nichts Besonderes, dass jemand ins Wasser geht, aber es gibt hier eine komische Verbindung, die Sie vielleicht interessiert. Übrigens, sind Sie tatsächlich Kommissarin bei der Kriminalpolizei? Das ist ziemlich ungewöhnlich.«

»Wie meinen Sie das, komische Verbindung?«

»Na ja, komisch ist vielleicht nicht das richtige Wort, sagen wir lieber, sie ist interessant.«

Lindell ging um ihren Schreibtisch herum und setzte sich.

»Sie ermitteln doch gerade in einem Mordfall, ich habe es in den Nachrichten gesehen, ganz schön was los in eurer altehrwürdigen Universitätsstadt.«

»Die Verbindung«, sagte Lindell verbissen.

Sie hatte keine Lust, ewig dieser halländischen Plaudertasche zuzuhören.

»Sebastian Holmberg, hieß er nicht so? Jedenfalls hat sich seine Mutter gestern bei uns ertränkt.«

Lindell schwieg einen Moment und war heilfroh, dass auch ihr Kollege nichts sagte.

»In Halland?«, fragte sie schließlich.

»Sie ist bei Glommen angetrieben worden«, antwortete Wilhelmsson, und seine forsche Stimme klang zum ersten Mal ernst. »Etwa eine Stunde, nachdem wir sie aus dem Wasser gefischt hatten, rief uns ein Hundebesitzer wegen eines Wagens an, der schon mehr als vierundzwanzig Stunden am Hafen parkte. Das kam ihm komisch vor.«

»Am Hafen«, wiederholte Lindell. »Stehen da nicht immer Autos?«

»Nein, jedenfalls nicht so lange. Eigentlich ist es auch gar kein richtiger Hafen, die Stelle wird nur so genannt.«

»Irgendein Brief?«

»Nein, nichts in der Art. Soweit wir sehen konnten, ist in dem Wagen nichts angerührt worden. Die Autoschlüssel fanden wir in ihrer Hosentasche, genau wie das Portemonnaie und die Hausschlüssel.«

»Wohnungsschlüssel«, berichtigte Lindell mechanisch.

»Ja, ja«, sagte Wilhelmsson.

»Keine Anzeichen von Gewalt?«

»Soweit wir das bis jetzt beurteilen können, nicht. Morgen wissen wir mehr.«

Beatrice hatte Lisbet Holmberg ausführlich vernommen, Lindell war ihr nur einmal begegnet. Dabei war ihr aufgefallen, wie langsam sich die Frau bewegte. Sie war in ihrer Küche wie eine Schlafwandlerin umhergegangen und hatte ebenso schleppend gesprochen.

Lindell wunderte es nicht, dass eine Frau, die ihr einziges Kind verloren hatte, sich das Leben nahm.

»Aber warum bei euch? Hier gibt es doch genug Wasser.«

»Sie stammt von hier. Einer meiner Kollegen kannte sie sogar. Sie hatte ein bisschen zugenommen, aber es war nicht zu übersehen, dass sie früher mal ein hübscher Feger war.«

Ein hübscher Feger, wiederholte Lindell in Gedanken.

»Ich selber wiege hundertvierzehn Kilo«, erklärte Wilhelmsson.

»Dann wird sie morgen obduziert?«

»Genau. Wir müssen so einen Knallkopf aus Halmstad kommen lassen, den man kaum versteht. Ein Deutscher. Schlinger oder Schwinger heißt er oder so ähnlich. Aber er macht seine Sache gut«, sagte Wilhelmsson.

»Könnten Sie bitte auch den Wagen gründlich untersuchen lassen? Selbst wenn es eindeutig nach Selbstmord aussieht, wäre es schön, wenn Sie etwas genauer nachsehen könnten«, sagte Lindell.

»Okay, no problem. Ich melde mich morgen noch mal bei Ihnen.«

»Ach übrigens«, sagte Lindell, »ich bin keine Kommissarin.«

»Was nicht ist, kann ja noch werden«, erwiderte Wilhelmsson.

Abschließend tauschten sie noch die Handynummern aus. Lindell versuchte sich vorzustellen, wie Lisbet Holmberg mit sehr bedächtigen Schritten ins Meer hinausgewatet war. Sie war also nach Falkenberg zurückgekehrt, um sich dort das Leben zu nehmen. Aber warum? Wollte sie einfach nur dort sterben, wo sie ihre Kindheit verbracht hatte? War dieser Hafen ihr aus irgendeinem Grund wichtig gewesen?

Lindell notierte sich nachdenklich ihre Fragen und rief anschließend Haver an. Sie war froh, dass es ausnahmsweise einmal nicht um Marcus Ålander ging.

Der Hausmeister war ein alter Mann, bestimmt achtzig Jahre alt, schätzte Lindell. Sein sorgsam gezwirbelter Schnurrbart hüpfte auf und ab, als er umständlich die einzelnen Mieter aufzählte, die in den letzten dreißig Jahren Lisbet Holmbergs

Wohnung bewohnt hatten. Er schien ein exzellentes Namens- und Zahlengedächtnis zu haben.

So wie er wird Berglund in ungefähr dreißig Jahren sein, dachte Lindell und versuchte den Mann die Treppen hinaufzulotsen. Er blieb auf jeder Treppenstufe stehen und wandte sich an Lindell, um die Geschichte des Hauses wortreich zu komplettieren. Haver würdigte er dagegen keines Blickes.

»Lisbet ist ein guter Mensch«, meinte der Hausmeister. »Das mit ihrem Sohn war wirklich zu traurig. Und jetzt ist sie verschwunden, sagen Sie. Sie sind doch von der Polizei, nicht? Ist das Fräulein dafür nicht noch ein wenig jung?«

»Nein, eher zu alt«, erwiderte Lindell. »Aber ich denke, wir möchten jetzt in die Wohnung.«

»Ja, Sie haben recht. Selbstverständlich.«

Er klimperte mit seinem riesigen Schlüsselbund und öffnete ihnen in einer Geschwindigkeit, die beide Polizisten erstaunte. Der Mann machte Anstalten, sie in die Wohnung zu begleiten, aber Haver hob die Hand.

»Wir kommen schon allein zurecht«, sagte er. »Wenn wir noch etwas wissen müssen, melden wir uns bei Ihnen. Sie scheinen ja ein wandelndes Lexikon zu sein.«

»Ich habe viel vergessen«, widersprach der Mann, »aber es ist das Privileg alter Menschen, das eine oder andere in Vergessenheit geraten zu lassen.«

Lindell und Haver betraten die Wohnung. Ohne dass sie sich hätten absprechen müssen, ging Lindell ins Schlafzimmer und Haver in die Küche.

Die Wände des Schlafzimmers waren überraschenderweise dunkelblau gestrichen. Das passte nicht zu dem Bild, das Lindell sich von der Frau gemacht hatte. Der Fußboden glänzte hell, was einen seltsamen Kontrast bildete. In einer Ecke des Raums stand ein Doppelbett mit zwei bestickten Kissen auf einer glattgestrichenen Tagesdecke, an der Wand eine Kommode aus den fünfziger Jahren. Eine alte mechanische Nähmaschine wurde als Tisch genutzt. Auf der Tischplatte lag ein Brief.

Lindell war sofort klar, dass es Lisbet Holmbergs Abschiedsgruß war. Sie riss den Umschlag mit einem Stift auf und zupfte ein zusammengefaltetes Blatt heraus.

»Ola, hier ist er«, rief sie.

Haver war sofort bei ihr.

»Was schreibt sie?«, fragte er wenig enthusiastisch.

»Was man erwarten konnte«, sagte Lindell, »dass das Leben ohne Sebastian für sie nicht mehr lebenswert ist. Dann folgt die Erklärung, warum sie beschlossen hat, nach Hause zu fahren, wie sie sich ausdrückt. Sebastian wurde auf dem Strand an diesem Hafen gezeugt. Hör dir mal ihre letzten Worte an: ›Ich hasse diese Stadt, die mir meinen Sohn genommen hat. Uppsala ist für mich wie ein fremdes Land und ist es seit jeher gewesen. Jetzt reise ich heim zu dem Strand, an dem mein geliebter Sebastian entstanden ist. Wir werden uns wiedersehen.‹«

Haver schaute weg.

»Es ist furchtbar traurig«, sagte Lindell.

Schweigend las sie sich den Brief ein zweites Mal durch. Er war schlicht, ohne Umschweife und zielstrebig formuliert, geschrieben von einer Frau, die genug Kraft hatte, sich in ihr Auto zu setzen und durch das halbe Land zu fahren, um sich dann zu ertränken.

»Ich würde diesen Strand gern einmal sehen«, sagte sie.

»Sie beschreibt Uppsala als ein fremdes Land«, meinte Haver. »So habe ich unsere Stadt noch nie gesehen. Wie ist es bei dir, ich meine, du bist ja auch zugezogen.«

»Ich kann nachvollziehen, was sie meint«, sagte Lindell.

»Ich habe auch was gefunden«, sagte Haver und kehrte in die Küche zurück. Lindell steckte den Brief vorsichtig in den Umschlag zurück, fragte sich, was Ryde dazu sagen würde, und folgte Haver.

»Hier«, sagte er und zeigte auf den Müllbeutel unter der Spüle.

Lindell bückte sich und sah hinein. Haver hatte offensichtlich nichts angerührt. Zuoberst lag eine gerahmte Fotografie, das Glas war gesprungen. Lindell sah Haver an und holte das Foto heraus. Es zeigte Lisbet Holmberg und einen Mann. Beide lächelten.

»Lisbet Holmberg hatte anscheinend ein Verhältnis mit jemandem«, sagte Haver und zeigte auf einen Zettel, der noch an der Kühlschranktür klebte.

Lindell drehte sich um. »Jöns anrufen« stand auf dem Zettel. »Warum hat sie das Foto weggeworfen?«, fragte sie.

»Sie wollte wohl reinen Tisch machen.«

»Es gibt eine Menge Dinge, mit denen man abschließen muss, wenn man sich das Leben nehmen will, aber sie hat sich ganz bewusst dazu entschieden, dieses Foto wegzuwerfen.«

»Sie hat es nicht einmal aus dem Rahmen genommen«, sagte Haver.

»Sie hat das Foto gerahmt von ihm geschenkt bekommen«, entschied Lindell.

»Er hat bestimmt auch noch andere Spuren hinterlassen«, sagte Haver.

»Ich will diesen Typen sprechen«, erklärte Lindell und musterte das Foto. »Seltsam«, fuhr sie fort, »er kommt mir irgendwie bekannt vor. Auch wenn das nichts zu sagen hat, möchte ich mich mit ihm unterhalten. Ich werde mit Beatrice sprechen müssen. Vielleicht haben sie und Lisbet Holmberg sich über diese Beziehung unterhalten.«

»Warum soll das wichtig sein? Sie hat sich das Leben genommen, und wir können nachvollziehen, warum sie es getan hat, oder glaubst du etwa, der Selbstmord wurde nur vorgetäuscht?«

»Nein, nein, bestimmt nicht, aber ich will trotzdem mit diesem Mann sprechen. Vielleicht kann er uns etwas über Sebastian erzählen.«

»Beatrice hat nur Lisbet Holmberg verhört.«

»Hatte Lisbet Holmberg Kontakt zu Sebastians Vater?«

»Sporadisch, aber sie hatte den Verdacht, dass ihr Sohn seinen Vater gelegentlich anrief oder dass dieser seinen Sohn anrief. Der Vater spielte im Verhältnis von Mutter und Sohn jedenfalls keine Rolle.«

»Seltsam«, sagte Lindell.

»Musst du gerade sagen«, platzte Ola Haver heraus. »Ich meine ...«

»Mir ist schon klar, was du meinst«, sagte Lindell.

Haver sah sie an. Er wusste, worauf sie aus war. Winzige Körnchen, die in die Maschinerie gestreut werden konnten, damit sich der Prozess in Frage stellen ließ, der im Gange war, um Marcus Ålander endgültig den Mord an Sebastian Holmberg nachzuweisen.

»Na, dann such diesen Burschen mal«, sagte er und öffnete die Kühlschranktür. »Hast du Hunger? Hier gibt es ein grünes Hähnchen. Schimmelmariniert und tafelfertig.«

Lindell sah nicht zum Kühlschrank, sondern verschwand wieder im Schlafzimmer. Ola Havers Gleichgültigkeit regte sie auf, aber sie beschloss, sich nicht weiter davon beirren zu lassen. Dennoch drängte sich ihr immer mehr das Gefühl auf, dass sie zwei parallel verlaufende Ermittlungen durchführten. Das war nicht gut und merkwürdig, denn das Kommissariat hatte sonst immer an einem Strang gezogen. Jetzt überlegte man sich jedes Wort und erlaubte sich spitze Bemerkungen. Es waren keine direkten Angriffe, aber wenn man einander nicht mehr vertraute, schmerzten auch kleine Nadelstiche.

»Willst du gehen?«, rief sie. »Ich kann die Wohnung auch alleine durchsuchen.«

»Aha«, sagte Haver, der lautlos zu ihr gekommen war und im Türrahmen stand, »du willst das alleine machen?«

»Nein, aber ich dachte, du hättest vielleicht noch was anderes vor«, erwiderte Lindell kleinlaut.

»Okay«, sagte er, »ich fahr dann ins Präsidium zurück. Soll ich dir Ryde vorbeischicken?«

»Das wird vielleicht nicht nötig sein«, antwortete sie, obwohl sie wusste, Ryde oder ein anderer Kriminaltechniker würde auf jeden Fall in die Wohnung kommen müssen. »Sie sind doch schon hiergewesen«, ergänzte sie.

»Aber da ging es um Sebastian«, erwiderte Haver.

Das tut es immer noch, lag ihr auf der Zunge, aber sie verkniff sich die Bemerkung.

»Okay, es wäre vielleicht doch ganz gut«, sagte sie in dem Versuch, die Kluft zwischen ihnen zu überbrücken.

Haver nickte ihr zu und verließ die Wohnung.

Lindell blieb einen Moment stehen. Sie glaubte nicht, dass Marcus Ålander der Täter war, konnte jedoch keine sachlichen Argumente für diese Ansicht vorbringen. Es sprach einfach zu viel gegen ihn, um den Haftbefehl ernstlich in Frage stellen zu können. Sie hatte nur so ein Gefühl, und solange dieser Zweifel an ihr nagte, würde sie keine Ruhe finden.

Sie sah auf die Uhr. Zeit für Eriks Zwischenmahlzeit, dachte sie und lächelte. Sie konnte ihn vor sich sehen, links von Anita, die den Löffel in der Hand hielt und die er mit diesem Blick ansah, der jeden Erwachsenen dahinschmelzen ließ. Hatte sein Vater solche Augen? Woher sonst kam dieses Leuchten? Sie erinnerte sich nur noch an einen behaarten Bauch und leicht abstoßenden Mundgeruch.

Sie öffnete Schranktüren und zog Schubladen auf. Lisbet Holmberg hatte in Sachen Kleidung einen anderen Geschmack als Ann Lindell. Man konnte auch sagen, dass Ann Lindell überhaupt keinen Geschmack hatte. Sie kleidete sich zwar nicht geschmack-, aber einigermaßen wahllos, nahm einfach aus dem Schrank, was gerade oben lag. Wenn sie dagegen versuchte, sich über Kombinationen und Farben Gedanken zu machen, war sie nur verwirrt und unentschlossen.

In den drei oberen Schubladen der Kommode fand sie nichts Interessantes. Die unterste Schublade enthielt dagegen Lisbet Holmbergs private Papiere, Rechnungen und Versicherungspolicen, Quittungen, ein paar Tüten mit Fotos und einen Stapel Briefe.

Lindell verteilte alles auf dem Fußboden und begann mit den Fotos. Der abservierte Mann vom Foto in der Mülltüte tauchte auf mehreren Bildern auf. Einige zeigten Lisbet Holmberg und ihn bei festlichen Anlässen, Restaurantbesuchen und Partys, andere beim Pilzesuchen im Wald oder in einem Ruderboot. Sebastian war auch manchmal dabei. Auf einer Aufnahme standen er und der Mann dicht nebeneinander. Den Hintergrund bildete eine rot gestrichene Wand. Sebastian lächelte, sah aber nicht sonderlich glücklich aus. Lindell kam es vor, als hätte er sich zu diesem Lächeln zwingen müssen.

Offensichtlich war der Mann über einen längeren Zeitraum hinweg ein Teil von Lisbet und Sebastian Holmbergs Leben gewesen. Dann war der Mord geschehen, gefolgt von dem Abschiedsbrief und schließlich ihrem Selbstmord.

Lindell rief Beatrice an, aber sie meldete sich nicht.

Sie saß umgeben von Lisbet Holmbergs privaten Papieren auf dem Fußboden. Wenn ich die Absicht hätte, mich umzubringen, würde ich vorher alles verbrennen, dachte sie. Aber im Grunde gab es bei ihr gar nicht viele private Dokumente zu verbrennen. Einen Stapel Briefe von Rolf, ein paar Ansichtskarten, die sie aus irgendeinem Grund aufbewahrt hatte, und einen einzigen armseligen Brief von Edvard.

Sie blätterte weiter, in der Hoffnung, den Namen des verlassenen Mannes zu finden, und entdeckte schließlich, wonach sie gesucht hatte. Auf einem Mietvertrag für ein Ferienhaus in Hunnebostrand an der schwedischen Westküste standen drei Namen. Die Unterschriften Lisbet Holmbergs und des Vermieters und dann eine dritte, die wahrscheinlich von einem Linkshänder stammte. Der Vorname war Jöns, der Nachname jedoch nicht zu entziffern. Es war ein kurzer Name, nicht viel mehr als ein Kringel.

Sie hörte Schritte auf der Treppe. Lindell hoffte, dass es

Ryde war, ein Meister im Deuten von Handschriften. Man konnte ihm die unleserlichsten Namenszüge vorlegen, und er entzifferte sie binnen kürzester Zeit. Er behauptete, sich diese Fähigkeit in jungen Jahren angeeignet zu haben, als er nebenher bei der Post gearbeitet hatte.

Die Schritte gingen an der Wohnung vorbei. Lindell starrte den Namenszug an. Aus unerfindlichen Gründen war sie immer fester davon überzeugt, dass der Name von Bedeutung war und der Mann ihre Ermittlungen weiterbringen konnte. Warum und wie wusste sie jedoch nicht zu sagen. Vielleicht war es auch nur Wunschdenken. Haver würde sie wahrscheinlich auslachen. Ottosson würde ihre Ahnungen zwar nicht einfach abtun, sich aber gewiss Sorgen um sie machen.

Wieder hörte sie Schritte auf der Treppe. War es der neugierige Hausmeister? Lindell legte den Mietvertrag weg und stand auf, ging in den Flur hinaus, stellte sich an die Tür und lauschte. Im Treppenhaus waren jetzt keine Schritte mehr zu hören. Sie wartete eine halbe Minute, ging in die Küche und sah vorsichtig aus dem Fenster.

Auf der Straße unter ihr ging ein Mann mit zielstrebigen Schritten. Er war mittleren Alters, und ein kahler Fleck auf seinem Kopf leuchtete weiß. Auf einmal hob er die Hand und verfiel in einen Laufschritt. Ann Lindell öffnete das Fenster, um ihm besser hinterhersehen zu können. Er lief weiter. Lindell lehnte sich hinaus.

Auf dem Bürgersteig drehte sich eine Frau um, lächelte und ging dem Mann entgegen. Sie umarmten sich, schmiegten sich lange aneinander.

Lindell schloss das Fenster und trat in den Flur, seltsam aufgewühlt darüber, Zeuge eines so innigen Wiedersehens geworden zu sein. Sie holte das Telefon heraus und rief Ryde an, obwohl sie wusste, dass er es hasste, auf seinem Handy angerufen zu werden.

Er versprach ihr, sofort zu kommen. Lindell setzte sich an Lisbet Holmbergs Küchentisch, sah auf die Uhr und wusste, dass sie es nie im Leben schaffen würde, Erik pünktlich vom Kindergarten abzuholen. Sie griff zu einer Notlösung namens Tina und Rutger, deren Sohn Klas in Eriks Gruppe war. Klas und Erik waren die besten Freunde, und Ann Lindell hatte schon des öfteren auf Klas aufgepasst, nicht ohne den Hintergedanken, dass Tina und Rutger sich vielleicht bei ihr revanchieren könnten, wenn Not am Mann war.

Erik ging es sicher gut bei ihnen, aber das Gefühl, ihn zu vernachlässigen, ließ Ann Lindell dennoch kurz zögern, ehe sie Tinas Nummer eintippte.

40

Mittwoch, 14. Mai, 15.30 Uhr
Der Mann, der die Tür öffnete, sah Sammy Nilsson erwartungsvoll an, aber als er den gelbroten Schwamm erblickte, verdüsterte sich seine Miene.

»Ich kaufe nichts«, sagte er.

»Das ist ein wirklich fantastischer Spülschwamm, zwei Stück für nur achtzig Kronen«, sagte Sammy Nilsson.

Der Mann starrte erst den Schwamm und dann Sammy Nilsson an.

»So weit kommt's noch«, erwiderte er. »So einen habe ich doch erst vor ein paar Tagen für zehn Kronen gekauft.«

»Das war nicht die gleiche Sorte.«

»Worauf Sie Gift nehmen können. Für wie dumm halten Sie mich eigentlich?«

Sammy Nilsson grinste. Der Mann sah ihn verständnislos an und strich sich mit der Hand über seine Glatze.

»Sind Sie etwa von ›Verstehen Sie Spaß‹?«, fragte er und lugte über Sammys Kopf hinweg.

»Ganz und gar nicht«, sagte Sammy.

Sven-Gösta Welin schlug ihm die Tür vor der Nase zu.

Sammy zog ein Blatt aus seiner Brusttasche und hakte einen weiteren Namen ab. Bislang hatten seine Besuche nichts ergeben. Niemand auf der Liste passte zur Beschreibung: weder Pferdeschwanzträger noch jemand mit langen Haaren.

Er war immer noch gut gelaunt, nicht zuletzt, weil er etwas tun konnte. Die endlosen Diskussionen im Präsidium ermüdeten ihn immer. Als angeblicher Vertreter konnte er sich wenigstens einreden, dass er sich nützlich machte. Acht Personen konnten als Verdächtige gestrichen werden. Blieben noch fünf. Wenn keiner von ihnen lange Haare hatte, gab es immerhin dreizehn Personen weniger, für die sie sich interessieren mussten. Die Möglichkeit, dass der Mann in der Zwischenzeit beim Friseur gewesen war, ließ er tunlichst außer Acht. In dem Fall würde er noch jahrelang Schwämme verkaufen müssen.

Jedenfalls kam er so an die frische Luft. Außerdem war es wesentlich spannender, ein Treppenhaus zu betreten, nach dem richtigen Namen auf der Tafel mit den Mietern zu suchen und dann der betreffenden Person gegenüberzustehen, als in der Salagatan einen Bürostuhl durchzusitzen.

Sammy hatte auch nichts dagegen einzuwenden, dass die Sache durch seine Vorstellung als Vertreter eine komische Note bekam. Es würde eine nette Anekdote dabei herausspringen, die sich wunderbar ausschmücken ließ.

Der neunte Mann wohnte in der ersten Etage eines älteren Hauses mit vier Wohnungen. Er hatte kurz geschorene Haare. Der zehnte, der in einem winzigen Appartment in der Tiundagatan wohnte, war unförmig fett, und Sammy bezweifelte, dass so jemand sich überhaupt auf ein Fahrrad schwingen könnte.

Aber er war immer noch optimistisch. Er ging in die Stabby Allé, wo Nummer elf und zwölf wohnten. Beide Male Nieten. Der eine war vom Lieferwagen einer Bäckerei angefahren worden, trug eine Halskrause und hatte einen Arm in Gips, und der zweite, ein Mann, der Ende der neunziger Jahre wegen Misshandlung seiner Frau verurteilt worden war, empfing Sammy Nilsson mit offenen Armen. Einen Schwamm kaufen wollte er zwar nicht, dafür aber Sammy bekehren.

Der letzte auf seiner Liste war nicht zu Hause, was dessen Nachbar allerdings nicht weiter verwunderlich fand, da Nummer dreizehn vor drei Monaten an die Westküste gezogen war. Die Wohnung wurde seither von einer Nichte des Mannes bewohnt.

Sammy schlenderte die Börjegatan hinab. Die Sonne schien und milderte die Unzufriedenheit. In seiner Tasche lagen die unverkauften Schwämme und eine Broschüre der Zeugen Jehovas. Am meisten wunderte ihn, dass außer Nummer dreizehn alle zu Hause gewesen waren. Er würde den Letzten noch einmal überprüfen. Selbst wenn der an die Westküste gezogen war, hieß das nicht unbedingt, dass er sich in der Nacht der Brandstiftung nicht in Uppsala aufgehalten hatte. Die Nichte hieß Paulina Fredriksson und studierte Landwirtschaft. Es würde nicht schwer sein, sie ausfindig zu machen. Hatte sie sich in der besagten Nacht in der Wohnung aufgehalten, konnte er wahrscheinlich auch Nummer dreizehn ausschließen.

Er kam an der Konditorei Savoy vorbei, von der er wusste, dass sie Ann Lindells Lieblingscafé war. Er selber war noch nie dort gewesen. Konnte er etwas über Ann erfahren, wenn er hier einen Kaffee trank?

Eine Tasse Kaffee hatte er sich jedenfalls redlich verdient.

Als er die Konditorei betrat, wurde er mit Applaus begrüßt, der jedoch nicht einem strebsamen Polizeibeamten galt, sondern einem älteren Ehepaar, das Torten bestellte. Das Personal und eine Handvoll Gäste applaudierten der Tatsache, dass die beiden seit sechzig Jahren verheiratet waren und das nun feiern wollten.

Sammy Nilsson war beim Anblick der alten Leute ganz gerührt. Er dachte an Angelika. Würden sie in einem halben Jahrhundert auch hier stehen und fünf Torten bestellen?

Die Frau lächelte schüchtern. Sie war sicher weit über achtzig, lächelte jedoch wie ein junges Mädchen. Die Aufmerksamkeit machte sie verlegen. Ihr Mann wirkte selbstbewusster. Er erzählte, dass sie in der Kirche von Åkerby geheiratet hatten, wo sie ein gewisser Pastor Åkerblom getraut hatte.

»Åkerman«, sagte seine Frau.

»Die Kirche hat ja einen schiefen Turm«, fuhr der Mann fort, ohne ihrem Einwand Aufmerksamkeit zu schenken, »aber das ist nicht unsere Schuld.«

»Das war während des Kriegs«, sagte die Frau. »Erik war eingezogen worden, das war nicht lustig.«

»Nein, es war lausig«, sagte ihr Mann und lachte.

Sammy Nilsson drehte sich um und wollte eine Wartenummer ziehen, aber ein Mann drängelte sich vor und zog einen Zettel mit der Nummer 14. Sammy Nilsson sah den Mann an. Er lächelte, und Sammy erwiderte nachsichtig das Lächeln.

Die alten Leute erzählten immer weiter, so dass die Wartenden längst nicht mehr applaudierten, sondern unruhig auf der Stelle traten.

»Bald seid ihr schon einundsechzig Jahre verheiratet«, meinte ein Spaßvogel in der Schlange.

Sammy betrachtete die Backwaren im Schaufenster. Zwei Kinder standen draußen auf dem Bürgersteig und sahen hinein. Das eine zeigte auf die Krapfen, und Sammy Nilsson entschied sich für einen Berliner. Als er von den Kindern aufblickte, sah er hinter ihnen einen Mann, der in ein Auto einstieg. Der Mann hatte einen Pferdeschwanz.

Sammy zwängte sich zwischen den Kunden der Konditorei hindurch zur Tür, stieß sie auf und lief hinaus. Das Auto fuhr in westliche Richtung und verschwand aus seinem Blickfeld. Er lief an den Tischen im Freien vorbei, sprang über einen kleinen Zaun, zwängte sich durch Berberitzen und trat auf den Bürgersteig.

Der Wagen war jetzt etwa dreißig Meter entfernt. Er holte sein Telefon heraus und rief die Leitstelle an.

Zwei Streifenwagen waren in den westlichen Stadtteilen unterwegs, einer in der Skolgatan und der andere in Stenhagen. Stumm rief er sich den Straßenverlauf ins Gedächtnis und entschied, wo das Auto wieder auftauchen könnte – was natürlich nur eine Vermutung war.

»Lass den Wagen aus Stenhagen mit Blaulicht ins Stadtzentrum fahren«, sagte Sammy aufgeregt. »Sie sollen nach einem blauen Opel älteren Modells Ausschau halten, Kennzeichen unbekannt. Der Wagen in der Skolgatan fährt zum Humanistischen Zentrum und dann auf den Råbyleden. Haben wir in den östlichen Stadtteilen einen Streifenwagen? Wenn ja, kann er den Råbyleden aus der Richtung kommend herunterfahren.«

Je länger er über alternative Routen nachdachte, desto klarer erkannte Sammy Nilsson, wie leicht es für einen Opel war, zwischen den wenigen Streifenwagen hindurchzuschlüpfen.

Er beendete das Gespräch, atmete durch und blieb stehen. Das alte Ehepaar trat aus der Konditorei. Sammy studierte die Geschäfte in der unmittelbaren Nähe. Woher konnte dieser Pferdeschwanzmann gekommen sein?

Er fing mit der Bank an, ging direkt an die Kasse, lehnte sich vor und zeigte seinen Dienstausweis. Der Kunde, den er sanft abgedrängt hatte, betrachtete ihn mit großen Augen. Die Kassiererin wirkte einen Moment lang wie gelähmt vor Angst, bis Sammys Frage sie wieder beruhigte.

»Haben Sie gerade Besuch von einem Mann mit Pferdeschwanz gehabt? So vor drei Minuten?«

Die Kassiererin schüttelte verständnislos den Kopf. Der Kunde starrte Sammy immer noch an. Die zweite Kassiererin, die dachte, es handele sich um einen Überfall, war aufgestanden.

Setz dich wieder hin, halte dich an die üblichen Anweisungen, dachte Sammy und ärgerte sich plötzlich maßlos darüber, dass alles so lange dauerte.

»Es geht nicht um die Bank«, sagte er übertrieben laut. »Ich bin Polizeibeamter und suche einen Mann mit einem Pferdeschwanz, der sich vor dieser Filiale aufgehalten hat.«

»Den habe ich gesehen«, sagte eine jüngere Frau.

Sammy drehte sich um.

»Er war gerade im UNIK und hat Kautabak gekauft. Er hat sich aufgeregt, weil die Sorte, die er haben wollte, ausverkauft war.«

»UNIK?«

»Der Laden an der Ecke«, erklärte die Frau.

»Haben Sie den Mann vorher schon einmal gesehen?«

»Nein, noch nie.«

»Vielen Dank«, sagte Sammy und verließ die Bank ebenso schnell, wie er hineingestürmt war.

Das kleine Geschäft lag etwa dreißig Meter entfernt. Der Besitzer konnte sich sehr gut an den Mann erinnern.

»Er kommen öfter her«, meinte er in gebrochenem Schwedisch. »Heute wütend.«

»Wissen Sie, wie er heißt?«

»Viele Kunden. Ich kennen viele, aber nicht sagen Namen. Sie sagen: Geben Zigaretten oder was kosten Chips? Die meisten sind …«

»Wie oft kommt er vorbei?«

»Ziemlich oft. Er kauft Kautabak und manchmal Essen.«

»Leiht er sich auch Filme aus?«

»Vielleicht.«

»Dann wäre er in Ihrer Kundenkartei.«

Der Verkäufer nickte. Sammy seufzte.

»Ich komme wieder«, sagte er und verließ das Geschäft.

Er rief erneut in der Leitstelle an. Baldersson war am Apparat. Das war gut, er war ein ruhiger und besonnener Beamter. Den blauen Opel hatte bis jetzt keiner gesehen.

»Bist du sicher, dass es ein Opel war?«, fragte Baldersson.

»Wir hatten einen blauen Mazda mit zwei Männern im Visier.«

»Opel«, erwiderte Sammy knapp.

Er beendete das Gespräch und rief unmittelbar darauf Lindell an. In seinem Kopf hatte ein Plan Gestalt angenommen, und er wollte ihre Zustimmung dazu haben.

»Wir statten den Typen in dem Geschäft mit einem Handy aus, auf dem nur eine Nummer gespeichert ist, und zwar zu einem Wagen, der auf der Straße parkt. Wenn der Pferdeschwanz hereinkommt, drückt der Mann auf ›Verbindung herstellen‹. Das ist ein Kinderspiel.«

»Es gibt viele Männer mit Pferdeschwanz«, wandte Ann Lindell ein.

»Wie viele kennst du?«, fragte Sammy, und Lindell lachte.

»Es fragt sich, ob wir dafür einen Wagen erübrigen können? Ist der Laden rund um die Uhr geöffnet?«

Sie wusste, von welchem Geschäft er sprach. Es ließ sich leicht überwachen, da der Eingang gut einsehbar an einer Straßenecke lag. In der Nähe einen Wagen zu platzieren war kein Problem, er würde nicht weiter auffallen. Dort parkten immer Autos am Straßenrand.

»Bis zehn«, sagte Sammy. »Sie können uns keinen Wagen verweigern. Es ist die einzige Spur, die wir haben.«

Ein Pferdeschwanz, dachte Lindell, versprach jedoch, mit Ottosson zu reden. Sie legten auf. Unschlüssig stand Sammy Nilsson auf dem Bürgersteig. Er wollte diesen Brandstifter zu gern erwischen. Selten zuvor hatte er so viel persönliches Engagement in einen Fall gelegt. Die drei verkohlten Leichen wollten ihm einfach nicht aus dem Kopf. Man hatte ihn hereingelegt. Disney hatte gebluffft, eine bekannte Figur auf den Schlafanzug gedruckt, die süß lächelte, obwohl Pocahontas eigentlich um ihre gleichaltrige Schwester im fernen und unbekannten Bangladesch weinen sollte.

Sammy Nilsson hasste es, hereingelegt zu werden. Sein

Handy klingelte. Es war Baldersson. Nichts Neues von den Streifenwagen.

Dornen der Sträucher waren in Sammys Oberschenkel und Hände eingedrungen. Es brannte. Er starrte die kleinen schwarzen Stacheln in seinen Handflächen an. Angelika liebte es, so etwas zu entfernen. Der Abend war gerettet.

41

Mittwoch, 14. Mai, 16.45 Uhr
Ann Lindell überlegte, wie sie Lisbet Holmbergs Bekannten Jöns mit dem unbekannten Nachnamen auftreiben sollte. Auch wenn die Frau ihn buchstäblich und bildlich abserviert hatte, musste er selbstverständlich erfahren, dass sie sich das Leben genommen hatte.

Außerdem hoffte Lindell wirklich, dass er der Polizei Informationen geben konnte, die das Bild von Sebastian Holmberg vervollständigten.

Der Unbekannte schien ein fürsorglicher Mann zu sein. Lindell hatte einen an Lisbet Holmberg adressierten Brief gefunden, den er letzten Herbst in Gävle verfasst hatte, wo er offenbar beruflich unterwegs gewesen war, denn am Ende des Briefes hatte er geschrieben, es sei das letzte Mal, dass er Uppsala wegen eines Auftrags für längere Zeit verlassen müsse.

Er schrieb ihr, wie sehr er sie liebte. Offenbar hatten sie darüber gesprochen, ein Haus zu kaufen. Jöns schrieb über den »Kasten«, dass es sicher kein Problem sein würde, einen Kredit zu bekommen. Am Ende stand ein Gruß an Sebastian.

Ann Lindell setzte sich an den Küchentisch. Die Sonne schien herein, und sie beugte sich vor und ließ die Jalousie herunter. Sie hatte eine Langzeitprognose in der Zeitung gelesen. Irgendein deutscher Meteorologe hatte einen heißen Sommer prophezeit.

Die Urlaubszeit war für sie immer die schlimmste Zeit des Jahres. Tagtäglich erlebte sie, dass alle um sie herum Pläne für den Sommer und für Reisen schmiedeten, während sie selber nicht in der Lage war, etwas zu planen. Sie kannte den Grund: Edvard. Er wohnte in einem Sommerparadies, und am liebsten wäre sie bei ihm auf Gräsö. Der Gedanke an die Insel blockierte jede andere Initiative, und sie nahm an, dass es so auf eine Woche in Ödeshög hinauslaufen würde. Erik würde jedenfalls seinen Spaß haben. Er genoss die uneingeschränkte Aufmerksamkeit seiner Großeltern, wenn er bei ihnen zu Besuch war. Ann konnte sich nicht erinnern, dass ihre Eltern in der Kindheit so viel Interesse für sie gezeigt hätten.

Nach Ödeshög würde sie dann weitersehen. Ob Edvard vielleicht noch mal anrief? Sie verachtete sich. Wie ein Huhn saß sie einfach nur da und wartete ab.

Sie starrte ihr Handy an. Konnte sie ihn in Thailand erreichen? Was würde er sagen? Wie viel Uhr war es in Thailand? Sie lächelte vor sich hin und war sich plötzlich sicher, dass sein Anruf von der Brücke etwas zu bedeuten hatte. Er hätte sie nicht angerufen, wenn er noch wütend auf sie wäre.

So ist es gewesen, dachte sie und lachte. Er hat mich gesehen und so einen Vorwand gehabt, mich anzurufen. Auf Gräsö nach dem Telefon zu greifen, wäre ein zu großer Schritt gewesen, hätte zu sehr an ihr früheres Leben erinnert. Auf der Brücke fühlte er sich freier. Sie wünschte sich, die Tage würden schneller vergehen. Vierzehn Tage, die würde sie ja wohl noch abwarten können. Sie waren so lange getrennt gewesen.

»Wie unnötig«, sagte sie laut.

Ihre privaten Gedankengänge wurden von Eskil Ryde unterbrochen, der in die Wohnung stiefelte.

»So, so«, begann er, »wenigstens brauche ich mich diesmal nicht mit der Leiche zu befassen.«

»Was du da kürzlich gesagt hast, dass du aufhören willst«, sagte Lindell, die sich an seine Reaktion erinnerte, als er vor

Sebastian Holmberg gestanden hatte, »was ist da eigentlich dran?«

Ryde antwortete nicht, sondern ging zum Fenster und sah hinaus.

»Schöne Aussicht«, sagte er.

»Weich mir nicht aus«, erwiderte Ann Lindell.

»Ich bin müde«, sagte Ryde, und seine ganze Erscheinung gab ihm recht.

Ryde war in der letzten Zeit gealtert, wenn auch nicht unbedingt äußerlich, aber er sprach langsamer und bewegte sich schwerfälliger. Er war auch nicht mehr so schlagfertig wie früher, und manchmal hatten seine Kollegen den Eindruck, dass er sich nicht mehr für die Arbeit interessierte.

»Bald hast du Urlaub«, meinte Lindell. »Vielleicht brauchst du ja nur mal eine Pause.«

Ryde verzog den Mund.

»Man wird sehen«, sagte er und sah sich in der Küche um.

Auf einmal wurde Lindell klar, dass er vielleicht krank war.

»Dieser Brief«, sagte er.

»Im Schlafzimmer«, erwiderte Lindell und stand auf.

Ryde setzte seine Brille auf und hielt den Mietvertrag ins Licht. Lindell sah, dass seine Lippen sich bewegten, dann schaute er sie über die Brille hinweg an und lächelte.

»Ich hatte mal einen älteren Kollegen, wir nannten ihn den Hahn. Er hat als graue Maus weitermalocht und seine Laufbahn sicher als Briefträger beendet. Er hätte den Namen in 2,7 Sekunden entziffert. Ich schaffe nur die Hälfte und das in 3,1 Sekunden.«

»Mit anderen Worten, er war gut«, sagte Lindell, »und was steht da?«

»ND«, antwortete Ryde, »der Name endet zweifelsohne auf ›nd‹.«

Jetzt ahnte Lindell, warum ihr dieser Jöns bekannt vorgekommen war.

Ryde setzte die Brille ab und musterte sie.

»Was ist los?«

»Ich mag ja völlig falsch liegen, aber ich glaube, Munke muss da einiges aufklären.«

»Aha«, sagte Ryde abwartend. Holger Munke gehörte nicht unbedingt zu seinen Lieblingskollegen.

»Ola wird durchdrehen«, meinte Lindell und verließ den Raum.

Ryde war ausnahmsweise einmal sprachlos und folgte ihr. Sie stand in der Küche vor der Spüle und wühlte im Müllbeutel.

»Ich nehme das Foto mit«, sagte sie.

»Was ist denn los?«

»Ich weiß es nicht«, erwiderte Lindell, »aber da ist was faul, und jemand will nicht, dass es ans Licht kommt.«

Sie blieb in der Küchentür stehen, sah Ryde an und lächelte überraschend breit.

»Ich habe Fredriksson einmal sagen hören, eine Neuigkeit ist etwas, das jemand verbergen will. Ich werde schon bald eine Neuigkeit verkünden, vielleicht auch mehrere«, sagte sie und nickte. »Und es gibt Leute, denen sie nicht gefallen werden.«

»Und wem?«

»Das wirst du dann sehen«, erklärte Lindell und lächelte.

Ryde stellte keine weiteren Fragen, nickte nur und wünschte ihr innerlich viel Glück.

Später sollte Eskil Ryde mit selten gehörter Bewunderung in der Stimme von diesem Moment in Lisbet Holmbergs Küche erzählen, als Ann Lindell *den Blick* bekam. Ryde nannte ihn den Johansson-Blick nach einem legendären Kriminalpolizisten in Uppsala. Er und Ryde hatten jahrelang zusammengearbeitet; Johansson war einer der wenigen Kollegen, die es unbeschadet überstanden hatten, von dem Kriminaltechniker unter die Lupe genommen zu werden.

42

Mittwoch, 14. Mai, 17.05 Uhr
Wie groß war die Wahrscheinlichkeit, dass der »Pferdeschwanz« in der nächsten Zeit noch einmal in das kleine Geschäft an der Ecke Ringgatan und Börjegatan zurückkehrte? Diese Frage hatte sich Sammy Nilsson immer wieder gestellt, ehe er gemeinsam mit Ljungberg und Ask begann, die Überwachung zu planen.

»Vielleicht sollten wir erst morgen anfangen?«, schlug Ljungberg vor, ein phlegmatischer Schone, dem Sammy blind vertraute.

»Vielleicht will er sich heute Abend ein Video ausleihen«, erwiderte Ask. »Was läuft denn im Fernsehen?«

»Wir fangen so schnell wie möglich an«, sagte Sammy. »Auch wenn er nicht in das Geschäft will, wäre es möglich, dass er an der Kreuzung vorbeikommt. Ich glaube nicht, dass er selber ein Auto hat. Er stieg auf der Beifahrerseite in den blauen Opel und ist auf einem Fahrrad gesehen worden.«

»Wenn er es ist«, wandte Ask ein.

»Gibt es in der Nähe eine Bushaltestelle?«, erkundigte sich der Schone.

»Der Bus hält auf der anderen Seite der Börjegatan«, sagte Sammy. »Wir können sie auch im Auge behalten.«

»Vielleicht steigt er am unteren Ende der Börjegatan aus?«

»Sollen wir mit den Verkehrsbetrieben sprechen?«, schlug Ljungberg vor. »Die Busfahrer fahren bestimmt immer die gleiche Linie. Vielleicht erinnert sich einer von ihnen an einen Mann mit Pferdeschwanz.«

»Wir könnten auch die Wohnungsbaugesellschaften der näheren Umgebung anrufen und uns erkundigen, ob in ihren Häusern ein langhaariger Typ wohnt«, schlug Ask vor. »Deren Leute haben immer alles unter Kontrolle, zumindest wenn es um Pferdeschwänze geht.«

Eine Idee jagte die nächste. Sammy Nilsson war in seinem Element, Ljungberg und Ask unterstützten ihn nach Kräften.

In einer Wohnung, die nur wenige hundert Meter vom Polizeipräsidium entfernt lag, saßen drei andere Männer zusammen und schmiedeten ebenfalls Pläne. Genau wie die drei Polizisten waren die Männer optimistisch. Angesichts der Gewalttätigkeiten mit rassistischen Vorzeichen, zu denen es in den letzten Tagen gekommen war, hatten sie Blut geleckt.

Der Älteste von ihnen, Ulf Jakobsson, von Eingeweihten nur »Wolf« genannt, der gerne die Rolle des Ideologen übernahm, hatte das Wort ergriffen und beschrieb die Mechanismen des Terrors, obwohl er das Wort Terror nicht in den Mund nahm. Er zog es vor, von »Desintegration durch ultimative Aktionen« zu sprechen, eine Formulierung, mit der er sichtlich zufrieden war.

»Wir leben unter der Knute von Tyrannen«, erklärte er, »und die verstehen nur die Sprache der Gewalt. Wir wählen die Mittel des Kampfes nicht selbst, das tut der Feind für uns. Die Reaktionen auf unser Agitationsflugblatt zeigen, dass wir die Öffentlichkeit hinter uns haben. Die anständigen Schweden glauben an unsere Botschaft und sind jetzt auch bereit zu handeln.

»Das sind doch bloß Kids«, meinte Rickard Molin, »die in Pizzerien Streit anfangen.«

Er war Anfang dreißig und kompensierte seinen Mangel an Selbstvertrauen mit einer Vorliebe für Stichwaffen.

Wolf sah ihn an. »Hast du einen anderen Vorschlag?«

Molin schüttelte den Kopf.

Der dritte in der Runde, der Kampfgruppe, wie sie sich gerne nannten, war im gleichen Alter wie Molin. Sie waren Klassenkameraden gewesen und im Stadtteil Salabackar im selben Häuserblock aufgewachsen. Bosse Larsson war nicht sehr groß und dunkelhaarig. Man sah ihm an, dass er seit langem Alkoholiker war.

»Ich glaube an eine Aktion in allernächster Zukunft«, sagte er. »Wir haben keine Zeit, hier bloß rumzuhängen.«

»Meine Idee ist unschlagbar«, erklärte Wolf. »Ihr könnt euch ja vorstellen, was los sein wird. Erst die Drottninggatan, die eine echte Steilvorlage für uns war, und dann Gamla Uppsala. Danach ist die Hölle los.«

»Aber eine Kirche«, wandte Bosse Larsson ein.

»Eben drum«, sagte Wolf, »gerade weil es so ein großes Ding ist, so was Besonderes.«

Larsson sagte nichts, aber es war ihm anzumerken, dass er seine Zweifel hatte.

»Wir schreiben auch noch einen Gruß dazu, dann kapieren alle, wer es war«, sagte Molin.

»Genau!«

Wolf lachte laut.

»Und dann setzt es Prügel für diese Taliban. Das könnt ihr mir glauben.«

Er sah das Ganze schon vor sich. Die Kirche von Gamla Uppsala, das Symbol für den Sieg der Christen über das Heidentum, stand in Flammen. An der Stelle, wo die christliche Kirche auf dem Fundament des Asentempels errichtet worden war.

»Wenn wir in der Nähe bleiben«, sagte er, »können wir zuschlagen, sobald das Konzert zu Ende geht.«

»Es gibt eine Imbissbude in Gamla Uppsala«, meinte Molin.

»Die gehört einem Kanacken«, sagte Wolf.

»Jonas wohnt doch in Nyby. Da könnten wir warten«, sagte Bosse Larsson.

»Auf den ist kein Verlass«, widersprach Wolf schnell.

»Aber du hast doch selbst gesagt, dass die Leute …«

»Das hier ist ein Spezialauftrag, der hundert Prozent erfordert. Jonas muss noch reifer werden. Das Konzert fängt um sieben an. Es sind zehn Chöre, die das Maul aufreißen wollen. Sagen wir, jeder von ihnen hat eine Viertelstunde, dann reicht es, wenn wir kurz nach neun losfahren.«

»Was sollen wir anziehen?«

»Bloß nichts Auffälliges«, meinte Wolf.

»Es gefällt mir nicht, dass mein Auto da draußen zu sehen sein soll«, sagte Molin. »Könnten wir nicht einen Wagen mieten?«

»Zu teuer«, beschied Wolf.

Das muss er gerade sagen, dachte Molin, erwiderte aber nichts. Wo er sich immer von mir kutschieren lässt.

»Könnten wir nicht hinterher auch noch die Moschee in Brand stecken?«

Wolf und Molin starrten Bosse Larsson an.

»Als Racheakt, meine ich«, sagte er.

Wolfs Gesicht verzog sich zu einem seltenen Lächeln.

»Ich habe nichts dagegen«, erklärte er.

Es passte ihm zwar nicht, dass es Bosses Vorschlag war, aber er erkannte schnell die propagandistischen Vorteile. Er hatte gelernt, dass Angst und Rache die stärksten Triebfedern für eine erfolgreiche Entwicklung waren.

Sie trennten sich, nachdem sie beschlossen hatten, dass Molin an verschiedenen Tankstellen Kanister mit Benzin füllen sollte. Bosse Larsson würde sich in Gamla Uppsala umsehen. Wolf übernahm es, eine Reihe von Leserbriefen zu formulieren, die auf ein halbes Dutzend Personen verteilt werden sollten, und Jonas mitzuteilen, dass er den Druck eines neuen Flugblatts vorbereiten musste.

43

Mitwoch, 14. Mai, 17.45 Uhr
Nach seinem Auftritt in der Bibliothek hatte Munke sich in sein Büro zurückgezogen. Ein Telefonat mit dem Polizeichef, der den Vorfall bedauerte und Munke tadelte, weil er zwei

tüchtige Kollegen vor versammelter Mannschaft abgekanzelt hatte, belastete Munke sehr.

»Außerdem bist du gar nicht befugt, sie vom Dienst zu suspendieren«, sagte sein Vorgesetzter, »und das weißt du auch ganz genau, Holger. Du wirst dich entschuldigen müssen.«

Nie im Leben, dachte Munke, eher kündige ich.

»Die Lage war angespannt in dieser Nacht. Da kann es schon einmal vorkommen, dass man eine falsche Entscheidung trifft«, fuhr der Polizeichef in etwas versöhnlicherem Ton fort. »Wir werden uns das natürlich genau ansehen, aber im Moment müssen wir auf Kollegialität setzen. Es ist eine Zeit großer Herausforderungen.«

Nach dem Gespräch legte Munke den Hörer neben den Apparat. Er wollte in Ruhe nachdenken. Am meisten bedrückte ihn seine Unfähigkeit, die Lage in den Griff zu bekommen. Er wusste, dass es nichts brachte, jemanden abzukanzeln, aber die Verwirrung, die sich seiner in den letzten Tagen bemächtigt hatte, lähmte ihn. Natürlich war es idiotisch gewesen, so herumzubrüllen, dass alle es hören konnten, aber ihm war in der Bibliothek einfach der Kragen geplatzt. Munke wusste, dass der Auslöser für seinen Ärger nicht nur Lund und Andersson und die Ereignisse Freitagnacht waren, sondern seine gesamte Situation.

Er betrachtete seine Hände, spreizte die kräftigen Finger und ballte sie dann zu Fäusten. Ich verliere die Kontrolle, dachte er. Stumm zählte er seine Jahre im Öffentlichen Dienst zusammen, erst als Volontär bei einem Regiment, danach als Angestellter beim Militär und schließlich jahrzehntelang bei der Polizei von Uppsala. Selbst wenn er vorzeitig in den Ruhestand trat, würde er eine ansehnliche Pension bekommen. Aber es würde furchtbar für ihn sein, untätig zu Hause hocken zu müssen. Munke wusste wie jeder im Präsidium, dass er ohne Arbeit nicht leben konnte. Wenn er krank geschrieben war oder Urlaub hatte, wurde er ungeduldig und nervös.

Ein verzagtes Klopfen an der Tür weckte ihn aus seinen Gedanken. War das etwa der Polizeichef, der die Angelegenheit noch einmal mit ihm diskutieren wollte? Er hatte ihm damit gedroht, und die Gefahr war groß, dass sich Munke zu einer fristlosen Kündigung hinreißen ließ. Er stand halb auf, zögerte eine Sekunde, rief dann jedoch ein schallendes »Herein« und ließ sich wieder auf seinen Stuhl fallen.

Ann Lindell trat ein, schloss die Tür hinter sich, nickte ihm zu und setzte sich.

»Sieh einer an«, sagte Munke gutmütig, aber kraftlos, »da kommt ja mein Mädchen von der Kriminalpolizei.«

Lindell sah zu Boden.

»Sollen wir uns selbstständig machen? Das machen doch heute viele, wenn sie mit ihrer Arbeit unzufrieden sind.«

»Wie meinst du das?«, fragte Lindell.

»Ich mache nur Spaß«, erwiderte Munke. Er hatte sofort gesehen, dass Lindell Wichtigeres zu besprechen hatte. »Du hast meine Serenade in der Bibliothek gehört?«

Lindell nickte.

»Ich glaube, ich hab da was«, sagte sie und legte ein Foto auf den Schreibtisch. »Erkennst du diesen Mann?«

Munke studierte das Foto von Lisbet Holmbergs Exfreund.

»Nein«, sagte Munke, »aber er kommt mir irgendwie bekannt vor. Wer ist das?«

»Er heißt Jöns«, antwortete Lindell.

»Nachname?«

»Keine Ahnung, aber ich glaube, er endet auf ›nd‹. Jedenfalls glaubt Ryde das.«

»Hat Gunilla sich das angesehen?«

Gunilla Landmark war Mitarbeiterin des zentralen staatlichen Labors für Kriminaltechnik, arbeitete aber seit ein paar Jahren im Haus. Sie war Expertin für Handschriften und stand nicht nur der Polizei von Uppsala mit Analysen von Briefen und Textfragmenten zur Seite, sondern bearbeitete Anfragen aus dem ganzen Land.

»Nein, das ist Rydes Meinung.«
»Wieso ist er wichtig?«
»Er ist Lisbet Holmbergs Exfreund, könnte man sagen.«
Lindell erklärte, wo Haver das Foto aufgestöbert hatte und dass sie den Mann gerne finden würde, da sie glaubte, dass er Licht in die Angelegenheit um den Mord an Sebastian Holmberg bringen könnte.
»Okay, und wieso glaubst du, dass ich dir da weiterhelfen kann?«
»Er kommt dir bekannt vor, sagst du, und mir ist es genauso gegangen. Aber warum? Ich glaube, er ist ein Verwandter, möglicherweise ein Bruder von jemandem, den wir beide kennen.«
Munke setzte seine Brille auf. Es wurde still im Raum, und Lindell sah sich ein wenig um. Munkes Büro war eines der unpersönlichsten überhaupt. Keine privaten Gegenstände oder Blumen schmückten es oder erinnerten daran, dass es ein Leben außerhalb des Polizeipräsidiums gab.
»Du sagst, sein Name endet auf ›nd‹?«
»Ja, es ist ein kurzer Name mit ›nd‹ am Ende.«
Lindell kam sich vor wie bei einer Quizsendung im Fernsehen. Sie wurde ungeduldig und hätte beinahe gesagt, was sie vermutete, aber Munke kam ihr zuvor.
»Lund«, sagte er und blickte auf.
Lindell nickte.
»Ich glaube, dieser Mann ist Polizeiinspektor Lunds Bruder.«
»Du meinst, er war mit Sebastians Mutter zusammen?«
»Jedenfalls bis vor kurzem. Sie hat das Foto in den Müll geworfen, was darauf hindeutet, dass es aus ist. Ist es ein Zufall, wenn er sozusagen Sebastians Stiefvater ist und sein Bruder am Tatort auftaucht?«
Munke schwieg. Lindell wusste, dass er nur zu gut verstand, worauf sie hinauswollte.
»Ich rufe Lund und Andersson an«, sagte er schließlich.

»Ist das so klug? Das kann ich doch übernehmen.«
»Nein«, entschied Munke.

Lindell hätte protestieren können. Der unbekannte Mann spielte eine Rolle in einem Mordfall, und das fiel in ihre Zuständigkeit.

»Ich will dabei sein«, sagte sie, und Munkes Antwort bestand in einem Lächeln.

Seine Riesenhand griff nach dem Telefon. Von Unlust war bei ihm nichts mehr zu spüren.

»Weiß Haver davon?«

Lindell schüttelte den Kopf. Munke legte den Hörer auf, hob ihn aber sofort wieder ab, als er Lindells Miene sah.

Lund und Andersson hatten das Polizeipräsidium bereits verlassen.

44

Mittwoch, 14. Mai, 18.10 Uhr

Ulf Jakobsson glaubte nur an sich selbst. Dennoch betete er zu Gott. Er sah darin keinen Widerspruch, genauso wenig wie in seinem Wunsch, erhört zu werden. Der Anschlag auf die Kirche musste unbedingt ein Erfolg werden.

Er murmelte vor sich hin. Der Bus hielt am Luthagsleden, und er schlug die Augen auf. Er liebte diese Linden. Sogar die etwas strohige Alpenjohannisbeerhecke entlang der Straße war schön, nicht zuletzt, weil sie schon so früh grün wurde und ankündigte, dass eine neue Saison näherrückte.

Wenn die Anspannung nicht gewesen wäre, hätte Wolf zufrieden sein können. Er liebte das Frühjahr, und es schien nun endlich richtig in Schwung zu kommen.

Neun Jahre lang hatte er während der Sommersaison bei der Friedhofsverwaltung gearbeitet, was seinem Leben einen angenehmen Rhythmus beschert hatte. Im April mit der Verschönerung der Anlagen nach dem Winter zu beginnen, fand er ausgesprochen befriedigend. Es gab Leute, die auf seine Arbeit herabsahen. Unterbezahlt auf einem Friedhof herumzulaufen und mit Blumen zu hantieren, musste einen ihrer Meinung nach verblöden lassen, aber sie wussten ja nicht, wovon sie redeten. Die Toten waren dankbar, dass ihnen jemand seine Aufmerksamkeit schenkte, und die Hinterbliebenen waren zufrieden, weil die Gräber gepflegt waren und schön aussahen.

Es war eine ruhige und selbstständige Arbeit. Er durfte im Freien sein. Am schönsten war das Pflanzen der Sommerblumen. Mittlerweile war er für einen Teil des alten Friedhofs allein veranwortlich. Seine Lieblingsblumen waren Polarstern und Mauer-Gipskraut.

Er lächelte vor sich hin, wenn er an die lobenden Worte dachte, die er für seine Beete erntete und dafür, wie er die Gräber bepflanzte, um die sich die Friedhofsverwaltung kümmerte. Wenn sein Rücken endlich nicht mehr wehtat, würde er zur Sommerbepflanzung wieder arbeiten können.

Der Bus fuhr in die Ringgatan, und es fiel ihm wieder ein, dass er neulich nachts kurz hinter dem Bahnübergang einen Platten gehabt hatte. Das war sicher ein Racheakt gewesen: der Glassplitter vor dem Kiosk eines Ausländers.

Eine ältere Frau rief etwas. Sie hatte vergessen, den Knopf zum Anzeigen des Haltewunsches zu drücken.

»Anhalten«, schrie Wolf, und der Busfahrer stoppte abrupt.

»Die Dame möchte aussteigen«, rief Wolf.

»Haben Sie vielen Dank«, sagte die Frau und stolperte hinaus.

»Gern geschehen«, erwiderte er.

Im Kreisverkehr an der Börjegatan war viel los. Der Bus musste warten. Wolf stand an der Tür. Er sah hinaus, und sein Blick fiel sofort auf den Polizeibeamten in Zivil, der aus dem kleinen Geschäft kam, sich umsah, die Treppe hinunterging und in einen dunkel lackierten Saab stieg. Der Wagen blieb am Straßenrand stehen. Warum fuhr er nicht weg? Der Bus hatte jetzt freie Bahn und bog ab.

»Ich nehme die nächste Haltstelle«, rief Wolf. Es war ein reiner Reflex. Vielleicht war es nur Zufall, dass der Polizeiwagen dort stand, aber er wollte lieber nicht gesehen werden. Es war durchaus denkbar, dass sie nach ihm suchten. Nichts wäre idiotischer, als die Polizei zu unterschätzen. Das hatten seine englischen Freunde ihn gelehrt. Die Leute waren im Allgemeinen zu gutgläubig. Sie sahen in einem Polizisten nur eine gutmütige Gestalt, die an der Straßenecke stand und den Leuten den Weg wies, aber Wolf wusste es besser.

Er wusste, dass man ihn nach dem Feuer in Svartbäcken gesehen hatte. Der Zeitungsbote, dem er begegnet war, hatte ihn fragend angeschaut. Die Aufregung darüber, dass er sein Fahrrad schieben musste, hatte ihn aus der Fassung gebracht, und vielleicht hatte der Mann ihm etwas angemerkt.

Es war reiner Zufall, dass er den Polizisten erkannt hatte. Letzten Winter war er zu einer Kundgebung gegangen, auf der gegen den Krieg im Irak protestiert wurde. Wolf hatte sich aus Neugier die Reden angehört, vor allem um die Gesichter der Demonstranten zu studieren.

Nach der Kundgebung war ein Mann zu zwei uniformierten Polizisten gegangen. Wolf war sofort klar gewesen, dass er ein Kollege der beiden war. Man sah es daran, wie sich die drei unterhielten. Er hatte sich in ihre Nähe gestellt und Teile der Unterhaltung mitgehört. Der Zivilbeamte hatte in schonischem Dialekt erklärt, es sei alles friedlich verlaufen.

Wolf sah sich um. Der Wagen stand immer noch da. Er stieg an der nächsten Haltestelle aus dem Bus, ging rasch in die Stabby Allé, überquerte ein paar Hinterhöfe, sprang über einen Zaun und Hecken und gelangte so schließlich zur Rückseite der Konditorei Savoy. Der Saab hatte sich nicht vom Fleck gerührt. Neben dem Schonen konnte er einen weiteren Mann erkennen. Wolf war nun überzeugt, dass sie nach ihm suchten.

In gewisser Weise war es beruhigend, dass sie dort standen, denn es zeigte ihm, die Polizei kannte weder seine Identität, noch wusste sie, wo er wohnte. Wenn es hochkam, hatten sie eine Zeugenaussage des Zeitungsboten, vielleicht eine Personenbeschreibung, und hofften nun, dass er vorbeikam. Dann fiel ihm ein, dass unter Umständen mehrere Wagen nach ihm fahndeten, und er zog sich hastig zurück.

Würden sie ihren Plan trotzdem durchführen können? Es sprach nichts dagegen. Er holte sein Handy heraus und rief Rickard an, um einen neuen Treffpunkt auszumachen. Unter diesen Umständen wäre es idiotisch, sich vor der Wohnung abholen zu lassen.

Er erwähnte nicht, dass er beschattet wurde. Das würde Rickard bloß nervös machen.

»Bring eine Schere mit«, sagte er abschließend.

»Eine Schere? Warum denn das?«

»Du hast richtig gehört, eine Schere. Ich werde ein anderer werden«, sagte er und lachte.

45

Mittwoch, 14. Mai, 18.15 Uhr
Ali sah die Schwalben am Himmel. Wie sie plötzlich die Richtung wechselten und lange, geschwungene Bögen beschrieben, wie sie über das Luftmeer segelten. Eine Zeitlang musste er die Augen schließen, weil er das Gefühl hatte, die Bäume stürzten auf ihn ein. Er lag gut versteckt in einem Hohlraum, den fünf mächtige Tannen umschlossen. Erschöpft war er hier hereingekrochen und hatte sich auf das Moos gelegt.

Ein Schauer lief ihm über den Rücken, der feuchte Untergrund hatte ihn ausgekühlt. War es ihm gelungen, den Mann abzuschütteln? Hatte er nach dem Schlag, den er abbekommen hatte, aufgegeben? Ali wollte es gerne glauben, war sich aber nicht sicher. Wie viel Uhr es wohl war? War Mitra schon von der Arbeit zurück? Fragte sie sich bereits, wo er steckte?

Die Angst wich immer mehr einem Gefühl von Unwirklichkeit, als läge nicht er selbst im Moos, als würde ein anderer den süßlichen Duft der ihn umgebenden Vegetation riechen.

Fremde Tiere, kleine schwarze Insekten, bewegten sich mit einer Selbstverständlichkeit um ihn herum, die nicht zu ihrer geringen Größe zu passen schien. Sie hatten keine Angst, waren nur auf der Hut. Am eifrigsten waren die Ameisen. Mit ruckhaften Bewegungen sausten sie hin und her und schienen immer beschäftigt zu sein. Er musste an Mitra denken. Er hatte sie einmal zur Arbeit begleitet und erinnerte sich noch gut daran, wie sie sich verändert hatte, als sie ihre Schicht antrat. Es hatte zum einen an dem Kittel gelegen, den sie bei der Arbeit trug, aber vor allem an der Schnelligkeit, mit der sie Essen auf den Tabletts verteilte.

Wie lange werde ich hier noch liegen bleiben, wie lange hänge ich in diesem Wald fest, dachte er. Sein Magen knurrte. Er zupfte etwas Moos ab und roch daran.

Plötzlich hörte er ein Knacken, legte die Hand vor den Mund und versuchte vorsichtig durch die Nase zu atmen. Ein Ast wurde abgebrochen. Ali hörte jemanden keuchen, presste sich auf die Erde und verfluchte seine Idee, sich von neuem zwischen Nadelbäumen zu verstecken. Natürlich würde der Mörder gerade dort nach ihm suchen, wo die Vegetation besonders dicht war. Wieder hörte er das Knacken von Ästen. Ali sah sich nach einem Stein, einem Ast oder irgendetwas anderem um, das er als Waffe benutzen konnte.

Er lauschte und starrte gleichzeitig die Ameisen an, die unbeeindruckt von der Gefahr weiterrackerten. Das Geräusch des Fremden kam immer näher. Es klang wie ein Schmatzen, und Ali sah vor sich, wie der Mann herankam und aus irgendeinem Grund wusste, dass Ali sich hinter diesen Tannen verbarg.

Vorsichtig stand er auf, denn wenn er hierblieb, saß er in der Falle. Ohne es eigentlich beschlossen zu haben, zwängte er sich zwischen den Ästen hindurch.

Erschreckt stürzte ein Elch davon, und Ali sank zitternd auf die Knie. Der Elch lief mit riesigen Sprüngen fort, blieb aber schon bald wieder stehen und wandte sich um.

Ali betrachtete die große Elchkuh. Sie war das größte Tier, das er jemals gesehen hatte. Er wusste, dass man den Elch auch den König des Waldes nannte, und begriff nun warum. Ali richtete sich auf und war darauf gefasst, angegriffen zu werden. Aber das massige Tier drehte sich in einer einzigen schwungvollen Bewegung um, trottete davon und verschwand im Gehölz.

Ali ging weiter. Die Begegnung mit dem Elch hatte ihn erschreckt, aber auch erleichtert. Sie hatten einander gemessen und sich in gegenseitigem Respekt wieder getrennt. So wollte er den Blick des Elchs jedenfalls gern deuten.

Kann mir jetzt noch jemand wehtun, dachte er und trabte weiter. Der Wald wurde immer lichter, und Ali gelangte auf felsige Hügel, die mit rauen, weißen Flechten bedeckt und mit schlanken Kiefern bewachsen waren, die sich ängstlich an die dünne Humusschicht klammerten. Er stolperte über eine Wurzel, fiel hin und blieb liegen.

Der Wind zerrte an den Kiefern und trieb dürre Nadeln herab, die wie Schnee durch die Luft wirbelten. Dem Jungen fehlte die Kraft weiterzugehen; er schleppte sich zu einer Felsspalte, in die er sich hineinkauern konnte. Ehe er einschlief, hörte er wie durch einen Nebel das Klopfen eines Spechts.

46

Mittwoch, 14. Mai, 18.05 Uhr
Die Adresse sagte Lindell nur, dass Andersson auf dem Land lebte, aber Munke wusste genau, wo ihr Kollege wohnte. Schweigend fuhren sie die Vaksalagatan hinab. Munke schwitzte kräftig, und Lindell kurbelte das Seitenfenster herunter.

Sie dachte daran, dass dies auch die Straße nach Gräsö war, der Weg zu Edvard. Wie oft war sie diese Strecke voller Erwartung und Vorfreude gefahren.

Wie es ihm wohl ging? Sie hatte einen Blick in die Zeitung geworfen und gesehen, dass die Temperatur in Bangkok um die dreißig Grad lag. Sie wusste nicht genau, wo er war. Sicher auf einer Insel. Sie hatte Beatrice gefragt, ob sie schon einmal in Thailand gewesen wäre, und hatte sich eine lyrische Beschreibung des paradiesischen Landes anhören müssen.

Sammy Nilsson, der dabei gewesen war, hatte sie mit der Frage unterbrochen, ob es dort Textilfabriken gab, und Beatrice damit ausnahmsweise einmal aus der Fassung gebracht und verstummen lassen.

»Du weißt schon, sweatshops«, hatte er gesagt.

Die Ermittlungen im Rahmen der Brandstiftung hatten Sammy irgendwie verändert. Er war leichter reizbar als früher, saß lange am Computer, führte zahlreiche Telefongespräche und hetzte alle in seiner näheren Umgebung. Stapelweise druckte er sich Material aus und verschickte Mails mit Anfragen in alle Richtungen.

Eine Stunde hatte er sich mit einem gewissen Svenningson aus Göteborg unterhalten, der ein Experte für Verhaltensmuster bei Brandstiftern war, und am Morgen von Lindell verlangt, dass sie bei der Fahndung nach dem Mann mit dem Pferdeschwanz neue Maßnahmen ergreifen sollten.

»Hast du einen Vorschlag?«, hatte sie sich erkundigt.

Daraufhin hatte er ein Blatt auf ihren Schreibtisch gelegt, auf dem elf Punkte notiert waren. Leider erforderte jeder einzelne von ihnen Personal, über das sie nicht verfügten.

»Jetzt müssen wir gleich abbiegen«, riss Munke sie aus ihren Gedanken.

Sie bogen in einen schmalen Feldweg ein. Munke kurbelte sein Fenster herunter, streckte die Hand hinaus und griff nach ein paar Blättern.

»Man sollte ein Wochenendhaus am Meer haben«, sagte er.

Lindell schielte zu ihm hinüber. Wie viel wusste er über Edvard? Vermutlich so gut wie alles.

»Ich hatte mal eins«, sagte sie.

Munke nickte.

»Der Eigenbrötler auf der Schäreninsel«, sagte er.

Anderssons Haus war eine umgebaute alte Kate. Fliederhecken umsäumten das kleine Grundstück. Alte Obstbäume, knorrig durch Alter und Krebs, standen wie schwermütige Soldaten Wache; Blumenbeete und ein kleines Gewächshaus vervollständigten das Bild einer in den Wald gesprengten Idylle. Der Gesang eines Vogels, den Ann Lindell seit ihren Aufenthalten auf Gräsö nicht mehr gehört hatte, war das dominierende Geräusch. Sie stieg aus und verließ den Feldweg, um Gras unter den Füßen zu spüren.

Andersson stand im Eingang eines baufälligen Schuppens. Er trug einen Blaumann und hatte Werkzeug in der Hand. Er sah nicht sonderlich überrascht aus, sondern lächelte sogar, legte das Werkzeug weg und kam ihnen entgegen.

»Ich habe mir schon gedacht, dass du irgendwann auftauchen würdest«, sagte er und sah Munke an. Lindell würdigte er keines Blickes. »Sollen wir uns hinsetzen?«

Sekundenlang schwiegen alle betreten, bis Munke das Wort ergriff.

»Wir sind da auf ein paar Ungereimtheiten gestoßen«, sagte er und klang vor allem traurig. Von seiner vormittäglichen Wut war dem alten Haudegen nichts mehr anzumerken.

Andersson nickte.

»So was kommt immer ans Licht«, sagte er. »Kann ich dir etwas anbieten?«

Sowohl Lindell als auch Munke schüttelten den Kopf.

»Du kennst Lund gut«, fuhr Munke fort, »am besten von uns allen. Was ist passiert?«

Lindell konnte erkennen, dass Andersson sich seine Antwort gut überlegte. Er schaukelte auf seiner Hollywood-Schaukel, schaute zu dem Schuppen hinüber, den er gerade verlassen hatte, und sah dann Munke an. Seine Augen waren tiefblau. Die Sonne tauchte eine Gesichtshälfte in Licht, und Lindell sah einen ganz anderen Menschen als den uniformierten Veteranen von der Schutzpolizei.

»Was passiert ist? Ehrlich gesagt, ich weiß es nicht, und eine Zeitlang wollte ich es auch gar nicht wissen.«

»Du hast deine Meinung geändert?«

Erst jetzt schien Andersson Lindell zu bemerken. Er sah sie an. Komm mir jetzt nicht mit dem Spruch, dass du schon in einem Streifenwagen gesessen hast, als ich noch in den Windeln lag, dachte sie. Seine Langsamkeit und sein Grinsen reizten sie plötzlich.

»Eigentlich nicht«, sagte er, »aber es ist alles so krank, dass es einfach ans Licht kommen muss.«

»Du und Lund, ihr habt euch an dem Abend beim Birger Jarl wie richtige Rassisten benommen.«

»Das ist deine Deutung«, erwiderte Andersson.

»Ich habe mit den Türstehern gesprochen«, sagte Lindell.

»Das tun wir jedes Mal, wenn wir Dienst haben.«

»Die Drottninggatan«, sagte sie, damit es nicht zu einem Wortgeplänkel kam, »warum seid ihr einfach wieder abgehauen, das ist die zentrale Frage.«

»Ich weiß es nicht«, wiederholte Andersson, »aber Lund wollte weg.«

»Und du hast nicht protestiert?«

»Womit hat er dich in der Hand?«

Munkes Frage kam wie ein Peitschenhieb, und Lindell begriff plötzlich. Andersson lächelte seinen Vorgesetzten an, als wollte er ihm auf die Art zeigen, dass er seine Kombinationsgabe zu schätzen wusste. Der Eindruck verstärkte sich noch, als er anschließend Lindell ansah. Sein Lächeln veränderte sich und wurde spöttisch.

»Björklinge 1997«, sagte Andersson kurz angebunden.

Munke nickte.

»Du erinnerst dich?«

Erneutes Nicken.

»Was ist damals passiert?«, fragte Lindell.

Andersson sah sie an, und sie konnte seinen Blick kaum ertragen. Er schien die Kontrolle über sich verloren zu haben. Sein Gesicht drückte in dem einen Moment tiefe Niedergeschlagenheit aus und verzog sich im nächsten zu einem beinahe ausgelassen wirkenden Lächeln. Sein Mienenspiel zeigte deutlich, wie gespalten er innerlich war. Es machte Lindell nervös, nicht zu wissen, welche Wendung das Gespräch nehmen würde; sie sah Munke an, der reglos und schwitzend dasaß.

»Wir bekamen einen Anruf. Es war an einem Samstagabend im Juli. Nichts Ungewöhnliches. Eine Gruppe Jugendlicher veranstaltete einen Heidenkrach an einem Badeplatz in Björklinge. Die Nachbarn fühlten sich gestört und riefen an. Lund und ich machten uns auf den Weg, aber es dauerte ein bisschen, weil wir vorher noch ein paar andere Sachen regeln mussten. Sicher, es ging hoch her, aber wir hatten den Eindruck, dass alles halb so wild war. Lund bat die Jungs, wieder etwas auf den Teppich zu kommen, die Musik leiser zu drehen und so. In der Zwischenzeit habe ich mich ein bisschen umgesehen. Es war ein schöner Abend. Der See war spiegelglatt.«

Andersson verstummte, und Lindell nahm an, dass er sich den Anblick des Sees vor knapp sechs Jahren ins Gedächtnis rief.

»Wie aus dem Nichts stand sie dann plötzlich vor mir. Sie

weinte. Erst dachte ich, sie wäre aus dem See gekommen, aber ihre Kleider waren trocken. Sie hatte lange helle Haare, und ich erinnere mich noch, dass ich an Eva denken musste, meine Frau. Wir haben uns kennengelernt, als sie sechzehn war, und sie sah damals genauso aus, hatte auch so helle Haare, weißt du, dass sie regelrecht schimmern. Hinter dem Mädchen kamen zwei Burschen angetrottet, richtige Bauerntölpel, die gerade vom Traktor oder vom Güllewagen gestiegen waren. Als sie mich sahen, machten sie eine Kehrtwendung und verschwanden wieder. Das Mädchen sagte, sie seien gemein zu ihr gewesen. Es war das Einzige, was sie sagte: gemein.«

Andersson verstummte. Munke und Lindell warteten, Munke offenbar wissend, was gleich kommen würde, während Lindell immer ungeduldiger wurde.

»Um es kurz zu machen, wir haben mit den Jungs gesprochen, sie wurden ruhiger, und wir sind abgezogen. Als wir ein Stück gefahren waren, rannte das Mädchen aus dem Gebüsch und stellte sich vor den Wagen. Ich stieg aus und redete mit ihr.«

»Was wollte sie?«

»Nach Hause gefahren werden«, antwortete Andersson tonlos.

»Und du hast abgelehnt?«

Andersson nickte. »Es lag auch sonst noch einiges an«, sagte er, und Lindell war klar, dass er log.

Andersson verstummte erneut.

Munke sah ihn fassungslos an. »Das Mädchen wurde vergewaltigt«, sagte er dann mit heiserer Stimme. »Dreimal. Und geschlagen.«

Andersson wurde immer blasser.

»Sie haben ihr einen Ast in den Anus geschoben«, fuhr Munke unbarmherzig fort.

Andersson atmete tief durch und sah zum Haus.

»Ich habe damals mit den Eltern gesprochen«, sagte Munke und hüstelte. »Es waren Bauern. Das Mädchen war ihre einzige Tochter. Ich kann nicht behaupten, dass sie Krach geschlagen hätten. Im Gegenteil. Sie saßen im Krankenhaus wie lebendige Tote neben dem armen Mädchen.«

Jetzt erinnerte sich auch Lindell. »Sie ist gestorben, nicht wahr?«

»Ja, sie ist aus dem Fenster gesprungen.«

»Hat sie gesagt, dass sie sich bedroht fühlte? Du hast sie abgewiesen, obwohl sie panische Angst hatte?« Lindells Fragen kannten kein Pardon.

»Zwei Wochen später sprach ich mit Lund«, antwortete der Polizeibeamte, der bald kein Polizist mehr sein würde. »Ich habe ihm erzählt, was das Mädchen gesagt hatte. Ich musste doch mit jemandem reden.« Er sprach jetzt lauter, und die Worte drangen voller angestauter Verzweiflung aus seinem gequälten Körper.

»Und dann ist Lund immer wieder darauf zurückgekommen?«

Andersson sah Munke kurz an.

»Nein«, sagte er. »So jemand ist Ingvar nicht. Erst am Freitag hat er mich daran erinnert.«

»Er war doch auch beteiligt.«

»Aber nicht so wie ich«, sagte Andersson. »Ich habe mit dem Mädchen gesprochen.«

»Dann seid ihr jetzt quitt«, meinte Munke.

Andersson nickte. Munke stand auf. Andersson sah ihn verängstigt an.

»Wenn du denkst, dass ich dich jetzt umbringe, irrst du dich«, zischte Munke. »Ich werde dich langsam quälen, bis dir der Tod wie eine Befreiung erscheint. Du hast ein Mädchen ermordet und ein anständiges Bauernpaar für den Rest seines Lebens unglücklich gemacht. Weißt du eigentlich, dass ihr Vater sich ein Jahr später erschossen hat?«

Munke ging davon. Lindell blieb sitzen und betrachtete ihren Kollegen, ein menschliches Wrack. Er hatte eine Situation falsch eingeschätzt, die Not eines jungen Mädchens ignoriert, oder noch schlimmer, er hatte erkannt, dass sie belästigt und vielleicht sogar vergewaltigt werden könnte, sich aber aus schierer Bequemlichkeit geweigert, sie nach Hause zu fahren.

»Was ist in der Drottninggatan passiert?«

Andersson schaukelte, sagte aber nichts.

»Mach jetzt nicht alles noch schlimmer«, sagte Lindell und wunderte sich, dass sie so ruhig bleiben konnte.

»Es war die Hölle los, das ist dir ja wohl klar. Lund stieg aus. Er hat irgendetwas gesehen, aber ich weiß nicht, was.«

»Ist er in die Buchhandlung gegangen?«

Andersson nickte.

»Was hat er dort gemacht? Hat er etwas gesagt?«

»Nein.« Andersson schaute auf und sah Lindell an. »Nur, dass wir abhauen sollten.«

»Du hast dich nicht gefragt, warum er wegfahren wollte? Ich meine, es war doch offensichtlich ...«

»Ich habe ihm vertraut«, unterbrach Andersson sie. »Ich hatte keine andere Wahl. Das hier ist mein Björklinge, hat Ingvar gesagt, also blieb mir nichts anderes übrig, als loszufahren.«

»Du hattest keine Ahnung, was in der Buchhandlung vorgefallen war? Er hat nichts angedeutet?«

»Nein.«

Lindell glaubte ihm, stand auf und ging zum Auto.

Schon auf der Hinfahrt war die Unterhaltung recht einsilbig verlaufen, aber während der Rückfahrt nach Uppsala herrschte vollkommenes Schweigen.

Natürlich hatte Lindell schon von Kollegen gehört, die grobe Fehler gemacht hatten, und sie kannte einige, die vom Dienst suspendiert worden waren, aber was sie aus Anderssons Mund vernommen hatte, übertraf alles, was ihr bislang zu Ohren gekommen war. Je näher sie der Stadt kamen, desto verbitterter wurde sie. Sie wusste, dass diese Verbitterung gefährlich war, denn direkt dahinter lauerte die Gleichgültigkeit.

»Zwei Schweine weniger«, sagte Munke plötzlich.

»Du meinst Lund und Andersson?«, fragte Lindell dümmlich.

»Wen sonst?!«

»Lindell und Munke«, sagte sie.

»Das ist nicht witzig«, erwiderte Munke.

»Das Ganze muss noch genauer untersucht werden«, meinte Lindell. »Im Moment wissen wir gar nichts.«

»Unsinn«, sagte Munke.

Sicher war das Unsinn, das wusste sie auch. Falls Lund und Andersson im Dienst bleiben durften, würden Munke und sie ihren Hut nehmen.

Plötzlich hatte sie Windmühlen vor Augen, ohne zu wissen warum, riesige Windmühlenflügel, die von Böen gepeitscht wurden. Außerdem hagelte es, und die Hagelkörner hatten die Größe von Schneebällen. Es musste etwas sein, das sie einmal geträumt hatte. Sie suchte in den Nischen ihres Gedächtnisses nach Zusammenhängen, aber die Bilder versanken ebenso schnell, wie sie gekommen waren.

Sie brummte, und Munke sah sie an.

»Jetzt schnappen wir uns Lund«, sagte er. »Fahr nach Gottsunda.«

Sie bog links ab und beschleunigte auf der Fyrislundsgatan.

»Hier darf man nur fünfzig fahren«, bemerkte Munke.

»Das ist mir scheißegal«, erwiderte Lindell und gab noch einmal Gas.

Ingvar Lund wohnte im Erdgeschoss. Irgendwer, wahrscheinlich Frau Lund, dachte Lindell, hatte vor der Tür weiße Plastiktöpfe mit Stiefmütterchen in unterschiedlichen Farben aufgestellt.

»Die Farben beißen sich«, bemerkte Lindell und zeigte auf die Töpfe.

Munke kommentierte die Blumen nicht weiter. Lindell hatte das Gefühl, dass er weder etwas sah noch hörte, sondern ganz auf die Tür konzentriert war. »Maj-Britt und Ingvar Lund« stand in verschnörkelter Schrift auf einer lackierten Holzplatte.

Munke trat vor und klingelte. Lindell wartete ein paar Meter hinter ihm ab. Was ist, wenn er seine Dienstwaffe zu Hause hat, schoss es ihr durch den Kopf. Das wäre zwar ein Verstoß gegen die Vorschriften, aber Lund war der Typ Polizist, der auf eine solche Idee kommen könnte ...

Munke brummte und drückte mit seinem dicken Zeigefinger erneut auf den Klingelknopf.

»Ich hasse solche Glockenspiele«, meinte er.

Die Vorhänge waren zugezogen. Lindell wollte schon aufgeben und den Rückzug antreten, als die Tür vorsichtig geöffnet wurde. Erneut hatte sie ein Erinnerungsbild vor Augen, diesmal aus ihrer Ausbildung. Gegenangriff der Polizei bei einer Demonstration, die in Krawalle auszuarten droht.

Maj-Britt Lund sah beim besten Willen nicht aus wie eine Demonstrantin. Ein blasses, sehr müdes Gesicht lugte durch den Türspalt.

»Du bist es, Holger? Ist was passiert?«

»Nein«, sagte Munke schnell. »Ist Ingvar zu Hause?«

Die Frau schüttelte den Kopf.

»Ich muss heute Abend arbeiten, deshalb habe ich versucht, ein Nickerchen zu machen.«

»Ist er seit heute Morgen mal zu Hause gewesen?«

»Was ist denn passiert?«

»Nichts!«

Lindell sah sich auf der Straße um, denn sie machte sich Sorgen, Munke könnte völlig durchdrehen. Im Polizeipräsidium konnte man schon mal laut werden, aber in einem ruhigen Wohnviertel erschien es ihr weniger angebracht.

»Das kannst du einem anderen erzählen«, erklärte die abgebrühte Polizistenfrau und spuckte völlig überraschend vor die Tür. Sie verpasste Munke um einen halben Meter und einen Stiefmütterchentopf um wenige Zentimeter.

»Wo könnte er denn sein?«

»Keine Ahnung. Wenn er nicht zu Hause ist, dann ist er arbeiten«, sagte die Frau, »so ist das im Allgemeinen. Das solltest du doch wissen.«

»Habt ihr ein Wochenendhaus?«

»Das fehlt mir gerade noch! Kannst du dir Ingvar in einem Wochenendhaus vorstellen?«

»Dann mach du doch mal einen Vorschlag«, sagte Munke ungeduldig.

»Vielleicht ist er bei Stickan. Ingvar geht ihm manchmal zur Hand. Stickan hat immer viel zu tun.«

Lindell hatte keine Mühe, den zufriedenen Tonfall in ihrer Stimme zu hören. Hatten die Eheleute etwa darüber gesprochen, dass Lund den Polizeidienst verlassen könnte?

»Wer ist Stickan?«

»Ein Freund.«

»Was macht er?«

»Das werdet ihr Stickan schon selber fragen müssen. So genau kümmere ich mich nicht darum.«

»Ist er Ingvars Bruder?«

»Aber nein, sie sind zwar beide verrückt, aber Brüder sind sie deshalb noch lange nicht.«

Munke sah die Frau mit dem Blick an, der junge Polizeianwärter stets ins Schwitzen brachte.

»Dürfen wir reinkommen?«

»Um nachzusehen, ob Ingvar hinter mir steht? Niemals.«

»Schnapsdrossel«, sagte Munke mit Nachdruck und machte auf dem Absatz kehrt.

Maj-Britt Lund lachte auf und knallte die Wohnungstür zu. Munke blieb stehen, starrte einen Moment zu Boden, als überlegte er, ob er sich mit Gewalt Zugang zur Wohnung verschaffen sollte, ging dann jedoch zum Auto. Lindell folgte ihm völlig perplex.

»Sie ist eine verdammte Pennerin«, sagte Munke. »Ihr Vater war genauso. Du weißt schon, Lindgrens.«

Lindell kannte keine Lindgrens, sagte aber nichts und öffnete die Autotür.

»Wo sollen wir suchen?«, fragte sie, als sie Gottsunda verließen.

»Wir lassen die Wohnung überwachen«, sagte Munke. »Vielleicht war er doch zu Hause. Nein«, änderte er augenblicklich seine Meinung, »das würde mich sehr wundern. Ingvar ist nicht der Typ, der sich zu Hause verkriecht.«

»Stickan«, sagte Lindell.

»Der Bruder«, erwiderte Munke. »Wir rufen Andersson an, er muss ihn kennen. Lund und er sind lange genug zusammen Streife gefahren.«

47

Mittwoch, 14. Mai, 19.30 Uhr
Sie standen vor *Stigs Fußbodenbelägen*. Die Baracke war abgeschlossen. Keine Menschenseele war zu sehen, aber aus einer Werkstatt hörte man Arbeitsgeräusche.

Sie betraten die Firma *Pumpen aller Art*. Ein älterer Mann blickte auf. Er lächelte. Endlich, dachte Lindell.

»So, so, geht's um die Pumpe«, sagte der Mann und schaltete einen Kompressor aus.

Munke erwiderte sein Lächeln. »Um die geht es sicher auch«, sagte er, »aber im Moment sind wir auf der Suche nach *Stigs Fußbodenbelägen*.«

»Sie sind Polizisten, nicht?«

»Ich bin Ann Lindell von der Kriminalpolizei, und das hier ist Holger Munke von der Schutzpolizei«, sagte Lindell und zeigte auf ihren Kollegen.

»Angenehm«, sagte der Mann, »jedenfalls bis jetzt.«

»Wie ist Ihr Name?«

»Ossian Nylund.«

»Sie kennen die Firma *Stigs Fußbodenbeläge?*«
»Sicher, Stickan kennt man natürlich.«
»Wissen Sie auch, wie man ihn erreichen kann?«
»Versuchen Sie es mal auf seinem Handy. Ich glaube, er arbeitet noch irgendwo. Sie sind wie immer in Verzug.«
»Sie?«
»Stickan und Jöns.«
»Jöns Lund?«
Ossian Nylund nickte. Er nahm seine Mütze ab und warf sie mit einer lässigen Bewegung auf eine Arbeitsbank. In Lindells Augen wirkte die Geste jugendlich, obwohl der Mann kurz vor der Pensionierung stehen musste.
»Ist sein Bruder auch öfter hier?«
»Aha, Sie suchen nach einem Freund. Doch, doch, der Polizist ist auch oft hier.«
»Sie haben nicht zufällig Stickans Handynummer?«
»Steht auf der Tafel da drüben«, erklärte Ossian.
Lindell ging zu einem Schwarzen Brett und fand augenblicklich die Visitenkarte von *Stigs Fußbodenbelägen*. Gespannt tippte sie die Nummer ein.
Stig meldete sich sofort. Im Hintergrund hörte sie jemanden lachen. Sie stellte sich vor und erklärte, sie sei auf der Suche nach Jöns Lund. Irgendetwas sagte ihr, dass sie jetzt ganz nahe dran waren.
Munke sah sie an. Ossian war zu einem Waschbecken in einer Ecke des Raumes gegangen und wusch sich die Hände.
Stig redete immer weiter.
»Seit gestern nicht mehr?«, warf sie ein.
Munke trat einen Schritt näher. Lindell nickte ihm zu. Ossian Nylund sah sie an, während er sich mit einem Lappen die Hände abtrocknete. Plötzlich wurde die Tür aufgerissen, und alle drei zuckten zusammen und starrten die stabile Schiebetür an. Munke ging zur Tür, schaute hinaus, schloss sie wieder und warf Ossian Nylund einen Blick zu. Später sollte der alte Handwerker zu seiner Frau sagen, er habe das Gefühl ge-

habt, der Polizist, der im selben Alter war wie er, habe etwas in seinen Augen gesucht. Er wusste, dass es albern klang. Was sollte es auch sein.

»Und?«, sagte Munke, als Lindell das Gespräch beendet hatte.

Sie sah zu dem Handwerker hinüber und wandte sich dann an Munke.

»Jöns arbeitet seit elf Jahren für Stig. Ingvar geht ihnen manchmal zur Hand. Heute ist Jöns nicht zur Arbeit erschienen. Stig hat ihn zu Hause und auf dem Handy angerufen, aber Jöns meldet sich nicht. Er lebt allein, hat aber eine Flamme, wie Stig es ausgedrückt hat.«

»Hatte er eine Ahnung, wo Jöns sich herumtreiben könnte?«

»Nein, sonst hätte er ihn längst dort angerufen. Anscheinend sind sie tüchtig im Rückstand.«

»Wusste er, dass diese Flamme Lisbet Holmberg war?«

»Nein, Jöns hat sich ziemlich bedeckt gehalten.«

»Okay, wie machen wir jetzt weiter«, setzte Munke an, verstummte dann jedoch. Vielleicht kam ihm auf einmal in den Sinn, wie unkonventionell ihre Vorgehensweise war. Eine Kriminalpolizistin und ein Schutzpolizist auf einer privaten Odyssee durch die Stadt.

»Vielleicht sollten wir langsam mal mit Ottosson reden.«

»Keine schlechte Idee«, sagte Lindell und konnte sich trotz der ernsten Lage ein Lächeln nicht verkneifen.

»Wo wohnt dieser Jöns?«

»In Gottsunda, nicht weit von seinem Bruder Ingvar entfernt«, antwortete Lindell.

»Er wohnt in der Nähe. Stehen die beiden sich eigentlich nahe?«

»Bei Stig klang es ganz danach.«

Ossian Nylund hüstelte.

»Entschuldigen Sie, aber ich würde den Laden nun gerne dichtmachen«, meinte er. »Es ist ein langer Tag gewesen.«

»Selbstverständlich«, sagte Lindell, »wir werden jetzt fahren.«
»Hat sich alles geklärt?«
»Sicher, danke«, antwortete Munke.
»Wie schön«, sagte Ossian Nylund und schien es auch tatsächlich zu meinen.

Munke und Lindell fuhren ins Polizeipräsidium zurück. Lindell musste innerlich schmunzeln. Diese Jagd, die Suche nach Menschen und Spuren machte ihr Spaß. Außerdem gefiel es ihr, Munke an der Seite zu haben. Das war eine ganz neue Erfahrung, die sicher auch durch die gereizte Stimmung zwischen Haver und ihr im Zusammenhang mit den Ermittlungen im Fall Sebastian geprägt wurde. Haver irrte sich, da war sie ganz sicher. Sie hatte recht, und das gefiel ihr. Aber noch mehr gefiel ihr, dass sie gemeinsam mit Munke recht hatte, dem alten Knochen, mit dem so wenige auskamen.

Es war albern, aber der alte Haudegen hatte sie anerkannt, und das bedeutete ihr wesentlich mehr als die Tatsache, dass Haver und Beatrice der Meinung waren, sie spiele sich auf und verhalte sich eigensinnig.

Ottosson und Fredriksson unterhielten sich intensiv über den Anbau von Dill. Fredriksson beklagte sich.
»Es sind Erdflöhe«, sagte Ottosson.
»Aber Jahr für Jahr«, murrte Fredriksson.
»Flöhe sind auch nur Menschen«, sagte Ottosson.
Er schien ungewöhnlich gut gelaunt zu sein. Fredriksson sammelte die Ermittlungsunterlagen ein, die ursprünglich der Anlass für seinen Besuch gewesen waren, und verließ den Raum, nachdem er Lindell in den Arm gezwackt hatte. Sie sah sich erstaunt nach ihm um, aber Fredriksson schob sich ohne ein Wort hinaus.
Sie betrachtete die geschlossene Tür.
»Letzte Woche hat er beim Pferderennen sechzigtausend

gewonnen, und dann beklagt er sich über Erdflöhe«, sagte Ottosson.

»Wie bitte? Er wettet auf Pferde?«

»Fredriksson ist ein richtiger Zocker, wusstest du das nicht?«

So wenig weiß man also über seine Arbeitskollegen, dachte Lindell. Der Naturschwärmer Fredriksson beim Pferderennen, das erschien ihr völlig absurd.

»Das Komische ist, dass er eigentlich eine Heidenangst vor Pferden hat«, fuhr Ottosson fort. »Also, was haben wir auf dem Herzen?«

Lindell erzählte die ganze Geschichte, wofür sie zwanzig Minuten brauchte. Ottosson verzog keine Miene. Munke schien einfach nur müde zu sein.

»Ich möchte, dass nach den Brüdern Lund gefahndet wird«, sagte sie abschließend. »Außerdem möchte ich, dass wir den Kollegen Andersson zur Vernehmung einbestellen und weiter unter Druck setzen. Vielleicht weiß er doch noch mehr, auch wenn ich eigentlich glaube, dass er die Wahrheit gesagt hat.«

Ottosson sah Munke an, der schließlich nickte.

»Wir haben nur wenig Leute zur Verfügung«, meinte Ottosson und brachte damit den Einwand vor, den sie bereits erwartet hatte. »Sammy und eine ganze Schwadron von Kollegen suchen nach dem Unbekannten mit dem Pferdeschwanz. Vielleicht ist es eine falsche Fährte, aber es ist das Einzige, was wir in der Hand haben.«

»Jöns Lund ist das Einzige, was ich habe.«

Sie sah Ottosson an, was er dachte: Sie hatten auch einen Mörder, der ein Geständnis abgelegt hatte.

»Das Blut an Marcus Ålanders Jacke stammt von Sebastian Holmberg«, sagte er. »Das Zentrallabor beliebte, heute von sich hören zu lassen. Neuer Distriktsrekord.«

»Das war nicht anders zu erwarten«, sagte Lindell, »aber ganz gleich, wie es damit steht, könnten wir Klarheit darüber gewinnen, was in der Drottninggatan passiert ist und wie es passiert ist.«

»Oder meinst du, wir sollten Lund und Andersson besser laufen lassen?« Munkes Bemerkung kam völlig unerwartet.

»Nein«, erwiderte Ottosson mit ungewöhnlichem Nachdruck in der Stimme, »das werden wir nicht, aber ich will auch nicht, dass sich unsere Spuren kreuzen.«

»Sandemose«, sagte Munke. »Das ist ein Schriftsteller«, fügte er hinzu, als er die Mienen seiner Kollegen bemerkte.

»Schön«, meinte Ottosson, »ich dachte schon, es wäre jemand von der Schutzpolizei.«

Munke konnte sich ein Grinsen nicht verkneifen.

48

Mittwoch, 14. Mai, 20.00 Uhr
Um acht wurden Ljungberg und Sammy Nilsson abgelöst. Ihnen war vor dem Geschäft an der Ecke Ringgatan und Börjegatan nichts aufgefallen, ganz zu schweigen von einem Mann mit einem Pferdeschwanz.

Sammy ließ allmählich alle Hoffnung fahren. Er hatte sich die Mühe gemacht, bei den Wohnungsbaugesellschaften anzurufen, die im Telefonbuch standen. Von vierzehn denkbaren hatte er die Hälfte erreicht, bei seinen Gesprächen aber nicht das Geringste herausgefunden. Alle, ausnahmslos Männer, waren ausgesprochen hilfsbereit gewesen, konnten sich aber nicht an einen Mann mit einem Pferdeschwanz erinnern.

»Aber wir haben eine alte Schachtel, die ihre Nachbarn mit religiösem Gewäsch belästigt«, hatte einer gemeint, ein anderer hatte sich über Jugendliche beklagt, die auf den Rasenflächen Fußball spielten.

Die Zeiten ändern sich, Hausmeister dagegen nie, dachte Sammy.

Ljungberg wollte zu einem Verwandten fahren, um ihm bei der Reparatur eines Bootsmotors zu helfen, und Sammy hätte eigentlich nach Hause gehen sollen, aber es fiel ihm schwer, sich den Pferdeschwanz aus dem Kopf zu schlagen.

Er rief Berra Edquist an, den diensthabenden Beamten, und erfuhr, dass es im Stadtzentrum erneut zu Zusammenstößen zwischen jungen Einwanderern und Schweden gekommen war. Die Bemühungen von Stadtverwaltung, Schulen und Polizei hatten sicher Wirkung gezeigt, aber die Nerven lagen blank, und es genügte schon der kleinste Funke, um einen Streit zu entfachen. Eine Familie libanesischer Herkunft war beschimpft worden, und der Familienvater hatte daraufhin einen vierzehnjährigen Jungen auf offener Straße verprügelt. Jetzt saß er wegen des Verdachts auf Körperverletzung in Untersuchungshaft und rechtfertigte sich, er habe nur seine Familie schützen wollen.

»Ich habe die Bomben auf Beirut überlebt«, hatte er gesagt, »aber meine Kinder sollen sich nicht Dinge anhören müssen, für die sie gar nichts können.«

»Da ist schon was dran«, meinte Edquist zu Sammy.

»Keine neuen Flugblätter?«

»Nicht, dass ich wüsste.«

Sammy Nilsson dankte ihm für die Informationen und legte auf. Er spazierte die Ringgatan hinab, bog in die Vindhemsgatan und nahm anschließend die Eriksgatan. Ein junges Mädchen kam ihm auf dem Fahrrad entgegen. Drei schwere Plastiktüten mit Lebensmitteln hingen an ihrem Lenker. Sie stieg vor einem grünen Haus ab, vor dem Sammys Auto geparkt war.

»Ganz schön anstrengend«, meinte Sammy.

Das Mädchen lächelte, sagte aber nichts. Sie nahm die Tüten vom Lenker und lehnte das Fahrrad an die Wand.

»Sag mal, hast du hier in der Gegend schon mal einen Mann mit einem Pferdeschwanz gesehen?«

Das Mädchen zögerte, wirkte fast ein wenig verlegen, aber auch neugierig.

»Sind Sie von der Polizei?«

Sammy nickte und lächelte. Das Mädchen stellte die Tüten wieder ab.

»Es gibt da einen Typen, der hier öfters langgeht. Einmal hat er Pflaumen vom Kindergartenbaum gepflückt. Da bin ich wütend geworden. Sie waren auch noch gar nicht richtig reif.«

»Kindergartenbaum?«

»Ja«, sagte das Mädchen und zeigte auf etwas hinter Sammy.

Er wandte sich um und erblickte einen Pflaumenbaum, der voller unreifer Früchte hing, die teilweise auch von der Straße erreichbar waren.

»Das war letztes Jahr«, beeilte sich das Mädchen zu sagen.

»Schon kapiert, aber hast du ihn auch vor kurzem gesehen?«

»Ja, ich sehe ihn ziemlich oft. Ich gehe in die Tiundaschule.«

»Weißt du, wo er wohnt?«

Das Mädchen schüttelte den Kopf.

»Nein, aber es muss ganz in der Nähe sein.«

Sammy lächelte.

»Vielen Dank, das waren wertvolle Informationen.«

Das junge Mädchen wirkte plötzlich wieder verlegen.

»Ich möchte auch zur Polizei«, sagte sie. »Ist das schwer?«

»Nein«, antwortete Sammy.

»Ist es gefährlich?«

»Manchmal schon, aber ich finde, das ist eine gute Idee. Aufgeweckte Mädchen können wir immer gebrauchen. Solche wie dich.«

Sie lächelte, griff wieder nach ihren Tüten und verschwand im Haus. Sammy Nilsson sah ihr nach und war sich auf einmal ganz sicher, dass er den Brandstifter fassen würde.

Er stieg ins Auto und rief Angelika an, um ihr mitzuteilen, dass er in einer Viertelstunde zu Hause sein würde.

Ann Lindell hatte eingekauft, Erik bei Tina und Rutger abgeholt und stand völlig ratlos in der Küche, als das Telefon klingelte. Sie sah auf die Uhr und ließ es klingeln. Wenn es jemand aus dem Präsidium war, würde er sich gleich auf ihrem Handy melden. Wenn es ihre Mutter war, würde sie später noch einmal anrufen.

Erik lief im Wohnzimmer herum und spielte Hubschrauber. Sie hatten im Kindergarten ein Buch über Flugzeuge angeschaut.

»Hast du Hunger«, rief sie, obwohl sie wusste, dass Erik ihr nicht antworten würde. Sie machte sich ein wenig Sorgen, weil er so wenig sprach. Das Personal im Kindergarten hatte verständnislos reagiert, als Ann das Problem einmal anschnitt. Dort plapperte er offensichtlich munter drauflos.

Sie kochte Spaghetti, da konnte man nichts falsch machen. Während das Wasser heiß wurde, setzte sie sich an den Küchentisch, auf dem noch die Reste des Frühstücks und die ungelesene Tageszeitung lagen.

Mit mechanischen Bewegungen glättete sie die Seiten und überflog die Schlagzeilen, legte die Zeitung aber wieder weg, als der Deckel des Topfs anfing zu klappern.

Sie dachte an Ingvar Lund. Wo war er jetzt? Auch bei einem erneuten Versuch war er nicht zu Hause gewesen. Dasselbe galt für seinen Bruder Jöns. Niemand hatte die Tür geöffnet. Wenn es nach Lindell gegangen wäre, hätten sie sich Zugang zu Jöns' Wohnung verschafft, aber er war kein offiziell Tatverdächtiger, so dass die Aussichten, einen Durchsuchungsbefehl zu bekommen, äußerst gering waren.

Laut Kraftfahrzeugregister besaß Jöns Lund einen sechs Jahre alten, weißen Mazda. Lindell hatte persönlich die Parkplätze in der Nähe seiner Wohnung abgeklappert und eine Runde um den großen Parkplatz vor dem Einkaufszentrum von Gottsunda gedreht, aber nirgendwo einen weißen Mazda gesehen.

Erik tappste herein.

»Getti«, sagte er.

»Spaghetti«, sagte Ann Lindell, während sie ein Küchentuch von der Rolle zog und sich zu ihrem Sohn bückte. »Feste«, sagte sie, und er schnäuzte sich gehorsam. Hoffentlich erkältet er sich nicht, dachte sie. Dann fiel ihr etwas ein, und sie griff nach dem Telefon und rief den diensthabenden Beamten an.

»Hallo, hier ist Ann Lindell, wie sieht's aus?«

Sie hörte sich die übliche Litanei an. Neue Zusammenstöße in der Innenstadt, aber nichts Ernstes. Sammy und Ljungberg hatten kein Glück gehabt. Ein Streifenwagen war bei Alsike im Straßengraben gelandet. Edquist amüsierte sich. Nein, nein, es sei niemand verletzt, auch das Reh nicht, dem die Kollegen ausweichen wollten.

»Hör mal«, sagte Lindell energisch.

»Ja, ich höre«, erwiderte Edquist.

»Du kennst doch Ingvar Lund. Hast du ihn heute gesehen?«

»Nein, sollte ich?«

»Vielleicht nicht, aber ruf mich kurz an, falls du Lund sehen oder von ihm hören solltest. Wenn nötig auch mitten in der Nacht.«

»Er ist zu alt für dich«, meinte Edquist.

Sie wurde wütend, ließ sich aber nichts anmerken.

»Und wie alt bist du?«, fragte sie stattdessen und ärgerte sich im selben Moment über sich, weil sie in seinen Jargon verfallen war.

Edquist lachte glucksend. »Ich bin zu müde«, sagte er dann.

Jetzt war es jedenfalls offiziell. Ann Lindell war auf der Suche nach Ingvar Lund. Alle würden über ihre Gründe spekulieren, und sie wusste, dass am nächsten Morgen mindestens ein halbes Dutzend Theorien im Polizeipräsidium die Runde machen würden. Es war ihr egal, obwohl Munke und sie eigentlich beschlossen hatten, vorerst Diskretion zu wahren.

»Getti«, sagte Erik zu ihren Füßen.

»Spaghetti«, wiederholte sie und hob ihn hoch. »Gleich gibt es Spaghetti. Sollen wir den Tisch decken?«

Ob sie ein Glas Rotwein trinken sollte? Das wäre vielleicht nicht besonders klug, denn aus einem Glas wurden leicht zwei.

49

Mittwoch, 14. Mai, 20.35 Uhr
Ali schlief tief und fest, kratzte sich aber, als ein Insekt über sein Gesicht lief.

Er lag zusammengekauert wie ein Fötus und träumte von Hadi. Sein Großvater ging zwischen Zitronenbäumen herum, endlosen Reihen von Bäumen, deren Zweige unter der Last der Früchte ächzten. Er ging und ging, bewegte sich scheinbar ziellos auf einer weiten Ebene, deren Ende man nur in Form schneebedeckter Berge im Hintergrund erahnen konnte.

»Ich bin auf dem Heimweg«, sagte sein Großvater.

Er schwang den Stock hoch in die Luft. Seine Schritte waren federnd, und Ali begriff, dass er irgendwo frische Kraft geschöpft hatte. Vielleicht war dies ein noch junger Großvater, oder aber der Anblick der leuchtend gelben Zitronen hatte Hadi in solch eine glänzende Laune versetzt.

»Die Sonne hängt ihren Schmuck in die Bäume«, sagte Alis Großvater.

Hadi verschwand in der Ferne, und Ali wusste, dass er ihn nie mehr sehen würde. Er versuchte ihn einzuholen, aber seine Beine trugen ihn nicht. Er konnte sich hinstellen, doch sobald er einen Schritt machte, gaben sie unter ihm nach.

Das Gesicht an die trockene und steinige Erde geschmiegt, sah Ali seinen Großvater in immer größerer Entfernung, bis er schließlich hinter dem Horizont verschwand.

Ali erwachte mit einem Ruck. Ein Käfer krabbelte ihm über die Wange, und er schlug ihn angeekelt weg, setzte sich auf und sah in den lichten Kiefernwald hinein, war aber noch ganz in der Welt seines Traums. Er wäre nicht überrascht gewesen, wenn er seinen Großvater auf den Felsen gesehen hätte.

Langsam kehrte er in die Wirklichkeit zurück. Er fror und hatte Hunger. Bevor er aufstand, sah er sich nach allen Seiten um. Es war vollkommen still im Wald. Zum dritten oder vierten Mal tastete er nach seinem Handy, bis ihm wieder einfiel, dass er es zu Hause vergessen hatte.

Die Sonne war hinter den Bäumen verschwunden, und die Kälte, die ihm durch Mark und Bein gedrungen war, ließ ihn schaudern.

Er stieg aus der Felsspalte, in der er geschlafen hatte, und machte unentschlossen ein paar Schritte, wusste aber nicht, in welche Richtung er gehen sollte. Er versuchte sich in Erinnerung zu rufen, wie er gelaufen war, musste jedoch rasch erkennen, dass er nur mit viel Glück den Weg zurück finden würde. War es überhaupt so gut, den Versuch zu machen, zum Bauernhof zurückzukehren? Vielleicht lauerte ihm der Mann irgendwo auf dem Weg auf. Sollte er nicht lieber noch weiter wegrennen?

Die kühle Abendluft ließ ihm keine Wahl, er musste sich bewegen und beschloss, auf die untergehende Sonne zuzugehen. Eine Viertelstunde ging er so geradeaus. Sein Magen knurrte, und seine Schritte wurden immer unsicherer. Schließlich blieb er stehen und begann zu weinen.

Das war einfach nicht gerecht. Mehrdad hätte an seiner Stelle durch den Wald irren sollen. Er selber sollte jetzt zu Hause am Küchentisch sitzen und sich die Geschichten seines Großvaters und Mitras Fragen anhören. Nie wieder würde er sich darüber beschweren, dass sie sich Sorgen um ihn machte. Nie wieder ...

Er hob den Kopf. Irgendwo war das schwache Geräusch einer

Maschine oder eines Traktors zu hören. Das leise Tuckern erreichte ihn in Wellen. Er lief ein paar Schritte, blieb stehen und lauschte. Dort war es, nein, in dieser Richtung. Er fuhr herum und konnte sich nicht entscheiden, aber das Geräusch machte ihm Hoffnung und verlieh ihm neue Kräfte.

Er ging weiter. Wenn er Kurs auf den Punkt hielt, an dem die Sonne unterging, lief er jedenfalls nicht im Kreis, wie es Leuten oft passierte, die sich verirrten, davon hatte er mal gehört.

Nach einigen Minuten war das Geräusch wieder da, jetzt aber ein wenig lauter. Er stieg auf eine kleine Anhöhe, und von dort entdeckte er eine Lücke im Grün. Ein Feld.

Er rutschte von der Anhöhe herunter und lief weiter. Sobald er den Wald hinter sich gelassen hatte und in das üppig wuchernde Gras hinaustrat, fühlte er sich befreit, als wäre er einem Albtraum entronnen.

Er sank zu Boden. Die Erde war feucht. Das Geräusch des Traktors war zwar verschwunden, aber auf der anderen Seite der Weide sah er einen Feldweg, der hinter ein paar spärlich bewachsenen Hügeln verschwand. Er ging zu dem Weg, der schließlich irgendwohin führen musste.

Nach einem zehnminütigen Fußmarsch sah er den Bauernhof. Es war Arnold und Beata Olssons Hof. Er erkannte ihn sofort an dem hohen Silo und weinte erleichtert.

Er sah keine Bewegung auf dem Hof. Die Fenster waren dunkel. Zwischen ihm und dem Haus lag offenes Feld. Er ging los, blieb aber nach ein paar Metern stehen, da ihm plötzlich bewusst wurde, dass er von allen Seiten zu sehen war. Wenn der Mann noch in der Nähe lauerte, würde er ihn sofort erblicken. Ali lief zurück und kauerte sich in den Graben.

Wütend, weil er so kurz vor dem Ziel zögern musste, schlug er auf die Erde ein. Er spähte über das Feld und versuchte Details zu erkennen. Ein Schnurren war zu hören, und Ali schaute sich um, sah aber nichts. Was war das? Wieder surrte es, diesmal jedoch länger. Es klang wie ein sich schnell drehendes Rad. Er war unruhig und hatte Bauchschmerzen.

Das unbestimmbare Geräusch verstummte und ertönte kurz darauf wieder wie eine flüsternde Geisterstimme, so dass er sich noch tiefer in den Graben drückte.

Über das Feld und den umliegenden Wald senkte sich nun die Dämmerung herab. Der Hof wurde in tiefe Schatten eingebettet. Ein ums andere Mal hörte Ali das Schnurren und hätte am liebsten geschrien, um es zu übertönen. Er blickte zum Himmel hinauf. Was hatte Arnold Olsson noch gesagt? Die Todesvögel? So hatte er sie genannt, obwohl er nicht daran glaubte. Nein, es war die Bäuerin gewesen, Beata, die den Vogel so genannt hatte. Der Todesvogel, der ankündigte, dass in einem Haus bald jemand sterben würde, wenn er sich auf dessen Dach niederließ.

Ali wagte nicht, sich umzusehen, denn Beata hatte außerdem noch gesagt, wenn man durch eine Art Loch in den Flügeln des Vogels schaue, könne man verrückt werden. Arnold hatte nur gelacht und Ali ihr kein Wort geglaubt. Die Geschichte hatte ihn an das Gerede seines Großvaters über Vorzeichen erinnert. Aberglaube nannte Mitra das, obwohl Ali gemerkt hatte, dass auch sie an solche Vorzeichen glaubte. Einmal hatte er ein neues Paar Schuhe auf dem Küchentisch abgestellt, und Mitra hatte sich furchtbar aufgeregt, aber nicht, weil die Schuhe etwas schmutzig machen konnten, sondern weil das Unglück brachte.

Der Vogel, dessen Name ihm nicht mehr einfiel, flog schnurrend über ihm. Verschwinde, murmelte er leise, fahr zur Hölle. Aber er bereute seine Worte augenblicklich, denn es brachte Unglück, wenn man den Vogel erzürnte.

Nachtschwalbe, so hieß er, auf einmal wusste er es wieder. Die Nachtschwalbe. Selbst die Eier dieses Vogels waren gefährlich, wer sie anrührte, wurde blind, hatte Beata behauptet.

Ali hätte sich gewünscht, wie Arnold über solches Gerede lachen zu können. Der Bauer ging im Frühjahr sogar bewusst aus dem Haus, um der Nachtschwalbe zuzuhören.

Es war jetzt Nacht. Die Zeit der Nachtschwalbe. Ali stand auf. Das Schnurren über ihm wurde immer intensiver. Es kam ihm vor, als hassten sie ihn, denn es mussten doch mehrere Vögel sein, oder nicht? Er war darauf gefasst, von oben attackiert zu werden, und lief geduckt auf den Hof zu. Der Himmel war voller kreiselnder, rollender Räder.

Er wusste zwar nicht, wie diese Vögel aussahen, aber ihm war klar, dass sie groß sein mussten und bestimmt kräftige Schnäbel hatten. Er dachte an Geier, die er in einer Fernsehdokumentation gesehen hatte, und lief immer schneller. Er fiel hin, rollte durch das feuchte Gras und blieb liegen. Über ihm blitzte etwas auf, war es ein Auge oder ein Schnabel? Kamen sie jetzt? Er versuchte aufzustehen und merkte, dass die Beine ihn nicht mehr trugen. Er schluchzte, kauerte sich zusammen und legte die Arme schützend um den Kopf. Sie durften ihm nicht die Augen nehmen. Er schrie. Ihm war, als würden die Vögel seinen Kopf umschwirren. Bald würden sie ihn mit ihren Schnäbeln und Krallen angreifen.

Arnold Olsson trug den Jungen zweihundert Meter weit. Beata stand am Zaun und rief ihm etwas zu, aber Arnold hörte sie nicht oder war nicht im Stande, ihr zu antworten. Er atmete schwer und legte Ali auf den Hof.

»Aber das ist doch … dieser junge Einwanderer«, sagte Beata verblüfft.

»Allerdings«, keuchte Arnold.

»Ist er verletzt? Was macht er denn hier? Warum hat er geschrien?«

»Zum Teufel, ich weiß es doch auch nicht«, zischte Arnold. »Mach lieber die Tür auf.«

»Das kann doch wohl nicht er gewesen sein, der mit dem Auto hierhergekommen ist?«

»Mach jetzt die Tür auf! Der Junge ist völlig ausgekühlt.«

Sie legten ihn auf die Küchenbank, und Beata holte eine Decke, die sie über Ali ausbreitete. Er war bei Bewusstsein, aber sein Blick ging ins Leere. Beata schaltete den Herd an, Arnold blieb unschlüssig vor Ali stehen, der den Bauern mit trüben Augen fixierte.

»Wie geht es dir?«

»Die Vögel waren hinter mir her.«

»Welche Vögel?«

»Nachtschwalben«, sagte Ali leise.

»Was?«

»Er hat Nachtschwalbe gesagt«, sagte Beata.

»Warum bist du hergekommen?«

Ali schluchzte.

»Lass ihn in Ruhe«, sagte Beata. »Er soll jetzt erst mal einen Tee mit Honig trinken.«

Arnold setzte sich an den Küchentisch.

»Hast du die Nachtschwalbe gesehen?«

Ali nickte.

»Ein Auge hat mich angestarrt.«

Beata drehte sich um und sah erst den Jungen und danach ihren Mann an.

»Wir müssen anrufen«, sagte sie. »Du siehst doch, dass der Junge völlig verängstigt ist. Er kann ja kaum sprechen. Quäl ihn nicht noch mit deinen Fragen.«

»Wen anrufen?«

»Greger.«

Sie waren gerade von ihrem Sohn heimgekehrt, der ungefähr einen Kilometer entfernt wohnte. Sie hatten seinen Geburtstag gefeiert. Es war kein großes Fest gewesen, kein runder Geburtstag, nur ein paar Geschwister Beatas und Arnolds und eine halbes Dutzend Cousins und Cousinen waren zu Besuch gewesen.

»Die sitzen jetzt gemütlich zusammen und trinken sich einen«, sagte Arnold mürrisch.

Beata begriff, dass er schlecht gelaunt war, weil er nicht dabei sein konnte.

»Erst das Auto und dann das hier«, sagte sie, »da stimmt doch was nicht. Was hat die Polizei gesagt?«

»Dass es bestimmt eine ganz einfache Erklärung dafür gibt.«

»Aber warum hier? Hier gibt es nichts. Du hast ihnen doch gesagt, dass bei uns eingebrochen worden ist?«

»Das stimmt doch gar nicht«, wandte Arnold ein.

»Nicht bei uns, aber bei anderen.«

»Jetzt lass es gut sein.«

Aber Arnold war nicht wohl bei dem Gedanken an das weiße Auto, das nicht abgeschlossen gewesen war. Er hatte die Tür geöffnet und hineingeschaut. Auf dem Vordersitz hatte eine alte Tasche gelegen und auf der Rückbank eine Holzkiste mit einem Vorhängeschloss.

»Jetzt weiß ich's«, platzte er heraus. »Es ist ein Eiersammler! So jemand, der Vogeleier klaut. Deshalb sind die Nachtschwalben so aggressiv. Er versucht ihnen die Eier zu stehlen.«

»Dann wird er blind und irrt da draußen herum«, meinte Beata.

»Sollen wir noch mal anrufen?«, fragte Arnold. Beata ging zu dem Jungen, sah ihn an, wandte sich dann ihrem Mann zu und nickte vielsagend.

Sie zogen sich in das kleine Büro zurück. Beata schloss die Tür.

»Vielleicht steckt er ja mit dem Eierdieb unter einer Decke? Woher sollte jemand sonst wissen, dass es hier ungewöhnliche Vögel gibt? Wir haben doch über die Nachtschwalbe gesprochen, als der Junge mit seinem Großvater hier war, und dann hat er es überall herumerzählt.«

»Kann ich mir eigentlich nicht vorstellen«, sagte Arnold, aber Beata sah ihm an, dass ihre Worte Wirkung zeigten.

»Und jetzt rächen sie sich. Sein Kompagnon liegt vielleicht schon in Stücke gehackt oben auf der Weide.«

Arnold sah sie im Zwielicht an. Ihre Stimme war dieselbe wie in den letzten vierzig Jahren, aber in ihrem Klang schwang etwas mit, das er nicht kannte und das ihm nicht gefiel.

»Jetzt gehen wir wieder zu dem Jungen und fragen ihn, was hier eigentlich los ist«, sagte er.

50

Mittwoch, 14. Mai, 21.10 Uhr
Gisela Wendel scherte sich nicht um die Absperrung, sondern schlüpfte unter ihr hindurch. Sie hatte den Grabhügel umrundet und ging nun, verborgen vor Chorsängern und Publikum, auf seiner Rückseite. Sie wollte unbedingt ein Foto machen, und zwar von der bestmöglichen Stelle, um auch wirklich alle aufs Bild zu bekommen und den überwältigenden Eindruck von neun verschiedenen Chören aus Schweden, dem Baltikum und Afrika festzuhalten.

Über zweihundertfünfzig Sänger und ein vielleicht tausendköpfiges Publikum bildeten vom östlichst gelegenen Hügel einen beeindruckenden Anblick. Jemand sah sie und zeigte zu ihr hinauf. Sie hob die Kamera, machte ein Foto und anschließend noch eins.

Besonders gerührt war sie, als der Chor aus Ghana einen mächtigen Gesang über Frieden und Freiheit anstimmte. Die bunten Kleider der Sängerinnen leuchteten in der untergehenden Sonne. Frauenstimmen erklangen in der historischen Landschaft. Der Legende nach waren hier in früheren Zeiten Menschenopfer gebracht worden. Jetzt beschwor man an demselben Ort singend grenzenlose Liebe und Fürsorglichkeit.

Sie wollte gern noch auf dem Hügel bleiben, trat nur zum Schein ein paar Schritte zurück, setzte sich halb versteckt hin, hatte aber trotzdem freien Blick auf die Bühne.

Der Chor aus Ghana machte einem Männerchor aus Estland Platz; die jungen Männer stimmten ein Lied an, das die afrikanischen Frauen mit Händeklatschen begleiteten. Ab und zu ertönte ein Ruf aus der Schar der Frauen.

Das Publikum wiegte sich im Takt, Gisela Wendel weinte gerührt.

Dreihundert Meter entfernt lenkte Rickard Molin stark schwitzend seinen Wagen zwischen die Gebäude des Freilichtmuseums Disagården. Bosse Larsson sprang heraus.

»Hier stehen wir gut«, sagte er, aber Molin war nicht zufrieden.

»Man kann uns von der Straße aus sehen.«

Er traute dem Urteilsvermögen seines Kameraden nicht.

»Ach, komm schon.«

»Wir parken hier«, entschied Wolf.

Molin schaltete den Motor aus. Der Gesang war bis zu ihnen zu hören.

»Mein Gott, reißen die das Maul auf«, sagte Bosse Larsson. »Habt ihr gesehen, dass da auch eine Menge Neger waren?«

»Halt's Maul, du verdammter Säufer«, sagte Molin. »Hilf uns lieber mal.«

Jeder nahm einen Kanister, insgesamt fünfundvierzig Liter Benzin, und sie bahnten sich einen Weg durch das hohe Gras des Hangs hinter der Kirche.

»Mist, es hat geregnet«, sagte Larsson.

»Das ist Tau«, erwiderte Wolf und lächelte.

Eine halbe Sommersaison hatte er auf dem Friedhof von Gamla Uppsala gearbeitet, sich dort aber nie richtig wohlgefühlt. Der Friedhof war einfach zu klein gewesen. Wolf war mit den Leuten dort nie so richtig warmgeworden. In der Arbeitsgruppe waren zu wenige, die anderen kannten sich zu gut. Wolf wollte lieber für sich sein. Er lachte. Jetzt würden die Friedhofsarbeiter viel zu tun bekommen. Er sah schon vor sich, wie die Löschzüge die Rasenflächen durchpflügten und Schaulustige über Hecken stolperten und die Blumenbeete zertrampelten.

Im Schutz von ein paar Bäumen warteten sie das Ende des Konzerts ab. Bosse Larsson klapperte mit den Zähnen. Rickard Molin wirkte verbissen. Wolf machte sich bereits Gedanken über ihren Rückzug, denn er wollte auf keinen Fall erwischt werden. Er wollte noch lange in Freiheit leben. Das hier war nur der Anfang. Nie zuvor war er so optimistisch gewesen. Er wusste, dass er selber nie viel Macht haben würde. Wenn es hochkam, würde er Gestalten wie Molin und Larsson befehligen dürfen, aber als vorbildlicher Frontsoldat in die Geschichte eingehen. Man würde sich noch lange an Ulf »Wolf« Jakobsson erinnern.

Der letzte der Chöre beendete seine Darbietung, und Wolf kommandierte die Kameraden heran. Gebückt, in einer Reihe liefen sie zur Kirche.

»Es brennt«, schrie Gisela Wendel so laut, dass die Menschenmenge unter ihr allmählich verstummte. Die Leute versuchten zu verstehen, auch wenn sie Giselas Schrei selber nicht gehört hatten.

Immer mehr blickten sich besorgt um. Jemand lief. Andere folgten dem Beispiel. Gisela schrie und zeigte zur Kirche. Köpfe wurden gereckt, Menschen rannten davon. Die Chöre lösten sich auf. Viele stolperten in dem weichen Untergrund. Eine Frau schrie. Jemand war ihr auf die Schulter getreten.

Gisela sah, dass die Menschen hin und her geschoben wurden, als rührte eine unsichtbare Hand in einem riesigen Topf. Wer am Rand der Menge war, lief davon. Ein Kinderwagen kippte um.

51

Mittwoch, 14. Mai, 21.15 Uhr
Holger Munke sortierte Papiere. Er hatte sich einen Müllsack aus dem Putzvorrat geholt und ging die Papierstapel durch, die sich im Laufe der Jahre angesammelt hatten. Er räumte sein Büro aus, und Blätter verschwanden in einem Tempo in dem Sack, das ihn selber erstaunte.

Warum habe ich das alles aufbewahrt, dachte er und sah sich gezwungen, einen weiteren Sack holen zu gehen. Er setzte sich auf seinen Schreibtischstuhl und stierte in den Raum. Auch wenn er es noch nicht richtig wahrhaben wollte, war ihm doch schmerzlich bewusst, dass er gerade dabei war, sein Leben als Polizist auf den Müll zu werfen. Er stand mit dem Gedanken wieder auf, dass er lieber nichts denken sollte.

Blätter wurden weggeworfen, ganze Ordner geleert und ihr Inhalt in die Säcke gekippt. Es war schon nach neun, und seine Frau hatte bereits zweimal angerufen. Munke machte oft Überstunden. Daran war sie gewöhnt und fand es manchmal durchaus angenehm, wenn er länger im Präsidium blieb. Sie kannte die Alternative: ein unruhiger und gereizter Mann, der ohnehin mit seinen Gedanken bei der Arbeit war. Da war es doch besser, er blieb gleich im Präsidium.

So gesehen war es eher ungewöhnlich, zweimal von ihr angerufen zu werden, aber Munke ahnte, dass sie seiner Stimme etwas angehört hatte. Sie ist schlau wie ein Fuchs, dachte er, sie merkt, dass etwas im Gange ist. Asta Munke war der Mensch, den er höher schätzte als jeden anderen, und das aus einem einzigen Grund: Sie hatte es neununddreißig Jahre mit ihm ausgehalten.

Als auch der zweite Sack gefüllt war, ging Munke in die Leitstelle hinunter, wo Edquist saß.

»Alles ruhig?«

»Kann man sagen«, meinte Edquist und blickte auf. »Du bist noch da?«

»Ich räume ein bisschen auf«, antwortete Munke zerstreut.

Edquist musterte ihn genauer. »Wie geht's?«, sagte er.

»Du hast es gehört, oder?«

»Ließ sich nicht vermeiden«, antwortete Edquist. Eines der Telefone klingelte, und er seufzte, hob den Hörer ab und griff nach einem Stift. Munke beobachtete seinen Kollegen und genoss die Szene. Edquist war ein tüchtiger Polizist, der mit Anrufern gut umgehen konnte.

»Sysslomansgatan, sagten Sie? Wie viele?«

Edquist brummte und notierte sich etwas.

»Wir kümmern uns darum«, sagte er freundlich und legte auf.

»Was war los?«

»Es war eine Tante, die an der Statue von Finn Malmgren drei Exhibitionisten gesehen hat.«

»Halb so wild«, meinte Munke und warf einen Blick auf Edquists Notizblock.

Er sah ihn sofort. Zwischen allen Kritzeleien leuchtete ihm der Name entgegen, als wäre er mit Feuer geschrieben. Munke zog den Block näher zu sich heran, aber im selben Moment klingelte es wieder. Edquist nahm sich den Block, und Munke sah, dass seinem Kollegen buchstäblich der Mund offen blieb.

»Okay«, sagte er schnell, »die Kirche, ich verstehe. Sind Menschen in der Kirche? Ist die Feuerwehr schon alarmiert?«

Er machte sich Notizen, obwohl das im Grunde nicht nötig war, aber sein Stift bewegte sich praktisch wie von allein. Er knallte den Hörer hin. »Die Kirche von Gamla Uppsala brennt«, sagte er verblüfft.

Munke starrte ihn an. Edquist löste sofort Alarm aus.

»Wie viele sind heute Abend unterwegs?« Munke wusste es, fragte aber trotzdem. Edquist antwortete ihm nicht. Er redete ununterbrochen mit Kollegen in verschiedenen Streifenwagen.

Als er die nötigsten Maßnahmen ergriffen hatte, zog er den Ordner mit allen Telefonnummern zu sich heran.

»Du«, sagte Munke, »da steht ein Name in deinem Block, Jöns Lund, warum hast du ihn notiert?«

Edquist sah Munke verwirrt an.

»Zum Teufel«, sagte er, »hast du nicht gehört? Die Kirche brennt. Es hat ordentlich geknallt, und jetzt brennt der Chor. Kapiert?«

»Schon kapiert«, sagte Munke, »aber ich will jetzt trotzdem wissen, warum dieser Name auf deinem Block steht. Worum ging es da?«

Edquist starrte auf seine Notizen. Er kannte Munke zu gut, als dass er die Frage einfach hätte ignorieren können.

»Es ging um ein Auto auf einem Feldweg irgendwo in der Gegend von Dalby, Richtung Hammarskog. Ein alter Bauer dachte, da wären Einbrecher unterwegs. Anhand des Nummernschilds habe ich den Namen des Halters ermittelt.«

»War es ein weißer Mazda?«

»Hat das was mit Gamla Uppsala zu tun?«

Munke schüttelte den Kopf.

»Hast du Adresse und Telefonnummer des Bauern?«, fragte er.

»Ich habe dafür jetzt keine Zeit!«

»Adresse und Telefonnummer!«

»Stehen im Block. Sieh selber nach.«

Munke riss den Block an sich, während Edquist erregt in zwei Telefonhörer gleichzeitig sprach. Die Adresse sagte ihm nichts, Solberga Backe.

Einen Moment lang beobachtete er noch das Vorgehen des Diensthabenden, der alle verfügbaren Kräfte in Bewegung setzte, andere beauftragte, weitere Beamte zu benachrichtigen, und Aufgaben nach dem Notfallplan verteilte. Edquist macht seine Sache gut, da gibt es nichts, dachte Munke.

Normalerweise hätte er sich von den Aktivitäten seines Kollegen mitreißen lassen, aber diesmal war er eigentümlich desinteressiert. Die Tatsache, dass die berühmte Kirche von Gamla Uppsala in Flammen stand, würde weit über die Grenzen Uppsalas hinaus Aufsehen erregen, auch wenn im Moment noch nicht absehbar war, wie schlimm es war.

Munke holte sein Handy heraus, rief die Nummer an, die auf dem Notizblock stand, und ließ es siebenmal klingeln. Dann gab er auf.

»Ist Liljenberg im Dienst?«

»Keine Ahnung, sieh selber nach«, erwiderte Edquist gereizt.

Munke griff sich die Adressliste der Polizei und schlug die private Telefonnummer des Kollegen nach. Sven Liljenberg ging sofort an den Apparat.

»Tag, hier spricht Munke, entschuldige die Störung, aber du bist doch aus Dalby. Weißt du, wo Solberga Backe liegt?«

»Klar«, sagte Liljenberg.

Wenn Munkes Anruf ihn überrascht hatte, ließ er es sich jedenfalls nicht anmerken.

»Arnold Olsson, sagt dir das was?«

»Ein Bauer. Sein Junge wohnt ein Stück weiter. Greger und ich waren Schulkameraden. Er spielte Bandy für Sirius, wenn ich mich recht erinnere, nein, für Vesta, er war richtig ...«

»Schon gut«, unterbrach Munke. »Lindell und ich kommen in acht bis zehn Minuten bei dir vorbei, wir holen dich ab. Du musst uns den Weg zeigen. Geh schon mal auf die Straße.«

»Aber mein Bruder und ich, wir spielen gerade Schach«, erklärte Liljenberg, wenn auch nicht sonderlich nachdrücklich. Er wusste, Munke würde auch dann kommen, wenn die Königin von Saba bei ihm zu Besuch wäre.

Sie beendeten das Gespräch, oder vielmehr: Munke unterbrach die Verbindung, um Lindell anzurufen.

Er musste es sechsmal klingeln lassen, bis sie an den Apparat ging.

»Schmeiß dich in deinen Wagen und komm her. Jöns Lunds

Auto ist in Dalby gesehen worden. Steht verlassen an einem Bauernhof.«

»Aber ich habe hier einen schlafenden Sohn«, wandte Lindell ein.

»Hast du keine Nachbarn?«

»Jedenfalls keine, die auf Erik aufpassen können.«

»Okay, ich schicke dir Asta vorbei.«

»Wer ist Asta?«

»Meine Frau. Wir wohnen nur fünf Minuten von dir entfernt, falls du das noch nicht wusstest. Sie hat schon viele Kinder gehütet.«

»Nein, das geht nicht.«

»Asta ist Kinderkrankenschwester.«

»Das ist es nicht.«

»Was zum Teufel«, platzte Munke heraus, »willst du etwa nicht dabei sein, wenn endlich Bewegung in die Sache kommt?«

»Ich habe Wein getrunken.«

Munke war organisierter Antialkoholiker. Das wussten alle. Er schwieg ein paar Sekunden.

»Ich rufe jetzt Asta an. Okay?«

»Okay«, sagte Lindell und legte auf.

»Dacht ich's mir doch«, murmelte Munke.

»Es brennt wie Zunder«, sagte Edquist.

»Halt den Topf schön am Kochen«, sagte Munke und ging.

Edquist starrte ihm ungläubig hinterher.

52

Mittwoch, 14. Mai, 21.35 Uhr
Jöns Lund trat aus den Schatten. Der Wind zerrte an den moosbewachsenen Ästen der alten Obstbäume. Er lehnte sich an einen Apfelbaum. Der Schlag mit dem Stein hatte ihn mehr benebelt, als er anfangs gedacht hatte. Er blutete zwar

nicht mehr, aber sein geschwollenes Gesicht schmerzte. Er sah sicher grauenhaft aus.

Stundenlang war er wie ein Verrückter durch den Wald gelaufen. Der Junge hatte ihn überlistet, und er verfluchte sich selbst und seine Dummheit. Er hätte ihn auf der Stelle aufschlitzen sollen.

Plötzlich hatte er Sebastians Gesicht vor Augen. Er war es und war es doch nicht. Die blutige Nase, die wilden Augen und der Mund, der Beleidigungen schrie, hatten ihn zu einem anderen gemacht.

»Mama liebt dich nicht«, hatte er gebrüllt. »Kapierst du das, du verdammtes Ekel? Du fantasierst von einem Haus auf dem Land, einer Familie. Vergiss es! Ich will mit deiner verdammten Familie nichts zu tun haben! Und Mama auch nicht. Weißt du, was sie sagt? Dass dein Ding zu klein ist.«

Sebastian hatte unbeherrscht gelacht und den Rotz hochgezogen, während Blut von der zerschlagenen Nase herabtropfte, er hatte gegen ihn gehetzt, ihm Speere in die Brust gestoßen.

Warum hatte Sebastian so etwas gesagt? Lisbet liebte ihn doch. Das hatte sie ihm beteuert.

Er schüttelte den Kopf, um die Erinnerungen an die Buchhandlung abzuschütteln.

Sebastian hatte bei Lisbet Stimmung gegen ihn gemacht. Bestimmt hatte er die ganze Zeit schlecht über ihn geredet. Aber jetzt war Sebastian tot. Jetzt hatte Lisbet keinen mehr, und dass sie Schluss gemacht hatte, hieß überhaupt nichts. Sie würde zu ihm zurückkommen, das wusste er.

Er huschte über das Gelände des Bauernhofs. Die Lampe über dem Scheunentor verströmte mattes Licht. Er zögerte und lief dann vorsichtig zu einer mächtigen Esche, die mitten vor dem Wohnhaus stand, spähte dahinter hervor und versuchte etwas zu erkennen. Die Fenster waren beleuchtet, aber Gardinen und Blumen versperrten den Blick ins Innere des Hauses.

Gebückt schlich er näher heran. Vielleicht haben sie einen Hund, dachte er. Er hatte entsetzliche Angst vor Hunden. Als er das Küchenfenster erreicht hatte, lugte er vorsichtig hinein. Ein älterer Mann stand mitten im Raum. Er schien erregt zu sein. Eine Frau stellte sich neben ihn. Jöns Lund sah, dass sie sprachen, aber nicht miteinander, sondern mit einer dritten Person. Das ältere Paar richtete seine ganze Aufmerksamkeit auf einen Teil der Küche, den er nicht einsehen konnte. War dort der Junge? Hatte er hier Schutz gesucht? Ganz am Anfang war er hierhergelaufen, also kannte er den Hof. Warum hätte er auch sonst auf dem platten Land aus dem Bus steigen sollen?

Lund schlich zum nächsten Fenster. Es duftete nach Thymian, und er begriff, dass er durch ein Kräuterbeet lief.

Vorsichtig schaute er hinein. Da lag der Junge, halb von einem Tisch verdeckt, unter einer Decke.

»Was hast du hier gemacht?«

Ali starrte Arnold Olsson an. Der freundliche Ausdruck im Gesicht des Mannes, der Ali beim letzten Besuch so sehr gefallen hatte, war mühsam gebändigter Wut gewichen. Ali glaubte, dass Arnold jeden Moment in die Luft gehen konnte.

»Antworte! Ich weiß, dass du mich verstehst.«

»Ich bin verfolgt worden«, sagte Ali.

»Was?«

»Er ist verfolgt worden«, sagte Beata und legte den Arm um die Schulter ihres Mannes.

»Dann kamen die Vögel. Ich bin immer weitergelaufen«, schluchzte Ali.

»Habt ihr Eier geholt?«

Ali schien ihn nicht zu verstehen.

»Eier? Du weißt doch, was Eier sind?«

Ali nickte.

»Das Auto. Wem gehört das Auto?«

»Dem Fußbodenmann«, antwortete Ali.

Das Bauernpaar sah sich an.

»Die Nachtschwalbe«, sagte Beata.

»Ach, hör doch auf«, zischte Arnold. »Was willst du damit sagen?«

»Es war der Fußbodenmann, der mich verfolgt hat. Er ist ein Mörder.«

Völlig konsterniert starrten sich Arnold und Beata an.

»Ich rufe jetzt Greger an«, sagte Beata.

Im selben Moment wurde die Tür zum Flur aufgestoßen. Als Jöns Lund die entsetzten Mienen des Bauernpaars sah, wurde ihm klar, wie schrecklich er aussehen musste. In ihren Gesichtern spiegelte sich nicht nur der Schock über den überraschenden Auftritt, sondern vor allem über den Anblick des geschundenen und geschwollenen Gesichts, dessen Wange mit einer dunkelbraunen Schicht geronnenen Bluts bedeckt war.

Ali schrie. Beata schrie. Arnold spürte einen Stich in der Brust. Jetzt bekomme ich einen Infarkt, dachte er, griff nach der Tischkante und ging in die Knie.

»Maul halten«, schrie Jöns Lund, ging zu Beata und riss an ihren Haaren. Die alte Frau stürzte zu Boden. Sie hörte ein Knacken in der Hüfte und hatte sofort wahnsinnige Schmerzen. Arnold taumelte und versuchte vergeblich, Lund zurückzuhalten. Stattdessen bekam er einen kräftigen Schlag in den Nacken, fiel vornüber auf den Tisch und warf dabei eine Vase um.

Es vergingen ein paar Sekunden. Beata sah halb ohnmächtig wie in einem Nebel, dass der Junge von der Bank aufsprang. Die braune Decke flog wie ein Segel durchs Zimmer. Der Mann mit dem zerschundenen Gesicht stürzte sich auf den Jungen, und es kam zu einem wüsten Handgemenge. Stühle fielen um, das Regal mit ihrer Sammlung von Weihnachtsstellern löste sich von der Wand und stürzte mit einem ohrenbetäubenden Klirren zu Boden. Beata sah, dass ihr Mann den Versuch machte, aufzustehen, aber sofort in sich zusammensackte und neben dem Küchentisch zu Boden sank. Sie versuchte die Hand auszustrecken, aber die Arme wollten ihr nicht gehorchen, und sie verlor das Bewusstsein.

Jöns Lund hatte Ali am Arm gepackt, ihn an sich gezogen und den wild fuchtelnden Jungen in den Polizeigriff genommen.

»Jetzt hab ich dich, du Miststück«, keuchte Lund.

Er presste den Jungen zu Boden, schlug Alis Kopf gegen die breiten Kieferndielen, stand auf, setzt seinen Fuß auf Alis Nacken und trat zu. Ein Gurgeln drang aus Alis Kehle.

Lund beugte sich vor, riss eine Schublade auf, wühlte zwischen Messern, Besteck und Suppenlöffeln, zog andere Schubladen auf und fand schließlich, wonach er gesucht hatte, eine Rolle Klebeband.

Er fesselte Alis Hände auf dem Rücken. Der Junge wimmerte und versuchte sich umzudrehen, aber Jöns Lund presste ihm sein Knie zwischen die Schulterblätter.

»Jetzt ist Schluss mit Steinewerfen«, sagte er.

Die Wunde auf seiner Wange war aufgeplatzt, und er betastete vorsichtig die Wundränder. Von der Tischkante tropfte Blumenwasser herab und vermischte sich auf dem Fußboden mit dem Blut des Mörders.

Als Nächstes fesselte Lund Arnolds Hände. Der alte Mann schien völlig weggetreten zu sein, und Lund glaubte für einen Moment, er wäre bereits tot, aber Arnold Olsson stöhnte und öffnete die Augen.

»Liegenbleiben«, sagte Lund.

»Beata«, murmelte Arnold, ehe er wieder bewusstlos wurde.

Lund warf einen Blick auf die Frau.

»Der geht's gut«, sagte er und kicherte. »Sie ist nur ungewöhnlich still.«

Die Alte ist hin, dachte er. Beata Olssons Kopf lag in einem unnatürlichen Winkel zum Körper. Ihr Bein zuckte.

Lund sah sich in der Küche um. Es sah aus, als hätte eine Bombe eingeschlagen. Man würde sicher denken, die Bauern wären Opfer eines Raubüberfalls geworden. Es gab nichts, wodurch er mit diesem Ort in Verbindung gebracht werden konnte.

Er stellte einen der Stühle wieder auf und setzte sich. Irgendwo im Haus schlug eine Uhr, ansonsten war es vollkommen still.

»In so einem Haus könnten wir wunderbar leben«, sagte er.

Lisbet und er würden vielleicht in dieses Haus ziehen, sobald Ali und die Bauern verschwunden waren und man ein wenig aufgeräumt hatte.

Der Gedanke an Lisbet erfüllte ihn mit Unruhe, und er stand wieder auf. Konnte er sie anrufen? Was sollte er sagen? Er war überzeugt, dass sie ihre Meinung ändern würde, wenn er nur ein wenig Zeit verstreichen ließ. Sie war seine große Liebe, der erste Mensch, den er wirklich liebte. Sie waren doch glücklich gewesen.

»Natürlich sind wir glücklich«, sagte er. Ali stöhnte zu seinen Füßen. Lund bückte sich, packte Ali unter den Achseln und zog ihn in den Flur hinaus. Anschließend kehrte er zurück und warf einen letzten prüfenden Blick auf die Küche. Der alte Mann rührte sich nicht. Das Bein der Bäuerin zuckte noch einmal, dann war alles still. Wie hässlich sie ist, dachte Lund und schloss die Tür.

Jöns Lund war sicher, dass die alten Leute sterben würden. Er lachte. »Jetzt ist also nur noch einer übrig«, sagte er zu dem unförmigen Bündel, das vor ihm auf dem Boden lag, »dann wird alles wieder wie früher.«

Lund holte den Wagen und fuhr ihn auf den Hof, bugsierte Ali auf die Rückbank und schlug die Tür zu.

Er schaute in den Himmel. Die Sterne funkelten. Der Wind war schwächer geworden. Jöns Lund holte tief Luft und füllte seine Lungen mit Sauerstoff. Für ein oder zwei Sekunden vergaß er, wo er war. Das passierte ihm öfters, aber er hatte sich daran gewöhnt. Die plötzlichen Weinkrämpfe hatten jedenfalls aufgehört. In dem Malerbetrieb, für den er früher gearbeitet hatte, war er manchmal grundlos in Tränen ausgebrochen, der kleinste Misserfolg hatte ihn verzweifeln lassen. Sein Vorarbeiter hatte ihm geraten, in die Klapsmühle zu gehen. Erlandsson, der Alte, der jetzt selber in einer Nervenheilanstalt saß, hatte gemeint, das sei eben so, man weine, streiche Wände an und weine dabei.

Die Arbeit als Bodenleger gefiel ihm besser. Es wurde ihm zwar immer noch schwindlig, aber die Gefühlsausbrüche waren Vergangenheit.

Lund kam wieder zu sich, sah sich um und setzte sich in den Wagen.

Beata Olsson hörte ein Geräusch. In ihrer Verwirrung glaubte sie, die Pumpe im Milchraum zu hören. Sie schlug die Augen auf. Ohne Brille konnte sie ihren Mann nur verschwommen erkennen. Er lag wie ein Sack auf dem Boden. Es gelang ihr, sich umzudrehen, den Arm auszustrecken, der ihr noch gehorchte, und ihn zu berühren. Sie glaubte, dass er noch atmete.

Die Schmerzen in Nacken und Hüfte ließen sie aufstöhnen, aber geleitet von einem einzigen Gedanken versuchte sie über den Boden zu kriechen. Sie musste ins Arbeitszimmer. Beata war schwer, aber die jahrzehntelange Schufterei im Stall und bei der Heuernte hatten eine zähe Bäuerin aus ihr gemacht, die wegen einer gebrochenen Hüfte noch lange nicht aufgab.

Ihre Hand tastete vergeblich nach der Brille auf dem Fußboden. Sie würde auch ohne Brille auskommen. Das Telefon hätte sie auch blind gefunden.

Langsam kroch sie über den besudelten Fußboden. Der Flickenteppich hatte sich ihr als Knäuel in den Weg geschoben. Mühsam drückte sie ihn zur Seite, ruhte sich ein paar Sekunden aus und kroch dann weiter. Sie biss die Zähne zusammen, weil sie keine Geräusche machen wollte. Vielleicht war der Verrückte ja noch immer auf dem Hof.

Von dem Jungen war nichts zu sehen. Wie hatte er den Mann genannt? Den Fußbodenmann, der ein Mörder war. Sie begriff den Zusammenhang nicht, wusste nur, dass Arnold sterben würde, wenn es ihr nicht gelänge, Hilfe zu rufen.

Sie brauchte eine Minute, um bis zur Türschwelle des Arbeitszimmers zu gelangen, und war einer Ohnmacht nah. Ihr war übel, sie hatte einen sauren Geschmack im Mund.

Das schnurlose Telefon stand auf einem kleinen Tisch unmittelbar hinter der Tür. Sie hatten es von Greger geschenkt bekommen. Anfangs hatte Arnold ein Telefon, mit dem man herumlaufen konnte, albern gefunden. Es sehe hochmütig aus, hatte er gesagt. So war er eben, misstrauisch gegenüber allen Neuerungen, aber er hatte gleichzeitig auch keinen Respekt vor dem Alten.

Ihre Hand tastete nach dem Telefon, doch sie kam nicht hoch genug. Sie spürte, dass sie jeden Moment wieder in Ohnmacht fallen konnte, und hatte inzwischen das Gefühl, ihre Hüfte hätte sich völlig vom restlichen Körper gelöst.

Mit letzter Kraft gelang es ihr, den Tisch umzustoßen. Er kippte, und die Tischkante schlug gegen ihren Rücken. Sie schrie auf. Das Telefon fiel auf den Fußboden. Sie streckte die Hand aus und schaffte es, den Apparat an sich zu ziehen. Ihre Finger strichen über die Tasten, und mit zittrigem Zeigefinger wählte sie die Nummer.

»Hier musst du abbiegen«, sagte Liljenberg.

Er war sichtlich nervös. Unterwegs hatte er erfahren, dass sie nach einem Mann suchten, der mit dem Mord in der Drottninggatan in Verbindung gebracht wurde.

»Bist du etwa eingerostet?«, sagte Munke unbarmherzig.

»Nein, wieso?«

»Kommst du von einem Bauernhof?«

»Ja, ein Cousin von mir macht das heute noch.«

»Kein erstrebenswerter Beruf. Aber sicher, mit ein bisschen Geld von der EU wird man schon über die Runden kommen«, fuhr Munke fort und verlor sich in einem Vortrag über Quoten und Subventionen.

Lindell fragte sich, wie Munke so unbekümmert über Landwirtschaftspolitik schwadronieren konnte, während sie sich der einzigen Spur näherten, die sie zu den Brüdern Lund führen könnte.

Sie saß auf dem Rücksitz und versuchte, so vorsichtig wie möglich zu atmen, damit die Kollegen ihre Fahne nicht rochen. Sie hatte zwei Gläser getrunken und spürte die Wirkung des Alkohols. Munke fuhr schnell.

»Wie dunkel es wird«, sagte sie.

Asta Munke war sieben Minuten nach ihrem Telefonat gekommen, hatte die Wohnung in Besitz genommen, wortlos den schlafenden Erik besichtigt, das bereitgestellte Fläschchen inspiziert, und das alles mit einer Autorität, wie sie einer Kinderkrankenschwester mit vier eigenen Kindern, acht Enkelkindern und fünfunddreißigjähriger Berufserfahrung auf der Kinderstation des Universitätskrankenhauses zustand.

»Alles paletti«, hatte sie gesagt, und Lindell hatte gelacht.

Daraufhin hatte auch Asta Munke zum ersten Mal gelächelt. »Man gewöhnt sich eine furchtbare Sprache an«, hatte sie gesagt.

Der Wagen rutschte etwas weg; Munke machte fluchend eine Bemerkung über die schlechten Straßenverhältnisse. Je näher sie kamen, desto stiller wurde es auf den Vordersitzen. Sie sausten an Feldern und Wiesen vorbei. In der Ferne sah man einen Kirchturm. In Häusern und Gehöften leuchteten einladend die Fenster.

»Die nächste links«, sagte Liljenberg. »Da oben auf dem Hügel wohnt Greger Olsson, der Sohn.«

»Da brennt Licht«, sagte Munke. »So ein Mist, dass wir ihn nicht angerufen haben. Was sind wir doch für dämliche Ärsche.«

»Ich hoffe, du sprichst nur über dich«, sagte Lindell und musste aufstoßen.

53

Mittwoch, 14. Mai, 21:45 Uhr
Sammy Nilsson saß mit Angelika am Küchentisch. Sie sprachen über den Urlaub. Vor ihnen lagen diverse Reisekataloge. Das Telefon klingelte.
Sammy sah auf die Uhr, stand auf und ging an den Apparat. Angelika verfolgte seine Bewegungen, sah seinen Gesichtsausdruck und schlug die Kataloge zu.
Er legte wieder auf.
»Die Kirche in Gamla Uppsala brennt«, sagte er und verließ die Küche.

Acht Minuten später fuhr er über die schnurgerade Landstraße nördlich von Uppsala. Auf der Höhe von Lilla Myrby sah er schon den Feuerschein über Gamla Uppsala. Außer ihm waren auch jede Menge Schaulustiger auf dem Weg dorthin – angelockt von den Sirenen der Feuerwehr und den Flammen, die den Abendhimmel erleuchteten.
Er fuhr von der E 4 ab und war sicher, dass der Mann mit dem Pferdeschwanz erneut zugeschlagen hatte. In der Kurve am Disagården herrschte Chaos. Ein paar Kollegen waren dabei, Absperrungen zu errichten. Zwei Autos waren zusammengestoßen. Ein schwarzer Mercedes hatte zudem den Zaun gerammt. Der Besitzer des Wagens stand am Straßenrand und beschimpfte eine junge Frau.
Sammy Nilsson erkannte schnell, dass er hier nicht vorbeikommen würde, ließ den Wagen stehen und lief zur Kirche. Er winkte einem uniformierten Kollegen und ging zu ihm.
»Wie sieht's aus?«
»Als wir ankamen, hat es wie der Teufel gebrannt«, antwortete der Polizeibeamte. Seine Stimme überschlug sich.
»Verdammt«, sagte Sammy.
»Aber die Feuerwehr war schnell vor Ort. Es sieht so aus,

als könnten sie die Kirche retten. Bengan ist da oben. Er hat sich gerade gemeldet.«

Es knisterte im Sprechfunkgerät am Gürtel des Polizisten. Erregte Stimmen waren zu hören.

»Zeugen?«

»Keine Ahnung. Ich muss weitermachen.«

Sammy lief wieder los. Zwischen den Bäumen sah er eine ausgefahrene Leiter. Blaulichter flackerten in der Dunkelheit. Asche flog in den Himmel.

Die Zerstörungen waren nicht so umfassend, wie Sammy befürchtet hatte. Die nördliche Seite der Kirche war zwar beschädigt, aber der Feuerwehr schien es gelungen zu sein, den Brand einzudämmen. Er sah Allan Fredriksson, der sich mit einem Brandmeister unterhielt, und lief zu ihm.

Fredriksson blickte auf und nickte ihm zu. Der Brandmeister zeigte auf zwei Kanister. »Die haben wir gefunden. Wir mussten sie wegschleppen, sie lagen direkt neben der Fassade.«

»Benzin?«

»Ohne jeden Zweifel«, sagte der Feuerwehrmann.

»Also wieder Brandstiftung«, meinte Fredriksson und schüttelte den Kopf.

»Warum sind hier so viele Leute?«, wunderte sich Sammy.

»Bei den Grabhügeln war gerade ein Chorkonzert«, sagte Fredriksson. »Die Tochter meines Nachbarn hat auch mitgesungen. Chöre aus der ganzen Welt, das Ganze sollte eine Art Friedensdemonstration sein.«

»Könnte der Anschlag ein Protest gegen das Konzert gewesen sein?«, sagte der Feuerwehrmann.

»Nein, das war wieder unser Pferdeschwanz«, antwortete Sammy.

Bengan Olofsson kam zu ihnen. Er bemühte sich, ruhig zu wirken, aber sein erregter Gesichtsausdruck sprach Bände.

»Wir haben einen Zeugen«, sagte er atemlos und zeigte auf einen Mann, der unter einem Baum stand.

Sammy ging sofort zu ihm. »Sammy Nilsson, ich bin von der Polizei«, stellte er sich schnell vor. »Was haben Sie gesehen?«

Der Mann mittleren Alters sah Sammy Nilsson verschüchtert an.

»Ich weiß nicht«, sagte er.

»Sie wissen nicht?!«

»Es war alles so undeutlich, aber ich glaube, es waren drei Personen, die in ein Auto stiegen. Es stand unten am Disagården. Ich fand es seltsam, dass dort so spät noch ein Auto parkt.«

»Wo waren Sie?«

»Ich kam mit dem Auto aus der Stadt«, sagte er und zeigte auf die Straße, »von der Arbeit. Ich bin langsam gefahren, die Kurve ist ein bisschen gefährlich. Ich habe mir im Vorbeifahren diese Veranstaltung angesehen, und dann kamen drei Gestalten angelaufen, sprangen in das Auto und rasten los.«

»Welche Farbe hatte der Wagen?«

»Blau.«

»Konnten Sie die Automarke erkennen?«

»Leider nicht, aber es war ein kleiner PKW.«

»In welche Richtung sind sie gefahren?«

»In Richtung Bahnübergang.«

»Dann sind sie also rechts abgebogen?«

Der Mann nickte.

»Können Sie die Männer beschreiben?«

Der Zeuge schüttelte den Kopf.

»Es ging alles so schnell«, sagte er unsicher, »aber laufen konnten sie. Es waren bestimmt keine alten Leute.«

Sammy Nilsson notierte sich Namen und Telefonnummer des Mannes und kehrte zu Fredriksson zurück.

»Ein blaues Auto mit drei Männern ist vom Disagården aus nach rechts gefahren«, sagte er, holte sein Telefon heraus und rief die Leitstelle an.

Vierzehn Minuten später wurden drei Männer gefasst, aber nicht von der Polizei. Ihre Festnahme war das Verdienst von Jamil Radwan.

54

Mittwoch, 14. Mai, 22.10 Uhr
Jöns Lund fuhr nach Süden, wusste aber nicht recht, wohin er wollte. Plötzlich packte ihn rasende Wut: Der Junge auf der Rückbank, das war alles seine Schuld. Und die seines verdammten Verwandten, dieses dunkelhäutigen Dreckskerls, der die ganze Zeit gejammert hatte. Zu allem Überfluss hatte der sich auch noch in die Hose gemacht, bevor er starb.

»Verdammt, piss mir bloß nicht ins Auto«, schrie er jetzt nach hinten gewandt.

Ali hörte ihn und schloss die Augen. Er war nur halb bei Bewusstsein, begriff aber, dass er sich in einem Auto befand. Rücken und Nacken taten ihm weh. Er konnte seinen Kopf kaum bewegen. Seltsamerweise war er ganz ruhig.

»Du hast gedacht, du könntest mich überlisten«, sagte Jöns Lund.

Seit er unterwegs war, ging es ihm besser. Er bremste, weil ihm auf einmal klar wurde, dass die alten Leute unter Umständen doch überleben könnten. Warum hatte er sie nicht gleich umgebracht?

Er hielt an und merkte, wie müde er war. Es spielte alles keine Rolle mehr.

Ali schluchzte auf dem Rücksitz. Jöns Lund drehte sich zu ihm um.

»Du und dein Kumpel, ihr habt in der Stadt ganze Arbeit geleistet«, sagte er.

»Mehrdad«, flüsterte Ali.

Jöns Lund legte den Gang ein und fuhr weiter den schmalen Feldweg entlang.

»Er fängt bestimmt schon an zu stinken«, sagte er und lachte. »Dieses kleine Stück Scheiße, das ... Was zum Teufel ist denn das?«

Unmittelbar vor ihnen waren Menschen aufgetaucht. Einen Moment lang war er versucht, Vollgas zu geben, aber dann bremste er ab und hielt ein paar Meter vor den vier Männern, die sich im Scheinwerferlicht abzeichneten. Lund schaltete das Fernlicht ein, öffnete die Autotür und lehnte sich hinaus.

»Geht aus dem Weg«, schrie er, aber so unsicher, dass seine Stimme sich überschlug.

Die Männer kamen zwei Schritte näher.

»Ich fahre sonst.«

»Du bleibst schön stehen«, sagte einer der Männer.

Aus der Gegenrichtung tauchten die Scheinwerfer eines anderen Wagens auf. Die Lichter kamen näher, und kurz darauf hörte man auch Motorengeräusche.

»Wo kommst du her?«

Lund tastete in seiner Tasche nach dem Teppichmesser.

»Das geht euch nichts an!«

Einer der Männer löste sich aus der Gruppe und kam näher, so dass er direkt neben dem linken Kotflügel stand.

»Ach du Schande, wie siehst du denn aus?«, sagte der Mann verblüfft.

»Was ist denn da los?«, fragte Munke.

»Da steht ein weißes Auto auf der Fahrbahn«, rief Lindell aufgeregt, »und Leute.«

»Ein Unfall?«, sagte Liljenberg.

»Aus dem Weg!«, schrie Lund und erblickte im gleichen Moment das Gewehr, das der Mann in der Hand hielt.

Jöns Lund warf sich auf den Fahrersitz, ließ die Kupplung

kommen und gab Gas. Die Kugel traf ihn von schräg hinten, zersplitterte das Seitenfenster und drang in den unteren Teil seines Nackens ein, setzte ihren Weg durch die Schulter fort, um schließlich im Armaturenbrett steckenzubleiben.

Lund fiel nach vorn, der Wagen geriet ins Schleudern und machte einen Satz in den Straßengraben. Der Motor ging aus.

55

Mittwoch, 14. Mai, 22.15 Uhr
Bosse Larsson, Rickard Molin und Ulf »Wolf« Jakobsson fuhren auf den Parkplatz. Wolf hatte während der vier Minuten dauernden Autofahrt von Gamla Uppsala zur Moschee ununterbrochen gelacht. Bosse Larsson hatte sich im gleichen Zeitraum zwei Dosen Bier einverleibt. Rickard Molin hatte stammelnd versucht, seine Gefühle zu beschreiben, es irgendwann jedoch aufgegeben.

Drei Benzinkanister hatten sie noch im Kofferraum, mit denen sie Uppsala und seiner muslimischen Bevölkerung gehörig einheizen würden.

Wolf sah das Chaos bereits vor sich, das ihrem Angriff auf zwei heilige Stätten folgen würde. Er malte sich schon die Straßenschlachten aus.

»Fahr«, sagte er und schwieg ein paar Sekunden. Auf dem Vattholmavägen herrschte dichter Verkehr. Immer mehr Schaulustige machten sich auf den Weg nach Gamla Uppsala, aber das konnte ihnen nur recht sein. Je mehr Menschen die Kirche in Flammen aufgehen sahen, desto mehr Leute würde die Wut packen, und dann würde ein Zorn entfacht werden, der sich ausbreitete wie ein Waldbrand nach einem trockenen Sommer. Wenn dann die Kanacken entdeckten, dass ihre Kirche brannte, würde eine Konfrontation unausweichlich sein.

Wolf hatte den nächsten Schritt bereits vorbereitet: massive Flugblattaktionen, unterstützt von gut organisierten Attacken auf Restaurants und Geschäfte, deren Besitzer Einwanderer waren. Die Kanacken sollten zu einer Antwort provoziert werden. Sein Plan war einfach und hatte zu allen Zeiten funktioniert: Nimm den Menschen ihre Sicherheit und erzeuge Hass.

Sie stiegen aus dem Wagen.

»Ich muss mal pissen«, sagte Larsson.

»Vergiss es«, erwiderte Wolf, »wir legen das Feuer und hauen ab.«

»Mir gefällt nicht ...«, begann Rickard Molin, aber Wolf brachte ihn mit einem Blick zum Verstummen, öffnete den Kofferraum und holte einen Benzinkanister heraus.

Jamil Radwan stammte aus einem kleinen Dorf in der Nähe von Betlehem. Während der Intifada hatte er gemeinsam mit seinen gleichaltrigen Kameraden protestiert und Steine geworfen, war unzählige Male von der Armee festgenommen worden und fünfmal im Gefängnis gelandet.

Im Gegensatz zu den meisten anderen Dorfbewohnern, Palästinensern christlichen Glaubens, waren er und seine Familie Moslems. Sie hatten Seite an Seite gelebt, gemeinsam Steine geworfen und sich alle miteinander über die Brutalität der israelischen Besatzer erregt. Jamils Vater und sein Großvater hatten ein kleineres Stück Land besessen, einige wenige Dunum an einem kargen Berghang, auf dem Olivenbäume wuchsen, aber das hatte kaum zum Leben gereicht. Jamils Vater war deshalb häufig nach Jerusalem gefahren, um dort auf dem Bau zu arbeiten. Vater und Sohn hatten sich oft gestritten, da Jamil fand, dass sein Vater die Besatzer unterstützte, wenn er half, Häuser in der besetzten Westbank zu bauen.

1998 war Jamil nach Schweden und Uppsala gekommen, wo seine Schwester bereits seit ein paar Jahren wohnte. In Betlehem hatte er nicht sonderlich aktiv am Leben seiner Gemeinde teilgenommen, aber als er nach Uppsala kam, ergab es sich ganz von selbst, dass er in die Moschee ging, um dort seine Landsleute zu treffen.

Die Zwischenfälle, die es in den letzten Tagen in der Stadt gegeben hatte, waren unter ihnen rege diskutiert worden. Jamils guter Freund Muhammed, ein Palästinenser aus den Flüchtlingslagern vor den Toren Beiruts, hatte am Montag vorgeschlagen, die Moschee rund um die Uhr zu bewachen.

Jamil hatte sich freiwillig gemeldet. Zwar glaubte er im Grunde nicht, dass tatsächlich etwas passieren würde, aber das Gefühl, für eine gemeinsame Sache einzustehen, hatte ihn überzeugt.

Jetzt sahen er und seine acht Freunde, die alle in der Moschee oder in Autos davor postiert waren, dass drei Männer vorfuhren, den Kofferraum öffneten und das Auto mit jeweils einem Benzinkanister in der Hand verließen.

Jamil traute seinen Augen nicht. Die Männer verschwanden um die Ecke, und Jamil und seine Freunde stiegen aus ihren Autos, nachdem er Khaled angerufen hatte, der sich im Gebäude aufhielt. Auch Khaled hatte die Männer bereits entdeckt.

Molin, Jakobsson und Larsson wurden von der koordinierten Attacke aus zwei Richtungen überrumpelt. Um sie herum standen neun Männer, unbewaffnet, aber wütend. Alle schwiegen, man hörte nur ihren stoßweisen Atem.

Jamil fiel der Tag wieder ein, an dem er zum ersten Mal gepanzerten Fahrzeugen gegenübergestanden hatte.

»Was tut ihr hier?«, fragte Khaled.

»W-Wir w-wollten ...«, stammelte Molin.

Bosse Larsson machte sich vor Angst in die Hose, während Wolf seelenruhig eine Pistole zog, die er am Rücken in seinen Gürtel geschoben hatte.

»Sollen wir ein bisschen Irakkrieg spielen«, fragte er und grinste.

Rickard Molin lachte nervös.

»Ich bin Bush, und ihr seid ein paar Wüstenneger, die aus ihren Hütten weglaufen«, sagte Wolf.

Khaled hob die Hand. »Wirf die Pistole weg!«, sagte er ruhig.

»Machst du Witze? Nun lauft schon«, sagte Wolf und fuchtelte mit der Waffe herum.

Jamil sah zu Boden, kniete sich hin und griff nach dem neben ihm stehenden Kameraden, um nicht umzukippen.

»Fällst du uns etwa in Ohnmacht?«, sagte Wolf höhnisch grinsend.

Jamil befühlte prüfend einen Stein. Er war glatt, fast kreisrund und hatte die Größe einer Kinderfaust. Jamil umschloss den Stein mit seiner Hand.

Khaled sah seine Freunde an. »Sollen wir gehen?«

Keiner von ihnen verzog eine Miene, keiner sagte etwas.

Khaled musterte noch einmal seine freiwillige Wachmannschaft aus Männern im Alter zwischen zwanzig und fünfunddreißig Jahren. Er dachte an seine Frau und seine beiden Kinder. »Wir gehen nirgendwohin. Ihr werdet hier verschwinden.«

Bosse Larsson sah völlig verängstigt den entschlossenen Palästinenser an, der nicht zu begreifen schien, wozu Wolf in der Lage war.

Wolf grinste erneut, aber längst nicht mehr so selbstsicher wie zuvor.

Jamil hielt den feuchten Stein fest in der Hand und trat einen Schritt zurück, so dass er halb von einem seiner Freunde verdeckt wurde. Er tat, als wollte er sich den Schweiß aus dem Gesicht wischen, fuhr sich mit der Hand über die Stirn, holte weit aus, und der Stein traf den bewaffneten Ulf Jakobsson an der Stirn. Er sank zu Boden.

Mit einem Schrei stürzten sich die neun Männer anschließend auf die drei Angreifer. Khaled konzentrierte sich auf Jakobsson, schnappte sich die heruntergefallene Pistole und warf sich auf Jakobssons Brust. Es knackte, als vier Rippen brachen. Sein Cousin Adnan warf sich auf Jakobssons Beine.

Ulf Jakobsson schrie vor Schmerzen auf, Jamil hielt sich die Ohren zu. Er konnte das Geräusch schreiender Menschen nicht mehr ertragen.

56

Mittwoch, 14. Mai, 22.20 Uhr
Trotz seiner Körperfülle war Munke als Erster aus dem Auto und beim Mazda. Jöns Lunds Kopf lag auf dem Lenkrad. Das Eintrittsloch der Kugel war nicht sonderlich groß, beim Austritt hatte sie dagegen die halbe Schulter aufgerissen.

Auf ihrer Bahn hatte sie den sechsten und siebten Halswirbel zertrümmert. Jöns Lund würde nie wieder seine Arme und Beine bewegen können. Er war bewusstlos und blutete stark. Auf seinem Schoß lag ein glänzendes Teppichmesser.

Munke war so auf den Mann konzentriert, dass er Ali gar nicht bemerkte. Erst als der Junge wimmerte, entdeckte er ihn. Ali lag in einer seltsamen Körperhaltung auf dem Rücksitz und hatte die Beine an den Brustkorb gepresst. Wie ein Turmspringer, dachte Munke.

»Alles in Ordnung?«, fragte er.

Der Junge versuchte sich aufzusetzen, sank aber mit einem Stöhnen wieder zurück.

»Ganz ruhig«, sagte Munke.

Lindell war jetzt an seiner Seite. »Liljenberg hat den Notarzt und die Kollegen benachrichtigt«, sagte sie und richtete eine Taschenlampe auf den Jungen.

»Jöns Lund«, sagte Munke leise, »Ingvars Bruder.«
»Ist er tot?«
»Nein«, sagte Munke.
»Hast du Verbandszeug im Auto?«

Munke schüttelte den Kopf, richtete sich auf und musterte die Männer auf dem Weg.

»Wer von Ihnen hat geschossen?«

»Ich«, sagte Greger Olsson.

»Legen Sie die Waffe weg.«

Olsson legte vorsichtig den Stutzen auf den Feldweg.

»Ich muss nach Hause«, sagte er. »Dieses Schwein hat meine Eltern überfallen.« Er lief auf sein Elternhaus zu.

»Lass ihn laufen«, sagte Munke, als er Liljenbergs Reaktion sah. »Wir nehmen ihn nachher mit. Kümmer dich lieber um Lund, du kannst zumindest versuchen, die Blutung zu stillen, aber beweg ihn nicht, er hat Verletzungen im Genick.«

Er wandte sich Greger Olssons Cousins zu. Keiner von ihnen hatte bisher etwas gesagt. Sie waren wie versteinert. Einer hockte am Wegrand und hatte die Hände vors Gesicht geschlagen.

»Erzählen Sie«, sagte Munke, während Lindell um den Wagen herumging, auf der Beifahrerseite die Tür öffnete und sich über die Rückbank beugte.

»Warst du in der Drottninggatan dabei?«

Ali sah sie an. Die Taschenlampe, die Lindell auf dem Boden abgestellt hatte, tauchte ihr Gesicht in gespenstisches Licht.

»Ja«, sagte er schwach.

»Kennst du den Mann von dort?«

»Ich nicht, mein Cousin.«

»Hat er den Jungen in dem Geschäft erschlagen?«

»Nicht Mehrdad. Das war der Mann. Mehrdad hat es gesehen.«

Ali schluchzte.

»Ich will nach Hause«, sagte er.

»Du darfst bald nach Hause«, beruhigte ihn Lindell. Von dem schweren Blutgeruch im Auto wurde ihr übel.

»Wo ist dein Cousin Mehrdad?«

»Er ist tot«, sagte Ali. »Der Mann hat ihn ermordet.«

Lindell brauchte frische Luft. Sie zwängte sich aus dem Wagen und atmete ein paarmal tief durch. Sie hörte ein Schnurren, sah zum Himmel auf und begriff allmählich, wie sich das Ganze abgespielt hatte.

Zwei Krankenwagen näherten sich ihnen und unmittelbar darauf ein Streifenwagen.

Lindell setzte sich an den Wegrand.

Munke sprach mit den Cousins.

Greger Olsson fand seinen Vater auf dem Küchenfußboden und seine Mutter bewusstlos in dem kleinen Büro.

Die Rettungssanitäter fixierten Jöns Lunds Kopf, und er wurde auf eine Trage gehoben. Die beiden gerade eingetroffenen Polizisten halfen Ali aus dem Wagen. Er konnte sich nicht auf den Beinen halten und wurde von einem der Polizisten in den zweiten Krankenwagen getragen.

Am Himmel schnurrten die Nachtschwalben. Es war Frühling.

Epilog

Vierzehn Tage später
Am Mittwoch, den 28. Mai, nahm Ann Lindell nachmittags endlich all ihren Mut zusammen und rief Edvard Risberg an.

Sie hatte noch eine Stunde Dienst und würde danach vier Tage frei haben. Es war das Christi-Himmelfahrt-Wochenende.

Ottosson hatte vorbeigeschaut, ihr Büro jedoch bereits eine Minute später wieder verlassen. Er kennt mich wirklich gut, dachte Lindell und lächelte vor sich hin. Er hat gesehen, dass etwas im Gange ist, was nichts mit der Arbeit zu tun hat.

Sie überlegte, was er eigentlich von ihr gewollt hatte. Seit der Mord an Sebastian Holmberg aufgeklärt und Marcus Ålander auf freien Fuß gesetzt worden war, hatte sich Ottosson wie ein aufgescheuchtes Huhn benommen, sie oft in ihrem Büro besucht und mehr als sonst ihre Gesellschaft gesucht. Anfangs hatte sie geglaubt, er komme wegen des Fortbildungskurses, aber mit der Zeit war sie immer sicherer geworden, dass ihm etwas anderes durch den Kopf ging.

Wenn er das nächste Mal hereinkam, würde sie ihn fragen.

Sie wählte die letzte Ziffer von Violas fünfstelliger Nummer auf Gräsö. Edvard hob nach dem dritten Klingeln ab. Da hatte sie schon Zeit gehabt, sich zu wünschen, er wäre nicht zu Hause, um sich anschließend doch wieder nach seiner Stimme zu sehnen.

»Gräsö«, meldete er sich munter.

»Hier spricht Ann«, sagte sie und schloss die Augen.

»Das ist ja ein Ding«, sagte Edvard, »unsere Kriminalpolizistin ist in der Leitung.«

So wollte sie beim besten Willen nicht von ihm gesehen werden.

»Ich wollte nur mal hören, wie es in Thailand war«, sagte sie.

»Gut, sehr gut«, sagte er nachdrücklich mit seiner so vertrauten Stimme, in der jedoch ein Ton mitschwang, der sie beunruhigte.

Es passt ihm nicht, dass ich anrufe, dachte sie in Panik, sein Anruf war nur ein spontaner Einfall ohne tiefere Absichten.

»Ziemlich heiß, nehme ich an.«

»Um die dreißig Grad.«

»Herrlich.«

Was sollte sie sagen, oder besser gesagt, wie sollte sie es sagen?

»Arbeitest du wieder?«

»Ja, es geht volle Pulle weiter.«

»Hast du am Wochenende frei?«

Er schwieg eine Sekunde. Ann schluckte und ballte ihre Hand zur Faust, starrte sie an und wusste, dass sich jetzt ihr Leben entschied.

»Ja, wir gönnen uns einen Brückentag«, sagte er. »Gotte wollte nach Hälsingland rauf.«

»Und du? Hast du auch etwas vor?«

»Ich fahre nach Norrtälje.«

Er hatte noch nie von Norrtälje gesprochen.

»Wie schön. Was willst du da machen?«

Sie verachtete sich dafür, dass sie die Frage gestellt hatte.

»Ich hab auf Lanta jemanden kennengelernt ... Und du?«

»Ach, ich werde wohl was mit Erik unternehmen«, sagte Ann Lindell und konnte kaum den Hörer am Ohr halten.

»Ich muss jetzt zu Viola«, meinte er. »Soll ich sie von dir grüßen?«

»Ja, tu das bitte«, sagte sie.

»Werde ich«, sagte Edvard. »Tschüs.«

»Tschüs.«

»Verdammt«, schrie sie und schlug mit der Faust gegen einen Stapel Akten, so dass die Ermittlungsunterlagen zu zwei Vergewaltigungen und einem Postraub auf dem Fußboden verstreut wurden.

Es war ein strahlend schöner Nachmittag im Mai. Das Leben machte eine Kehrtwende und schlug eine neue Richtung ein.

Ann Lindell blieb nichts anderes übrig, als aufzuräumen, das Polizeipräsidium zu verlassen und Erik vom Kindergarten abzuholen. Sie warf die Tür hinter sich zu. Ottosson stand am anderen Ende des Korridors.

»Schönes Wochenende«, rief er. »Erhol dich gut!«

Sie hob die Hand zum Gruß, ging wie betäubt zum Aufzug und überlegte, ob das Ganze eine inszenierte Racheaktion Edvards war: das Telefonat auf der Brücke und die freimütige Frage, ob sie ihn nach Thailand begleiten wolle – aber im Grunde wusste sie nur zu gut, dass das Unsinn war. So war Edvard nicht.

»Edvard«, flüsterte sie im Aufzug, starrte ihr blasses Gesicht im Spiegel an und fand, dass sie plötzlich sehr alt geworden war.

Ich will mit Edvard alt werden, dachte sie. So hatte sie es sich vorgestellt.

Sie musste wieder an den gestrigen Tag denken, an dem sie zusammen mit Ali, dessen Mutter und dem Großvater Arnold und Beata Olsson im Krankenhaus besucht hatte. Das alte Ehepaar, das auf Beatas Bett eng beieinandersaß, hatte sie zu Tränen gerührt. Arnold war blass gewesen, aber seine Augen hatten warm geleuchtet. Beatas Gesicht war abgemagert, und sie hatte über Appetitlosigkeit geklagt, doch die Hand, die auf dem Knie ihres Mannes ruhte, zeugte von einer Kraft, die Leben gerettet hatte, und zwar nicht nur das eigene, sondern auch Alis.

Mitra und Hadi waren zu dem Paar gegangen und hatten sekundenlang wortlos an Beatas Bett gestanden. Mitra hatte versucht, etwas zu sagen, aber Beata hatte die iranische Frau einfach an sich gezogen. Und Ali hatte hinter Ann Lindells Rücken geschluchzt.

Als Lindell zu ihrem Auto kam, klingelte das Handy. War das Edvard, der es sich doch noch anders überlegt hatte? Sie suchte in ihrer Tasche, fand das Telefon und meldete sich.

»Ich bin's«, sagte Ottosson, und Lindell hörte sofort, dass etwas passiert war. »Ich wollte dir nur etwas mitteilen. Asta Munke hat gerade angerufen. Holger ist nicht mehr unter uns. Ein Herzinfarkt. Ist das nicht unfassbar?«

Ottosson weinte. Lindell lehnte sich an den Wagen und musste sich zusammenreißen, um nicht laut zu schreien.

»Ich komme wieder hoch«, sagte sie.

»Nein«, erwiderte Ottosson, »ich glaube, ich will jetzt lieber allein sein.«

Lindell starrte ins Leere.

»In Ordnung«, sagte sie und beendete die Verbindung.

»Ein Buch, das aktueller nicht sein könnte.«

Kerstin Strecker, Die Welt

Im Januar 2006 macht die Polizei von Hudiksvall eine grausige Entdeckung. Bei einem Massaker wurden achtzehn Menschen getötet. Richterin Birgitta Roslin, deren Adoptiveltern unter den Ermordeten sind, erkennt, dass die Polizei eine falsche Spur verfolgt. Ihre Suche führt sie nach China, wo sie auf die grausamen Machenschaften der politischen Führungselite stößt. Ein Thriller, der davon erzählt, was passiert, wenn ein Land zur wirtschaftlichen Supermacht wird, während im Inneren ein System politischer Unterdrückung herrscht.

Aus dem Schwedischen von Wolfgang Butt
608 Seiten. Gebunden

Zsolnay **Z** *Verlag*

www.mankell.at